THE INSTITUTE

인스티튜트

1

STEPHEN KING

인스티튜트

스티븐 킹 장편소설 | 이은선 옮김

THE INSTITUTE

황금가지

목차

이선, 에이단, 라이언
이 손자들에게 바친다.

삼손이 여호와께 부르짖어 이르되

주 여호와여 구하옵나니 나를 생각하옵소서

하나님이여 구하옵나니 이번만 나를 강하게 하사

나의 두 눈을 뺀 블레셋 사람에게 원수를 단번에 갚게 하옵소서 하고

삼손이 집을 버틴 두 기둥 가운데 하나는 왼손으로

하나는 오른손으로 껴 의지하고

삼손이 이르되

블레셋 사람과 함께 죽기를 원하노라 하고 힘을 다하여 몸을 굽히매

그 집이 곧 무너져 그 안에 있는 모든 방백들과 온 백성에게 덮이니

삼손이 죽을 때에 죽인 자가 살았을 때에 죽인 자보다 더욱 많았더라.

* * *

사사기 16장

누구든지 나를 믿는 이 작은 자 중 하나를 실족하게 하면

차라리 연자 맷돌이 그 목에 달려서

깊은 바다에 빠뜨려지는 것이 나으니라.

* * *

마태복음 18장

국립 실종 학대 아동 방지센터에 따르면
미국에서는 약 80만 명의 어린이들이 해마다 실종 보고된다.
대다수는 가족의 품으로 돌아온다.
수천 명은 그렇지가 않다.

야경꾼*

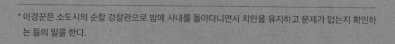

* 야경꾼은 소도시의 순찰 경찰관으로 밤에 시내를 돌아다니면서 치안을 유지하고 문제가 없는지 확인하는 등의 일을 한다.

1

팀 제이미슨이 탄 델타 항공기는 뉴욕의 눈부신 조명과 높은 빌딩을 향해 이륙하기로 한 시각에서 30분이 지났지만 여전히 탬파(미국 플로리다 주의 도시 — 옮긴이)의 게이트에 발이 묶여 있었다. 델타 직원과 목에 보안 배지를 건 금발의 여자가 탑승하자 이코노미석을 빽빽이 채운 승객들이 사태를 직감하고 나지막이 투덜거렸다.

"안내 말씀 드리겠습니다!"

델타 직원이 외치자 누군가가 물었다.

"이륙이 얼마나 지연되는데요? 솔직히 얘기해 주세요."

"조만간 이륙할 겁니다. 기장님께서 말씀하시길 목적지에는 거의 정시에 도착할 테니 안심하셔도 된다고 합니다. 다만 연방 경찰관을 태워야 해서 여기 한 분께 자리를 양보해 주십사 양해를 구하려고 합니다."

여기저기서 앓는 소리를 냈다. 팀은 몇몇 사람들이 만일의 경우에 대비해 휴대전화를 꺼내드는 것을 보았다. 전에도 이런 상황에서 문제가 발생한 경우가 있었던 것이다.

"델타 항공사에서 다음 항공기 탑승권을 무료로 제공합니다. 다음 항공기의 이륙 시각은 내일 오전 6시 45분이며……."

여기저기서 다시 앓는 소리를 냈다. 누군가가 말했다.

"그냥 날 죽여요."

직원은 아랑곳하지 않고 하던 얘기를 계속했다.

"오늘 밤 호텔 숙박권과 400달러를 드리겠습니다. 괜찮은 조건이죠, 여러분. 양보해 주실 분 안 계신가요?"

지원자가 없었다. 보안 배지를 목에 건 금발의 경찰관은 아무 말도 하지 않고, 만물을 꿰뚫어보지만 어째 생기가 없는 눈빛으로 만석인 이코노미석 객실을 훑어보기만 했다.

"800달러 드리겠습니다. 거기다 호텔 숙박권과 무료 탑승권까지 함께요."

델타 직원이 말했다.

"무슨 퀴즈쇼야 뭐야."

팀의 앞줄에서 어떤 남자가 툴툴거렸다.

그래도 여전히 지원자가 없었다.

"1400달러면 어떻습니까?"

여전히 없었다. 팀이 보기에 흥미롭기는 하지만 놀랍지는 않은 현상이었다. 6시 45분 비행기를 타려면 조물주보다 먼저 일어나야 하기 때문만은 아니었다. 이코노미석의 탑승객들은 대부분 이런저런 플로리다의 관광지를 구경하고 집으로 돌아가는 가족 아니면 바닷가에서 익은 얼굴을 하고 있는 커플 아니면 뉴욕에 가서 1400달러보다 훨씬 값나가는 볼일을 처리해야 하는 우람하고 얼굴은 벌겋고 잔뜩 열 받은 표정을 짓고 있는 남자들이었다.

"머스탱 컨버터블하고 아루바(카리브 해에 위치한 섬 — 옮긴이) 2인 여행권을 주겠다고 하면 우리 자리를 둘 다 드릴게요!"

저 뒤편에서 누군가가 외쳤다. 그의 익살에 여기저기서 웃음을 터뜨렸다. 아주 화기애애한 웃음은 아니었다.

게이트 담당 직원은 배지를 목에 건 금발의 경찰관을 쳐다보았지만 거기에서 도움을 바랐다면 물 건너간 얘기였다. 그녀는 눈동자만 움직이며 계속 객실을 훑어볼 뿐이었다. 직원은 한숨을 쉬고 말했다.

"1600달러를 드리겠습니다."

팀 제이미슨은 문득 이 빌어먹을 비행기에서 벗어나 남의 차를 얻어 타고 북쪽으로 가고 싶다는 생각이 들었다. 방금 전에서야 퍼뜩 떠오른 생각이었지만 그러는 자신의 모습이 아주 선명하게 그려졌다. 엄지손가락을 들고 허낸도 카운티 중간 어딘가의 301번 고속도로에 서 있는 모습이. 날은 무덥고, 날벌레들은 떼를 지어 다니며, 낙상 사고 전문 변호사를 소개하는 광고판이 있고, 바로 옆 트레일러의 콘크리트블록 발판에 놓인 대형 휴대용 카세트 라디오에서는 「테이크 잇 온 더 런」이 요란하게 흘러나온다. 웃통을 벗은 남자가 그 차를 세차 중이다. 결국에 존이라는 농부가 등장해 양옆으로 칸막이를 박은 짐칸에는 멜론을 싣고 계기판에는 예수 자석을 붙여 놓은 픽업트럭에 그를 태워 줄 것이었다. 이 장면에서 가장 마음에 드는 부분은 주머니에 챙긴 현금이 아니었다. 향수, 땀 그리고 헤어스프레이 냄새가 서로 전쟁 중인 이 정어리 통조림에서 멀찌감치 벗어나 홀로 거기 서 있다는 것이었다.

하지만 두 번째로 마음에 드는 부분은 정부의 젖꼭지를 비틀어 몇 달러를 더 갈취할 수 있다는 것이었다.

그는 완벽하게 정상범주에 드는 몸을 일으키고(키가 180센티미터를 살짝 넘겼다.) 안경을 코 위로 추어올리며 손을 들었다.

"2000달러로 하고 비행기 표를 현금으로 환불해 주시면 제 자리를 양보하겠습니다."

2

숙박권이 제공된 호텔은 탬파 국제공항에서 가장 혼잡한 활주로가 끝나는 지점 근처의 싸구려 호텔이었다. 팀은 비행기 소리를 들으며 잠이 들었다가 다시 비행기 소리를 들으며 일어나 무료로 제공되는 조식 뷔페에서 삶은 달걀과 딱딱한 팬케이크 두 장을 먹었다. 진수성찬과는 거리가 멀었지만 맛있게 해치우고 다시 객실로 돌아가 은행이 문을 여는 9시까지 기다렸다.

뜻밖의 횡재는 아무 문제없이 현금으로 바꿀 수 있었다. 은행에서 그가 방문할 예정이라는 것을 알고 수표를 미리 승인해 놓았기 때문이었다. 그는 승인이 떨어질 때까지 싸구려 호텔에서 기다릴 생각이 없었다. 그는 2000달러 상당의 50달러와 20달러짜리 지폐를 접어서 왼쪽 앞주머니에 넣고, 은행 경비에게 맡겨놓은 그의 더플백을 건네받고, 택시를 호출해 엘러턴까지 타고 갔다. 거기서 내려 기사에게 요금을 지불하고 가장 가까운 301-N 표지판까지 어슬렁어슬렁 걸어가 엄지손가락을 내밀었다. 15분 뒤에 케이스 회사 로고가 달린 모자를 쓴 노인이 그를 태워 주었다. 그 픽업트럭은 뒤에 멜론을 싣지도 않았고 옆에 칸막이를 달지도 않았지만 나머지는 그가 전날 저녁에 상상한 그림과 상당히 맞아떨어졌다.

"어디까지 가시나, 친구?"

노인이 물었다.

"음. 최종 목적지는 뉴욕이에요. 아마도."

팀은 말했다.

"제정신 박힌 인간이면 거기 가서 뭐하게?"

노인은 담뱃진을 창밖으로 길게 뱉었다. 그는 '지정신'이라고 사투리를 썼다.

"글쎄요."

말은 그렇게 했지만 팀에게는 그럴 만한 이유가 있었다. 경찰서에서 같이 근무했던 예전 동료가 말하길 뉴욕에 가면 사설 경비 업체가 많고, 플로리다 경찰 세계에 두 번 다시 발을 들이지 못하도록 그를 아작낸 개자식 로브 골드버그보다 그의 경력을 높게 평가할 회사도 몇 군데 있다고 했다.

"오늘 저녁에는 일단 조지아까지 갔으면 좋겠어요. 어쩌면 거기가 더 마음에 들지도 모르죠."

"말이 나왔으니 말인데, 조지아도 나쁘지 않아, 특히 복숭아를 좋아하면. 나는 먹으면 배탈이 나지만. 음악 좀 틀어도 되겠소?"

"그럼요."

"미리 경고하지만 시끄러울 거요. 내가 기가 좀 안 좋아서."

"저야 태워 주시기만 하면 감사하죠."

REO 스피드왜건(1980년대 초에 전성기를 누린 락밴드―옮긴이)이 아니라 웨일런 제닝스(1970년대에 인기를 끈 컨트리 가수―옮긴이)의 노래였지만 상관없었다. 그 뒤로는 슈터 제닝스와 마티 스튜어트가 이어졌다. 희끗희끗하게 진흙이 묻은 닷지 램에 몸을 실은 두 남자는 노래를 들으며 지나가는 고속도로를 감상했다. 110킬로미터를 갔을 때 노인이 길가에 차를 대고 팀에게 케이스 모자를 살짝 들어 보이며 재미진 하루 보내길 바란다고 말했다.

팀은 그날 저녁에 조지아까지 가지 못하고 오렌지주스를 파는 노점 옆의 또 다른 싸구려 호텔에서 다시 하룻밤 신세를 졌지만 다음 날 목적을 달성했다. 브런즈윅이라는 마을(맛있는 스튜가 개발된 곳이다.)의 재활용품 처리 공장에서 2주 동안 일을 하긴 했지만, 탬파를 출발하는 델타 항공기에서 좌석을 양보했을 때처럼 별 생각 없이 내린 결정이었다. 돈이 필요해서라기보다 팀이 짐작건대 그에게는 시간이 필요했다. 그는 과도기였고 그 시기는 하룻밤 새 끝나는 것이 아니었다. 게다가 데니스 패밀리 레스토랑 바로 옆에 볼링장이 있었다. 거부할 수 없는 조합이었다.

3

팀은 재활용품 처리 공장에서 받은 보수와 항공사에서 받은 공돈을 들고, 브런즈윅에서 95번 주간 고속도로 북쪽 방향으로 나가는 진입로에 서 있었다. 떠돌이치고는 주머니가 제법 두둑했다. 뙤약별을 맞으며 한 시간 넘게 서 있다가 포기하고 데니스로 돌아가 달달한 아이스티나 한 잔 마실까 고민하던 찰나에 볼보 스테이션 왜건이 멈추어 섰다. 뒷좌석에 상자를 가득 실은 차였다. 나이 많은 여자 운전자가 조수석 쪽 창문을 내리고 두툼한 안경 너머로 그를 빤히 쳐다보더니 말했다.

"덩치가 크지는 않지만 제법 근육질이군요. 성폭행범이거나 정신병자는 아니겠지요?"

"네, 부인."

팀은 이렇게 대답하고 생각했다. 이건 대답이 정해져 있는 질문 아닌가?

"정체가 뭐건 간에 당연히 그렇게 대답하겠죠. 사우스캐롤라이나까지 가는 길이에요? 더플백을 보아하니 그런 모양인데."

차 한 대가 그녀의 볼보를 지나 클랙슨을 울리며 쌩하니 진입로를 달려 올라갔다. 그녀는 아랑곳하지 않고 평화로운 시선을 팀에게서 옮기지 않았다.

"네, 부인. 뉴욕까지 가려고 합니다."

"뭐 하나만 도와주면 내가 사우스캐롤라이나까지 태워다 줄게요. 그 촌구석 깊숙이는 아니고 살짝 안까지. 상부상조하자고요. 무슨 뜻인지 알죠?"

"서로 등을 긁어 주자는 말씀이죠."

팀은 씩 웃었다.

"아무 데도 긁을 일은 없겠지만 생각이 있으면 타요."

팀은 올라탔다. 그녀의 이름은 마저리 켈러먼이었고 브런즈윅 도서관장이었다. 그런가 하면 남동부 도서관 협회인가 뭔가 하는 단체의 회원이기도 했다. 그 협회는 돈이 없는데 "왜냐하면 트럼프하고 그 일당이 다 빼앗아갔거든요. 그들이 문화를 이해하는 수준은 당나귀가 수학을 이해하는 수준하고 비슷해요."라고 했다.

아직 조지아를 벗어나지 못하고 북쪽으로 100킬로미터를 갔을 때 그녀는 풀러라는 마을의 조그맣고 초라한 도서관 앞에서 차를 세웠다. 팀은 책이 든 상자를 내려 짐수레에 실어서 안으로 옮겼다. 그리고 다른 열댓 개의 상자를 다시 볼보에 실었다. 마저리 켈러먼이 말하길 그 상자들은 북쪽으로 약 60킬로미터를 더 가서 사우스캐롤라이나 경계선을 지나면 나오는 예마시 공립도서관이 목적지라고 했다. 하지만 하디빌을 지나고 얼마 되지 않았을 때 그들은 더이상 전진하지 못하고 발목이 잡혔다. 자동차와 트럭들이 양쪽 차로에 즐비했고 그들 뒤로도 순식간에 행렬이 불어났다.

마저리가 말했다.

"아, 이럴 때마다 정말 싫더라. 꼭 사우스캐롤라이나에 오면 이러는 느낌이에요. 돈이 없어서 고속도로를 넓히지 못하니, 원. 앞에서 사고가 나도 이 차로밖에 없으니 지나갈 방법이 없잖아요. 이러다 여기서 날 새게 생겼네. 제이미슨 씨, 이제 놓아 줄게요. 내가 당신이라면 이 차에서 내려 하디빌 출구까지 걸어가서 17번 고속도로에 희망을 걸어 보겠어요."

"저 많은 책들은 어쩌고요?"

"아, 다른 허리 튼튼한 남정네한테 도와 달라고 할게요. 사실 거기서 뙤약볕 아래에 서 있는 당신을 보고 좀 아슬아슬하게 살아 보기로 마음먹은 거였어요."

그녀는 말하고 그를 보며 미소를 지었다.

교통체증 때문에 그는 폐소공포증을 느꼈다. 사실 델타 항공기의 이코노미석 중간에 꼼짝없이 갇혔을 때도 그랬다.

"뭐, 그래도 되겠다 싶으시면요. 안 되겠다 싶으시면 같이 갈게요. 급하게 어디 가야 하는 건 아니거든요."

"괜찮아요. 만나서 반가웠어요, 제이미슨 씨."

"저도요, 켈러먼 부인."

"혹시 금전적인 지원이 필요해요? 10달러는 줄 수 있는데."

그는 평범한 사람들, 특히 넉넉하지 않은 사람들이 일상적인 친절과 호의를 베풀면 가슴이 뭉클해졌고 놀랐다. 이번이 처음도 아니었다. 아니라고 하는 사람들이 있을지 몰라도(그도 어떨 때는 그랬다.) 미국은 아직 살 만한 곳이었다.

"아뇨, 괜찮습니다. 생각해 주셔서 감사해요."

그는 그녀와 악수를 하고 차에서 내려 95번 주간 고속도로의 갓길을 따라 하디빌 출구까지 걸어갔다. 17번 고속도로에서 금세 차를 얻어 탈 수 없을 것 같은 예감이 들자 92번 주 도로와 만나는 지점까지 몇 킬로미터를 걸어갔다. 거기에 듀프레이 마을 쪽을 가리키는 표지판이 있었다. 벌써 늦은 오후였기 때문에 팀은 모텔을 찾아서 하룻밤 쉬었다 가는 게 좋겠다고 결정을 내렸다. 분명 또다시 싸구려 숙소겠지만, 밖에서 자다가 모기 떼에게 산 채로 잡아먹히거나 어느 농가의 헛간 신세를 지는 것보다는 나았다. 때문에 그는 듀프레이를 향해 걸음을 옮겼다.

엄청난 사건들도 경첩의 사소한 움직임 하나로 방향이 바뀔 때가 있다.

4

한 시간 뒤에 그는 2차로 가장자리의 바위에 앉아서 끝이 없어 보이는 화물 열차가 지나가길 기다리고 있었다. 열차는 시속 50킬로미터라는 위풍당당한 속도로 듀프레이를 향해 가고 있었다. 유개화차, 차운차(대부분 새 차가 아니라 고물차가 실려 있었다.) 그리고 탈선이라도 하면 소나무 숲에 불을 내거나 듀프레이 주민들에게 유독하거나 심지어 치명적인 연기를 내뿜을 수도 있는 정체 모를 유해물질을 잔뜩 실은 무개화차. 마침내 작업복을 입은 남자가 정원용 의자에 앉아서 책을 읽으며 담배를 피우는 주황색 승무원실이 등장했다. 그는 책을 읽다 말고 고개를 들어서 팀에게 손을 한 번 흔들었다. 팀도 곧바로 화답했다.

3킬로미터를 더 갔을 때 (이제는 메인 가라고 불리는) 92번 철도와 다른 두 도로로 이루어진 네거리를 중심으로 건설된 마을이 나왔다.

듀프레이는 이보다 큰 도시를 장악한 체인점의 공습을 그럭저럭 피한 듯해 보였다. 웨스턴 오토 부품 가게가 있기는 했지만 문을 닫았고 유리창이 뿌옇게 비누칠이 되어 있었다. 슈퍼, 약국, 이것저것 조금씩 파는 듯한 잡화점, 미용실 두 개가 보였다. 차양에 **매매 및 임대**라고 적힌 극장, 듀프레이의 빠른 손을 자처하는 자동차용품점, 베브스 이터리라는 식당도 있었다. 세 군데 교회 중 하나는 감리교회, 두 개는 특별한 종파 없이 운영되는 곳으로 모두 예수에게로 나아오라는 부류였다. 번화가에 사선으로 그려진 주차공간에 듬성듬성 세워진 자동차와 농장용 트럭은 기껏해야 20여 대였다. 인도는 거의 인적이 없다시피 했다.

세 블록 더 걸어가자 다시 교회가 나온 뒤에 듀프레이 모텔이 등장했다. 그 너머로 메인 가가 92번 철도로 복귀하는가 싶은 곳에 다시 건널목과 역이 있었고 줄줄이 이어지는 금속 지붕이 햇볕을 받고 반짝거렸다. 이 건축물 너머로 다시 소나무 숲이 이어졌다. 팀이 보기에는 전체적으로 앨런 잭슨이나 조지 스트레이트가 향수를 담아서 노래하는 컨트리 발라드에나 등장함직한 마을이었다. 오래돼서 녹이 슨 모텔 간판을 보니 영화관처럼 영업을 중단했을 수도 있겠다는 생각이 들었지만, 이제 오후가 점점 저물어가고 있는데 이 마을에서 쉼터라고 할 만한 곳이 여기밖에 없었기 때문에 팀은 그쪽으로 걸음을 옮겼다.

듀프레이 관청을 지나 모텔까지 반쯤 갔을 때 벽면이 사다리 같은 담쟁이로 덮인 벽돌 건물이 나왔다. 깔끔하게 잔디를 깎은 앞마당에 여기가 페어리 카운티 보안관서라는 팻말이 있었다. 팀은 이 마을이 카운티 치안 본부 소재지라면 이 카운티도 참 딱한 처지라 는 생각이 들었다.

그 앞에 두 대의 순찰차가 주차되어 있는데, 한 대는 새것에 가까 운 세단이고 다른 한 대는 계기판에 경광등이 달렸고 여기저기 진 흙이 튄 낡은 4러너(도요타의 SUV — 옮긴이)였다. 팀은 입구를 쳐다보 며(현금을 제법 많이 들고 있는 방랑객 특유의 거의 무의식적인 동작이었다.) 몇 발짝 걸어갔다가 다시 돌아와 쌍여닫이문의 양옆에 달린 게시판을 좀 더 유심히 들여다보았다. 그중에서도 한쪽 게시판에 주목했다. 잘못 읽은 게 분명해 보였지만 확인하고 싶기 때문이었다.

요즘 같은 시절에 그럴 리가. 그는 생각했다. 있을 수 없는 얘긴데.

하지만 맞았다. **사우스캐롤라이나에서는 마리화나가 합법인 줄 아셨다면 '다시 생각해 주시기 바랍니다.'** 라고 되어 있는 포스터 옆에 이런 포스터가 있었다. **야경꾼을 구합니다. 안쪽에서 신청을 받습니다.**

우와. 그는 생각했다. 추억 돋는다는 게 이럴 때 쓰는 표현인가.

그는 녹슨 모텔 간판 쪽으로 몸을 돌렸다가 구인 광고를 떠올리 며 다시 멈칫했다. 바로 그때 경찰서 문이 열리면서 빨간 머리에 모 자를 쓴 멀대같은 경관이 나왔다. 저물어가는 햇살이 배지 위에서 반짝였다. 그는 팀의 워크부츠와 지저분한 청바지와 파란색 샴브 레이 셔츠를 유심히 관찰했다. 팀이 어깨에 짊어진 더플백에 잠시 시선을 두었다가 다시 그의 얼굴 쪽을 보았다.

"어떻게 오셨나요?"

그는 비행기 안에서 일어났을 때 느꼈던 충동을 다시금 느꼈다.

"글쎄요, 저도 잘 모르겠지만 혹시 모르죠."

5

빨간 머리의 경관은 태거트 패러데이 부보안관이었다. 그가 팀을 안쪽으로 안내하자 네 개의 공간을 갖춘 유치장에서 흘러나온 표백제와 암모니아 탈취제의 익숙한 냄새가 그들을 맞았다. 패러데이는 오늘 오후에 신고 접수를 맡은 중년의 부보안관 베로니카 깁슨에게 팀을 소개하고, 그의 운전면허증과 다른 신분증을 최소한 개 이상 보여 달라고 했다. 팀은 면허증과 더불어 새러소타 경찰 신분증을 제시하되 9개월 전에 만료된 신분증이라는 사실을 있는 그대로 실토했다. 그랬음에도 그걸 보고 두 부관의 태도가 살짝 달라졌다.

로니(베로니카의 애칭―옮긴이) 깁슨이 말했다.

"페어리 카운티 주민이 아니시네요."

팀은 인정했다.

"네, 아닙니다. 하지만 야경꾼으로 취직하면 페어리 카운티 주민이 될 수 있어요."

패러데이가 말했다.

"보수는 얼마 안 돼요. 그리고 내 소관도 아니고. 애시워스 보안관님이 뽑고 자르거든요."

로니 깁슨이 말했다.

"마지막 야경꾼은 퇴직해서 조지아로 이사했어요. 에드 위틀록. ALS에 걸렸어요, 그 루 게릭도 걸린 병요. 좋은 분이었는데. 재수도 없지. 하지만 돌봐줄 사람이 거기 살거든요."

태그(태거트의 애칭—옮긴이) 패러데이가 말했다.

"원래 착한 사람들이 똥바가지를 뒤집어쓰잖아요. 저이한테 서류 줘요, 로니."

그러고는 팀에게 말했다.

"여기는 규모가 작아요, 제이미슨 씨. 다 해서 일곱 명이고 그중 두 명은 파트타임이에요. 세금으로 감당할 수 있는 게 그 정도라. 존 보안관님은 지금 순찰 중이에요. 5시, 늦어도 5시 반까지 서로 복귀하지 않으면 그대로 퇴근해서 내일은 되어야 오실 거예요."

"아무튼 오늘 밤은 이 근처에 있을게요. 모텔이 아직 영업 중이라면요."

"아, 노버트의 모텔에 방이 몇 개 있긴 할 거예요."

로니 깁슨이 말했다. 그녀와 빨간 머리는 서로 흘끗 쳐다보았고 동시에 웃음을 터뜨렸다.

"별 네 개짜리 시설은 아니겠죠."

"그 부분에 대해서는 노코멘트 할게요. 하지만 나라면 침대에 눕기 전에 시트에 진드기는 없는지 체크하겠어요. 새러소타 경찰서는 왜 그만뒀어요, 제이미슨 씨? 퇴직하기에는 아직 젊은 나이인 것 같은데."

깁슨이 말했다.

"그건 보안관님이랑 얘기할 문제라고 보는데요. 보안관님께서

면접을 보자고 하시면요."

팀의 대꾸에 두 경관은 좀 전보다 길게 또다시 서로 쳐다보았고 잠시 후에 태그 패러데이가 말했다.

"가서 지원서 갖다 줘요, 로니. 만나서 반가웠어요, 제이미슨 씨. 듀프레이에 오신 것을 환영합니다. 선만 지키면 아무 문제없을 거예요."

그 말을 끝으로 그는 선을 지키지 않았을 때는 어떻게 되는지 해석의 여지를 남겨놓은 채 나갔다. 팀은 주차되어 있던 4러너가 후진해 듀프레이의 짧은 중심가에서 멀어져가는 것을 철창이 달린 유리창 너머로 지켜보았다.

지원서는 클립보드에 꽂혀 있었다. 팀은 왼쪽 벽에 붙어 있는 세 개의 의자 중 가운데 의자에 앉아서 다리 사이에 더플백을 내려놓고 서류를 작성하기 시작했다.

야경꾼이라니. 그는 생각했다. 이게 웬일이람.

6

애시워스 보안관(팀이 알게 된 바에 따르면 부관들뿐 아니라 대부분의 마을 주민들도 존 보안관이라고 불렀다.)은 배가 많이 나왔고 걸음이 느렸다. 바셋하운드처럼 턱이 늘어졌고 흰머리가 많았다. 제복 셔츠에는 케첩이 묻어 있었다. 허리춤에 글록 권총을 찼고 한쪽 새끼손가락에 루비 반지를 꼈다. 억양이 강했고 태도는 서글서글했지만 투실투실한 살 속 깊숙이 자리 잡은 두 눈은 영리하고 호기심이 많아 보였다. 「워킹 톨」과 같은 진부한 남부 영화에 등장하는 전형적인 인물일 수도 있었지만 흑인이었다. 그리고 또 하나. 콴티코에 있는 FBI 산하 국립 아카데미 수료증이 트럼프 대통령의 사진 옆에 액자로 걸려 있었다. 그런 수료증은 시리얼 상자 뚜껑에 달린 응모권을 보내서 받을 수 있는 게 아니었다.

존 보안관은 보안관실 의자에 기대앉으며 말했다.

"좋아요, 그럼. 시간을 많이 할애하지는 못해요. 저녁 먹는 시간에 늦으면 마르셀라가 싫어하거든요. 물론 급한 일이 있으면 예외지만."

"알겠습니다."

"그럼 본론으로 직행합시다. 새러소타 경찰서를 그만둔 이유는 뭐고 여긴 대체 어쩐 일인가요? 사우스캐롤라이나에 통행량이 많은 도로는 몇 군데 되지 않고 그런 도로가 듀프레이 옆을 지나지도 않는데."

애시워스가 오늘 저녁에는 아닐지 몰라도 내일 아침이면 새러소타에 전화를 할 테니 그럴 듯하게 포장해 봐야 소용없었다. 딱히 그러고 싶은 생각도 없었다. 팀으로서는 야경꾼으로 취직하지 못하면 듀프레이에서 하룻밤 자고 내일 아침에 쉬엄쉬엄 다시 뉴욕으로 출발하면 그만이었다. 이제 보니 이번 여행은 작년 말의 어느 날 새러소타의 웨스트필드 몰에서 벌어졌던 그 사건과 앞으로 이어질 날들 사이에 반드시 거쳐야 하는 과도기였다. 그뿐 아니라 정직이 최선의 방책이었다. 특히 키보드와 와이파이만 있으면 누구든 거의 모든 정보를 입수할 수 있는 요즘 같은 시대에 거짓말을 하면 역풍을 맞게 되어 있었다.

"사직과 해고, 둘 중에 하나를 선택해야 하는 기로에서 사직을 선택했거든요. 어느 누구도 기뻐하지 않았고 특히 저는 제 일과 걸프만을 사랑했지만 그게 최선이었어요. 그래야 몇 푼이나마 챙길 수 있으니까요. 연금에 비할 바는 못 되지만 그래도 없는 것보다는 낫죠. 그걸 전처와 나누어 가졌어요."

"이유가? 따뜻할 때 저녁을 먹을 수 있게 간단하게 설명해 주었으면 하는데요."

"잠깐이면 됩니다. 작년 11월에 근무가 끝났을 때 구두를 사려고 웨스트필드 몰에 간 적이 있어요. 결혼식에 참석할 일이 있어서요. 제복 차림으로요. 어떤 상황인지 아시겠죠?"

"알다마다."

"신발 가게에서 나오는데 어떤 여자가 달려오더니 10대 아이가 극장 근처에서 권총을 흔들고 있다고 하더군요. 그래서 거기로 달려갔어요."

"총을 꺼내들고?"

"아뇨, 그때는 아직이었어요. 총을 든 아이는 열네 살쯤 되어 보였고 술이나 약에 취한 상태였어요. 어떤 아이를 쓰러뜨려서 발로 차고 있었고요. 그 아이를 향해 총을 겨눈 상태로."

"어째 클리블랜드에서 벌어진 그 사건 비슷하군. 가짜 총을 흔들던 흑인 아이를 경찰이 쏜 사건 말이죠."

"현장으로 출동했을 때 제 머릿속에 떠오른 생각도 그거였지만,

타미어 라이스를 쏜 경관도 아이가 진짜 총을 흔드는 줄 알았다고 맹세했죠. 제가 본 총도 진짜가 아닌 것 같았지만 *백 퍼센트* 장담할 수는 없었습니다. 보안관님도 이유를 아실지 모르겠지만요."

존 애시워스 보안관은 저녁에 대해 까맣게 잊은 듯했다.

"상대가 바닥에 쓰러뜨린 아이에게 그 총을 겨누고 있었기 때문이었겠지. 누구한테 가짜 총을 겨눌 이유가 없으니까. 바닥에 쓰러진 아이가 그게 가짜 총이라는 걸 모르지 않는 이상."

"나중에 범인은 아이를 향해 총을 겨눈 게 아니라 흔들었다고 했어요. '내 거야, 씨발놈아, 내 거 가져갈 생각은 하지도 마.' 이러면서. 제가 보기에는 그렇지 않았어요. 제 눈에는 그 녀석이 총을 겨누고 있는 것처럼 보였어요. 녀석에게 무기 버리고 손을 들라고 소리를 질렀죠. 녀석은 내 말을 못 들었거나 들은 척도 하지 않았어요. 계속 아이를 발로 차면서 총을 겨누더라고요. 뭐, 그 녀석 말에 따르자면 총을 흔들었다고 해야겠지만요. 아무튼 그래서 제가 총을 꺼냈어요."

그는 말을 하다 말고 멈추었다.

"이게 차이점이 될지 모르겠지만 그 두 아이는 백인이었어요."

"내가 보기에는 그게 그거군요. 아이들끼리 싸우고 있었네. 한 녀석은 쓰러져서 맞고 있었고. 다른 녀석은 진짜이건 가짜이건 아무튼 총을 들고 있었고. 그래서 그 녀석을 쐈어요? 설마 그 지경까지 간 건 아니겠지?"

"총에 맞은 사람은 없었습니다. 하지만…… 사람들이 싸움 구경을 하러 모였다가도 무기가 등장하면 그 즉시 어떤 식으로 뿔뿔이 흩어지는지 아시잖습니까."

"두말하면 잔소리. 제정신 박힌 사람이라면 일단 걸음아 날 살려라 도망을 치겠죠."

"그랬는데 끝까지 남은 사람이 몇 명 있었어요."

"휴대전화로 영상을 찍느라."

팀은 고개를 끄덕였다.

"스필버그 지망생이 네댓 명 됐죠. 아무튼 총으로 천장을 겨누고 공포탄을 발사했어요. 잘못 생각한 거였을지 몰라도 그 순간에는 그게 옳은 방법이라고 생각했거든요. 유일한 방법이라고요. 그런데 쇼핑몰의 그 부분에 치렁치렁한 조명이 달려 있었어요. 그중 하나가 총에 맞고 어느 구경꾼의 머리 위로 정통으로 떨어졌지 뭡니까. 총을 들고 있던 아이는 총을 떨어뜨렸는데, 총이 바닥을 때리자마자 튀는 걸 보고 가짜였다는 걸 알 수 있었어요. 45구경 자동 권총을 본떠서 만든 플라스틱 물총이더군요. 바닥에서 발길질을 당하던 아이는 몇 군데 멍이 생기고 찢어졌어도 꿰매야 할 만큼 심해 보이는 곳은 없었지만, 구경꾼은 기절해서 세 시간 동안 의식을 회복하지 못했습니다. 뇌진탕으로. 그자의 변호사에 따르면 기억상실과 극심한 두통이 생겼다더군요."

"그자가 경찰서를 고소했어요?"

"네. 비록 시간은 한참 걸리겠지만 결국에는 뭐라도 손에 쥐게 될 겁니다."

존 보안관은 생각에 잠겼다.

"싸움판을 찍으려고 남은 거라면 두통이 아무리 심해도 그렇게

많이 받지는 못할 겁니다. 경찰서에서는 당신에게 무분별한 총기 사용의 책임을 물었겠군.″

사실이었고, 팀은 이제 그 얘기는 그만했으면 좋겠다고 생각했다. 하지만 그럴 수는 없었다. 존 보안관은 「해저드 마을의 듀크 가족」에 나오는 보스 호그(주인공 듀크 가족을 싫어하는 부패한 관료—옮긴이)의 흑인 판처럼 생겼을지 몰라도 바보는 아니었다. 팀의 상황을 딱하게 여겼지만(경찰이라면 누구나 거의 그럴 것이었다.) 그래도 진위를 확인할 것이다. 사연의 나머지 부분까지 팀이 실토하는 편이 나았다.

″구두를 사러 가기 전에 제가 비치코머스에서 술을 두어 잔 마셨어요. 신고를 받고 출동해 아이를 체포한 경관들이 술 냄새를 맡고 제게 음주 측정을 했죠. 측정기를 불었을 때 법정 허용치를 넘기지는 않았지만 방금 전에 총을 발사해 사람을 병원에 실려가게 했으니 상황이 좋지 않았어요.″

″원래 술을 좋아하나요, 제이미슨 씨?″

″이혼하고 6개월 동안 많이 마셨지만 그건 2년 전 얘기고요. 지금은 아닙니다.″

물론 대답이 정해진 질문이지만. 그는 생각했다.

″그래요, 그래. 내가 제대로 이해했는지 하나씩 확인해 볼까요?″

보안관은 퉁퉁한 집게손가락을 들었다.

″당신은 비번이었으니 사복을 입고 있었다면 애초에 그 여자가 당신에게 달려올 이유도 없었지요.″

″그랬을지 모르지만 떠들썩한 소리를 듣고 제가 현장으로 갔을

겁니다. 경찰한테 비번이 어디 있습니다. 보안관님도 분명 아실 테지만요."

"그럼, 그럼. 하지만 그래도 총을 들고 있었을까요?"

"아뇨, 차에 두고 내렸겠죠."

애시워드는 그 대목에서 손가락을 하나 더 펴더니 곧 이어서 세 번째 손가락을 추가했다.

"그 아이가 장난감 총을 들고 있었을지 몰라도 진짜 총이었을 수도 있지요. 어느 쪽인지 확실히 알 수 없었잖아요."

"그렇죠."

이제 그가 네 번째 손가락을 폈다.

"그리고 이 싸움이 벌어지기 전에 어쩌다 보니 술을 두 잔 마셨고요."

"네. 제복을 입은 상태에서요."

존 보안관은 책상 가장자리를 손끝으로 두드렸다. 한 번 두드릴 때마다 새끼손가락에 긴 루비 반지가 조그맣게 딸깍거렸다.

"훌륭한 선택도 아니었고…… 그 뭣이냐…… 훌륭한 동체시력도 아니었지만 그래도 내가 보기에는 지지리도 운이 없었군요. 당신 이야기가 사실일 수밖에 없을 정도로 황당하지만 그래도 예전 직장에 전화해서 진위를 확인해 봐야겠군요. 이 얘기를 다시 들으며 새롭게 감탄하기 위해서라도."

팀은 미소를 지었다.

"제 상사는 버너뎃 디피노였습니다. 새러소타 경찰서장이고요. 이제 얼른 가서 저녁 드세요. 사모님께서 노발대발하시겠어요."

"그래요, 그래, 마시 걱정은 나한테 맡겨요. 지금 당신 음주측정을 하면 수치가 얼마가 나올까요?"

보안관은 자기 배 위로 몸을 기울였다. 눈이 그 어느 때보다 반짝거렸다.

"궁금하면 한번 알아보시죠."

그는 다시 의자에 기대고 앉았다. 의자가 버티느라 악을 썼다.

"하지 않겠어요. 그럴 필요도 없고. 이런 시골 촌구석에서 야경꾼으로 취직하려는 이유가 뭐죠? 보수도 1주일에 100달러밖에 안 되고 일요일부터 목요일까지는 일이랄 게 별로 없지만 금요일과 토요일 밤에는 심해질 수도 있는데. 펜리의 스트립 클럽은 작년에 문을 닫았지만 인접한 지역에 술집이 몇 군데 있어요."

"저희 할아버지께서 미네소타 주 히빙에서 야경꾼으로 일을 하셨어요. 밥 딜런이 어렸을 때 살았던 곳에서. 주 경찰로 근무하다가 퇴직하신 뒤에요. 어렸을 때 제 장래희망이 경찰이었던 것도 할아버지 덕분이었거든요. 지나가다 공고를 보고 그냥……."

팀은 어깨를 으쓱했다. 그냥 무슨 생각을 했을까? 재활용품 처리 공장에서 일을 한 것과 같은 맥락이었다. 그냥 별다른 의도는 없었다. 적어도 정신적으로나마 힘든 일을 할 수 있을지 모르겠다는 생각이 들었을 뿐이다.

존 보안관은 상당히 불룩한 배 위로 손깍지를 끼고 투실투실한 살 속 깊숙한 데서 호기심으로 반짝이는 그 눈으로 팀을 물끄러미 쳐다보았다.

"할아버지의 뒤를 잇겠다? 흐음. 이제 은퇴한 셈 치기로 한 겁니까? 그래서 남는 시간에 할 만한 일을 찾기로? 그러기에는 조금 젊은 나이 아닌가 싶은데."

"경찰에서 은퇴한 건 맞습니다. 그 생활은 끝났어요. 친구 하나가 뉴욕에 오면 경비로 취직시켜 줄 수 있다길래 환경을 바꿔 보고 싶었거든요. 어쩌면 뉴욕까지 가지 않아도 환경의 변화를 꾀할 수 있지 않을까 싶어서요."

그가 진심으로 원했던 것은 어쩌면 심경의 변화였다. 야경꾼 일로 그 소망을 이룰 수는 없겠지만 모르는 일이었다.

"이혼을 했다고요."

"네."

"아이는요?"

"없습니다. 아내는 아이를 낳고 싶어 했지만 저는 아니었거든요. 마음의 준비가 되지 않은 것 같아서요."

존 보안관은 팀의 지원서를 내려다보았다.

"여기 보니까 나이가 마흔두 살인데요. 전부 다 그렇지는 않겠지만 대부분의 경우에는 그 나이가 됐는데도 마음의 준비가 되지 않는다면……."

그는 팀이 정적을 채워 주길 바라며 가장 훌륭한 경찰의 수법을 동원해 말끝을 흐렸다. 팀은 그의 기대에 부응하지 않았다.

"결국에는 뉴욕으로 떠날지 모르지만 아직은 그냥 방랑하는 중이다. 이렇게 봐도 되겠습니까, 제이미슨 씨?"

팀은 잠깐 생각해 본 끝에 그렇다고 동의했다.

"당신한테 이 일을 맡겼는데 2주나 한 달 만에 갑자기 그만두고 떠나지 않을 거라고 무슨 수로 장담할 수 있겠어요. 듀프레이가 전 세계는커녕 사우스캐롤라이나 안에서도 아주 재미있는 곳이 못 되는데. 그러니까 내 말인즉 무슨 수로 당신을 신뢰할 수 있겠냐는 겁니다."

"진득하니 있겠습니다. 그러니까 보안관님이 보시기에 제가 일을 제대로 하고 있다 싶으면요. 그렇지 않은 것 같으면 자르셔도 됩니다. 떠나야겠다는 생각이 들면 충분한 시간을 두고 말씀드리겠습니다. 약속합니다."

"이 일 하나만으로는 먹고 살기에 부족할 텐데."

팀은 어깨를 으쓱했다.

"필요하면 추가로 다른 일자리를 찾아볼 겁니다. 설마 이 일대에서 투잡을 뛰는 사람이 저 하나만은 아니겠죠. 그리고 모아놓은 돈이 좀 있어서 어느 정도는 버틸 수 있습니다."

존 보안관은 가만히 앉아서 잠깐 고민을 하다가 자리에서 일어났다. 거구치고 움직임이 놀라우리만치 민첩했다.

"어떻게 할지 내일 오전에 같이 고민해 봅시다. 10시쯤이면 괜찮을 것 같은데."

그 시각이면 새러소타 경찰서에 연락해 내 말이 맞는지 확인하기에 충분하겠지. 팀은 생각했다. 그리고 내 전적에 문제는 없는지도 알아보고.

그는 자리에서 일어나 손을 내밀었다. 존 보안관의 손아귀는 단단하고 느낌이 좋았다.

"오늘밤에는 어디서 지낼 생각인가요, 제이미슨 씨?"

"여기서 조금만 가면 나오는 모텔요. 빈방이 있을지 모르겠습니다만."

보안관은 말했다.

"아, 빈방 많을 거예요. 그리고 노버트가 당신한테는 약초를 팔려고 하지 않을 테고. 당신한테서 아직까지 경찰 분위기가 살짝 풍기거든. 그리고 튀긴 음식 소화하는데 별 문제 없는지 모르겠지만 이 옆 베브스가 7시까지 문을 열어요. 내가 개인적으로 좋아하는 메뉴는 간과 양파죠."

"감사합니다. 그리고 제게 기회를 주신 것도 감사합니다."

"별말씀을. 재밌는 대화였습니다. 그리고 듀프레이에 체크인할 때 노버트한테 존 보안관이 좋은 방 내주라고 했다고 전해요."

"알겠습니다."

"그래도 나라면 침대에 눕기 전에 벌레는 없는지 확인하겠지만."

팀은 미소를 지었다.

"그 충고는 이미 들었습니다."

ㄱ

베브스 이터리에서 먹은 저녁 메뉴는 프라이드치킨 스테이크와 깍지콩이었고 디저트는 복숭아 코블러(위에 밀가루 반죽을 두껍게 씌운 과일 파이 ─옮긴이)였다. 그럭저럭 먹을 만했다. 듀프레이 모텔에서 배정받은 객실은 얘기가 달랐다. 여기에 비하면 팀이 북쪽으로 슬

슬 이동하는 동안 묵었던 곳들은 궁전이었다. 창문에 달린 에어컨은 바쁘게 덜거덕거리지만 별로 시원하지는 않았다. 녹슨 샤워꼭지에서는 물이 뚝뚝 떨어지는데 막을 방법이 없어 보였다. (결국에는 그 아래에 수건을 받쳐 시계 초침 비슷한 소리를 죽였다.) 침대 옆 스탠드의 전등갓은 두어 군데가 불에 탔다. 딱 한 개 걸려 있는 그림(범선을 그렸는데 전원 흑인인 선원들이 살인범 같은 얼굴로 씩 웃고 있는 심란한 작품이었다.)은 삐딱했다. 팀이 똑바로 걸자마자 바로 다시 삐딱해졌다.

밖에 정원용 의자가 있었다. 좌석은 푹 꺼졌고 다리는 고장 난 샤워꼭지처럼 녹이 슬었지만 무너지지는 않았다. 그는 다리를 뻗고 거기 앉아서 벌레를 잡아가며 나무 사이로 주황색 용광로처럼 이글거리는 태양을 지켜보았다. 그걸 보고 있노라니 행복한 동시에 우울해졌다. 8시 15분쯤에 또다시 거의 끝이 없어 보이는 화물 열차가 주 도로를 가로지르고 마을 외곽의 창고를 지나갔다.

"저 빌어먹을 조지아 남행 열차는 항상 늦어요."

팀이 고개를 돌려보니 이 멋진 모텔의 주인이자 딱 한 명뿐인 야간 담당 직원이 있었다. 그는 꼬챙이처럼 비쩍 말랐다. 페이즐리 무늬의 조끼를 헐렁하게 걸쳤다. 카키색 바지는 짧아서 흰색 양말과 다 낡은 컨버스 운동화가 훤히 드러났다. 얼굴은 어렴풋이 쥐를 닮았고 고풍스러운 비틀즈 헤어스타일이었다.

"설마요."

팀이 말했다.

노버트는 어깨를 으쓱했다.

"상관없긴 해요. 저녁 열차는 항상 그냥 통과하거든요. 자정 열차도 대개는 그렇지만 기름이나 슈퍼에 납품할 과일과 채소가 있으면 예외고요. 저짝에 교차로가 있어요."

그는 손가락 두 개로 X표를 만들어 보였다.

"한쪽은 애틀랜타, 버밍엄, 헌츠빌, 이런 데로 가는 노선이에요. 다른 쪽은 잭슨빌에서 출발해 찰스턴, 윌밍턴, 뉴포트 뉴스, 이런 데로 가는 노선이고요. 주간 화물 열차들이 주로 거기서 정차해요. 공장에서 일할 생각이에요? 거기는 항상 일손이 모자라거든요. 하지만 허리가 튼튼해야 해요. 나하고는 거리가 먼 얘기죠."

팀은 그를 바라보았다. 노버트는 운동화로 바닥을 쓸며 맛이 간 이를 드러내고 씩 웃었다. 아직은 아니었지만 금방이라도 다 빠지게 생겼다.

"손님 차는 어디 있어요?"

팀은 그를 계속 쳐다보기만 했다.

"손님 경찰이에요?"

"지금은 그냥 나무 사이로 지는 해를 감상하는 남자예요. 그리고 웬만하면 혼자 감상했으면 하고요."

"알겠습니다, 알겠습니다."

노버트는 말하고 등을 돌렸다가 실눈을 뜨고 어깨 너머로 한 번 흘끗 그를 훑어보았다.

마침내 화물 열차가 다 지나갔다. 교차로의 빨간불이 꺼졌다. 차단기가 올라갔다. 기다리고 있던 두세 대의 차량이 시동을 걸고 움직였다. 팀은 주황색에서 빨간색으로 바뀌며 저물어가는 태양을 지켜보았다. 야경꾼이었던 그의 할아버지가 보았더라면 붉은색 밤하늘, *뱃사람의 기쁨*이라고 했을 것이다.(저녁 노을이 나타나면 다음 날 날씨가 좋다는 속설이 있다—옮긴이) 그는 소나무 그림자가 92번 주 도로 위로 점점 길게 늘어서 서로 만나는 것을 지켜보았다. 야경꾼으로 취직하지 못할 게 분명하다는 생각이 들었고 어쩌면 잘된 일일지 몰랐다. 듀프레이는 모든 것과 거리가 먼 곳처럼 느껴졌다. 그냥 곁길이 아니라 아예 오지에 가까웠다. 네 개의 창고가 없다면 이 마을은 없어질 수도 있었다. 그런데 저 창고의 존재 이유가 무엇일까? 윌밍턴이나 노퍽과 같은 북쪽 항구에서 싣고 온 텔레비전을 애틀랜타나 메리에타로 배송하기 전까지 보관하는 곳일까? 애틀랜타에서 싣고 온 컴퓨터 부품 상자를 윌밍턴이나 노퍽이나 잭슨빌로 배송하기 전까지 보관하는 곳일까? 이 일대에서는 불법이 아니기 때문에 비료나 위험한 화학 물질을 보관하는 곳일까? 이런 식으로 생각은 꼬리에 꼬리를 물고 이어졌고 누구라도 알다시피 꼬리에 꼬리를 무는 생각은 영양가가 없기 마련이었다.

그는 안으로 들어가 문을 잠그고,(문이 하도 얇아서 발로 한 번 차면 부서지게 생겼으니 바보 같은 짓이기는 했다.) 옷을 벗고, 아래로 꺼지기는 했지만 벌레는 없는 (최소한 그가 보기에는 그랬다.) 침대에 누웠다. 두 손으로 머리를 받치고, 프리깃(주로 경계 임무를 맡던 19세기 목조 군함. 현대의 프리깃은 특정한 등급의 호위함을 일컫는 용어로 쓰인다—옮긴이)인지 뭔지 하는 배에 승선한 웃는 얼굴의 흑인들을 그린 그림을 물끄러미 쳐다보았다. 저들은 어디로 가고 있을까? 해적일까? 그의 눈에는 해적처럼 보였다. 그들의 정체가 뭔지 몰라도 다음번 기항지에서 짐을 싣고 내리고 할 것이었다. 어쩌면 모든 게 그랬다. 모두가 그랬다. 그만 해도 얼마 전에 뉴욕으로 출발할 예정이었던 델타 항공기에서 내리지 않았던가. 그는 이후에 깡통과 병을 분류기에 넣는 일을 했다. 오늘은 사람 좋은 사서를 대신해 여기에서는 책을 싣고 저기에서는 내렸다. 그가 지금 여기에 있는 이유도 오로지 견인차가 얼른 와서 일진이 안 좋았던 사고 차량을 치워 주길 기다리는 자동차와 트럭들로 95번 주간 고속도로가 꽉 찼기 때문이었다. 어쩌면 이미 구급차가 운전자를 싣고 가장 가까운 병원에 가서 내린 이후였을 수도 있었다.

하지만 야경꾼은 뭘 싣고 내릴 일이 없잖아. 팀은 생각했다. 그냥 순찰만 돌면 그만이지. 할아버지라면 그게 가장 좋은 점이라고 했을 것이다.

그는 잠이 들었다가 자정에 또 다른 화물 열차가 요란한 소리와 함께 지나가자 그 소리에 깼다. 화장실에 가서 볼일을 보고, 삐딱하게 걸린 그림을 내려 씩 웃고 있는 흑인들을 뒤로 돌려 벽에 기대고 세워놓고 다시 침대 위로 올라갔다.

그 빌어먹을 그림을 보면 오싹했다.

8

다음 날 아침에 객실 전화벨이 울렸을 때 팀은 샤워를 마치고 다시 정원용 의자에 앉아 해가 질 무렵 도로를 덮었던 그림자가 반대 방향으로 점점 물러나는 것을 바라보고 있었다. 전화를 한 사람은 존 보안관이었다. 그는 뜸을 들이지 않았다.

"당신이 모셨던 경찰서장이 출근하기에는 이른 시각이라 인터넷에서 검색해 보았어요, 제이미슨 씨. 지원서를 작성하면서 몇 가지 사실을 빠뜨렸더군요. 나하고 얘기하는 도중에도 언급하지 않았고. 2017년에 인명 구조 표창장을 받았고 2018년에는 새러소타 경찰서 올해의 경찰관상을 수상했던데. 그냥 깜빡한 겁니까?"

팀은 말했다.

"아뇨, 즉흥적으로 지원하게 된 거라서요. 좀 더 생각할 여유가 있었다면 기재했을 겁니다."

"악어 얘기 좀 들어봅시다. 내 고향이 리틀 피 디 늪지 근처라 악어가 등장하는 근사한 얘기를 좋아하거든요."

"별로 근사한 얘기도 아닙니다. 악어가 그렇게 크지 않았거든요. 그리고 제가 아이의 목숨을 구하지도 않았고요. 하지만 재미있는 구석이 있기는 해요."

"어디 들어봅시다."

"하이앤즈라는 사설 골프장에서 신고가 들어왔어요. 제가 그때 가장 가까운 데 있었고요. 아이가 어느 워터 해저드 근처 나무 위에 올라갔더라고요. 열한 살인가 열두 살이었는데 목이 터져라 비명을 지르고 있었어요. 바로 아래에 악어가 있었고요."

존 보안관이 말했다.

"어째 『꼬마 흑인 삼보』 비슷한 얘기로구먼.(부모님에게 선물 받은 옷을 자랑하러 길을 나선 삼보라는 아이가 숲속에서 배고픈 호랑이를 맞닥뜨리는 내용의 동화다—옮긴이) 내가 기억하기로 그 책에서는 악어가 아니라 호랑이긴 했지만. 사설 골프장이었다니 나무에 올라간 아이가 혹인은 아니었겠군요."

"네. 그리고 악어는 깨어 있다기보다 잠든 쪽에 가까웠어요. 크기는 1.5미터밖에 안 됐고요. 더 돼 봐야 1.8미터. 아이의 아버지에게 5번 아이언을 빌려서 몇 번 후려쳤어요. 그 아버지의 추천으로 제가 표창장을 받았죠."

"아이 아빠가 아니라 악어를 후려쳤다는 거겠죠?"

팀은 폭소를 터뜨렸다.

"네. 악어는 다시 워터 해저드 안으로 들어갔고 아이는 나무에서 내려왔고 그걸로 상황은 종료가 됐죠."

그는 잠깐 하던 얘기를 멈추었다.

"그런데 제가 저녁 뉴스에 등장했어요. 골프채를 휘두르는 모습으로요. 제가 녀석을 풀스윙으로 날려 버렸다고 아나운서가 농담을 했어요. 골프 용어를 써 가며."

"그래요, 그래. 그리고 올해의 경찰상은?"

"음. 제가 지각도 결근도 하지 않았고 아무라도 받아야 했거든요."

전화기 저편에서 잠시 정적이 이어졌다. 몇 초 후에 존 보안관이 말했다.

"이런 태도를 겸손하다고 해야 할지 자존감이 낮다고 해야 할지 모르겠지만, 어느 쪽이든 마음에 안 드는 건 마찬가지로군요. 잘 알지도 못하는 사람에게 너무 심한 말일지 몰라도 내가 워낙 서슴없이 얘기하는 성격이라. 누구는 나더러 입하고 뇌가 그냥 연결돼 있다고 표현하더군요. 예를 들면 우리 마누라라든가."

팀은 도로와 선로와 점점 뒤로 물러나는 그림자를 바라보았다. SF 영화에 나오는 로봇 침략군처럼 멀리서 어른거리는 급수탑에도 일말의 눈길을 할애했다. 짐작건대 오늘도 무더운 날이 될 듯했다. 그리고 또 한 가지 짐작할 수 있는 것이 있었다. 이 자리에 취직할 수 있을지 없을지 지금 이 순간 결정이 나겠다는 것이었다. 그가 앞으로 하는 대답에 따라 판가름이 날 것이었다. 문제는 그가 정말로 이 일을 하고 싶은지 아니면 톰 할아버지에 얽힌 추억을 떠올리며 즉흥적으로 지원한 건지 여부였다.

"제이미슨 씨? 전화를 끊은 건 아니겠지요?"

"제가 노력해서 받은 상입니다. 다른 경관이 받을 수도 있었고 동료 운도 따랐지만 네, 맞습니다, 제가 노력해서 받은 상이에요. 뉴욕에서 자리를 잡으면 부치려고 새러소타에 두고 온 것도 있지만 그 표창장은 들고 왔어요. 더플백 안에. 혹시 보고 싶으시면 보여드릴게요."

"보고 싶군요. 하지만 당신 얘기를 믿지 못해서 그러는 건 아니에요. 그냥 보고 싶은 거지. 야경꾼으로 일하기에는 당신이 어처구니없을 정도로 과분하지만 정말로 그 일을 하고 싶다면 오늘밤 11시부터 시작하죠. 11시부터 6시까지 하는 걸로."

"하고 싶습니다."

팀은 말했다.

"좋아요."

"그냥 그걸로 끝입니까?"

"나는 직감을 믿는 사람이기도 한데다 대형 보안업체 직원 뽑는 것도 아니고 야경꾼 아닙니까. 그러니까 맞아요, 그걸로 끝이에요. 10시까지 올 필요는 없어요. 눈 좀 더 붙이고 정오쯤에 들러요. 걸릭슨 경관에게 설명도 들을 겸. 금방 끝날 겁니다. 흔히들 하는 말로 이게 무슨 로켓 공학도 아니니까. 토요일 밤에 술집들이 문을 닫은 뒤에 메인 가 길바닥 위를 로켓처럼 날아다니는 맥주 캔은 있겠지만요."

"알겠습니다. 그리고 감사합니다."

"처음 일주일을 보낸 뒤에도 얼마나 고마워할지 두고 보겠어요. 그리고 한 가지 더. 당신은 부관이 아니기 때문에 총기를 휴대할 수 없습니다. 감당할 수 없거나 위험하다 싶은 상황에 맞닥뜨리면 무전으로 본부에 연락해요. 알겠어요?"

"네."

"약속을 지키는 게 좋을 겁니다, 제이미슨 씨. 총을 들고 다니다가 들키면 짐을 싸는 수가 있어요."

"알겠습니다."

"그럼 좀 쉬어요. 이제 어둠의 자식으로 지내야 할 테니."

드라큘라 백작처럼 말이지. 팀은 생각했다. 그는 전화를 끊고 **방해하지 마시오** 팻말을 문에 걸고 얇고 힘없는 커튼으로 창문을 가리고 휴대전화 알람을 맞춰놓고 다시 잠을 청했다.

9

보안관서에서 파트타임으로 일하는 웬디 걸릭슨 부관은 로니 깁슨보다 열 살 어렸고, 금발을 비명이 나올 정도로 세게 당겨서 하나로 묶었음에도 엄청난 미모를 자랑했다. 하지만 팀은 그녀에게 추파를 던지지 않았다. 방패를 단단히 들고 있는 것이 분명했기 때문이었다. 그녀가 야경꾼으로 염두에 둔 사람이 있었는지, 있었다면 남동생이나 남자친구였을지는 잠깐 궁금해졌다.

그녀는 별 것 없는 듀프레이의 상업지구 지도와 휴대용 벨트 무전기와 역시 벨트에 차는 타임기를 건넸다. 배터리는 없다고 걸릭슨 부관은 설명했다. 매번 근무를 시작할 때마다 태엽을 감아야 했다.

팀이 말했다.

"1946년에는 이게 최신식이었을 텐데 말이죠. 솔직히 좀 멋지네요. 복고풍이고."

그녀는 웃지 않았다.

"먼저 프로미스 소형기기 판매 및 수리 센터에서, 그리고 나중에 메인 가 서쪽 끝에 있는 기차역에서 다시 펀치를 찍으면 돼요. 편도 2.5킬로미터예요. 에드 휘틀록은 매일 네 번씩 순찰을 돌았어요."

그러면 합해서 10킬로미터였다.

"다이어트가 필요 없겠네요."

그녀는 여전히 웃지 않았다.

"로니 깁슨하고 내가 시간표를 짤 거예요. 일주일에 이틀 쉴 수 있게. 아마도 월요일 밤하고 화요일 밤요. 주말이 지난 다음에는 상당히 조용하지만 가끔 근무 일정을 조정해야 할 수도 있어요. 물론 당신이 계속 남아 있는 경우라야 해당되겠지만요."

팀은 무릎 위로 손깍지를 끼고 어렴풋이 미소를 지으며 그녀를 쳐다보았다.

"제가 마음에 안 드시나요, 걸릭슨 부관님? 그렇다면 이 자리에서 말씀해 주세요. 아니면 영원히 침묵을 지켜 주시고요."

그녀는 피부색이 북유럽사람처럼 하얬기 때문에 뺨 위로 번진 홍조를 감출 방법이 없었다. 덕분에 미모가 더 업그레이드되었지만 그래도 그녀는 그걸 싫어할 것 같았다.

"마음에 드는지 안 드는지 잘 모르겠어요. 시간이 지나 봐야 알 수 있겠죠. 우리는 훌륭한 팀이에요. 작지만 훌륭한 팀요. 다들 똘똘 뭉쳐 있어요. 당신은 길을 가다가 그냥 들어와서 이 자리를 차지했잖아요. 마을 주민들은 야경꾼을 두고 우스갯소리를 늘어놓고 에드는 놀림을 당해도 허허거리며 넘어갔지만 사실 중요한 일이에요. 특히 여기처럼 경찰이 몇 명 안 되는 마을에서는요."

"예방이 치료보다 낫다고 하죠. 우리 할아버지께서 강조하신 말씀이에요. 우리 할아버지가 야경꾼이었어요, 걸릭슨 부관님. 그래서 내가 이 일에 지원한 거예요."

그 말에 그녀는 살짝 마음이 풀린 것 같았다.

"타임기의 경우에는 구식인 거 맞아요. 익숙해지셔야 한다는 말밖에는 드릴 말씀이 없네요. 야경꾼 자체가 디지털 시대의 아날로그 일자리거든요. 적어도 듀프레이에서는요."

10

팀은 그녀가 어떤 뜻에서 그런 말을 했는지 금세 실감했다. 그는 총이나 야경봉만 없을 뿐 기본적으로 1954년 무렵의 순찰대였다. 그에게는 체포권이 없었다. 몇 군데 대규모 사업장은 보안장비를 갖추었지만 그보다 작은 대부분의 업체에는 그런 첨단시설이 없었다. 듀프레이 상사나 오버그스 약국 같은 곳에서는 초록색 보안등이 켜져 있는지, 무단 침입의 흔적이 없는지 살폈다. 그보다 작은 업소에서는 문손잡이와 문고리를 흔들어 보고 유리창 사이로 들여다 보고 전통에 따라 세 번 노크를 했다. 이러면 안에서 손을 흔들거나 몇 마디 건네는 식으로 반응을 보일 때도 있었지만 대개는 아니었고 그래도 상관없었다. 그는 분필로 표시하고 다음 업소로 넘어갔다. 돌아올 때도 똑같은 과정을 거치되 이번에는 분필 자국을 지웠다. 이러다 보니 아일랜드의 해묵은 우스갯소리가 생각났다. *어이, 자네가 먼저 도착하면 문에 분필로 표시를 해. 내가 먼저 도착하면 그걸 지울게.* 분필로 표시하는 실질적인 이유는 없는 듯했다. 단순히 여러 세대의 야경꾼을 거쳐 재건의 시절로까지 거슬러 올라가는 전통이었다.

팀은 어느 파트타임 부관 덕분에 지내기 괜찮은 곳을 찾았다. 조지 버켓이 자기 어머니의 차고 2층에 가구 딸린 조그만 아파트가 있다며 관심 있으면 싼값에 세를 주겠다고 했다.

"방이 두 개밖에 안 되지만 제법 쓸 만해요. 우리 남동생이 이삼 년 동안 거기서 살다가 플로리다로 내려갔어요. 올랜도에 있는 유니버설 놀이공원에 취직했거든요. 보수가 괜찮아요."

"잘됐네요."

"네, 하지만 플로리다는 물가가…… 아우, 상상을 초월하더라고요. 그런데 팀, 미리 경고하지만 거기서 살더라도 밤늦게 음악을 크게 틀면 안 돼요. 우리 엄마가 음악 소리를 싫어하거든요. 심지어 플로이드의 밴조 연주도 싫어했어요. 개가 엄청 빠르게 연주할 수 있었는데, 둘이서 얼마나 심하게 싸웠는지 몰라요."

"조지, 나는 밤에 집에 잘 있지도 않을 거잖아요."

20대 중반이고 친절하고 명랑하지만 지적인 능력을 많이 타고나지 못한 버켓 경관은 그 말에 반색했다.

"맞다, 깜빡했네요. 아무튼 별 건 아니지만 조그만 에어컨도 하나 있어서 시원하게 잘 수 있어요. 적어도 플로이드는 그랬는데, 관심 있어요?"

관심 있었다. 창문을 뒤흔드는 에어컨은 별 것 아니었지만 침대는 편안했고 거실은 아늑했고 샤워꼭지에서는 물이 새지 않았다. 부엌에는 전자레인지와 핫플레이트밖에 없었지만 그는 베브스 이터리에서 대부분의 끼니를 해결하고 있었으니 상관없었다. 게다가 방값이 상상 초월이었다. 일주일에 겨우 70달러였다. 조지는 자기 어머니를 용 비슷한 존재로 묘사했지만 버켓 부인을 실제로 만나보니 남부 사투리가 너무 심해서 하는 얘기의 절반밖에 알아들을 수가 없었지만 선한 노파였다. 그녀는 가끔 콘 브레드나 종이 호일에 싼 케이크 한 조각을 그의 문 앞에 두고 가곤 했다. 집주인이 아니라 동화에 나오는 요정 같았다.

쥐를 닮은 모텔 사장 노버트 홀리스터가 듀프레이 보관소 및 창고를 두고 한 말은 맞았다. 만성적으로 일손 부족이라 항상 새로운 직원을 뽑고 있었다. 일은 힘든데 법정 최저 시급을 주니(사우스캐롤라이나에서는 7달러 25센트였다.) 이직률이 높을 수밖에 없었다. 팀은 작업반장 벨 재럿을 찾아가서 오전 8시부터 3시간 동안 근무하기로 허락을 받았다. 그러면 야경꾼 일을 마친 뒤에 씻고 식사를 한 다음 출근할 수 있었다. 이렇게 해서 그는 야간 근무 외에 또다시 짐을 싣고 내리는 일을 추가로 하게 됐다.

사는 게 그런 거지. 그는 속으로 중얼거렸다. 사는 게 그런 거야. 지금으로서는.

11

팀 제이미슨은 조그만 남부 마을에서 시간을 보내는 동안 편안한 일상 속으로 젖어 들었다. 죽을 때까지 듀프레이에서 지낼 생각은 없었지만 크리스마스에도(그가 사는 차고 2층의 조그만 아파트에 조그만 인조 트리를 설치해 가며), 어쩌면 심지어 내년 여름까지 여기 남아 있는 자신의 모습이 그려졌다. 문화의 오아시스는 되지 못했고 대부분의 아이들이 이 따분한 흑백 세상을 미치도록 탈출하고 싶어하는 이유를 알 수 있었지만 팀은 그 세상을 즐겼다. 시간이 지나면 생각이 바뀔 게 분명했지만 아직은 마음에 들었다.

저녁 6시에 일어나 베브스에서 어떨 때는 혼자, 또 어떨 때는 부관과 함께 저녁을 먹고. 이후로 여섯 시간 동안 야간 순찰을 돌고. 베브스에서 아침을 먹고. 11시까지 듀프레이 보관소 및 창고에서 지게차를 몰고. 기차역 그늘에서 샌드위치와 콜라 아니면 아이스 티로 점심을 해결하고. 다시 버켓 부인의 집으로 돌아가 6시까지 잠을 청하고. 쉬는 날에는 열두 시간 동안 내리 자기도 했다. 존 그리셤의 법정 스릴러와 『얼음과 불의 노래』 시리즈 전권을 독파했다. 그는 티리온 라니스터(『얼음과 불의 노래』의 등장인물—옮긴이)의 엄청난 팬이었다. 팀은 이 작품을 원작으로 제작된 텔레비전 드라마 시리즈가 있다는 걸 알았지만 볼 필요성을 느끼지 못했다. 상상으로 필요한 용을 모조리 그릴 수 있었다.

그는 경찰이었기에 서핑과 태양으로 상징되는 새러소타라는 휴양지의 낮과 지킬 박사와 하이드 씨만큼이나 다른 밤의 얼굴을 알았다. 밤의 얼굴은 역겨웠고 가끔은 위험했고, 그는 죽은 약물 중독자와 폭행당한 매춘부를 지칭하는 NHI, 즉 인간 같지 않은 것들이라는 뜻의 혐오스러운 경찰용 은어를 쓸 정도로 타락하지는 않았지만 10년을 경찰로 지내는 동안 냉소주의자가 됐다. 가끔 이런 감정을 집까지 안고 간 것이(솔직해지고 싶은 생각이 들 때면 가끔이 아니라 자주 그랬다고 시인했다.) 그의 결혼생활을 무너뜨린 원흉 가운데 하나였다. 그가 아이를 철저하게 거부한 이유 중에 이런 감정도 있지 않을까 싶었다. 세상에는 나쁜 것이 너무 많았다. 잘못될 수 있는 것이 너무 많았다. 골프장에 등장한 악어는 갖다 댈 것도 못됐다.

야경꾼 일을 시작했을 때 그는 5400명이 사는(그마저도 대부분 외딴 변두리에서 살았다.) 마을에도 낮과 다른 밤의 얼굴이 있을 거라고는 생각하지 않았다. 하지만 듀프레이에는 밤의 얼굴이 있었고 팀의 마음에 들었다. 밤에 만나는 사람들이 사실상 이 직업의 가장 좋은 부분이었다.

첫 번째 순찰을 시작할 때 서로 손을 흔들며 말없이 인사를 나누는 굴스비 부인. 그녀는 현관 흔들의자를 가만히 앞뒤로 흔들며 앉아서 컵에 담긴 위스키 아니면 소다수 아니면 카모마일 차를 한 모금씩 마셨다. 그가 두 번째로 순찰에 나설 때까지 계속 그렇게 앉아 있을 때도 있었다. 가끔 베브스에서 저녁을 같이 먹는 부관 중 한 명인 프랭크 포터의 말에 따르면 굴스비 부인은 작년에 남편을 여의었다고 했다. 눈보라가 불던 날 웬델 굴스비의 트레일러가 위스콘신 고속도로 측면으로 미끄러졌다.

프랭크가 말했다.

"부인은 아직 쉰 살도 안 됐지만 그래도 웬델과 부부로 지낸 지 아주, 아주 오래됐거든요. 둘 다 투표를 하거나 합법적으로 술을 살 수도 없었던 나이에 식을 올렸어요. 10대의 결혼식을 운운한 그 척베리 노래처럼 말이에요. 그런 식으로 코가 꿰면 대개는 오래 못 가는데 그 두 사람은 달랐어요."

팀은 고아 애니하고도 안면을 텄다. 그녀는 보안관서와 듀프레이 상사 사이 골목길에 에어 매트리스를 깔고 잘 때가 많은 노숙자였다. 기차역 뒤쪽 벌판에 조그만 텐트를 쳐 놓고 비가 오면 거기서 잤다.

"본명은 애니 르두야. 그 골목길에서 자기 시작한 지 몇 년 됐고. 텐트보다 거길 더 좋아하지."

팀이 물어보자 빌 위클로가 알려주었다. 빌은 듀프레이의 부관 중에서 제일 나이가 많았고 모르는 마을 주민이 없어 보이는 파트타이머였다.

"날이 추워지면 어떻게 해요?"

"예마시로 가지. 대개는 로니 깁슨이 재워 줘. 둘이 팔촌인가 그렇거든. 거기 노숙자 쉼터가 있어. 애니는 미치광이들로 득시글거린다며 웬만해서는 거기 가지 않는다고 해. 나는 사돈 남 말하지 말라고 하지만."

팀은 매일 밤 한 번씩 그녀의 골목길을 체크했고 하루는 창고 일이 끝난 뒤에 호기심에 텐트를 찾아간 적도 있었다. 전면의 흙바닥에 장대 깃발 세 개가 꽂혀 있었다. 하나는 성조기, 또 하나는 남부 연맹기였고 나머지 하나는 팀이 모르는 깃발이었다.

그가 물어보자 그녀가 말했다.

"그건 기아나 국기야. 조니스 뒤편 쓰레기통에서 주웠어. 예쁘지 않아?"

그녀는 투명한 비닐을 씌운 안락의자에 앉아서 조지 R. R. 마틴(『얼음과 불의 노래』 작가—옮긴이)의 작품 속 거인이 써도 될 만큼 길어 보이는 목도리를 뜨고 있었다. 새러소타에서 팀과 같이 근무했던 동료들이 '노숙자 피해망상증'이라고 표현한 증상을 전혀 보이지 않고 서글서글했지만 WMDK 심야 라디오 토크쇼 애청자였고 가끔은 얘기를 하다말고 곁다리로 새서 비행접시, 악령에 씐 사람, 귀신들림을 운운할 때도 있었다.

어느 날 밤에는 그녀가 골목길의 에어 매트리스에 비스듬히 기대고서 미니 라디오를 듣고 있길래 아주 멀끔해 보이는 텐트가 있으면서 왜 거기서 자느냐고 물은 적이 있었다. 고아 애니(나이가 예순 살일 수도 여든 살일 수도 있었다.)는 정신병자를 대하는 표정으로 그를 쳐다보았다.

"여기가 겨어엉찰하고 가깝잖아. 기차역하고 거기 창고 뒤에는 뭐가 있는지 알아, J씨?"

"숲이 있겠죠?"

"숲하고 늪이 있지. 습지, 진흙, 쓰러진 나무가 조지아까지 끝도 없이 이어진다고. 온갖 생물도 있고 나쁜 인간들도 있어. 비가 퍼부어서 텐트에서 지내야 할 때면 이 비에 누가 밖을 돌아다니겠느냐면서 불안한 마음을 달래지만 그래도 잠을 푹 못 자. 가까운 데 칼을 두고 지내지만 늪에서 사는 쥐가 확 덮치면 무슨 도움이 될까 싶어."

애니는 초췌할 지경으로 말랐기에 팀은 짐을 싣고 내리러 창고로 출근하기 전에 베브스에서 챙겨온 간식거리를 그녀에게 주곤했다. 삶은 땅콩 아니면 맥스 크랙클링스(돼지껍질을 튀긴 과자 ─ 옮긴이) 한 봉지일 때도 있었고 초코파이나 체리 타르트일 때도 있었다. 한번은 위클스 피클을 한 병 선물하자 그녀는 뼈만 앙상한 젖가슴 사이로 그걸 들고 좋아서 깔깔 웃었다.

"위키스! 호랑이 담배 피던 시절 이후로 위키는 처음 먹어 보네. 나한테 왜 이렇게 잘해 줘, J씨?"

"글쎄요. 당신이 좋은가 봐요, 애니. 하나 먹어 봐도 돼요?"

그녀는 피클 병을 내밀었다.

"당연하지. 어차피 자네가 열어 줘야 해. 나는 관절염 때문에 손이 너무 욱신거리거든."

그녀는 심하게 뒤틀려 떠내려 온 나무토막처럼 보이는 손가락을 펼쳐 보였다.

"아직 뜨개질이랑 바느질은 할 수 있지만 언제까지 버틸 수 있을지 아무도 모를 일이지."

그는 병을 열고 코를 찌르는 식초 냄새에 살짝 멈칫했다가 피클을 한 조각 꺼냈다. 피클에서 뭔가가 뚝뚝 떨어지는데 포름알데히드일 수도 있었다.

"다시 줘, 다시 줘!"

그는 그녀에게 병을 건네고 피클을 먹었다.

"맙소사, 애니, 입이 오그라들어서 펴지지 않겠어요."

그녀는 몇 개 남지 않은 이를 드러내며 폭소를 터뜨렸다.

"버터 바른 빵이랑 시원한 RC 콜라랑 같이 먹어야 제 맛이지. 아니면 맥주. 하지만 내가 그건 이제 안 마시거든."

"뜨고 계신 건 뭐예요? 목도리예요?"

"여호와는 그의 옷을 입고 오지 않으시리니. 이제 그만 가서 볼일 봐, J 씨. 까만 차 타고 다니는 남자들 조심하고. 라디오에서도 조지 올먼이 계속 그 남자들 얘기야. 자네는 그들이 어디에서 오는지 알지, 응?"

그녀는 다 안다는 듯이 눈을 찡긋거렸다. 그녀가 장난을 치는 것일 수도 있었다. 아닐 수도 있었다. 고아 애니는 속을 알 수가 없었다.

코벳 덴턴도 듀프레이의 밤의 얼굴을 구성하는 인물 가운데 한 명이었다. 그는 이 마을의 이발사였고 삐딱선이라는 별명으로 불렸는데, 고등학생 때 한 달 정학을 먹은 적이 있기 때문이었다. 하지만 무슨 일을 벌였던 건지 그 내막을 제대로 아는 사람은 아무도 없었다. 어쨌든 그가 철부지 시절에는 제멋대로였을지 몰라도 그건 먼 옛날의 일이었다. 이제 그는 50대 후반 아니면 60대 초반이었고 과체중이었고 머리는 벗어지고 있었고 불면증에 시달렸다. 잠이 오지 않으면 자기 가게 현관에 앉아서 아무도 없는 듀프레이의 메인 가를 내다보았다. 물론 팀이 있었으니 아무도 없는 건 아니었다. 그들은 그냥 얼굴만 아는 사이답게 날씨, 야구, 이 마을의 연중행사인 여름 길거리 바겐세일을 주제로 두서없는 대화를 나누었지만 어느 날 밤에 덴턴이 한 말을 듣고 팀은 황색경보 태세를 갖추었다.

"있잖아, 제이미슨, 우리가 사는 이 세상은 진짜가 아니야. 그림자극이 펼쳐지는 무대인데, 조명이 꺼지면 참 좋겠어. 어두워지면 모든 그림자가 사라질 것 아닌가."

팀은 계속 뱅글뱅글 돌아가다 밤 동안 꺼진 이발소 회전간판 아래에 앉았다. 안경을 벗어서 셔츠에 대고 닦은 다음 다시 썼다.

"편하게 얘기해도 되겠습니까?"

삐딱선 덴턴이 담배꽁초를 하수구로 던지자 잠깐 불똥이 튀겼다.

"되고말고. 밤 12시부터 새벽 4시 사이에는 누구든 편하게 얘기해야지. 적어도 나는 그렇게 생각해."

"제가 보기에 덴턴 씨는 우울증에 시달리는 것 같아요."

삐딱선은 웃음을 터뜨렸다.

"셜록 홈즈가 나셨구먼."

"로퍼 선생님한테 진찰 받으세요. 먹으면 기분 좋아지는 약이 있어요. 헤어진 아내가 그걸 먹더라고요. 어쩌면 저를 없앤 덕분에 기분이 더 좋아졌을지 모르겠지만."

그는 농담이라는 뜻에서 미소를 지어 보였지만 삐딱선 덴턴은 미소로 화답하지 않고 그냥 자리에서 일어났다.

"나도 그 약 알아, 제이미슨. 술이나 마리화나하고 다를 게 없지. 요즘 애들이 광란의 파티장에 갈 때 먹는 엑스터시인가 뭔가 하는 것하고도. 그런 걸 먹으면 잠깐 동안 이 모든 걸 진짜라고 믿게 돼. 이 모든 게 의미 있게 여겨지고. 사실은 그렇지가 않은데."

"왜 이러세요. 그렇게 사실 필요 없잖아요."

팀은 부드럽게 말했다.

"내가 보기에는 그렇게 살아야만 해."

이발사는 말하고 이발소 2층의 자기 집과 연결된 계단을 향해 걸어갔다. 걸음걸이가 느리고 무거웠다.

팀은 불안한 마음을 달래며 그의 뒷모습을 지켜보았다. 삐딱선 덴턴은 비가 오는 어느 날 자살하기로 마음을 먹는 그런 부류의 사람일지 모르겠다는 생각이 들었다. 키우는 반려견이 있다면 그 녀석도 함께. 그 옛날 이집트의 파라오처럼. 그는 존 보안관에게 얘기할까 고민하다가 아직까지 뻣뻣하게 대하는 웬디 걸릭슨을 떠올렸다. 그녀나 다른 부관들에게 주제넘게 나선다는 인상을 심어 주는 사태는 절대 피하고 싶었다. 그는 이제 경찰관이 아니라 이 마을의 야경꾼에 불과했다. 그냥 내버려두는 것이 상책이었다.

하지만 삐딱선 덴턴 생각은 그의 머릿속을 떠날 줄 몰랐다.

12

그는 6월 말의 어느 날 밤에 순찰을 돌다가 배낭을 짊어지고 도시락 가방을 손에 들고 메인 가를 따라 서쪽으로 걸어가는 남자아이 두 명과 맞닥뜨렸다. 새벽 2시만 아니었다면 딱 등교하는 분위기였다. 이 한밤중의 산책객은 빌슨 쌍둥이 형제로 밝혀졌다. 용납할 수 없는 성적을 받아왔다는 이유로 더닝 농산물 박람회에 데려다 주길 거부한 부모에게 화가 나서 길을 나선 것이었다.

로버트 빌슨이 말했다.

"대부분의 과목에서 C를 받았고 F는 하나도 없어요. 그리고 다음 학년으로 무사히 올라갔고요. 그 정도면 된 거 아니에요?"

롤런드 빌슨이 맞장구쳤다.

"너무한 거 아니냐고요. 박람회장에 아침 일찍 가서 일자리를 얻을 거예요. 하드레 일꾼을 계속 뽑는다고 하더라고요."

팀은 하드레가 아니라 *허드레*라고 바로잡아 줄까 하다가 중요한 건 그게 아니라는 결론을 내렸다.

"얘들아, 너희들 꿈을 박살내기 싫다만 몇 살이니? 열한 살?"

그들은 한목소리로 외쳤다.

"열두 살이에요!"

"알았다, 열두 살. 조용조용히 얘기해라, 다들 자는 시간이니까.

그 박람회장에 가 봐야 아무도 너희를 써 주지 않을 거야. 온갖 핑계를 동원해서 구경용 철창에 가두어 놓고 부모님이 오실 때까지 붙잡아 놓을 거야. 그러는 내내 사람들이 지나가면서 너희들을 쳐다보겠지. 땅콩이나 돼지껍질을 던지는 사람도 있을지 몰라.”

빌슨 쌍둥이는 실망한 눈빛으로(살짝 안심한 눈빛일 수도 있었다.) 그를 쳐다보았다.

“이렇게 하자. 지금 당장 집으로 돌아가라. 너희끼리 텔레파시를 주고받다가 생각이 바뀌지 않게 내가 뒤따라가면서 단속할게.”

팀의 말에 로버트가 물었다.

“텔레파시가 뭔데요?”

“전설에 따르면 쌍둥이들끼리 주고받는다고 하는 거. 너희, 문으로 나왔니, 아니면 창문으로 나왔니?”

롤런드가 말했다.

“창문으로요.”

“좋아. 그럼 거기로 다시 들어가라. 운이 좋으면 너희가 집 밖으로 나왔었다는 걸 부모님도 모르게 지나갈 수 있어.”

로버트가 말했다.

“얘기 안 하실 거예요?”

팀은 말했다.

“다시는 이러지 않으면. 다시 이러면 이 일뿐 아니라 막으려고 하니까 어떤 식으로 말대꾸했는지도 너희 부모님께 전부 말씀드릴 거야.”

롤런드가 충격 받은 말투로 외쳤다.

"저희 말대꾸 같은 거 안 했잖아요!"

"거짓말 할 거야. 내가 거짓말을 잘하거든."

그는 그들을 따라가, 열어 놓은 창문 안으로 들어갈 수 있게 로버트 빌슨이 롤런드에게 손으로 계단을 만들어 주는 것을 지켜보았다. 로버트에게는 그가 계단을 만들어 주었다. 아이들의 가출 시도가 들통났는지 알아보느라 집 안 어딘가에서 불이 켜지는지 기다리다가 감감무소식인 것을 확인하고 다시 순찰을 시작했다.

13

금요일과 토요일 밤에는 자정이나 새벽 1시까지 돌아다니는 사람이 많아졌다. 대부분 데이트하는 커플이었다. 이후에는 존 보안관이 얘기한 도로 위의 미사일 공습이 펼쳐질 때도 있었다. 개조한 자동차나 트럭을 몰고 나온 청년들이 시속 100킬로미터나 110킬로미터로 메인 가를 나란히 질주하며 글래스팩 머플러에서 나는 지독한 소음으로 사람들을 깨웠다. 부보안관이나 주 경찰관이 잡아서 딱지를 끊을 때도 있었지만(음주 측정 수치가 0.09가 넘으면 유치장에 가두었다.) 주말 밤에 근무하는 경찰관이 네 명이어도 그들이 체포되는 경우는 거의 없었다. 대부분 처벌을 모면했다.

팀은 고아 애니를 찾아 나섰다. 텐트 앞에 앉아서 덧신을 뜨고 있었다. 관절염에 걸렸다더니 손놀림이 번개 같았다. 그는 그녀에게 20달러를 벌 생각이 있느냐고 물었다. 애니는 돈이야 있으면 좋지만 무슨 일인지에 따라 달라진다고 했다. 그가 밝히자 그녀는 키득 거렸다.

"기꺼이 맡을게, J 씨. 위클스도 두어 병 얹어주면."

애니는 좌우명이 '모 아니면 도'인지, 900센티미터 길이에 폭이 200센티미터나 되는 현수막을 만들었다. 팀은 프로미스 소형기기 판매 및 수리 센터에서 산 파이프를 연결해 직접 만든 철제 롤러에 그 현수막을 매달았다. 존 보안관에게 의도를 설명하고 허락을 받은 뒤 태그 패러데이와 함께 메인 가의 삼거리 교차로로 롤러를 들고 나가 오버그스 약국의 장식용 전면과 문을 닫은 극장에 한쪽씩 선을 연결했다.

금요일과 토요일 밤, 술집들이 문을 닫는 시각이 되면 팀은 줄을 당겨 블라인드처럼 현수막을 펼쳤다. 현수막 양쪽 면에 애니가 구식 플래시 카메라를 그려놓았다. 그 아래에 이런 문구가 적혀 있었다. **속도 늦춰라, 이 바보야! 너희 번호판을 촬영 중이다!**

당연히 그럴 리 없었지만 (팀이 번호판을 식별했을 경우 번호를 적기는 했다.) 애니의 현수막이 효과를 발휘하는 듯했다. 완벽하지는 않았지만 삶의 어떤 부분인들 완벽할까.

7월 초에 존 보안관이 팀을 자기 방으로 불렀다. 팀이 무슨 문제가 생겼느냐고 묻자 존 보안관이 말했다.

"정반대야. 자네는 아주 잘해 주고 있어. 그런 현수막을 걸겠다고 했을 때 웬 헛소리인가 싶었는데, 자네 판단이 맞았고 내가 틀렸다고 인정하는 수밖에 없겠네. 내가 걱정하는 문제는 한밤의 폭주족도 아니고, 그걸 막을 생각이 없다며 우리더러 나태하다고 비난하는 사람들도 아니야. 바로 그 사람들이 치안 공무원의 봉급 인상을 해마다 부결하고 있으니까. 내가 걱정하는 문제는 그 폭주족이 가로수나 전봇대를 들이받았을 때 우리가 맡아야 하는 뒤처리야. 사망자도 안됐긴 하지만 하룻밤 멍청하게 기분 좀 냈다가 돌이킬 수 없는 상태가 되는 건…… 어떨 땐 그게 더 끔찍하지 않나 싶어. 하지만 올해 6월에는 상황이 괜찮았어. 괜찮은 것 이상이었지. 어쩌다 한 번 그런 것일 수도 있겠지만 그건 아니라고 보네. 내가 보기에는 현수막 덕분이야. 애니한테 가서 그 덕분에 몇 명 살렸을지 모른다고, 날이 추워지면 아무 때고 남는 유치장에서 자도 된다고 전해 주게."

팀은 말했다.

"알겠습니다. 위클스만 잔뜩 가져다 놓으면 거기서 자주 주무실 거예요."

존 보안관은 의자에 몸을 기댔다. 의자가 그 어느 때보다 절박하게 앓는 소리를 냈다.

"자네한테 야경꾼으로 쓰기에 과분하다고 했는데, 과분한 정도가 아니로군. 자네가 뉴욕으로 떠나면 아쉬워질 거야."

"아직은 떠날 생각 없습니다."

14

이 마을에서 유일하게 24시간 영업하는 곳은 창고 근처에 있는 조니스 고마트였다. 조니스에서는 맥주, 탄산음료, 감자칩 외에도 조니 주스라는 싸구려 휘발유도 팔았다. 소말리아 출신의 훈남 형제 압시밀과 구탈 도비라가 자정부터 오전 8시까지 번갈아 카운터를 지켰다. 7월 중순의 어느 무더웠던 날, 팀이 메인 가의 서쪽 끝에서 분필로 표시하며 순찰을 돌기 시작했을 때 조니스 근처에서 탕 하는 소리가 들렸다. 큰 소리는 아니었지만 그는 총소리를 들으면 알았다. 그 뒤를 이어서 고통 아니면 분노의 고함소리와 유리 깨지는 소리가 들렸다.

팀은 타임기로 허벅지를 때리고, 있지도 않은 권총 개머리판을 무의식적으로 찾으며 뛰어갔다. 주유기 앞에 주차된 차가 보였다. 그가 편의점을 향해 다가가고 있었을 때 젊은 남자 둘이 그 안에서 뛰쳐나왔는데, 그중 한 명은 아마도 현찰일 듯한 것을 한 움큼 들고 있었다. 팀은 한쪽 무릎을 꿇고 앉아서 차에 올라탄 그들이 기름과 윤활유로 얼룩진 아스팔트 위로 타이어에서 파란 연기를 뿜어가며 쌩하니 멀어지는 것을 지켜보았다.

그는 허리춤에서 무전기를 꺼냈다.

"본부, 팀이다. 당직자, 응답하라."

웬디 걸릭슨이 졸음에 겨운 짜증 섞인 목소리로 응답했다.

"왜요, 팀?"

"조니스에서 2-11이 발생했어요. 총성이 들렸고요."

그 말에 그녀는 정신을 번쩍 차렸다.

"맙소사, 강도가 들었어요? 내가 당장……."

"아뇨, 내 말 먼저 잘 들어요. 범인은 두 명, 남자, 백인, 10대 아니

면 20대예요. 차량은 소형. 쉐보레 크루즈인 것 같고 주유소 형광
등 불빛이라 색은 잘 모르겠지만 최신 모델, 노스캐롤라이나 번호
판, WTB-9로 시작하는데 뒤의 세 자리는 못 봤어요. 순찰차와 주
경찰서로 먼저 연락해요!"

"뭐라……."

그는 무전을 종료하고 무전기를 다시 허리춤에 넣은 다음 조니
스를 향해 달려갔다. 카운터 전면의 유리가 박살났고 금전 등록기
가 열려 있었다. 도비라 형제 중 한 명이 점점 번져가는 피 웅덩이
속에 옆으로 쓰러져 있었다. 숨을 헐떡이며 들이쉴 때마다 끝에 휘
파람 소리가 났다. 팀은 그의 옆에 무릎을 꿇고 앉았다.

"똑바로 눕도록 몸을 돌릴게요, 도비라 씨."

"안 돼요…… 아파요……."

아플 게 분명했지만 부상이 어느 정도인지 확인해야 했다. 총알
이 도비라가 입은 파란색 조니스 덧옷의 오른편 위쪽을 관통해 그
주변이 피 때문에 탁한 자주색으로 바뀌었다. 그의 입에서도 계속
피가 흘러 염소 수염을 흠뻑 적셨다. 그가 기침을 하자 팀의 얼굴과
안경 위로 고운 물보라처럼 피가 튀었다.

팀은 다시 무전기를 꺼냈고 걸릭슨이 아직 본부를 지키고 있다
는 데 감사했다.

"구급차 불러야겠어요, 웬디. 더닝에서 얼른 보내 달라고 해요.
도비라 형제 중 한 명이 쓰러졌는데 총에 맞아서 폐에 구멍이 난
것 같아요."

그녀는 알았다고 하고 다시 질문을 하려고 했다. 팀은 다시 무전

을 종료하고 무전기를 바닥에 내려놓은 다음 입고 있던 티셔츠를 벗었다. 그걸 도비라의 가슴에 뚫린 구멍에 대고 눌렀다.

"그걸 조금만 누르고 있어 줄래요, 도비라 씨?"

"숨을…… 못 쉬겠어요."

"그럴 거예요. 그걸로 눌러요. 그러면 좀 괜찮아질 거예요."

도비라는 똘똘 뭉친 티셔츠를 자기 가슴에 대고 눌렀다. 팀이 보기에는 그가 계속 그렇게 누르고 있을 수 없을 것 같았지만 최소 20분은 있어야 구급차가 도착할 것이었다. 20분 만에 오면 기적이었다.

주유소 겸 편의점에 간식거리는 많았지만 응급용품은 별로 없었다. 하지만 바셀린이 있었다. 팀은 바셀린을 집고 다음 줄 선반에서 기저귀를 꺼냈다. 그걸 찢으며 바닥에 쓰러진 남자에게로 다시 달려갔다. 피로 흠뻑 젖은 티셔츠를 치우고 똑같이 흠뻑 젖은 파란색 덧옷을 조심스럽게 걷어올리고 그 아래에 입은 셔츠의 단추를 풀었다.

도비라는 신음소리를 냈다.

"안 돼, 안 돼, 안 돼. 아파요. 건드리지 마세요. 제발요."

"어쩔 수 없어요."

팀의 귀에 점점 다가오는 차 소리가 들렸다. 파란색 경광등이 깨진 유리 조각 위에서 반짝이며 춤을 추었다. 그는 돌아보지 않았다.

"좀만 버텨요, 도비라 씨."

그는 바셀린을 한 덩이 덜어내 상처 안에 쑤셔 넣었다. 도비라는 아파하며 비명을 질렀다가 눈을 동그랗게 뜨고 팀을 쳐다보았다.

"숨이 쉬어져요…… 좀 괜찮아졌어요."

"임시방편이지만 숨 쉬는 게 좀 괜찮아졌다면 허파가 오그라들지 않았을지 몰라요."

적어도 완전히 오그라들지는 않은 거지. 팀은 생각했다.

존 보안관이 들어와 팀의 옆에 무릎을 꿇고 앉았다. 제복 바지 위로 돛처럼 넓은 잠옷 윗도리를 입었고 머리칼은 사방으로 뻗쳤다.

팀이 말했다.

"금방 오셨네요."

"깨어 있었어. 잠이 안 와서 샌드위치 먹으려고 만들고 있었는데 웬디가 연락을 했더군. 선생님, 구탈인가요, 압시밀인가요?"

"압시밀이에요, 보안관님."

그는 여전히 쌕쌕거렸지만 목소리에 좀 전보다 힘이 실렸다. 팀은 종이 기저귀를 꺼내 접힌 채로 상처에 대고 눌렀다.

"으악, 아파요."

존 보안관이 물었다.

"관통했나 아니면 박혀 있나?"

"모르겠습니다. 다시 몸을 뒤집어서 알아보고 싶지도 않고요. 상태가 비교적 안정적이니 구급차를 기다리는 게 좋겠습니다."

팀의 무전기가 지직거렸다. 존 보안관이 깨진 유리 조각 사이에서 조심스럽게 무전기를 집었다. 웬디였다.

"팀? 빌 위클로가 딥 메도 가에서 그들을 발견해서 잡았대요."

"존이야, 웬디. 빌한테 조심하라고 전해. 그 녀석들 무기를 들고 있어."

웬디는 좀 전까지 졸고 있었을지 몰라도 지금은 완전히 깨서 흡족해하는 목소리로 말했다.

"그들을 체포했어요. 도망치려고 차를 버렸대요. 한 명은 팔이 부러졌고 다른 한 명은 수갑을 차고 빌의 차 푸시 범퍼에 묶여 있어요. 주 경찰이 출동 중이에요. 팀한테 차종이 크루즈 맞았다고 전해주세요. 도비라 씨는 좀 어때요?"

"괜찮을 거야."

존 보안관이 말했다. 팀으로서는 장담할 수 없었지만 보안관의 그 대답은 걸릭슨 부관뿐 아니라 다친 시민을 겨냥한 것이기도 했다.

도비라가 말했다.

"금전 등록기에 있던 돈을 줬어요. 강도가 들면 그렇게 하라고 교육을 받거든요."

그렇기는 하지만 그는 수치스럽게 여기는 듯했다. 아주 수치스럽게 여기는 듯했다.

팀은 말했다.

"잘했어요."

"그런데도 총을 들고 있던 놈이 날 쐈어요. 그런 다음 다른 놈이 카운터를 부쉈고요. 그러고는……."

그는 다시 기침을 했다.

존 보안관이 말했다.

"가만히 있어요."

압시밀 도비라가 말했다.

"복권을 가져갔어요. 스크래치 복권요. 그거 돌려받아야 해요. 판

매되기 전까지는……."

그는 힘없이 기침을 했다.

"사우스캐롤라이나 주의 재산이에요."

존 보안관이 말했다.

"아무 말도 하지 말아요, 도비라 씨. 그 빌어먹을 복권 걱정은 그만하고 기운을 비축해요."

도비라 씨는 눈을 감았다.

15

다음 날 팀이 기차역 현관에서 점심을 먹고 있었을 때 존 보안관이 개인 차량을 타고 왔다. 그는 계단을 올라와서 하나 남은 다른 의자의 푹 꺼진 좌석을 쳐다보았다.

"내가 앉아도 무너지지 않을까?"

"직접 알아보시는 수밖에요."

팀이 말하자 존 보안관은 조심조심 의자에 앉았다.

"병원에서 그러는데 도비라는 괜찮을 거라는군. 쌍둥이 구탈이 옆을 지키고 있는데 전에 그 두 쓰레기를 본 적 있대. 두어 번."

"두 놈이 미리 정찰을 했군요."

"분명해. 태그 패러데이를 보내서 두 형제의 진술을 확보하라고 했네. 부관들 중에 태그가 최고의 카드라. 내 입으로 굳이 얘기하지 않아도 알겠지만."

"깁슨하고 버켓도 나쁘지 않은데요."

존 보안관은 한숨을 쉬었다.

"그렇지. 하지만 그 둘은 자네가 간밤에 그랬던 것처럼 빠르게 또는 과감하게 움직이지 못했을 거야. 딱한 웬디는 가만히 서서 쳐다보기만 했을 테고. 그전에 까무룩 기절하지 않았으면."

"신고 접수를 잘하잖아요. 그 일에 제격이에요. 아시다시피 제 사견입니다만."

"그래, 그래. 그리고 사무의 귀재지. 작년 사건 파일을 모두 다시 정리해서 USB에 저장했다네. 하지만 밖으로 나서면 거의 아무짝에도 쓸모가 없다고 봐야 해. 그런데 팀플레이를 좋아한단 말이지. 자네가 같은 팀원이 되면 어떻겠나, 팀?"

"경찰을 한 명 더 감당할 만한 여력이 안 된다고 하시지 않았나요? 예산이 갑자기 늘었어요?"

"언감생심. 하지만 빌 위클로가 연말에 퇴직하거든. 자네하고 역할을 바꾸면 어떨까 하는데. 그는 순찰을 돌고 자네는 제복을 입고 다시 총을 들고 다니고. 빌한테도 물어봤어. 야경꾼 일도 괜찮을 것 같다고 하더군, 당분간은."

"생각 좀 해 봐도 되겠습니까?"

존 보안관은 자리에서 일어났다.

"안 될 것 없지. 연말이면 아직 5개월이나 남았으니. 하지만 자네가 우리와 같이 있어 주면 좋겠네."

"그 안에 걸릭슨 부관도 포함됩니까?"

존 보안관은 씩 웃었다.

"웬디는 마음을 얻기 힘든 상대지만 간밤에 자네한테 많이 넘어 왔어."

"그래요? 만약 제가 저녁 같이 먹자고 하면 그녀가 뭐라고 대답 할까요?"

"좋다고 할 것 같은데. 행선지가 베브스가 아니라면. 그녀 정도의 미인이라면 최소한 더닝에 있는 라운드업 정도는 기대할 거야. 아 니면 하디빌에 있는 그 멕시코 음식점이나."

"좋은 정보 감사합니다."

"이 정도 가지고 뭘. 내가 한 얘기 생각해 보게."

"알겠습니다."

그는 생각해 보았다. 그렇게 계속 생각하고 있었을 때 어느 무더 운 여름날 밤에 지옥문이 열렸다.

똘똘이

1

그해 4월의 어느 화창한 날 아침에(팀 제이미슨이 듀프레이에 등장하려면 아직 몇 개월 남았을 때였다.) 미니애폴리스에 사는 허버트와 아일린 엘리스는 안내를 받으며 짐 그리어의 상담실로 들어가고 있었다. 그는 브로더릭 영재학교에 배치된 세 명의 진로 상담 교사 중 한 명이었다.

자리에 앉고 나서 아일린이 물었다.

"루크한테 무슨 문제가 생긴 건 아니죠? 그 아이한테는 아무 얘기도 못 들었는데요."

"전혀 아닙니다."

그리어는 말했다. 그는 점점 숱이 적어지는 갈색머리에 얼굴은 학구적으로 생긴 30대였다. 위 단추를 푼 스포츠 셔츠와 다림질한 청바지를 입고 있었다.

"이 학교가 어떤 식으로 운영되는지 아시잖습니까? 학생들의 정신적인 능력에 따라 어떤 식으로 운영되는지요. 아이들은 성적이 매겨지지만 학년으로 나눠지는 않습니다. 그럴 수가 없어요. 가벼운 자폐증이 있는 열 살짜리 중에 고등수학을 풀지만 읽기는 3학년 수준인 아이들이 있는 걸요. 무려 네 개 국어를 유창하게 하지만 분수의 곱셈을 하려면 끙끙대는 아이들도 있고요. 저희는 아이들에게 모든 과목을 가르치고 90퍼센트에게 기숙사 생활을 하게 하지만(미국 전역뿐 아니라 외국에서 온 아이들까지 열댓 명 있으니 그럴 수밖에요.) 뭐가 됐건 아이들이 지닌 특별한 능력에 초점을 맞춥니다. 유치원을 거쳐 고등학교 3학년으로 끝나는 전통적인 교육제도가 저희한테는 무용지물이나 다름없는 이유가 그 때문이죠."

"이해합니다. 그리고 루크가 똑똑한 아이라는 것도 알고요. 그래서 그 아이가 이 학교에 다니는 거 아니겠습니까."

허버트가 말했다. 그가 덧붙이지 않은 말이 있다면(그리어는 알고 있는 게 분명했지만) 그들은 이 학교의 천문학적인 학비를 부담할 능력이 되지 못한다는 것이었다. 허브는 상자 만드는 공장의 작업반장이었다. 아일린은 공립 중학교 교사였다. 루크는 브로더릭의 몇명 안 되는 통학생이었고 정말 몇 명 안 되는 장학생이었다.

"똑똑하다고요? 그건 아니죠."

그리어는 그것 말고는 아무것도 없는 책상 위에 펼쳐져 있는 서류 폴더를 내려다보았고 아일린은 문득 예감을 느꼈다. 학교 측에서 아들을 데리고 가 달라고 하거나 장학금을 취소하겠다고 할 게 분명하다는 예감이었다. 장학금이 취소되면 아이를 데리고 갈 수밖에 없었다. 브로더릭의 1년 학비는 하버드와 같아서 얼추 4만 달러였다. 그리어가 착오가 있었다고, 알고 보니 루크가 생각했던 것만큼 똑똑하지 않다고 얘기할 게 분명했다. 자기 연령대보다 훨씬 수준 높은 책을 읽고 그걸 전부 외우는 것처럼 보이는 평범한 아이에 불과했다고. 아일린도 어린 아이들 사이에서는 완전기억능력이 아주 비범한 능력도 아니라는 것을 자료를 통해 알고 있었다. 평범한 아이들 중에서도 10에서 15퍼센트가 거의 모든 것을 기억하는 능력을 보유했다. 문제는 아이들이 사춘기가 되면 그런 재능이 대개 사라지는데, 루크가 그 시점에 가까워졌다는 것이었다.

그리어는 미소를 지었다.

"단도직입적으로 말씀드리겠습니다. 저희는 남다른 아이들을 가르친다는 데 자부심을 가지고 있지만 브로더릭에 루크 같은 학생은 없습니다. 저희 명예교사 중 한 분은, 플린트 씨라고 이제 80대이신데요, 루크에게 발칸 지역의 역사를 직접 일대일로 가르치셨어요. 복잡하지만 현재 지정학적인 상황을 이해하는 데 많은 도움이 되는 주제죠, 플린트 선생님 말씀에 따르면요. 첫 주 수업이 끝난 뒤에 선생님이 저를 찾아와서 그러시더군요. 두 분의 아드님을 가르치면서 유대교 장로가 된 기분을 느꼈다고요. 예수님이 입으로 들어가는 것이 사람을 더럽게 하는 것이 아니라 입에서 나오는 것이 사람을 더럽게 하는 것이라고 가르치고 꾸짖던 시절의 장로요."

허버트는 말했다.

"뭐가 뭔지 이해를 잘……."

그리어는 몸을 앞으로 숙였다.

"빌리 플린트 선생님이 그런 심정이었어요. 제가 드리려던 말씀이 그겁니다. 무슨 말씀인지 아시겠죠? 두 학기 분량의 극도로 어려운 대학원 공부를 루크는 단 일주일 만에 끝냈고, 플린트 선생님이 역사적인 토대를 제대로 다진 뒤에 알려 주려고 했던 수많은 결론을 스스로 도출했어요. 일부 결론을 근거로 자기들은 '독창적인 발상이 아니라 지식을 주입받고 있다'고 매우 설득력 있게 주장했고요. 하지만 플린트 선생님이 덧붙였다시피 아주 깍듯하게 그랬답니다. 거의 미안해하는 투로요."

허버트는 말했다.

"뭐라고 말씀을 드려야할지 모르겠네요. 루크는 학교 공부에 대해서 별로 얘기를 하지 않거든요. 저희는 이해하지 못할 거라면서요."

아일린은 말했다.

"그건 맞는 말이에요. 예전에는 저도 이항 정리가 뭔지 알았겠지만 오래 전 얘기거든요."

허버트가 말했다.

"루크도 집에서는 다른 아이들과 비슷해요. 숙제와 맡은 집안일을 다 하면 엑스박스를 켜거나 집 앞에서 친구 롤프하고 농구를 하거든요. 아직까지도 「네모바지 스펀지밥」을 보고요."

그는 잠깐 생각하고 이렇게 덧붙였다.

"물론 대개는 무릎 위에 책이 얹혀 있지만요."

그렇지. 아일린은 생각했다. 요즘은 『사회학 원리』였다. 그 전에는 윌리엄 제임스(미국의 심리학자, 철학자. 실용주의 철학의 확립자로 간주된다—옮긴이)였다. 그전에는 알코올중독자 치료 수기였고 그전에는 코맥 맥카시 전집이었다. 그는 놓아 기르는 젖소들이 가장 파릇파릇한 곳을 찾아다니며 풀을 뜯듯 책을 읽었다. 그녀의 남편은 그 점에 대해서 모르는 척하는 쪽을 선택했는데, 하도 특이해서 겁이 나기 때문이었다. 그녀도 겁이 났고 루크가 일대일로 받은 발칸 지역의 역사 수업에 대해 그녀가 전혀 모르는 것도 그 때문일지 몰랐다. 그녀가 묻지 않았기 때문에 아이도 얘기를 하지 않았다.

그리어는 말했다.

"저희 학교에는 영재들이 있습니다. 사실 브로더릭 재학생의 50퍼센트 이상이 영재죠. 하지만 그 아이들에게는 한계가 있습니다. 루크는 달라요. 루크는 포괄적이에요. 한 분야에서만 그런 게 아니라 모든 분야에서 그렇습니다. 그 아이가 프로농구선수나 야구선수가 될 일은 없겠지만……."

허버트는 미소를 지었다.

"친가 쪽을 닮는다면 키가 너무 작아서 프로선수는 되지 못할 거예요. 차세대 스퍼드 웹(NBA 역사상 손꼽히는 단신 포인트 가드. 키가 170센티미터였다─옮긴이)이라면 모를까."

아일린이 말했다.

"조용히 해요."

그리어는 하던 얘기를 계속했다.

"그래도 열심히 뜁니다. 경기를 즐기고 그걸 시간 낭비라고 생각하지 않습니다. 운동 면에서 젬병이 아니에요. 친구들과도 잘 어울립니다. 내성적이지도 않고 그 어떤 정서적인 문제도 없습니다. 기본적으로 록밴드 티셔츠를 입고 야구 모자를 거꾸로 쓰고 다니는 적당히 멋진 미국의 평범한 아이예요. 일반 학교에 갔더라면 그렇게 멋있지 않았을지 몰라도(날마다 굼뱅이 진도를 참느라 돌아버렸을지도 모르죠.) 제가 보기에 루크는 일반 학교에 다녔더라도 잘 지냈을 거예요. 그냥 자기 혼자 관심 분야를 공부하면서요."

그는 말을 마치고 얼른 덧붙였다.

"맞는지 시험해 보실 생각은 없으시겠습니다만."

아일린이 말했다.

"네, 저희 아들을 여기 보낼 수 있어서 좋아요. 아주 만족합니다. 그리고 저희 아들이 훌륭한 아이라는 걸 저희도 알아요. 미친 듯이 사랑하고요."

"그리고 루크도 두 분을 사랑하죠. 루크와 몇 번 대화를 나눈 적이 있는데 분명하게 느낄 수가 있더군요. 이 정도로 명석한 아이를 찾을 수 있는 확률은 극히 낮습니다. 그러면서도 정서적으로 안정적이고 기본이 탄탄한, 그러니까 자기 머릿속 세상뿐 아니라 바깥세상도 볼 줄 아는 아이를 찾을 수 있는 확률은 그보다 더 낮고요."

그 말에 허버트가 물었다.

"아무 문제도 없다면 저희를 호출하신 이유가 뭡니까? 물론 저희 아이를 칭찬해 주시니 감사하긴 하지만요. 아 그리고 호스(상대방이 골을 넣으면 그것과 똑같은 자세로 슛을 시도해 먼저 HORSE 다섯 글자를 지우는 사람이 이기는 농구 게임 ―옮긴이)에서는 아직 내가 그 아이를 박살낼 수 있어요. 그 녀석이 훅슛은 제법 괜찮게 하지만요."

그리어는 의자에 기대고 앉았다. 얼굴에서 미소가 사라졌다.

"두 분을 뵙자고 한 이유는 저희가 루크를 위해서 할 수 있는 교육이 막바지에 다다랐고 루크도 그걸 알기 때문입니다. 루크는 대학에서 다소 특이한 공부를 하고 싶어 합니다. 케임브리지에 있는 매사추세츠 공과대학교에서 공학을, 강 건너 보스턴에 있는 에머슨에서 영문학을 전공하고 싶다네요."

아일린이 물었다.

"네? 동시에요?"

"그렇습니다."

"SAT는 어쩌고요?"

아일린이 생각할 수 있는 말은 그것뿐이었다.

"다음 달, 그러니까 5월에 볼 겁니다. 노스커뮤니티 고등학교에서요. 엄청난 점수를 기록하겠죠."

점심 도시락을 준비해야겠네. 그녀는 생각했다. 그녀는 노스커뮤니티의 구내식당 음식이 형편없다는 얘기를 들은 적 있었다.

망연자실한 정적이 잠시 흐른 뒤에 허버트가 말했다.

"그리어 선생님, 우리 아들은 열두 살이에요. 사실 지난달에서야 열두 살이 됐죠. 세르비아에 대해 속속들이 파악할 수 있을지 몰라도 앞으로 3년은 지나야 수염을 기를 수 있을 텐데요. 그런데……이건……."

"어떤 심정이신지 압니다. 하지만 다른 진로 상담 교사와 모든 교사진이 루크가 학문적으로, 사회적으로, 정서적으로 무리가 없다는 결론을 내리지 않았다면 이런 말씀을 드리지 않았을 겁니다. 네, 양쪽 대학교 모두에서요."

아일린이 말했다.

"열두 살짜리를 이 나라의 거의 반대편로 보내서 술도 마시고 클럽도 다닐 수 있는 대학생들 사이에서 지내게 할 수는 없어요. 맡길 만한 친척이 있으면 몰라도……."

그리어는 고개를 끄덕이며 맞장구를 쳤다.

"이해합니다. 저도 전적으로 동의하고 루크도 아무리 지도 감독을 받더라도 아직 혼자 살 때는 아니라는 걸 압니다. 아주 분명하게요. 하지만 현재 상황에 점점 좌절과 불만이 쌓여가고 있습니다. 배움에 고팠거든요. 사실상 굶주렸죠. 어떤 환상적인 장치가 그 아이의 머릿속에 있는지 모르겠지만(아무도 모르죠. 어쩌면 플린트 선생님이 장로들을 가르친 예수님을 거론했을 때 가장 근접했을지도요.) 상상해 보려고 하면 자기 능력의 2퍼센트만 쓰고 있는 거대하고 환한 기계가 그려집니다. 많아야 5퍼센트만 쓰고 있는 기계가요. 그런데 이것이 인간이라는 기계이기 때문에…… 허기를 느끼죠."

허버트는 되물었다.

"좌절과 불만요? 흠. 저희는 그런 분위기를 못 느끼겠는데요."

나는 느껴. 아일린은 생각했다. 항상은 아니고 가끔. 맞아. 그럴 때 접시들이 달그락거리고 문이 저절로 닫히지.

그녀는 그리어가 얘기한 거대하고 환한 기계에 대해 생각해 보았다. 창고만 한 크기의 건물을 세 개, 어쩌면 네 개 가득 채울 수 있을 만큼 큼지막하지만 하는 일은 뭘까? 고작해야 종이컵을 만들거나 패스트푸드 용 알루미늄 쟁반을 찍는 것. 그들은 그에게 미안한 점들이 많지만 이것도 그들의 탓일까?

"미네소타 대학교는 어떨까요? 아니면 세인트폴에 있는 콩코디 아는요? 이런 대학으로 진학하면 집에서 통학할 수 있는데요."

그리어는 한숨을 쉬었다.

"그러느니 차라리 브로더릭에서 일반 고등학교로 전학시키는 게 낫습니다. 루크는 IQ 수치가 무의미한 아이에요. 그 아이는 자기가 어떤 대학에 가고 싶은지 알아요. 자기한테 뭐가 필요한지도 분명하게 알고요."

아일린이 말했다.

"어떻게 하면 좋을지 모르겠네요. 루크가 그런 대학의 장학금을 받을 수 있을지 몰라도 저희 *직장*은 여기 있는걸요. 그리고 저희는 전혀 부유하다고 볼 수가 없고요."

"이제 그 부분에 대해서 얘기를 해 볼까 합니다."

그리어가 말했다.

2

허버트와 아일린이 그날 오후에 학교를 다시 찾았을 때 루크는 남자아이 둘, 여자아이 둘과 함께 승하차 구역 앞에서 춤을 추고 있었다. 다들 웃으며 신나게 재잘거리고 있었다. 아일린 눈에는 어디에서나 볼 수 있는 아이들이었다. 치마와 레깅스를 입은 여자아이들은 이제 막 가슴이 봉긋해지기 시작했고, 루크와 그의 친구 롤프는 헐렁한 코듀로이 바지(올해 젊은 친구들 사이에서 교복이었다.)와 티셔츠를 입고 있었다. 롤프의 티셔츠에는 **맥주는 맥아리없는 것들이**

마시는 것이라고 적혀 있었다. 봄맞이 댄스파티일지 피타고라스 정리일지 모를 것에 대해 떠들어대며 누비 케이스에 담긴 첼로를 가운데 두고 폴 댄스를 추었다.

루크는 엄마, 아빠가 보이자 춤을 멈추고 롤프와 손바닥을 치며 인사한 다음 가방을 집고 아일린의 4러너 뒷자리로 올라탔다.

"엄마, 아빠가 두 분 다 오시다니. 오, 놀라워라. 어인 일로 이런 영광을 허락하시나이까?"

"너 정말 보스턴에 있는 학교에 다니고 싶어?"

허버트가 물었다.

루크는 당황하지 않았다. 폭소를 터뜨리며 두 주먹으로 허공을 쳤다.

"네! 가도 돼요?"

꼭 금요일 밤에 롤프네 집에서 자도 되느냐고 묻는 투네. 아일린은 혀를 내둘렀다. 그리어가 아들의 재능에 대해 뭐라고 했는지 생각이 났다. 포괄적이라고 했고 완벽한 단어였다. 루크는 자신의 엄청난 지능에 잡아먹히지 않은 천재였다. 10억 명 중에 한 명 나올까 말까 한 머리를 스케이트보드에 싣고, 가파른 보도를 전혀 거리낌 없이 전속력으로 달렸다.

"일찌감치 저녁 먹고 얘기해 보자."

아일린의 말에 루크가 외쳤다.

"로켓 피자! 피자 어때요? 아빠가 프릴로섹(속쓰림, 위산억제제 — 옮긴이) 먹고 오셨다면요. 아빠, 먹었어요?"

"아, 좋아. 오늘 그런 면담까지 한 마당에 대찬성이야."

3

그들은 라지 사이즈 페퍼로니 피자를 주문했다. 루크가 대형 피처에서 따른 콜라 세 잔과 함께 절반을 해치우자 그의 부모는 아이의 머리뿐 아니라 소화관과 방광의 능력에도 놀라워졌다. 루크는 그리어 선생님과 자기가 먼저 만난 이유를 설명했다.

"혹시라도 엄마, 아빠가 놀라실까 봐서요. 대화를 통해 기본적인 탐색을 한 거죠."

허버트는 말했다.

"그런 식으로 간을 봤다 이거지?"

"맞아요. 속도 떠보고. 속도 들여다보고. 무슨 꿍꿍인지……."

"그만해. 어떻게 하면 너랑 같이 갈 수 있을지 설명 들었다."

"당연히 같이 가셔야죠. 제가 이렇게 어린데 고귀하고 존경스러운 어무니와 아부지가 옆에 안 계시면 되나요. 게다가……."

루크는 열띤 목소리로 말하며 남은 피자 너머로 그들을 쳐다보았다.

"공부를 못할 거예요. 두 분이 너무 보고 싶어서요."

아일린은 두 눈에 눈물이 고이지 말라는 명령을 내렸지만 될 턱이 없었다. 허버트가 그녀에게 냅킨을 건넸다. 그녀가 말했다.

"그리어 선생님께서…… 음…… 어떤 시나리오를 제시하셨는데……그러니까…… 우리가 어떤 식으로……."

루크가 말했다.

"거주지를 이전할지. 마지막 남은 이 한 조각 드실 분?"

허버트가 말했다.

"너 다 먹어라. 이 미친 입학 작전을 시도하기 전에 배 터져 죽는 건 아니겠지?"

"*메나주 아 콜레주*('대학에서 건강 조심하라'라는 뜻의 프랑스어 ─ 옮긴이)"

루크는 말하고 폭소를 터뜨렸다.

"그리어 선생님이 돈 많은 졸업생들 얘기를 하셨죠?"

아일린은 냅킨을 내려놓았다.

"맙소사, 루키, 진로 상담 교사하고 부모님의 재정적인 선택에 대해서까지 의논을 했단 말이니? 우리들 중에서 누가 어른이니? 헷갈리기 시작한다."

"진정하세요, 마마시타('엄마'를 귀엽게 부를 때 쓰는 스페인어 ─ 옮긴이), 그냥 정황상 그럴 수밖에 없잖아요. 맨 처음에는 기부 기금을 생각했지만요. 브로더릭에는 어마어마한 규모의 기부 기금이 있어서 그걸로 엄마, 아빠 이주 비용을 부담해도 티도 나지 않을 거예요. 하지만 신탁 관리자가 절대 허락하지 않겠죠, 아무리 그게 논리적으로는 합당하다 하더라도."

"논리적으로 합당하다고?"

허버트의 질문에 루크는 피자를 열심히 씹어서 삼키고 콜라를 마시며 대답했다.

"그럼요. 제가 투자 상품이잖아요. 엄청나게 성장할 가능성이 있는 주식이죠. 푼돈을 투자해 떼돈을 벌 수 있는. 그게 미국의 운영 방식이잖아요. 신탁 관리자들도 거기까지 내다볼 수는 있는데, 당연히 그럴 수는 있는데, 자기들이 갇혀 있는 인식의 상자에서 빠져

나오질 못하는 거죠."

그의 아버지가 말했다.

"인식의 상자라."

"네, 뭔지 아시잖아요. 가문 대대로 전수된 변증법으로 이루어진 상자요. 부족 대대로 이어져 내려온 것일 수도 있겠네요, 신탁 관리자 부족이라고 생각하면 웃기긴 하지만. 이런 식이에요. '우리가 그 아이를 위해서 이렇게 하면 다른 아이한테도 그렇게 해 주어야 할지 몰라요.' 그게 바로 상자예요. 대대로 전해 내려온."

아일린이 말했다.

"일반적인 통념 말이지."

"바로 그거예요, 엄마. 신탁 관리자들은 돈 많은 졸업생들한테 떠넘길 거예요. 상자를 뛰어넘은 사고방식으로 *겁나* 많은 돈을 벌었지만 그래도 전통의 브로더릭을 사랑하는 사람들에게. 그리어 선생님이 척후병 역할을 맡겠죠. 저는 그 선생님이 그 역할을 맡았으면 좋겠어요. 조건은 지금 저를 도와줄 테니 나중에 돈 많고 유명한 사람이 되면 학교를 도울 것. 저는 양쪽 모두 관심이 없고 뼛속까지 중산층이지만 어쩌면 돈을 많이 벌지 몰라요, 부대 효과로. 끔찍한 병에 걸리거나 테러리스트에게 공격을 당해 죽거나 그러지만 않으면요."

"그런 재수 없는 소리는 하는 거 아니야."

아일린은 말하고 지저분한 테이블 위로 십자가를 그렸다.

"그거 미신이에요, 엄마."

루크가 응석을 받아주는 투로 말했다.

"그냥 모르는 척해. 그리고 입 닦아. 피자 소스 묻었다. 꼭 잇몸에서 피나는 것 같잖니."

루크는 입을 닦았다.

허버트가 말했다.

"그리어 선생님 말씀에 따르면 관심 있는 사람들이 실제로 이주 비용을 지원하고 최대 16개월까지 *우리를* 후원할지 모른다던데."

루크는 눈을 반짝였다.

"아빠를 재정적으로 지원할 사람들이 새 일자리도 찾아줄 수 있을지 모른다는 얘기도 하시던가요? 좀 더 괜찮은 일자리를요. 왜냐하면 학교 졸업생 중에 더글러스 핀컬이 있거든요. 아메리칸 페이퍼 프로덕츠 사장인데, 아빠의 스위트 스폿하고 가깝잖아요. 아빠의 핫존하고. 아빠의 진가가 발휘되는……."

"핀컬이라는 이름이 거론되긴 했다. 그냥 가능성을 시사하는 식으로."

허버트의 대답에 루크는 눈을 반짝이며 어머니를 돌아보았다.

"그리고 교사를 기준으로 했을 때 보스턴은 현재 매수자 우위의 시장이에요. 엄마 정도 경력이 있는 경우에는 평균 연봉이 6만 5000달러에서 시작해요."

"아들, 그런 걸 어떻게 그렇게 다 아니?"

허버트가 묻자 루크는 어깨를 으쓱했다.

"일단 위키피디아요. 그런 다음 위키피디아 문서에 인용된 주요 출처를 타고 넘어가요. 기본적으로 자기가 처한 환경의 흐름을 잘 파악하면 돼요. 제가 지금 처한 환경은 브로더릭이죠. 저는 신탁 관리자가 누군지 전부 알아요. 알아두어야 하는 돈 많은 동창생들이 누군지도요."

아일린은 테이블 너머로 손을 뻗어 아들의 손에서 남은 피자를 거두어 그가 남긴 크러스트가 담긴 양철 쟁반에 다시 내려놓았다.

"루키, 만약 그렇게 된다 하더라도 친구들이 보고 싶지 않겠어?"

그의 눈에 그늘이 졌다.

"맞아요. 특히 롤프요. 마야도요. 정식으로 여자아이들에게 봄맞이 댄스파티에 같이 가자는 얘기를 꺼낼 수는 없지만 비공식적으로는 걔가 제 파트너거든요. 그러니까 맞아요. *하지만.*"

그들은 기다렸다. 항상 말이 많고 수다스러울 때도 많은 그들의 아들이 끙끙대는 것처럼 보였다. 입을 벌렸다가 다물었다가 다시 벌렸다가 다시 다물었다.

"뭐라고 하면 좋을지 모르겠어요. 말로 설명할 수 있을지 모르겠어요."

허버트가 말했다.

"해 봐. 앞으로도 같이 의논할 중요한 문제가 많겠지만 아직까지는 지금 이게 제일 중요한 문제잖니. 그러니까 어디 한번 들어보자."

매시간 등장하는 리치 로켓이 식당 앞쪽에서 「맘보 넘버 5」에 맞춰 춤을 추기 시작했다. 아일린은 은색 우주복을 입은 사람이 장갑 낀 손으로 근처 테이블을 향해 손짓하는 것을 구경했다. 아이들 몇 명이 합류해 음악에 맞춰 웃으며 춤을 추자 부모들이 지켜보며 사진을 찍고 손뼉을 쳤다. 얼마 전까지만 해도, 불과 5년 전만 해도 루키가 그런 아이들 중 한 명이었다. 그런데 지금 그들은 난감한 변화에 대해 얘기하고 있었다. 평범한 것을 원하고 기대하는 평범한 그들 부부에게서 어떻게 루크 같은 아이가 태어났는지 그녀로서는 알 수가 없었고 어떨 때는 그게 원망스러웠다. 어떨 때는 그들에게 맡겨진 역할이 치가 떨리도록 싫었다. 하지만 루키를 미워한 적은 없었고 앞으로도 그럴 것이었다. 그는 그녀의 단 하나뿐인 아들이었다.

허버트가 아주 조그맣게 불렀다.

"루크? 아들?"

"중요한 건 그 이후예요."

루크가 말했다. 그는 고개를 들어서 그들을 똑바로 쳐다보았다. 두 눈이 거의 본 적 없을 정도로 환하게 반짝이고 있었다. 그는 여태껏 그 빛을 그들에게 숨기고 있었다. 접시 몇 장이 덜거덕거리는 것과는 비교도 안 될 정도의 공포심을 유발한다는 것을 알기 때문이었다.

"모르시겠어요? 중요한 건 그 *이후*라고요. 저는 거기 가서…… 배우고…… 다음 단계로 넘어가고 싶어요. 그 학교들은 브로더릭이랑 비슷해요. 목표가 아니라 목표를 향해 *건너가는* 징검다리에 불과해요."

"무슨 목표 말이니?"

아일린이 물었다.

"저도 모르겠어요. 배우고 싶은 것, 알아내고 싶은 것이 너무 많아요. 제 머릿속에 어떤 것이 있고…… 그것이 손을 뻗는데…… 그것의 욕구가 충족될 때도 있지만 대부분은 그렇지가 않아요. 가끔은 제가 너무 보잘것없고…… 너무 바보 같다는 생각이 드는

데……."

"얘, 아니야. 바보라니 무슨 말도 안 되는 소리."

그녀는 루크의 손을 향해 손을 내밀었지만 그는 고개를 저으며 손을 뺐다. 양철로 된 피자 팬이 테이블 위에서 떨렸다. 크러스트 조각들이 움찔거렸다.

"심연이 있어요, 아시겠어요? 가끔 꿈에도 나타나요. 아래로 끝도 없이 내려가고 제가 모르는 것들로 가득해요. 심연을 무슨 수로 채울 수 있을지 모르겠지만(그 말 자체가 모순이잖아요.) 진짜예요. 그걸 보면 내가 보잘것없는 바보 같아요. 하지만 그 위로 다리가 있거든요. 거기로 걸어가고 싶어요. 한가운데에 서서 두 손을 들고……."

그들이 살짝 불안한 마음을 달래며 넋을 잃고 지켜보는 가운데 루키는 좁고 진지한 자기 얼굴 양옆으로 손을 들었다. 피자 팬이 이제는 떨리는 수준이 아니라 덜거덕거렸다. 찬장에서 접시들이 가끔 그럴 때와 비슷했다.

"……그러면 어둠 속에 있던 그 모든 것들이 떠오를 거예요. *저는 알아요.*"

피자 팬이 테이블 위를 미끄러져 요란한 소리와 함께 바닥으로 떨어졌다. 허버트와 아일린은 그런 줄도 거의 알아차리지 못했다. 루크가 흥분하면 그런 현상이 벌어졌다. 자주는 아니고 가끔이기는 했지만, 그들은 거기에 익숙해져 있었다.

"이해한다."

허버트의 말에 아일린이 말했다.

"아빠가 이해한다는 건 뻥이야. 우리 둘 다 무슨 소린지 모르겠거든. 하지만 얼른 서류 준비 시작해야겠다. SAT 보고. 준비하는 도중에 생각이 바뀌어도 상관없어. 바뀌지 않고 결심에 변함이 없으면…….'

그녀가 허버트를 쳐다보자 그는 고개를 끄덕였다.

"어떻게든 이루어보자."

루키는 씩 웃고 피자 팬을 집었다. 리치 로켓을 쳐다보았다.

"저도 어렸을 때 저렇게 같이 춤을 췄었는데."

"맞아, 그랬지."

아일린이 말했다. 다시 냅킨을 써야 했다.

"심연에 대해서 사람들이 뭐라 그러는지 알지?"

허버트가 물었다.

루크는 고개를 저었다. 그가 모르는 아주 드문 경우이거나 아버지의 명언을 존중하고 싶거나 둘 중 하나였다.

"심연을 들여다보면 심연도 우리를 마주 들여다본다고 하잖니."

"진짜 맞는 말이에요. 저 디저트 먹어도 돼요?"

4

SAT 시험은 에세이 쓰기를 포함해 네 시간이 소요됐지만 고맙게도 중간에 휴식시간이 있었다. 루크는 고등학교 건물 로비의 벤치에 앉아서 어머니가 싸주신 샌드위치를 우적우적 씹어먹으며 책이 있으면 좋겠다는 생각을 했다. 『네이키드 런치』를 들고 왔지만 시험 감독관이 압수하고는(그와 다른 모든 수험생들의 휴대전화와 함께) 나중에 돌려주겠다고 했다. 그는 책장을 휘리릭 넘기며 음란한 사진이나 커닝페이퍼가 없는지 찾았다.

그는 스내키멀스 쿠키를 먹는 동안 다른 수험생들 몇 명이 그를 에워싸고 서 있다는 사실을 알아차렸다. 고등학교 2학년과 3학년에 다니는 형과 누나들이었다. 그중 한 명이 물었다.

"꼬맹아. 너는 도대체 여기 뭐 하러 왔냐?"

"시험 치르러요. 우리 피차 마찬가지예요."

그들은 루크의 대답을 음미했다. 한 여학생이 물었다.

"너 천재니? 영화에 나오는 그런 천재 말이야."

루크는 웃으며 말했다.

"아니요. 하지만 어젯밤에 홀리데이 인 익스프레스에서 자기는 했어요."

그들은 폭소를 터뜨렸고 다행이었다. 남학생 중 한 명이 손바닥을 들자 루크는 하이파이브를 했다.

"어디 갈 생각이야? 학교 말이야."

"MIT요. 받아줄지 모르겠지만."

루크는 말했다. 의뭉스러운 대답이었다. 오늘 좋은 성적을 거둔다는 전제 아래 양쪽 학교 모두에서 이미 잠정적으로나마 입학 허가를 받은 참이었다. 오늘의 성적은 별로 걱정할 필요가 없었다. 지금까지는 식은 죽 먹기였다. 그는 오히려 주변을 에워싼 아이들에게서 위협을 느꼈다. 가을이 되면 그보다 훨씬 나이가 많고 덩치는 두 배인 이런 아이들로 가득한 교실에서 수업을 받아야 할 테고 그들은 당연히 그를 쳐다볼 것이었다. 그들 눈에는 그가 별종으로 보일지 모르겠다고, 그리어 선생님과 얘기한 적이 있었다. 그리어 선생님은 말했다.

"중요한 건 *네* 생각이지. 그걸 명심해라. 그리고 상담이 필요하면, 네 생각에 대해 얘기할 사람이 필요하면 제발 상담을 받고. 나한테는 언제든 문자를 보내도 좋아."

여학생 중에 한 명이(예쁘장한 빨간 머리였다.) 수학에서 호텔 문제를 맞혔느냐고 물었다.

"그 애런 나오는 거요? 네, 아마도요."

"몇 번을 정답이라고 했는지 기억나?"

애런이라는 사람이 묵는 모텔의 요금이 하룻밤에 99달러 95센트이고 8퍼센트의 세금이 붙고 딱 한 번 5달러의 요금이 추가된다면 x일 동안 숙박했을 때 요금을 계산하는 거였고, 루크가 그걸 기억하는 이유는 두말하면 잔소리지만 살짝 꼬아놓은 문제이기 때문이었다. 답은 숫자가 아니라 식이었다.

"B라고 했어요. 이거."

그는 펜을 꺼내서 점심을 담아 온 봉투 위에 적었다. $1.08(99.95x)+5$.

"진짜? 나는 A라고 했는데."

그녀는 허리를 숙이고 루크의 봉투를 집어서(달콤한 라일락 향수 냄새가 났다.) 적었다. $(99.95+0.08x)+5$.

"식 잘 만드네요. 하지만 이 문제를 낸 사람들이 그런 식으로 우

96

리 뒤통수를 치려고 하거든요. 누나가 쓴 식은 하룻밤 요금을 계산하는 식이잖아요. 거기다 방에 붙는 세금도 계산하지 않았고요."

루크는 말하며 그녀가 쓴 방정식을 손끝으로 두드렸다.

그녀는 앓는 소리를 냈다.

"걱정 말아요. 다른 문제는 전부 맞았을 거예요."

루크의 말에 한 남학생이 말했다. 루크와 하이파이브를 했던 아이였다.

"네가 틀리고 얘가 맞았을 수도 있잖아."

그녀는 고개를 저었다.

"얘 말이 맞아. 세금 계산하는 걸 깜빡했어. 아, 졸라 열 받네."

루크는 그녀가 고개를 숙이고 걸어가는 것을 지켜보았다. 남학생 하나가 따라가 그녀의 허리를 팔로 감싸 안았다. 루크는 질투가 났다.

남은 학생들 중에서 디자이너 브랜드 안경을 쓰고 키가 크고 마른 아이가 루크의 옆에 앉았다. 그가 물었다.

"기분이 이상하니? 내 말은, 너 같은 애로 지내는 거 말이야."

루크는 곰곰이 생각해 보았다. 그가 말했다.

"가끔은요. 하지만 대개는 그냥 그런가 보다 해요."

시험 감독관 하나가 문 밖으로 몸을 내밀고 핸드벨을 울렸다.

"얘들아, 시작하자."

루크는 살짝 안도하며 일어나 체육관 출입문 옆 쓰레기통에 점심을 담았던 봉투를 버렸다. 그가 예쁘장한 빨간 머리를 마지막으로 한 번 흘끗 쳐다보고 안으로 들어가자 쓰레기통이 춤을 추며 윈

쪽으로 8센티미터 이동했다.

5

시험의 나머지 절반도 처음 절반처럼 쉬웠고 그가 생각하기에는 에세이도 그럭저럭 괜찮게 쓴 것 같았다. 적어도 횡설수설하지는 않았다. 학교를 나서면서 보니 예쁘장한 빨간 머리가 벤치에 혼자 앉아서 울고 있었다. 루크는 그녀가 시험을 망쳤는지, 망쳤다면 얼마나 망쳤는지 궁금해졌다. 1지망을 포기해야 하는 정도일까 아니면 커뮤니티 컬리지로 만족해야 하는 정도일까. 정답을 모두 알지 못하는 사람으로 살면 어떤 기분일지도 궁금해졌다. 가서 그녀를 위로해 주어야 하는지도 궁금해졌다. 그녀가 아직 보잘것없는 어린애의 위로를 받아 줄지도 궁금해졌다. 입 닥치고 꺼지라고 할지 몰랐다. 쓰레기통이 그런 식으로 움직인 것도 의아했다. 섬뜩했다. 문득 인생이 기본적으로 길고 긴 SAT 시험과 같은데 다만 4지선다나 5지선다가 아니라 선택지가 열 몇 개라는 생각이 들었다.(어떤 계시처럼 그의 머리를 강타했다.) 그 선택지 안에는 '가끔'이나 '그럴 수도 있고 아닐 수도 있고'와 같은 헛소리도 있었다.

엄마가 손을 흔들고 있었다. 그는 마주 손을 흔들며 차 쪽으로 달려갔다. 그가 올라타 안전벨트를 매자 그녀가 어떻게 본 것 같으냐고 물었다.

"잘 봤죠."

루크는 대담하고 아주 환하게 웃어 보였다. 하지만 빨간 머리 생각을 떨쳐 버릴 수가 없었다. 우는 것도 마음에 걸렸지만 그가 방정식에서 잘못된 부분을 지적했을 때 가뭄에 시든 꽃처럼 고개를 푹 숙였던 것이 어째 더 마음에 걸렸다.

그는 생각하지 말자고 속으로 되뇌었지만 그렇게 될 턱이 없었다. 북극곰을 생각하지 않으려고 하면 매순간마다 그 빌어먹을 것이 머릿속에 떠오를 것이다. 표도르 도스토옙스키도 이렇게 얘기하지 않았던가.

"엄마?"

"응?"

"기억은 축복이라고 생각하세요, 저주라고 생각하세요?"

그녀는 고민하고 말고 할 것도 없었다. 그녀가 뭘 기억하고 있는지는 오직 하늘밖에 몰랐다.

"둘 다라고 생각해."

6

6월의 어느 날 새벽 2시, 팀 제이미슨이 듀프레이의 메인 가에서 야간 순찰을 돌고 있었을 때 검은색 SUV가 미니애폴리스 북쪽의 어느 근교에 있는 월더스무트 길로 들어섰다. 웃긴 도로 이름이었다. 루크와 친구 롤프는 그것을 월더스무치 길이라고 바꿔서 불렀다. 그러면 더 웃기게 들릴 뿐 아니라 둘 다 여자를 끌어안고 미친

듯이 뽀뽀 세례를 퍼붓고 싶은 심정이 하늘을 찔렀기 때문이었다
(스무치에 키스하다는 뜻이 있다―옮긴이).

 SUV 안에는 남자 한 명과 여자 두 명이 타고 있었다. 남자의 이름은 데니였다. 두 여자는 미셸과 로빈이었다. 데니가 운전을 맡았다. 정적이 흐르는 커브길을 반쯤 지났을 때 그가 전조등을 끄고 연석 쪽으로 차를 대고 시동을 껐다.

 "이 아이, TP 아닌 거 확실하지? 내가 은박지 모자(은박지로 머리를 덮으면 전파로 머릿속을 해킹당하는 것을 차단해 준다는 속설이 있다―옮긴이)를 안 들고 왔거든."

 "하 하 하."

 로빈이 웃음기라고는 전혀 느껴지지 않는 투로 말했다. 그녀는 뒷자리에 앉아 있었다.

 "그냥 평범한 TK야. 불안해할 것 없어. 얼른 해치우자."

 미셸이 말했다.

 데니가 앞좌석 사이의 콘솔을 열고 1990년대의 난민처럼 보이는 휴대전화를 꺼냈다. 직사각형의 벽돌 같은 본체에 짧고 뭉툭한 안테나가 달려 있었다. 그가 전화기를 미셸에게 건넸다. 그녀가 번호를 입력하는 동안 그는 콘솔의 이중 바닥에서 얇은 라텍스 장갑과 글록 37 두 자루와 라벨에 따르면 글레이드 방향제가 들어 있다는 스프레이 캔을 꺼냈다. 권총 한 자루는 로빈에게 주고, 한 자루는 자기가 가지고, 스프레이 캔은 미셸에게 주었다. 그는 장갑을 끼며 흥얼거렸다.

 "나가신다, 우리 팀, 잘나가는 우리 팀. 루비 레드, 루비 레드, 그

100

게 바로 우리 팀."

"고삐리 같은 짓은 집어치워."

미셸이 말했다. 그러고는 장갑을 끼느라 어깨에 대고 삐딱하게 들고 있던 전화기에 대고 말했다.

"시먼스, 내 말 들리나?"

"들린다."

시먼스가 말했다.

"루비 레드다. 도착했다. 시스템 차단해 주기 바란다."

그녀는 수화기 건너편에서 제리 시먼스가 내는 소리에 귀를 기울이며 기다렸다. 루크와 그의 부모가 잠들어 있는 집에서 현관 홀과 부엌에 달린 디월트 경보장치가 먹통이 됐다. 승인이 떨어지자 미셸은 팀원들에게 엄지손가락을 들어 보였다.

"좋아. 준비 완료다."

로빈은 중간 크기의 핸드백처럼 보이는 비상 배낭을 어깨에 둘러맸다. 그들이 미네소타 주 순찰대 번호판이 달린 SUV에서 내렸을 때 실내등은 하나도 켜지지 않았다. 그들은 엘리스의 집과 바로 옆 데스틴의 집(이 안에서는 롤프가 잠을 자고 있었다. 어쩌면 미친 듯이 뽀뽀 세례를 퍼붓는 꿈을 꾸고 있을 수도 있었다.) 사이를 한 줄로 걸어가 부엌으로 들어갔다. 로빈이 열쇠를 가지고 있었기 때문에 앞장섰다.

그들은 레인지 옆에서 걸음을 멈추었다. 로빈이 비상 배낭에서 소형 소음기 두 개와 고무줄이 달린 경량 고글 세 세트를 꺼냈다. 고글 때문에 그들의 얼굴이 곤충처럼 변했지만 덕분에 어두컴컴한 부엌을 환하게 밝힐 수 있었다. 데니와 로빈은 소음기를 장착했다.

미셸이 거실을 지나 현관 홀을 거쳐 계단으로 앞장섰다.

그들은 2층 복도를 따라서 천천히 하지만 상당히 자신 있게 이동했다. 러그가 깔려 있어서 그들의 발소리를 덮어 주었다. 데니와 로빈은 닫혀 있는 첫 번째 방문 앞에서 걸음을 멈추었다. 미셸은 계속해서 두 번째 방으로 갔다. 그녀는 팀원들을 돌아보며 스프레이 캔을 겨드랑이에 끼고 손가락을 쫙 펼쳐서 두 손을 들어 보였다. *10초 뒤에.* 로빈은 고개를 끄덕이고 대답 대신 엄지손가락을 들어 보였다.

미셸은 문을 열고 루크의 방 안으로 들어갔다. 경첩에서 희미하게 삐걱거리는 소리가 났다. 침대 위의 인물(머리 터럭 말고는 아무것도 보이지 않았다.)은 살짝 움직였다가 다시 잠잠해졌다. 새벽 2시니 세상모르고 가장 깊은 잠을 자야 하는 시각인데 그렇지가 않은 모양이었다. 천재들은 평범한 아이들과 잠도 다르게 자는지 아무도 모를 일이었다. 미셸 로버트슨으로서는 분명 모를 일이었다. 벽에 걸린 두 개의 포스터가 고글 덕분에 대낮처럼 환하게 눈에 들어왔다. 하나는 무릎을 구부리고 두 팔을 뻗고 손목을 꺾고 완전히 비상한 스케이트보더 포스터였다. 다른 하나는 미셸도 그 옛날 중학생 시절에 들었던 라몬스라는 펑크 그룹 포스터였다. 이제는 전부 죽어서 하늘의 그 위대한 록어웨이 비치로 떠나지 않았나?

그녀는 속으로 숫자를 세며 방을 가로질렀다. 넷…… 다섯…….

여섯에 그녀의 고관절이 아이의 서랍장에 부딪혔다. 그 위에 트로피 같은 게 있어서 떨어졌다. 소리가 크지는 않았지만 아이가 똑바로 몸을 돌려서 눈을 떴다.

"엄마?"

미셸은 말했다.

"그래. 좋을 대로 생각해."

아이의 눈빛에 놀란 감정이 깃들기 시작하는 것이, 아이가 무슨 말을 하려고 입을 벌리는 것이 그녀의 눈에 들어왔다. 그녀는 숨을 참고 그의 얼굴과 5센티미터 떨어진 곳에서 스프레이 캔을 눌렀다. 그는 단박에 정신을 잃었다. 그들은 항상 그랬고 여섯 시간이나 여덟 시간 만에 깨었을 때도 부작용이 전혀 없었다. 화학의 발전으로 전보다 살기 좋은 세상이 됐어. 미셸은 생각하며 숫자를 셌다. 일곱…… 여덟…… 아홉.

열이 됐을 때 데니와 로빈이 허버트와 아일린의 방으로 들어갔다. 그들은 한눈에 문제가 생겼음을 알아차렸다. 여자가 침대에 없었다. 화장실 문이 열려서 바닥 위로 사다리꼴의 불빛을 드리웠다. 너무 환해서 고글을 쓰고 있을 수가 없었다. 그들은 고글을 벗어서 던졌다. 이 방은 바닥이 니스 칠한 딱딱한 나무라 정적을 이중으로 가르는 탁 하는 소리가 선명하게 들렸다.

"허브? 물잔 넘어뜨렸어?"

화장실에서 나지막한 목소리가 들렸다.

로빈이 뒤 허리춤에 찼던 글록을 꺼내들고 침대로 다가가는 동안 데니는 발소리를 죽이려는 시도조차 하지 않은 채 화장실 문 앞으로 걸어갔다. 그런 시도를 하기에는 이미 늦었다. 그는 얼굴 옆쪽으로 총을 들고 문 옆에 가서 섰다.

여자 쪽 베개에 머리 무게로 눌린 자국이 아직 남아 있었다. 로빈

은 그걸로 남자의 얼굴을 덮고 거기에 대고 총을 쏘았다. 글록에서
는 나지막이 기침하는 소리가 나고 그만이었고 총구에서 베개 위
로 갈색의 조그만 덩어리가 발사됐다.

아일린은 걱정하는 표정으로 화장실에서 나왔다.

"허브? 당신 괜찮……."

그녀는 데니를 보았다. 그는 그녀의 목을 잡고 글록을 그녀의 관
자놀이에 대고 방아쇠를 당겼다. 또다시 나지막이 기침하는 소리
가 났다. 그녀는 바닥으로 쓰러졌다.

그동안 허버트 엘리스는 정처 없는 발길질로 죽은 아내와 함께
덮고 있었던 이불을 펄럭이며 들썩였다. 로빈은 베개에 대고 두 번
더 총을 쏘았다. 두 번째 총성은 기침이 아니라 짖는 소리에 가까웠
고 세 번째는 그보다도 더 컸다.

데니가 베개를 치웠다.

"뭐야, 너 「대부」를 너무 많이 본 거 아니야? 맙소사, 로빈, 이 남
자 머리가 절반이나 날아갔잖아. 장의사가 이걸 어떻게 처리하라
고 그래."

"해치웠으니까 됐잖아."

사실 그녀는 상대를 보며 총을 쏘고 싶지 않았다. 그들에게서 빛
이 빠져나가는 것을 보고 싶지 않았다.

"어이, 계집애처럼 왜 그래? 세 번짼 소리가 컸다고. 이제 나가자."

그들은 고글을 집어서 아이의 방으로 갔다. 데니가 루크를 두 팔
로 안고(아이의 체중이 40킬로그램밖에 안 됐으니 끄떡없었다.) 여자들에게
앞장서라고 턱짓했다. 그들은 왔던 길을 되짚어 부엌으로 빠져나

왔다. 옆집은 여전히 어두컴컴했고(세 번째 총성도 그렇게 크지는 않았던 것이다.) 귀뚜라미와 저 멀리, 어쩌면 세인트폴 정도의 거리에서 들리는 사이렌 소리 말고는 배경음도 전혀 없었다.

미셸이 앞장서 두 집 사이를 지났고 길거리를 확인한 뒤 두 사람에게 전진 신호를 보냈다. 데니 윌리엄스는 이 순간이 싫었다. 불면증 환자가 창밖을 내다보았다가 새벽 2시에 이웃집 잔디밭에 등장한 세 사람을 보면 의심스러워할 수밖에 없었다. 그중 한 명이 사람의 몸처럼 보이는 것을 안고 있다면 *아주* 의심스러워할 수밖에 없었다.

하지만 윌더스무트 도로(오래 전에 세상을 떠난 미니애폴리스와 세인트폴의 거물 이름을 따서 붙인 도로명이었다.)는 단잠을 자고 있었다. 로빈은 SUV의 인도 쪽 뒷문을 열고 안으로 들어가 팔을 내밀었다. 데니가 아이를 건네자 그녀는 아이를 자기 쪽으로 끌어당겨 머리를 어깨로 받쳤다. 그런 채로 더듬더듬 안전벨트를 찾았다.

"으엑, 애가 침을 흘리네."

그녀가 말했다.

"응, 정신을 잃은 사람들은 원래 그래."

미셸이 말하고 뒷문을 닫았다. 그녀는 조수석에 앉고 데니가 운전대 앞으로 올라탔다. 미셸이 총과 스프레이 캔을 넣는 동안 데니는 천천히 엘리스의 집에서 출발했다. 첫 번째 교차로에 다다랐을 때 데니는 전조등을 다시 켰다.

"연락해."

그의 말에 미셸이 좀 전과 같은 번호를 눌렀다.

"루비 레드다. 수화물을 확보했다, 제리. 25분 뒤에 공항에 도착할 예정이다. 시스템을 다시 가동하라."

엘리스의 집에서 경보장치가 다시 켜졌다. 마침내 출동한 경찰은 두 명이 죽어 있고 한 명이 사라진 현장을 발견했다. 앞뒤 정황상 아이가 가장 유력한 용의자였다. 머리가 좋았다는데 그런 아이들이 살짝 맛이 가는 경우가 많지 않은가. 정서적으로 살짝 불안정해지는 경우가 많지 않은가. 그들은 아이를 찾으면 신문할 작정이었고 아이를 찾는 건 시간문제였다. 아이들은 도망은 칠 수 있었다. 하지만 아무리 머리가 좋은 아이라도 숨어 있지는 못했다.

오랫동안 숨어 있지는 못했다.

7

루크는 꾸었던 꿈을 떠올리며 눈을 떴다. 악몽은 아니었지만 별로 기분 좋은 꿈도 아니었다. 어떤 모르는 여자가 그의 방으로 들어와 금발을 얼굴 양옆으로 늘어뜨리고 그의 침대 위로 허리를 숙였다. '그래, 좋을 대로 생각해.'라고 했다. 그와 롤프가 가끔 보았던 포르노 영화에 나오는 여자처럼.

그는 일어나 앉아서 주위를 두리번거렸다. 맨 처음 든 생각은 '또 꿈인가 보다'였다. 그의 방은 맞았지만(파란색 벽지도 같고 포스터도 같고 리틀 리그 트로피가 놓인 서랍장도 같았다.) 창문이 보이지 않았다. 롤프의 집이 내다보이는 창문이 사라지고 없었다.

그는 눈을 질끈 감았다가 다시 번쩍 떴다. 달라진 게 없었다. 여전히 창문이 보이지 않았다. 그는 살을 꼬집어 볼까 했지만 너무 진부한 대처였다. 그래서 대신 손가락으로 뺨을 두드렸다. 모든 게 전과 다름없었다.

루크는 침대에서 일어났다. 그의 옷이 의자에 놓여 있었다. 간밤에 어머니가 꺼내 놓은 그대로 속옷, 양말, 티셔츠는 좌석에, 청바지는 개켜진 채 등받이에 걸려 있었다. 그는 그 옷을 천천히 입고 창문이 있어야 할 곳을 쳐다본 뒤에 운동화를 신으려고 자리에 앉았다. 그의 이니셜 **LE**가 옆면에 적혀 있는 건 맞았지만 E의 중간 가로획이 너무 길다고 장담할 수 있었다.

그는 운동화를 뒤집어 보았지만 박힌 돌가루가 하나도 없었다. 이제 100퍼센트 장담할 수 있었다. 이건 그의 운동화가 아니었다. 신발 끈도 잘못됐다. 너무 깨끗했다. 하지만 발에 꼭 맞았다.

그는 벽 쪽으로 다가가 손을 대고 누르고 더듬으며 벽지 아래에 있는 창문을 찾았다. 아무 데에도 없었다.

그는 M. 나이트 샤말란이 각본과 감독을 맡았던 그 공포 영화 속의 아이처럼 자신의 머리가 고장 난 건 아닌지, 나사가 풀린 건 아닌지 자문해 보았다. 지적 능력이 너무 뛰어난 아이들은 망가지기 십상 아닌가? 하지만 그는 머리가 고장 나지 않았다. 간밤에 잠이 들었을 때와 다를 게 없었다. 영화 속의 그 아이는 자기가 정상인 줄 알았지만(그것이 샤말란 감독이 준비한 반전이었다.) 루크가 읽은 심리학 책에 따르면 정신이 아닌 사람들은 대부분 자기가 정상이 아니라는 걸 알았다. 그는 지금 정상이었다.

어렸을 때(열두 살과는 천지 차이인 다섯 살 때) 그는 선거용 배지를 열심히 수집한 적이 있었다. 대부분의 배지를 이베이에서 싸게 살 수 있었기 때문에 아버지가 지원을 아끼지 않았다. 루크는 특히 대통령 선거에서 패한 후보의 배지에 열광했다.(자신도 이유를 몰랐다.) 선거의 열기가 마침내 가라앉으면 대부분의 배지들이 다락방의 한쪽 구석이나 지하실에 처박혔지만 그는 그중 하나를 건져 일종의 행운의 부적으로 삼았다. 파란색 비행기 주변으로 **윌키에게 날개를**이라고 적힌 배지였다. 웬들 윌키는 1940년에 프랭클린 루스벨트의 상대로 출마했다가 단 10개 주에서 82개의 선거인단 표를 획득하는 처참한 패배를 기록했다.

루크는 리틀 리그 트로피 컵에 그 배지를 넣어두었다. 이제 그걸 찾아보았지만 안에 아무것도 없었다.

이번에는 토니 호크가 버드하우스 덱 위로 날아오른 포스터 앞으로 다가갔다. 겉으로는 멀쩡해 보였지만 아니었다. 왼쪽에 살짝 찢어진 자국이 보이지 않았다.

그의 운동화도 아니고 그의 포스터도 아니고 윌키 배지는 사라졌다.

그의 방이 아니었다.

가슴 속에서 뭔가가 파닥거리기 시작하자 그는 심호흡을 몇 번 하며 그걸 가라앉혔다. 잠겨 있을 게 분명하다는 생각을 하며 문 앞으로 다가가 손잡이를 잡고 돌려보았다.

문이 잠겨 있지 않았지만 문지방 너머의 복도는 그가 12년과 몇 개월을 살았던 그 집의 2층 복도와 전혀 달랐다. 나무판자가 아니라 콘크리트블록이었고 옅은 국방색으로 칠해져 있었다. 문 맞은편에는 루크와 나이가 비슷한 아이 세 명이 키가 큰 풀밭을 달리는 포스터가 붙어 있었다. 그중 한 명은 점프 중간에 사진이 찍혔다. 정신이 나갔든지 미친 듯이 행복하든지 둘 중 하나였다. 하단에 적힌 메시지를 보면 후자인 듯했다. **천국에서 보내는 또 하루.**

루크는 문밖으로 나섰다. 오른쪽으로 복도 끝에 푸시 바가 달린 보호 시설 스타일의 쌍여닫이문이 있었다. 왼쪽으로는 다시 보호 시설 스타일의 쌍여닫이문 약 3미터 앞 바닥에 여자아이 하나가 앉아 있었다. 나팔바지와 퍼프소매 달린 블라우스를 입은 아이였다. 흑인이었다. 그리고 얼추 루크와 비슷한 또래로 보이는데, 담배를 피우고 있는 것 같았다.

8

식스비 부인은 자기 책상 앞에 앉아서 컴퓨터를 들여다보았다. DVF의 맞춤 비즈니스 정장으로도 호리호리한 수준을 넘어선 몸이 가려지지 않았다. 백발은 완벽하게 손질이 되어 있었다. 그녀의 어깨 근처에 헨드릭스 박사가 서 있었다. 좋은 아침, 쇠꼬챙이. 그는 속으로 중얼거렸지만 그 인사를 입 밖으로 낼 일은 없을 것이다.

식스비 부인이 말했다.

"흠. 이 아이로군요. 가장 최근의 입소자. 루카스 엘리스. 난생처음이자 마지막으로 걸프스트림(미국의 상업용 제트기 제조사—옮긴이)

에 탑승했는데, 자기가 그런 줄도 몰라요. 주변의 평가에 따르면 상당한 영재 같던데."

"그야 지금 얘기죠."

헨드릭스 박사는 말하고, 먼저 숨을 내뱉었다가 들이마시며 당나귀 울음소리 비슷한 소리를 내는 특유의 폭소를 터뜨렸다. 튀어나온 앞니와 2미터에 달하는 유난히 큰 키를 보면 기술자들 사이에서 동키 콩이라는 별명으로 불리는 이유를 알 수 있었다.

그녀는 고개를 돌려 그를 노려보았다.

"우리가 보살펴야 하는 아이들이에요. 천박한 농담은 사양할게요, 댄."

"죄송합니다."

하지만 그는 이렇게 덧붙이고 싶었다. *지금 누구 앞에서 헛소리야, 시거스?*

그런 말을 입 밖에 낸다는 것은 몰지각한 작태였고 질문 자체가 사실상 어불성설이었다. 그도 알다시피 식스비 부인은 헛소리를 늘어놓는 성격이 아니었다. 시거스는 아우슈비츠 입구에 *아르바이트 마흐트 프라이,* 즉 노동이 너희를 자유케 하리라는 표어를 적어 놓는 것을 멋진 발상이라고 생각한 이름 모를 나치의 익살꾼과 비슷했다.

식스비 부인은 새로 들어온 아이의 입소 서류를 집어 들었다. 헨드릭스가 서류의 오른쪽 위 모서리에 동그란 분홍색 스티커를 붙여 놓았다.

"분홍색 아이들을 연구해서 뭐 알아낸 거 있어요, 댄? 아직 아무

것도 없어요?"

"알아낸 게 있다는 걸 아시잖아요. 결과지를 보셨잖습니까."

"봤죠. 내 말은 그중에 가치가 입증된 성과가 있느냐는 거예요."

의사가 뭐라고 대답할 겨를도 없이 로절린드가 문 틈새로 고개를 내밀었다.

"검토하셔야 하는 서류가 있어서요, 식스비 부인. 다섯 명이 추가로 입소하거든요. 부인의 스프레드시트에 기록되어 있겠지만 예정보다 일찍 도착해서요."

식스비 부인은 반색했다.

"다섯 명이 전부 오늘? 내가 제대로 살고 있는 모양이로군."

헨드릭스(일명 동키 콩)는 생각했다. 차마 올바르게 살고 있다고는 못하겠지? 그랬다가는 어디 솔기가 터질지 모르니까.

로절린드가 말했다.

"오늘은 그냥 두 명이에요. 정확히는 오늘 저녁요. 에메랄드 팀에서 보내요. 내일 오팔 팀이 세 명을 보내고요. 네 명이 TK예요. 한 명이 TP인데, 걔가 대박이에요. BDNF(뇌유래신경인자. 신경계의 발달, 분화, 성장에 중요한 역할을 담당하는 단백질이다—옮긴이)가 93나노그램이에요."

"에이버리 딕슨 말이죠? 솔트레이크시티에서 이송되는."

식스비 부인의 말에 로절린드가 바로잡았다.

"오렘요."

"오렘의 모르몬교도죠."

헨드릭스 박사는 말하고 당나귀 울음소리를 내며 웃었다.

대박이긴 하지. 식스비 부인은 생각했다. 딕슨의 서류에는 분홍색 딱지가 붙지 않을 거야. 그러기엔 너무 귀한 보물이라. 약물 투여도 최대한 줄이고, 발작도 일으키지 말고, 익사 체험도 시키지 말아야지. BDNF가 90이 넘는 아이에게는.

"기분 좋은 소식이네. 아주 기분 좋은 소식이야. 파일 들고 와서 내 책상 위에 놔 줘요. 그쪽으로 이메일도 보냈겠죠?"

"그럼요. 최대한 빨리 들고 올게요."

로절린드는 미소를 지었다. 세상은 이메일 위주로 돌아갔지만 두 사람 모두 알다시피 식스비 부인은 전자 서류보다 종이 서류를 더 좋아했다. 그런 면에서 구식이었다.

"커피도 부탁할게요. 그것도 최대한 빨리."

식스비 부인은 헨드릭스 박사를 돌아보았다. 키가 저렇게 큰데 배가 저렇게 나왔다니. 그녀는 생각했다. 안 그래도 키가 커서 혈관계가 무리할 수밖에 없는 상황에서 그게 얼마나 위험한지 의사인 그가 모를 리 없을 텐데. 하지만 의료계 종사자만큼 의학적인 사실을 잘 무시하는 부류도 없지.

식스비 부인도 헨드릭스도 TP가 아니었지만 그 순간만큼은 둘이 같은 생각을 했다. 서로 혐오하지 않고 죽이 잘 맞는다면 이 일이 얼마나 수월해질까 하는 생각이었다.

집무실 안에 다시 그들 둘만 남자 식스비 부인은 다시 의자에 몸을 기대고 그녀를 내려다보는 의사를 쳐다보았다.

"그 척척박사 엘리스의 지능이 우리 시설에서 하는 연구와 연관이 없다는 건 나도 동의하는 바예요. 아이큐가 75라 해도 별반 다를 게 없으니까요. 하지만 우리가 그 아이를 조금 일찍 데려온 이유가 그 때문이에요. 한 개도 아니고 두 개의 일류 대학에서 입학 허가를 받았거든요. MIT와 에머슨."

헨드릭스는 눈을 깜빡였다.

"열두 살인데요?"

"그러니까요. 부모님이 살해당하고 그 아이는 사라진 것이 뉴스거리는 되겠지만 미니애폴리스와 세인트폴 밖에서까지 특종으로 다뤄지지는 않을 거예요. 한 일주일 정도 인터넷에서 반향을 일으킬지는 몰라도. 그 아이가 보스턴 학계에서 대서특필된 이후에 사라졌다면 훨씬 엄청난 뉴스가 됐을 거예요. 그런 아이들은 TV에 종종 소개되니까요. '세상에 이런 일이' 같은 코너에서. 내가 항상 하는 얘기가 뭔가요, 박사님?"

"우리 업계에서는 무소식이 희소식이다."

"맞아요. 완벽한 세상이었다면 이런 아이는 내버려 뒀을 거예요. 발에 치이는 게 TK니까."

식스비 부인은 입소 서류에 달린 분홍색 동그라미를 손끝으로 두드렸다.

"이걸 보면 알 수 있다시피 그 아이는 심지어 BDNF도 별로 높지 않아요. 다만……."

그녀는 말문을 맺을 필요가 없었다. 세상에는 점점 더 귀해지는 상품이 있었다. 상아. 호피. 코뿔소 뿔. 희금속. 심지어 석유까지. 여기에 IQ와 별개로 비범한 재능을 소유한 특별한 아이들이 추가됐다. 이번 주에 딕슨이라는 아이를 비롯해 다섯 명이 더 들어올 예정이었다. 훌륭한 월척이었지만 2년 전에는 그런 아이를 30명쯤 데려올 수 있었다.

"어머, 이거 봐요. 그 아이가 너무 똑똑해서 탈인 벤슨을 만나려는 참이로군요. 벤슨이 그 아이에게 최신 정보나 그 비슷한 걸 알려주겠네요."

식스비 부인이 말했다. 컴퓨터 화면상에서 새로 온 아이가 앞 건물에 입소한 지 가장 오래된 아이에게로 다가가고 있었다.

"아직 앞 건물에 있다니. 쟤는 공식 접대원으로 써야겠어요."

헨드릭스의 말에 식스비 부인은 더이상 싸늘할 수 없는 미소를 지었다.

"박사님 입장에서는 저 아이가 있어서 다행이겠어요."

헨드릭스는 그녀를 내려다보며 생각했다. *이 위에서 보면 당신이 얼마나 빠른 속도로 대머리가 되어 가고 있는지 다 보이거든, 시거스. 심각하지는 않지만 오래전부터 계속되어온 거식증 때문이지. 당신 두피가 흰 토끼 눈처럼 벌게.*

그는 맞는 말만 하고 가슴 납작한 이 시설의 최고 관리자에게 하고 싶지만 절대 하지 않는 말들이 많았다. 어리석은 짓이 될 것이기 때문이었다.

9

콘크리트블록으로 된 복도를 따라 문과 다른 포스터들이 줄줄이 이어졌다. 그 아이는 흑인 남자아이와 백인 여자아이가 이마를 맞대고 바보처럼 활짝 웃고 있는 포스터 아래에 앉아 있었다. 그 사진 아래에 적힌 문구는 **나는 행복해지기로 결심한다!**였다.

"저 포스터 마음에 들어?"

흑인인 여자아이가 물었다. 좀 더 가까이서 살펴보니 그녀의 입에서 대롱거리는 것은 담배가 아니라 사탕이었다.

"나라면 **나는 쓰레기처럼 살기로 결심한다!**로 바꾸겠지만 그랬다가는 펜을 빼앗길 거야. 여기 직원들은 똥을 싸도록 내버려 둘 때도 있고 내버려 두지 않을 때도 있어. 문제는 언제 어느 쪽이 될지 알 수가 없다는 거지."

루크는 물었다.

"여기 어디야? 여기 뭐야?"

그는 울고 싶어졌다. 아무래도 혼란스러워서 그런 것 같았다.

"'시설'에 온 걸 환영해."

"아직 미니애폴리스이긴 한 거야?"

그녀는 폭소를 터뜨렸다.

"설마. 그리고 더이상 캔자스도 아니야, 토토(『오즈의 마법사』에서 회오리바람에 휩쓸려 오즈로 건너온 도로시가 반려견 토토에게 한 말이다—옮긴이). 여긴 메인이야. 북쪽 저 끝 깡촌. 모린의 말로는 그렇대."

"메인이라고? 확실해?"

그는 관자놀이를 한 대 얻어맞은 것처럼 고개를 저었다.

"응. 지금 너 엄청 하얗게 질렸어, 흰둥아. 쓰러지기 전에 앉는 게 좋겠어."

루크는 한손으로 몸을 받치며 자리에 앉았다. 다리를 굽혔다기보다 털썩 주저앉은 것에 가까웠다. 그가 말했다.

"난 집에 있었어. 집에 있었는데 눈을 떠 보니 여기였어. 내 방처럼 보이지만 내 방이 아닌 여기."

"알아. 충격받았지?"

그녀는 이렇게 말하고 바지 주머니에 꼼지락꼼지락 손을 넣어 상자를 하나 꺼냈다. 올가미를 돌리는 카우보이가 그려진 상자였다. **라운드업 담배 사탕**이라고 적혀 있었다. **아빠처럼 담배를 피워 보자!**

"하나 먹을래? 당분을 조금 섭취하면 정신 차리는 데 도움이 될지 몰라. 나는 그렇더라."

루크는 상자를 받아 뚜껑을 위로 열었다. 안에 담배 여섯 대가 남아 있고 담배마다 한쪽 끝이 빨간색이었다. 불똥을 그런 식으로 대체한 모양이었다. 그는 하나를 꺼내 입에 물고 깨물어 반으로 쪼겠다. 단맛이 입안에서 터졌다.

그녀가 말했다.

"진짜 담배로는 그러지 마. 맛이 그거 반도 안 될 테니까."

"요즘도 이런 거 파는 줄 몰랐는데."

"당연히 이런 거 안 팔지. 아빠처럼 담배를 피워 보자고? 장난해? 당연히 골동품이지. 하지만 매점에서 희한한 걸 몇 개 팔거든. *진짜* 담배도 있어, 믿어질지 모르겠다만. 터너 클래식 무비 채널에서 틀어주는 옛날 영화에 나오는 럭키 스트라이크, 체스터필드, 캐멀, 이런 담배가 전부 있어. 나도 피워 보고 싶지만 어휴, 토큰이 좀 많이 들어야 말이지.”

“진짜 담배? 애들한테 파는 건 아니겠지?”

“여긴 애들밖에 없어. 요즘은 ‘앞 건물’에 별로 많지도 않지만. 모린이 그러는데 몇 명 더 올지 모른대. 그녀가 어디에서 정보를 얻는지 모르겠지만 대개 쓸 만하더라고.”

“애들한테 담배를? 여기 뭐야? 행복섬이야?”

그의 기분이 행복하지는 않았다.

그 말에 그녀는 빵 터졌다.

“『피노키오』에 나오는 섬 말이야? 웃겼어!”

그녀는 손을 들었다. 루크는 그녀와 하이파이브를 했고 그러자 기분이 조금 괜찮아졌다. 이유는 알 수 없었다.

“이름이 뭐니? 계속 흰둥이라고 부를 수는 없잖아. 인종 프로파일링도 아니고.”

“루크 엘리스. 너는?”

“칼리샤 벤슨.”

그녀는 손가락 하나를 들었다.

“이제 잘 들어, 루크. 나를 칼리샤라고 불러도 되고 샤라고 불러도 돼. 친구라고 부르지만 않으면 돼.”

“왜?”

그는 상황을 파악해 보려고 했지만 여전히 잘 되지 않았다. 성공 근처에도 가지 못했다. 그는 담배의 나머지 절반을 먹었다. 끝에 가짜 불똥이 달려 있는 쪽이었다.

“왜냐하면 헨드릭스랑 다른 밥맛들이 주사를 놓거나 검사를 하

려고 할 때 그렇게 얘기하거든. '이제 네 팔에 주사를 놓을 테고 아
프겠지만 얌전히 있어라, 친구. 인후 배양 할 거라 졸라 숨이 막히
겠지만 얌전히 있어라, 친구. 너를 수조 안에 담글 거지만 숨 참고
얌전히 있어라, 친구.' 그렇기 때문에 나를 친구라고 부르면 안 돼."

루키는 나중에 떠올리게 되겠지만 지금 당장은 검사 어쩌고 하
는 부분에 거의 관심을 기울이지 않았다. 졸라라는 단어가 귀에 꽂
혀 버렸다. 남자아이들이 욕을 하는 건 수없이 들었고(그와 롤프도 밖
에서는 그 욕을 자주 썼다.) SAT를 망쳤을지 모르는 그 예쁘장한 빨간
머리가 쓰는 것도 들었지만 그와 비슷한 또래 여자아이한테서는
들은 적이 없었다. 그가 안온한 삶을 살았다는 증거인 듯했다.

그녀는 그의 무릎에 손을 얹고(그러자 무릎이 살짝 찌릿찌릿했다.) 진
지한 눈빛으로 그를 쳐다보았다.

"하지만 충고 한마디 하자면 아무리 엿 같아도, 그 사람들이 네
목구멍이나 똥구멍에 뭘 쑤셔 넣든 간에 얌전히 있는 게 좋아. 수조
에 대해서는 잘 모르지만, 내가 직접 겪은 게 아니라 얘기를 듣기만
했지만 계속 검사를 받는 한 앞 건물에 머무를 수 있거든. '뒤 건물'
로 가면 어떤 일이 벌어지는지 모르겠고 알고 싶지도 않아. 내가 아
는 게 있다면 뒤 건물은 바퀴벌레 약 비슷하다는 거야. 들어가는 애
는 있지만 나오는 애는 없어. 적어도 여기로 돌아오는 애는 없어."

그는 왔던 길을 되돌아보았다. 기운을 북돋우는 포스터가 많았
지만 문도 많아서 한쪽에 여덟 개 정도씩이었다.

"여기는 애들이 몇 명이나 있어?"

"너랑 나까지 합해서 다섯 명. 앞 건물이 북적거린 적은 없었지만

지금은 유령 도시야. 애들이 들락날락하거든."

"미켈란젤로 얘기를 하면서."(T. S. 엘리엇이 쓴 시 「J. 엘프레드 프루프록의 연가」에 '여인들이 들락거리며/미켈란젤로 얘기를 한다'는 구절이 있다 — 옮긴이)

루크는 중얼거렸다.

"뭐라고?"

"아무것도 아니야. 그런데……."

복도 이쪽 끝에 달린 쌍여닫이문 한쪽이 열리면서 갈색 원피스를 입은 여자가 그들을 등지고서 등장했다. 그녀는 뭔가와 씨름하느라 끙끙대며 엉덩이로 문을 밀었다. 칼리샤가 벌떡 일어났다.

"어, 모린, 어, 여기요, 기다려요, 우리가 도와줄게요."

내가 아니라 우리라는 말에 루크도 일어나 칼리샤를 따라갔다. 가까이 다가가 보니 갈색 원피스는 고급 호텔(주름 장식이 달리거나 하지는 않았으니 최고급은 아닐 수 있었다.) 메이드가 입음직한 유니폼이었다. 그녀는 이쪽 복도와 그 너머의 널찍한 방을 나누는 철제 문지방 위로 빨래 바구니를 끌어서 옮기려는 중이었다. 그 방은 휴게실인지 테이블과 의자와 눈부신 햇빛이 쏟아져 들어오는 창문이 있었다. 크기가 영화관 스크린만 한 텔레비전도 있었다. 칼리샤가 남은 한쪽 문을 마저 열어 공간을 좀 더 만들었다. 루크는 빨래 바구니(옆면에 댄덕스라고 브랜드가 찍혀 있었다.)를 잡고, 그가 기숙사 복도라고 생각하기 시작한 곳으로 여자가 빨래 바구니를 끌고 넘어올 수 있게 거들었다. 안에는 시트와 수건이 담겨 있었다.

"고맙다, 아들."

그녀가 말했다. 그녀는 상당히 나이가 많아서 머리칼이 제법 희끗희끗했고 피곤해 보였다. 뭉긋한 왼쪽 젖가슴 위에 달린 이름표에 **모린**이라고 적혀 있었다. 그녀가 그를 훑어보았다.

"새로 온 애로구나. 루크 맞지?"

"루크 엘리스요. 어떻게 아셨어요?"

"내 일지에 적혀 있더라."

그녀는 치마 주머니 밖으로 반쯤 삐져나온 접은 종이를 꺼냈다가 다시 넣었다.

루크는 교육 받은 대로 손을 내밀었다.

"만나서 반갑습니다."

모린은 그 손을 잡았다. 좋은 사람 같아 보였기에 그는 그녀를 만나서 반가운 게 맞는 것 같았다. 하지만 여기 있게 된 것이 반갑지는 않았다. 겁이 났고 자신뿐 아니라 부모님까지 걱정스러워졌다. 지금쯤 그들은 그가 사라진 것을 알았을 것이다. 그가 가출했다고 믿고 싶지는 않겠지만 빈 방을 보고 달리 무슨 결론을 내릴 수 있겠는가. 경찰에서 조만간 수색에 착수하겠지만, 어쩌면 벌써 착수했을 수도 있지만, 칼리샤의 말이 맞는다면 수색은 여기서 아주 먼 곳에서 이루어질 것이었다.

모린의 손바닥은 따뜻하고 보송보송했다.

"나는 모린 앨버슨이야. 청소부 겸 전천후 잡역부고. 네 방을 깨끗하게 관리해 줄게."

"아주머니 힘들게 하지 마."

칼리샤가 힘상궂게 그를 노려보며 말했다.

모린은 미소를 지었다.

"고마워라, 칼리샤. 이 아이는 그 니키처럼 방을 지저분하게 쓰지 않을 것 같아. 니키는 피너츠 만화에 나오는 피그펜(스누피 만화에서 항상 먼지를 몰고 등장하는 캐릭터—옮긴이) 같지. 걔 지금 방에 있지? 조지랑 아이리스랑 달리 놀이터로 나와 있지 않던데."

칼리샤가 말했다.

"잘 아시잖아요. 니키는 오후 1시 전에 일어나면 일찍 일어났다고 하는 거."

"그럼 다른 방부터 치워야겠다. 하지만 의사 선생님들이 걔를 1시에 만나고 싶어 하던데. 계속 자면 선생님들이 걜 깨우실걸. 만나서 반가웠다, 루크."

그녀는 이제 바구니를 당기는 대신 밀며 다시 발걸음을 옮겼다.

"가자."

칼리샤가 말하며 루크의 손을 잡았다. 부모님 걱정이 되거나말거나 그는 그 찌릿찌릿한 기분을 다시 느꼈다.

그녀가 그를 휴게실로 끌고 갔다. 그는 이 방, 그중에서도 특히 자동판매기를 자세히 살펴보고 싶었지만(진짜 담배라니 가능한 얘기란 말인가!) 등 뒤로 문이 닫히자마자 칼리샤가 그의 면전에 얼굴을 들이댔다. 거의 험상궂다 싶을 정도로 표정이 진지했다.

"네가 언제까지 여기 있을지 모르겠지만, *나 역시* 언제까지 여기 있을지 모르겠지만, 있는 동안에는 모린한테 잘해, 알았어? 여기 직원들 중에 머리에 똥만 찬 못된 인간들도 있지만 모린은 아니야. 모린은 *착해*. 그리고 골치 아픈 고민거리도 있고."

"고민거리라니?"

그는 이렇게 묻긴 했지만 예의를 차리기 위해서였다. 그는 놀이 터일 수밖에 없는 공간을 창밖으로 내다보고 있었다. 그와 나이가 비슷하거나 조금 많아 보이는 남자아이 하나와 여자아이 하나, 이 렇게 두 아이가 거기에 있었다.

"아줌마는 어디 탈이 난 것 같다는 생각을 하면서도 병원에 가질 않고 있어, 아플 형편이 안 되기 때문에. 1년에 4만 달러 정도 버는 데 갚아야 하는 돈은 그 두 배거든. 어쩌면 그보다 더 많을 수도 있어. 남편이 빚을 잔뜩 져놓고 도망치는 바람에. 게다가 그 금액이 점점 불어나고 있어. 왠지 알지? 이자 때문에 말이야."

"비그. 우리 아빠는 이자를 비그라고 불렀어. *비거리시*(이자나 수 수료 등을 의미하는 속어 — 옮긴이)의 줄임말로. 수익이나 배당금을 뜻 하는 우크라이나 단어에서 나온 말이래. 깡패들 세계에서 쓰는 말 인데, 아빠 말로는 신용카드 회사가 기본적으로 깡패랬어. 신용카 드 회사에서 부과하는 복리를 감안하면 아빠 말에도……."

"아빠 말에도 뭐? 일리가 있다고?"

"응."

그는 창밖의 아이들을 쳐다보다 말고(아마 조지와 아이리스일 것이었 다.) 칼리샤에게로 고개를 돌렸다.

"아줌마가 그런 얘기를 너한테 다 했단 말이야? 너 같은 어린애 한테? 너 자아성찰지능이 엄청 높은가 보다."

칼리샤는 놀란 표정을 지었다가 폭소를 터뜨렸다. 허리춤에 손 을 얹고 고개를 젖히며 큰 소리로 웃었다. 그러자 어린애라기보다 어른에 더 가까워 보였다.

"대인관계지능이라니! 네가 뭘 좀 아는구나, 루키?"

"대인관계(interpersonal)가 아니라 자아성찰(intrapersonal). 대인관계지능은 여러 사람을 대할 때 필요한 거지. 많은 사람들 앞에서 신용 상담 강연 같은 걸 할 때."

그는 말을 하다 말고 멈추었다.

"어, 농담한 건데."

어설픈 농담이었다. 찐따나 할 만한 농담이었다.

그녀가 평가하는 눈빛으로 그를 위에서 아래로, 다시 아래에서 위로 훑어보자 그 기분 나쁘지 않은 찌릿찌릿함이 다시 느껴졌다.

"너 얼마나 똑똑하니?"

그는 살짝 당황스러워하며 어깨를 으쓱했다. 평소에 그는 잘난 체하지 않았지만(친구를 사귀고 사람들 마음을 얻으려고 할 때 그보다 더 한심한 방법이 없었다.) 지금은 심란하고 당황스럽고 불안하고 (솔직히) 똥줄 타도록 겁이 났다. 이 사태를 납치라는 단어와 결부하지 않는 것이 점점 어려워지고 있었다. 이러니저러니 해도 그는 어린아이였고 잠을 자고 있다가 칼리샤의 말이 맞는다면 집에서 수천 킬로미터 떨어진 곳에서 눈을 떴다. 부모님이 군소리 없이, 그야말로 몸싸움을 벌이지도 않고 그를 내주었을까? 그럴 리 없었다. 그에게 무슨 일이 벌어졌는지 몰라도 그 일이 벌어지는 동안 부모님은 깨지 않았기만을 바랄 따름이었다.

"어마무지하게 똑똑할 것 같은데. 너 TP야 아니면 TK야? 난 TK일 거라고 본다만."

"그게 무슨 소린지 모르겠는데."

하지만 어쩌면 알 것도 같았다. 찬장 안에서 접시들이 어떤 식으로 덜거덕거렸는지, 가끔 그의 방문이 어떤 식으로 혼자 열리거나 닫혔는지, 로켓 피자에서 팬이 어떤 식으로 떨렸는지 생각이 났다. SAT 시험을 보던 날에도 쓰레기통이 혼자 움직이지 않았던가.

"TP는 텔레파시야. TK는……."

"염력이겠지."

그 말에 그녀는 웃으며 손가락으로 그를 가리켰다. .

"진짜 똑똑하네. 염력 맞아. 너는 TP 아니면 TK야. 둘 다인 사람은 없어. 기술자들 말로는 그래. 나는 TP야."

이 마지막 말에서 자부심이 느껴졌다.

"너는 남의 생각을 읽는단 말이지? 그렇겠지. 날마다 그리고 일요일에는 두 번."

"내가 모린에 대해서 무슨 수로 알았겠어? 아줌마는 자기 고민거리를 여기서 *아무한테도* 얘기하지 않아, 그런 성격이 아니야. 그리고 나도 자세한 건 몰라. 그냥 대강의 윤곽만 아는 거지."

그녀는 곰곰이 생각했다.

"그리고 아이에 대한 고민도 있어. 이상해. 예전에 내가 아줌마한테 아이가 있느냐고 물은 적이 있었는데 없다 그랬거든."

칼리샤는 어깨를 으쓱했다.

"나는 전부터 남의 생각을 읽을 수 있었지만(항상은 아니고 됐다 안 됐다 그래.) 슈퍼히어로한테 있는 초능력은 아니야. 그런 거라면 여기서 도망칠 수 있을 텐데."

"지금 진지하게 하는 얘기야?"

"응. 내가 첫 번째 테스트를 할게. 앞으로 이런 테스트를 수도 없이 받겠지만 그중 첫 번째. 내가 지금 1에서 50까지 중에 숫자를 하나 생각하고 있거든. 몇 번을 생각하고 있게?"

"전혀 모르겠는데."

"진짜? 뻥치는 거 아니고?"

"절대 뻥치는 거 아니야."

그는 저쪽에 달린 문 쪽으로 걸어갔다. 밖에서 남자아이는 농구공을 던지고 여자아이는 트램펄린 위에서 뛰고 있었다. 재주를 부리는 건 아니고 그냥 앉았다가 가끔 몸을 비트는 정도였다. 둘 다 재밌게 노는 것 같아 보이지는 않았다. 그냥 시간을 때우는 느낌이었다.

"쟤들이 조지랑 아이리스야?"

"응. 조지 아일스, 그리고 아이리스 스탠호프야. 둘 다 TK야. TP가 더 적어. 어이, 똘똘아, 여기서 적다고 해야 해, 아니면 작다고 해야 해?"

"적다고 해야지. TP들이 난쟁이도 아니고."

그녀는 잠깐 생각해 보더니 웃으며 손가락으로 그를 다시 가리켰다.

"이번에는 웃겼어."

"우리도 나가도 돼?"

"당연하지. 놀이터로 나가는 문은 잠긴 적이 없어. 그렇지만 오래 있고 싶지는 않을 거야. 이 촌구석은 벌레들이 제법 독하거든. 화장실 세면장 선반을 열어 보면 디트 벌레 퇴치제가 있을 거야. 그거 써야 해. 아예 덕지덕지 발라. 모린 말로는 잠자리가 부화하면 벌레 문제가 좀 괜찮아질 거라는데 아직 잠자리를 한 마리도 못 봤어."

"쟤들은 착한 편이야?"

"조지랑 아이리스? 응, 아마도. 우리가 절친이거나 뭐 그런 건 아니지만. 조지는 온 지 일주일밖에 안 됐어. 아이리스는 여기 온 게…… 음…… 열흘 전인 것 같다. 그쯤 됐어. 나 다음으로는 닉이 제일 오래됐어. 닉 윌흘름. 앞 건물에서 의미 있는 관계를 기대하지 마, 똘똘아. 얘기했다시피 애들이 들락날락하거든. 그중에 미켈란젤로 얘기를 하는 애는 없지만."

"넌 여기 온 지 얼마나 됐어, 칼리샤?"

"거의 한 달 됐어. 이래뵈도 고참이야."

"그럼 이게 다 무슨 일인지 네가 설명해 줄 거야? 아니면 쟤들이 설명해 줄 거야?"

그는 밖에 있는 아이들을 턱으로 가리켰다.

"우리가 아는 거랑 잡역부하고 기술자들한테 들은 얘기를 알려 줄게. 하지만 내 느낌상으로는 대부분 거짓말인 것 같아. 조지도 같은 생각이고. 아이리스는……."

칼리샤는 웃음을 터뜨렸다.

"걔는 그 「엑스파일」 시리즈의 멀더 요원이랑 비슷해. 믿고 싶어 한다는 점에서."

"뭘 믿고 싶어 하는데?"

그녀가 지혜로운 동시에 슬픈 눈빛으로 그를 쳐다보자 그녀가 다시금 어린아이가 아니라 어른처럼 느껴졌다.

"이건 인생이라는 거대한 고속도로 위에서 잠깐 돌아가는 것에 불구하고, 결국에는 「스쿠비 두」에서처럼 모든 게 잘 될 거라고."

"너희 부모님은 어디 계셔? 넌 어쩌다 여기로 오게 됐어?"

어른스럽던 눈빛이 사라졌다.

"그 얘기는 지금 하고 싶지 않아."

"알았어."

어쩌면 그도 그 얘기는 하고 싶지 않을지 몰랐다. 아직은 그랬다.

"니키를 만났을 때 걔가 큰 소리로 계속 어쩌고저쩌고 하더라도 신경 쓰지 마. 걔는 그런 식으로 스트레스를 풀거든. 그리고 그게…… 재밌을 때도 있어."

그녀는 곰곰이 생각했다.

"알았어. 나 부탁 하나만 해도 돼?"

"응, 내가 들어줄 수 있을지 모르겠지만."

"똘똘이라고 그만 불러. 내 이름은 루크야. 그 이름으로 불러 줘, 알았지?"

"그건 들어줄 수 있겠다."

그는 문을 향해 손을 내밀었지만 그녀가 그의 손목 위에 자기 손을 얹었다.

"나가기 전에 하나만 더. 뒤를 돌아봐, 루크."

그는 뒤를 돌아보았다. 그녀의 키가 이삼 센티미터쯤 더 큰 것 같았다. 그는 그녀가 열정적으로 그의 입술을 덮칠 때까지 전혀 예상을 하지 못했다. 그녀는 심지어 잠깐 동안 혀를 그의 입 안으로 넣었고 그러자 찌릿찌릿한 수준을 넘어 전기가 흐르는 콘센트에 손가락을 쑤셔넣기라도 한 것 같은 충격이 온몸을 관통했다. 난생처음 해 보는 본격적인 입맞춤이었고 분명 월더스무치였다. 롤프가 알면 질투하겠다는 생각이 들었다.(그 직후에 생각할 수 있는 것이 여기까지였다.)

그녀가 흡족한 표정을 지으며 입술을 뗐다.

"진정한 사랑이거나 뭐 그런 건 아니야, 착각하지 마. 선물인지도 잘 모르겠지만 선물일 수 있겠다. 나는 여기 처음 왔을 때 일주일 동안 격리됐었어. 점 주사도 못 맞고."

그녀는 간식 자판기 옆에 걸린 포스터를 가리켰다. 한 남자아이가 의자에 앉아서 희희낙락한 표정으로 흰색 벽에 그려진 알록달록한 점을 가리키고 있었다. 미소를 머금은 의사(흰색 가운을 입고 청진기를 목에 걸었다.)가 한손을 아이의 어깨에 얹고 서 있었다. 그 사진 위로 이렇게 적혀 있었다. **점 주사!** 그리고 그 아래에는, **점을 빨리 볼수록 더 빨리 집으로 돌아갈 수 있어!**

"저게 도대체 무슨 소리야?"

"아직은 몰라도 돼. 우리 부모님이 열성적인 예방주사 거부자라 내가 앞 건물에 온 지 이틀 만에 수두에 걸렸거든. 꼬박 9일 동안 기침과 고열과 큼지막하고 보기 싫은 빨간색 반점으로 고생을 했지. 이렇게 나와서 돌아다닐 수 있고 다시 검사가 시작된 걸 보면 다 나은 것 같지만 아직 전염성이 남았을지 몰라. 네가 운 좋게 수두에 걸리면 두어 주 동안 주사 맞고 MRI 찍는 대신 주스 마시고 텔레비전 보면서 지낼 수 있어."

여자아이가 그들을 보고 손을 흔들었다. 칼리샤도 마주 손을 흔들었고 루크가 무슨 말을 꺼낼 겨를도 없이 문을 밀어서 열었다.

"가자. 멍한 표정은 지우고 상견례 하러 나가야지."

점 주사

1

시설의 매점과 TV 휴게실 밖으로 나서자 칼리샤가 루크의 어깨에 팔을 두르고 자기 쪽으로 바짝 끌어당겼다. 그는 다시 입을 맞추려나 보다고 생각했지만(사실 그래주길 바랐지만) 그녀는 대신 그의 귀에 대고 속삭였다. 그녀의 입술이 살갗을 간질이자 그는 소름이 돋았다.

"무슨 얘기든 해도 되지만 모린에 대해서는 아무 말도 하지 마, 알았지? 저들이 우리 대화를 계속 듣고 있는 것 같지는 않지만 그래도 조심하는 게 나으니까. 모린이 난처해지는 건 싫어."

모린은 그래, 청소를 맡은 그 아주머니지만 저들은 누구일까? 루크는 평생 이렇게 막막했던 적이 없었다. 심지어 네 살 때 아메리카 몰에서 15분이라는 긴 시간 동안 어머니와 떨어져 있었을 때도 이 정도는 아니었다.

그런가 하면 칼리샤가 예언했던 것처럼 벌레들이 루크를 찾아왔다. 조그맣고 까만 녀석들이 구름처럼 그의 머리 위를 덮고 맴돌았다.

놀이터 바닥에는 대부분 고운 자갈이 깔려 있었다. 조지라는 아이가 계속 공을 던지고 있는 농구장은 아스팔트로 덮였고, 트램펄린 주변은 잘못 뛰어서 옆으로 튕겨나가는 경우에 대비해 스펀지 비슷한 완충재로 둘러싸였다. 셔플보드(판 위에 원반을 얹어 놓고 긴 막대를 이용하여 숫자판 쪽으로 밀면서 하는 게임―옮긴이)장, 배드민턴장, 로프 코스도 있었다. 꼬맹이들이 조립해서 터널을 만들 때 쓰는 알록달록한 원통도 한 무더기 있었지만 그걸 가지고 놀 만큼 어린아이는 없었다. 그네, 시소, 미끄럼틀도 있었다. 양옆에 피크닉 테이블이 놓인 초록색의 길쭉한 캐비닛에는 **게임 및 비품** 그리고 **사용 후 반납하기 바람**이라고 적힌 팻말이 달려 있었다.

적어도 3미터는 되어 보이는 철책이 놀이터를 에워싸고 있었고, 루크는 두 군데 모퉁이에서 놀이터를 내려다보는 카메라를 포착했다. 한참 동안 청소를 하지 않았는지 먼지를 뒤집어쓰고 있었다. 철책 너머에는 숲밖에 없고 대부분 소나무였다. 굵기로 보았을 때 수령이 80세 정도는 됨직했다. 그가 열 살쯤 됐을 때 어느 토요일 오후에 읽은 『북아메리카의 나무들』에 소개된 공식에 따르면 계산하기가 아주 간단했다. 나이테를 셀 필요도 없었다. 나무 둘레를 재고 파이로 나눠서 지름을 계산한 다음 북아메리카 소나무의 평균 성장인자, 즉 4.5를 곱하기만 하면 됐다. 쉽게 계산할 수 있었고 필연적인 결론도 마찬가지로 쉽게 도출할 수 있었다. 이 나무들은 오랫

동안, 어쩌면 두어 세대 동안 벌목되지 않았다. 여기가 어떤 시설인지 몰라도 고목들로 뒤덮인 숲속, 그러니까 외딴 산골짜기에 자리 잡고 있었다. 놀이터만 해도 그가 맨 처음 보았을 때 든 생각은 6세부터 16세까지를 수용하는 교도소의 운동장이라는 게 있다면 딱 이렇게 생겼겠다는 것이었다.

아이리스라는 여자아이가 그들을 보며 손을 흔들었다. 하나로 높게 묶은 머리를 휘날리며 트램펄린 위에서 두 번 점프한 뒤에 옆쪽으로 폴짝 뛰어내려 다리를 벌리고 무릎을 구부린 채 스펀지 비슷한 곳에 착지했다.

"샤! 같이 온 걔는 누구야?"

칼리샤가 말했다.

"루크 엘리스. 오늘 아침에 새로 왔어."

"안녕, 루크. 아이리스 스탠호프야."

아이리스는 걸어와서 손을 내밀었다. 비쩍 말랐고 키는 칼리샤보다 5센티미터 정도 컸다. 얼굴이 서글서글하니 예뻤고, 땀과 벌레 퇴치제의 범벅이 아닐까 싶은 것으로 뺨과 이마가 번들거렸다.

루크는 벌레들(미네소타에서는 이런 녀석들을 깔따구라고 하는데 여기서는 뭐라고 부르는지 알 수 없었다.)이 그를 뜯어먹기 시작한 것을 느끼며 그녀와 악수했다.

"여기는 별로지만 너를 만난 건 반갑다."

"나는 텍사스 주 애빌린에서 왔어. 너는?"

"미니애폴리스. 거기가 어디냐면……."

아이리스가 말했다.

"어딘지 알아. 10억 개 호수의 땅인가 뭔가로 불리는 곳이지?"

칼리샤가 외쳤다.

"조지! 매너는 밥 말아먹었니? 얼른 와!"

"알았어, 하지만 잠깐만. 중요한 일이 있어."

조지는 농구공을 가슴에 안고 아스팔트 가장자리의 파울선으로 살금살금 다가가며 잔뜩 긴장한 목소리로 나지막이 웅얼거리기 시작했다.

"자, 여러분, 일곱 번의 힘든 승부를 펼친 끝에 지금 이 순간을 맞이하였습니다. 연장전을 거듭하며 위저즈가 셀틱스를 1점 차로 추격하고 있는 상황에서 이제 막 교체 투입된 조지 아일스가 파울선에서 경기를 뒤집을 수 있는 기회를 포착했습니다. 그가 한 개를 성공하면 다시 동점이 됩니다. 두 개 다 성공하면 역사에 길이 남는 선수가 될 텐데요, 어쩌면 테슬라 컨버터블과 함께 농구 명예의 전당에 사진이 걸릴지도……."

"그러려면 특별 제작해야겠네. 테슬라에서 컨버터블은 아직 출시되지 않았으니까."

루크가 말했지만 조지는 들은 척도 하지 않았다.

"아일스에게 이런 역할이 맡겨지다니 어느 누구도 전혀 상상하지 못했던 상황입니다. 캐피털 원 경기장에 묘한 정적이 흐르는 가운데……."

"누가 방귀를 뀌네요! 진짜 트럼펫처럼 요란한 소리가 납니다! 냄새도 지독하고요!"

아이리스가 외쳤다. 그녀는 입술 사이로 혀를 내밀고 침을 튀겨

가며 길게 경적 소리를 냈다.

"아일스는 심호흡을 하고…… 공을 두 번 튀깁니다. 그게 아일스의 트레이드마크죠……."

아이리스가 루크에게 말했다.

"조지는 입에 따발총이 달렸을 뿐 아니라 상상력도 어마어마하게 풍부해. 지내다 보면 적응이 될 거야."

조지가 그들 세 명을 흘끗 쳐다보았다.

"아일스가 코트 중앙에서 야유를 보내는 외로운 셀틱스 팬을 화난 표정으로 쓱 쳐다보는데요…… 엄청 못생겼을 뿐 아니라 덜 떨어져 보이는 여학생이로군요……."

아이리스가 다시 한 번 투레질을 했다.

"이제 아일스가 바스켓을 마주 보고…… 공을 던집니다……."

에어볼(림을 맞추지도 못한 공―옮긴이)이었다.

"야, 조지. 내가 다 민망했다. 그 빌어먹을 경기 무승부로 끝내든지 그냥 지고 말든지 해, 얘기 좀 하게. 이 아이는 자기한테 무슨 일이 벌어졌는지 모르겠대."

칼리샤가 말했다.

"우리처럼 말이야."

아이리스가 말했다.

조지는 무릎을 구부리고 공을 던졌다. 공은 림을 한 바퀴 돌며…… 고민하는 듯하더니…… 옆으로 떨어졌다.

아이리스가 외쳤다. 치어리더처럼 펄쩍 뛰고 보이지 않는 폼폼을 흔들며 외쳤다.

"셀틱스의 승리입니다, 셀틱스의 승리입니다! 이제 이쪽으로 와서 새로 온 친구랑 인사해."

조지는 손을 저어서 벌레를 쫓으며 걸어왔다. 루크는 키가 작고 뚱뚱한 그를 보며 상상의 세계 속에서나 프로 농구 선수로 뛸 수 있겠다는 생각을 했다. 옅은 파란색 눈을 보며 롤프와 함께 터너 클래식 무비 채널에서 즐겨 보았던 폴 뉴먼과 스티브 맥퀸의 영화를 떠올렸다. 텔레비전 앞에 대자로 퍼져서 팝콘을 먹었던 그때가 생각나자 속이 불편해졌다.

"요, 친구. 이름이 뭐냐?"

"루크 엘리스."

"나는 조지 아일스다만 내 이름이야 얘네들한테 들어서 이미 알고 있겠지. 내가 얘네들한테는 신적인 존재거든."

칼리샤는 머리를 꼿꼿하게 들었다. 아이리스는 가운뎃손가락을 들어 보였다.

"사랑의 신 말이지."

"하지만 큐피드가 아니라 아도니스겠지. 욕망과 미를 상징하는 아도니스 말이야."

루크는 이런 말로 장단을 맞추어 보았다. 장단을 맞추려고 시도해 보았다.

"마음대로 생각해. 여기 생활은 어때? 구리지?"

"여긴 정체가 뭐야? 칼리샤 말로는 시설이라는데 대체 무슨 시설이야?"

"식스비 부인의 고집불통 초능력 어린이 보호소라고 부르는 게 나을지 몰라."

아이리스는 말하고 침을 뱉었다.

이건 영화를 중간부터 보기 시작하는 수준이 아니었다. 어떤 텔레비전 드라마의 3화를 중간부터 보기 시작하는 수준이었다. 그것도 줄거리가 복잡한 드라마를.

"식스비 부인이 누군데?"

"재수 없는 여왕. 나중에 만날 텐데 충고 하나 하자면 말대꾸하지 마. 부인은 우리가 말대꾸하면 싫어하거든."

조지가 말했다.

"너는 TP야, TK야?"

아이리스가 물었다.

"아마 TK인 것 같아."

사실 '아마'가 아니었다.

"가끔 주변의 물건들이 움직이거든. 나는 도깨비를 믿지 않으니까 나의 소행이겠지. 하지만 그것만으로는……."

그는 말끝을 흐렸다. 그것만으로는 여기로 옮겨지기에 부족하지 않으냐는 게 그의 생각이었다. 하지만 그는 이렇게 여기에 있었다.

"TK 양성이야?"

조지가 물으며 한 피크닉 테이블 쪽으로 걸음을 옮겼다. 루크도 따라갔고 여자아이 둘이 그의 뒤를 쫓았다. 그는 그들을 둘러싼 숲의 수령을 대충 계산할 수 있고, 100가지 종류의 박테리아 이름을 댈 수 있고, 헤밍웨이와 포크너와 볼테르를 주제로 이 아이들에게 강연을 할 수 있을지 몰라도 이보다 더 덜 떨어지게 느껴진 적이 없었다.

"그게 무슨 소린지 모르겠는데."

칼리샤가 말했다.

"*저들이 나나 조지 같은 아이를 부를 때 양성이라고 해. 그러니까 기술자나 관리인이나 의사들이. 우리는 원래 그런 걸 알면 안 되지 만…….*"

아이리스가 말문을 이었다.

"그래도 알고 있어. 그런 걸 공공연한 비밀이라고 하지. TK와 TP 양성은 마음만 먹으면 능력을 발휘할 수 있어, 적어도 가끔. 그 나머지는 그러지 못하고. 내 경우에는 열 받거나 엄청 기분이 좋거 나 깜짝 놀랐을 때만 물건들이 움직이거든. 재채기처럼 내 뜻과 상 관없이 벌어지는 현상이야. 그러니까 나는 그냥 평범한 케이스지. 평범한 TK하고 TP는 분홍색이라고 불려."

"왜?"

루크는 물었다.

"그냥 평범한 아이인 경우에는 서류 폴더에 분홍색의 조그만 동 그라미를 붙여놓거든. 우리 서류 폴더 안에 뭐가 있는지도 보면 안 되지만 내가 요전번에 봤어. 저들이 가끔 방심할 때도 있어서."

그러자 칼리샤가 말했다.

"몸 사리는 게 좋아. 안 그러면 저들이 네 똥꼬 쑤실 때도 방심할 수 있으니까."

아이리스가 말했다.

"분홍색들이 검사도 많이 받고 주사도 더 자주 맞아. 나는 수조까지 다녀왔어. 구리긴 했지만 못 견딜 정도는 아니었어."

"그게 뭔……."

조지는 루크에게 질문을 마무리할 겨를을 허락하지 않았다.

"나는 TK 양성이야. 내 폴더에는 분홍색 동그라미 없어. 이 몸은 분홍색 동그라미가 0개라고."

"너도 네 폴더 봤어?"

루크는 물었다.

"볼 필요도 없지. 내가 워낙 어마어마하거든. 잘 봐."

그는 명상 전문가처럼 정신 집중도 하지 않고 그 자리에 가만히 서 있었을 뿐인데도 놀라운 현상이 벌어졌다.(여자아이들은 별 감흥을 보이지 않는 걸 보면 루크에게만 놀라운 현상인 모양이었다.) 돌풍이 불기라도 한 듯 조지의 머리 위를 맴돌던 깔따구 떼가 혜성 꼬리처럼 뒤로 길게 날렸다. 바람 한 점 없는데 그랬다. 그가 말했다.

"봤지? 이게 TK 양성의 활약상이야. 금방 끊기긴 하지만."

진짜 그랬다. 깔따구들이 벌써 제자리로 돌아와 그의 주변을 맴돌고 있었다. 그가 바른 벌레 퇴치제가 접근을 막고 있을 뿐이었다.

루크가 말했다.

"네가 아까 골대 앞에서 던진 두 번째 슛 말이야. 그걸 들어가게 만들 수도 있었어?"

조지는 아쉬워하는 표정으로 고개를 저었다.

"막강한 TK 양성이 들어왔으면 좋겠어. 우리를 이 엿 같은 곳에서 *밖으로* 순간 이동시켜 줄 수 있는 아이 말이야."

아이리스가 말했다. 그녀는 새로운 친구를 만난 흥분이 다 가라

앉았다. 이제는 지치고 겁에 질리고, 루크가 열다섯 살쯤으로 짐작한 나이보다 더 나이가 많아 보였다. 그녀는 피크닉 테이블 벤치에 앉아서 한 손으로 눈을 덮었다.

칼리샤가 옆에 앉아서 팔로 감싸안았다.

"에이, 그러지 마, 다 잘 될 거야."

"아니, 그렇지 않아. 이것 좀 봐, 바늘꽂이가 따로 없어!"

아이리스는 팔을 내밀었다. 왼쪽에는 밴드가 두 개, 오른쪽에는 세 개 붙어 있었다. 그녀는 눈을 벅벅 문지르고는 결연한 표정이 아닐까 싶은 표정을 지었다.

"자, 새로 온 친구야. 너는 물건들을 마음대로 움직일 수 있어?"

루크는 부모님이 아닌 다른 사람들과 사이코키네시스라고도 하는 염력에 대해 이야기를 나눈 적이 없었다. 어머니는 그걸 알면 사람들이 겁에 질릴 거라고 했다. 아버지는 그런 건 전혀 중요한 문제가 아니라고 했다. 루크는 둘 다 맞는 말이라고 생각했지만, 이 아이들은 겁에 질리지 않았고 여기에서는 이것이 중요한 문제였다. 분명 그랬다.

"아니. 나는 내 귀도 실룩이지 못하는데."

그들이 폭소를 터뜨리자 루크는 긴장을 풀었다. 여긴 이상하고 섬뜩했지만 이 아이들만큼은 괜찮아 보였다.

"어쩌다 한 번씩 뭐가 움직이는 게 전부야. 접시나 은그릇. 문이 저절로 닫힐 때도 있어. 한 번인가 두 번은 책상 스탠드가 켜진 적도 있고. 다 조그만 것들이야. 아니, 내가 그걸 움직이고 있다는 확신도 없었어. 바람이 불었거나…… 땅 속 깊숙한 데서 지진이 났거나……."

그들은 안 믿는다는 표정으로 그를 쳐다보고 있었다.

"그래. 나는 알고 있었어. 우리 부모님도 그랬고. 하지만 별 거 아니라고 생각했어."

어쩌면 큰일이었을지 모르지. 그는 생각했다. 열두 살에 한 군데도 아니고 두 군데 대학에서 입학 허가를 받을 만큼 말도 안 되게 똑똑한 아이 입장에서는 별일 아니었을 뿐. 피아노를 밴 클라이번 뺨 때리게 잘 치는 일곱 살짜리가 있다고 치자. 그 아이가 간단한 카드 마술도 몇 개 할 줄 안다 한들 누가 신경이나 쓸까? 귀를 실룩일 줄 안다 한들? 하지만 이런 얘기를 조지, 아이리스, 칼리샤에게 할 수는 없었다. 자랑하는 것처럼 들릴 것 아닌가.

칼리샤가 격하게 외쳤다.

"네 말이 맞아. 별 거 *아니지*! 그래서 이게 말이 안 되는 거야! 우리가 저스티스 리그나 엑스맨도 아니잖아!"

"우리, 납치당한 거야?"

그는 그들이 폭소를 터뜨려 주길 간절히 바랐다. 한 명이라도 당연히 *그건 아니지* 하고 대답해 주길 간절히 바랐다.

"당근이지."

조지가 말했다.

"벌레를 일이 초 동안 쫓을 수 있다고 해서? 아니면 가끔 방 안으로 들어가면 문이 등 뒤에서 저절로 닫힌다고 해서?"

루크는 로켓 피자 테이블에서 떨어졌던 팬을 떠올렸다.

조지가 말했다.

"글쎄. 그들이 외모를 보고 선택했다면 아이리스하고 샤는 여기 없었겠지."

"어이, 불알대장."

조지는 미소를 지었다.

"아주 우아하게 응수를 하는구나. 좆까라는 욕하고 쌍벽을 이룰 수 있겠어."

아이리스가 말했다.

"가끔 네가 얼른 뒤 건물로 넘어가 버렸으면 좋겠다는 생각이 들 때도 있어. 벼락 맞아 죽을 생각이라는 건 알지만……."

"잠깐. 제발 잠깐. 처음부터 차근차근 설명을 부탁할게."

루크가 말했다.

그때 그들 뒤에서 누군가가 말했다.

"이게 처음이야, 멍충아. 안타깝게도 이게 마지막일 수도 있지만."

2

루크는 새롭게 등장한 인물의 나이를 열여섯 살로 짐작했지만 나중에 알고 보니 그보다 두 살 더 많았다. 니키 윌홀름은 키가 크고 파란 눈이었고 헝클어진 머리는 더이상 까말 수가 없고 샴푸질 한 번으로는 안 될 상태였다. 쭈글쭈글한 반바지 위로 쭈글쭈글한 버튼업 셔츠를 입었고, 흰색 운동용 양말은 반쯤 내려왔고, 운동화 는 더러웠다. 루크는 그가 피너츠 만화에 나오는 피그펜 비슷하다고 했던 모린의 말이 생각났다.

　다른 아이들은 경계하는 한편 존중하는 눈빛으로 그를 쳐다보았고 루크는 단박에 이유를 알아차렸다. 칼리샤, 아이리스, 조지는 루크 못지않게 여길 싫어했지만 긍정적인 분위기를 유지하려고 했다. 아이리스가 흔들렸을 때 말고는 살짝 덜떨어지게 굴며 어떻게든 적응하려는 분위기를 풍겼다. 하지만 이 아이는 아니었다. 니키가 지금은 그렇지 않았지만 불과 얼마 전까지만 해도 화가 나 있었다는 것을 누가 봐도 알 수 있었다. 퉁퉁 부은 아랫입술에는 아물어 가는 찢어진 자국이, 눈에는 희미해져 가는 멍 자국이, 한쪽 뺨에는 새로 새긴 멍 자국이 있었다.

　그렇다면 싸움꾼이었다. 루크는 지금까지 싸움꾼을 몇 명 본 적 있었고 심지어 브로더릭 스쿨에도 두어 명 있었다. 그와 롤프는 그들을 멀찌감치 피해다녔지만, 여기가 루크의 짐작대로 감옥이 맞는다면 니키 윌홀름을 피해다닐 방법은 없었다. 하지만 다른 세 명은 그를 무서워하지 않는 눈치였고 그건 좋은 징조였다. 니키는 시설이라는 그 무미건조한 명칭 뒤에 숨겨진 뭔지 모를 목적에 분개했을지 몰라도 친구들 앞에서는 그냥 진지해 보이는 아이였다. 집중력이 있어 보이는 아이였다. 하지만 그의 얼굴에 남은 상처는 불쾌한 여지를 시사했고 그가 태생적으로는 싸움꾼이 아니라면 더욱 그랬다. 어떤 어른 때문에 생긴 상처라면? 교사가 그런 짓을 저질렀다면 브로더릭뿐만 아니라 거의 모든 학교에서 잘리고 소송을 당하거나 체포될 수도 있었다.

　루크는 칼리샤가 했던 말을 떠올렸다. *더 이상 캔자스도 아니야,*

토토.

"나는 루크 엘리스야."

루크는 머뭇머뭇 손을 내밀었다.

니키는 그 손을 무시하고 초록색 비품 사물함을 열었다.

"체스 둘 줄 아니, 엘리스? 저 셋은 완전 젬병이야. 다나 깁슨이 어설프게나마 상대해 주었는데 3일 전에 뒤 건물로 건너갔어."

"그래서 이제 다시는 그녀를 볼 수 없어."

조지가 구슬픈 목소리로 말했다.

"둘 줄 알아. 하지만 지금은 체스를 둘 기분이 아니야. 여기가 어디고 이 안에서 무슨 일이 벌어지고 있는지 알고 싶거든."

루크는 말했다.

닉은 체스판과 말이 든 상자를 꺼냈다. 눈 위로 쏟아진 머리칼을 쓸어 넘기지 않고 그대로 앞을 쳐다보며 말을 순식간에 배치했다.

"여기는 시설이야. 메인 주의 어느 광야에 있고. 심지어 시골 마을도 못 되는, 그냥 지도상의 한 좌표야. TR-110. 샤가 몇몇 사람들을 통해 알아낸 정보지. 다나도 그랬고 피트 리틀존도 그런 식으로 정보를 알아냈어. 피트도 뒤 건물로 건너간 TP지."

"피트는 한참 전에 건너간 것 같은데 이제 겨우 일주일 지났네. 그 여드름 기억나? 안경이 계속 내려왔던 것도?"

칼리샤가 생각에 잠긴 목소리로 말했지만 니키는 들은 체도 하지 않았다.

"사육사들은 그걸 감추려고 하지도 않고 아니라고 하지도 않아. 뭐 하러 그러겠어, 날이면 날마다 TP인 아이들을 연구하는데. 비밀에 부쳐야 하는 정보에 대해 걱정하지도 않아. 왜냐하면 샤도 깊숙하게는 못 들어가거든, 제법 실력이 좋은데도 말이지."

"나는 ESP 카드(제너라는 스위시의 심리학자가 투시 능력을 시험하기 위해 만든 카드로 다섯 가지 무늬가 다섯 장씩 들어 있다. 제너 카드라고도 한다―옮긴이)의 무늬를 대개 90퍼센트의 확률로 알아맞힐 수 있어."

칼리샤가 말했다. 자랑하는 게 아니라 그냥 있는 사실을 얘기하는 것이었다.

"네가 머리 전면에 네 할머니 성함을 떠올리면 그것도 알아맞힐 수 있지만 전면까지가 내가 들어갈 수 있는 한계야."

우리 할머니 성함은 레베카인데. 루크는 생각했다.

"레베카."

칼리샤는 말했다. 놀란 루크의 표정을 보고 그녀가 킥킥대며 웃자 좀 전의 어린아이로 돌아갔다.

"네가 흰 말로 해. 나는 항상 검은 말로 하거든."

니키가 말했다.

"닉은 우리의 명예 무법자야."

조지가 말했다.

"상처를 보면 알 수 있지. 아무 득이 안 되는데도 어쩔 수가 없나 봐. 방을 더럽게 쓰는 것도 유치한 반항심의 표현이지만 모린의 일만 많아졌을 뿐이야."

칼리샤의 말에 니키는 정색하고 흑인 여자아이를 돌아보았다.

"모린이 정말로 네가 생각하는 그런 선한 인물이라면 우리를 여기서 탈출시켜야지. 아니면 가까운 경찰서에 신고라도 하든지."

칼리샤는 고개를 저었다.

"정신 차려. 누구라도 여기에서 일을 하면 공범인 거야. 좋든 싫든 간에."

"못됐든 착하든."

조지가 덧붙였다. 엄숙한 표정이었다.

"게다가 가까운 경찰서라고 해 봐야 개 같은 부관들로 득시글거리는 데다 까마득하게 멀리 있을지 모르고. 네가 수석 해설자로 나서기로 한 모양인데, 이 아이한테 제대로 설명을 해 주지 그래, 닉? 네 방이랑 똑같이 생긴 여기서 눈을 떴을 때 얼마나 기분이 이상했는지 기억 안 나?"

아이리스의 말에 닉은 의자에 기대고 앉아서 팔짱을 꼈다. 루크는 칼리샤가 어떤 눈빛으로 그를 바라보는지 어쩌다 알게 되었고, 그녀가 만약 닉에게도 입을 맞추었다면 단순히 수두를 옮기기 위해서만은 아니었을 거라는 생각이 들었다.

"좋아, 엘리스, 우리가 아는 대로 설명해 줄게. 아니, 우리가 안다고 생각하는 대로. 별로 길지 않아. 숙녀 여러분들은 하고 싶은 애기가 있으면 언제든 중간에 하세요. 조지, 너는 헛소리 공격이 시작될 것 같으면 입 꾹 다물고 있어."

"눈물 나게 고맙다. 내 포르쉐를 몰게 해 준 대가가 이거냐."

조지가 말했다.

"여기에 제일 오래 있은 애는 칼리샤야. 수두 때문에. 그 동안 몇 명이나 만났지, 샤?"

닉의 말에 그녀는 곰곰이 따져보았다.

"아마 스물다섯 명. 어쩌면 그보다 몇 명 더 많을 수도 있어."

닉은 고개를 끄덕였다.

"그 아이들, 그러니까 우리는 전국 방방곡곡에서 여기로 옮겨졌어. 샤는 오하이오, 아이리스는 텍사스, 조지는 몬태나 주 똥창에서……."

"내가 살던 곳은 빌링스야. 전혀 나무랄 데 없는 마을이라고."

조지가 말했다.

닉은 머리칼을 뒤로 넘기고 귓불을 앞으로 접어서 10센트짜리 동전 절반만 한 크기로 반짝이는 동그란 금속을 보여 주었다.

"그들은 먼저 철새나 빌어먹을 버펄로라도 되는 것처럼 우리한테 딱지를 붙여. 우리를 진찰하고 시험하고 점 주사를 맞힌 다음 다시 진찰하고 좀 더 시험하지. 분홍색이 주사도 더 많이 맞고 시험도 더 많이 받아."

"나는 수조까지 갔다 왔어."

아이리스가 했던 얘기를 또 했다.

"축하한다. 양성들한테는 한심한 재주넘기 같은 걸 시켜. 난 어쩌다 보니 TK 양성이다만 저기 저 떠버리 조지가 나보다 그런 걸 훨씬 잘해. 이름이 기억 안 나는데 조지보다 더 잘한 아이도 있었지."

닉은 말했다.

"바비 워싱턴. 아홉 살인가 그랬던 흑인 꼬맹이. 접시를 테이블에서 그냥 떨어뜨릴 수 있었는데. 안 보인 지…… 얼마나 됐지, 닉? 한 2주 됐나?"

칼리샤가 말했다.

"그 정도는 아니야. 2주 됐다면 내가 오기 전이라는 얘기니까."

"전날 저녁까지 같이 먹었거든. 그런데 다음 날 뒤 건물로 사라졌어. 휙 하고. 무슨 마술처럼. 다음 차례는 아마 나일 거야. 저들이 모든 검사를 마친 것 같아."

칼리샤가 말했다. 그러자 니키가 뚱한 목소리로 말했다.

"나도 마찬가지야. 날 없애면 아마 속이 후련하다고 하겠지."

조지가 말했다.

"거기서 '아마'는 빼도 돼."

아이리스가 말했다.

"저들은 우리한테 주사를 맞혀. 아플 때도 있고 아프지 않을 때도 있고 어떤 변화가 생길 때도 있고 그렇지 않을 때도 있어. 나는 한 번은 주사를 맞은 뒤에 열이 나고 머리가 깨질 듯이 아픈 적이 있었어. 샤한테 수두를 옮았나 했더니 하루 만에 사라지더라. 저들은 우리 눈에 점이 보이고 웅웅거리는 소리가 들릴 때까지 계속 주사를 맞혀."

칼리샤가 그녀에게 말했다.

"너는 그나마 가볍게 끝났지. 어떤 아이들은…… 모티라는 애가 있었는데…… 성은 기억이 안 나지만……."

아이리스가 말했다.

"코파개. 바비 워싱턴이랑 붙어다니던 애. 나도 모티의 성이 생각이 안 나네. 내가 여기 오고 이틀 지났을 때 뒤 건물로 넘어갔는데."

"어쩌면 거기로 넘어간 게 아닐지 몰라. 여기 있은 지 오래되지도 않았고 주사를 맞은 뒤에 두드러기가 잔뜩 났거든. 매점에서 나한테 그랬어. 아직까지 심장이 미친 듯이 뛴다고도 했고. 어쩌면 진짜 심각한 증상을 일으켰을지 몰라."

칼리샤는 말을 하다 말고 멈추었다.

"어쩌면 죽었을 수도 있고."

그 말에 조지는 깜짝 놀라서 눈을 동그랗게 뜨고 칼리샤를 쳐다보았다.

"냉소주의와 10대의 불안은 이해하지만 설마 진심으로 그렇게 믿는 건 아니겠지?"

"뭐, 믿고 싶지 않은 건 분명해."

칼리샤가 말했다.

"다들 조용히 해."

닉이 말했다. 그는 체스판 위로 몸을 기울이고는 루크를 쳐다보았다.

"저들이 우리를 납치한 거냐고? 맞아. 우리가 초능력을 가지고 있기 때문이냐고? 맞아. 저들이 우리를 어떻게 찾았느냐고? 그건 몰라. 하지만 엄청난 작전일 거야, 여기가 이렇게 엄청난 걸 보면. 씨발, 수용소잖아. 의사도 있고 기술자도 있고 자칭 관리인이라는 사람들도 있고…… 숲속에 박혀 있는 소규모 병원이나 다름없어."

"거기다 경비도 있지."

칼리샤가 말했다.

"맞아. 여기 보안실장은 덩치 큰 대머리 씹쌔야. 이름은 스택하우스고."

"도대체 말이 안 돼. 미국에서 이게 가능하다고?"

루크가 말했다.

"여긴 미국이 아니야, '시설' 왕국이지. 점심 먹으러 식당에 가면 창밖을 내다봐, 엘리스. 처음에는 나무만 수두룩하게 보일 테지만 열심히 눈에 힘을 주면 다른 건물도 보일 거야. 여기처럼 초록색으로 된 콘크리트블록 건물이. 나무에 섞여서 잘 안 보이게 하려는 수작이겠지. 거기가 뒤 건물이야. 모든 시험과 주사 투여가 끝난 아이들이 가는 곳."

"거기 가면 어떻게 되는데?"

이번에는 칼리샤가 대답했다.

"우리도 몰라."

루크는 모린도 모르느냐고 물을 뻔했다가 칼리샤가 그의 귀에 대고 뭐라고 속삭였는지 기억했다. *저들이 듣고 있어.*

아이리스가 말했다.

"저들이 우리한테 하는 얘기만 알아. 뭐라고 하느냐면……."

"걱정할 게 **아무것도 없다고 하지!**"

니키가 갑자기 버럭 고함을 지르는 바람에 루크는 놀라서 하마터면 피크닉 벤치에서 떨어질 뻔했다. 까만 머리의 아이는 벤치에서 일어나 한쪽 카메라의 먼지를 뒤집어 쓴 렌즈를 올려다보았다. 루크는 칼리샤가 했던 말이 생각났다. *니키를 만났을 때 걔가 큰 소리로 계속 어쩌고저쩌고 하더라도 신경 쓰지 마. 걔는 그런 식으로 스트레스를 풀거든.*

"저들은 인디언들에게 예수를 믿게 하려는 선교사와 같아. 그 인디언들은 너무…… 너무……."

"순진하다고?"

루크가 넌지시 말했다.

닉은 계속 카메라를 올려다보고 있었다.

"맞아! 바로 그거야! 너무 순진해서 구슬 한 줌과 벼룩이 득시글 거리는 저질 담요 몇 장에 땅을 포기하면 천국에 가서 먼저 죽은 친척들과 함께 영원히 행복하게 살 수 있다고, *아무 말이나 다 믿는 인디언!* 그게 우리야. 듣기 좋은 말은, 빌어먹을…… **해피엔딩**을 약속하는 말은 뭐든 믿을 만큼 순진한 인디언이라고."

그는 머리칼을 흩날리며 이글거리는 눈빛으로 주먹을 쥐고 그들에게로 빙그르르 몸을 돌렸다. 손마디 위에서 아물어가는 베인 상처가 루크의 눈에 들어왔다. 니키가 받은 만큼 갚아 주지는 못했겠지만(이러니저러니 해도 아직 아이였다.) 가만히 있지는 않았던 듯했다.

"바비 워싱턴은 뒤 건물로 옮겨졌을 때 자기 시련이 끝났다는 데 일말의 의구심이라도 있었는 줄 알아? 피트 리틀존은 어떻고? 그 둘은 머릿속에 뇌가 아니라 뇌동이 들어 있을지 몰라."

그는 머리 위에 달린 지저분한 카메라 쪽으로 다시 고개를 돌렸다. 화풀이할 상대가 그것밖에 없기 때문에 조금 우스워져 버렸지만 그래도 루크는 그가 존경스러웠다. 그는 상황에 그냥 수긍하지 않았다.

"너희들 잘 들어! 너희가 죽도록 두들겨 패고 뒤 건물로 끌고 가도 나는 기회가 있을 때마다 싸울 거다. *닐 윌홀름은 구슬과 담요를 거부한다!*"

그는 씩씩대며 자리에 앉았다. 그러더니 보조개와 하얀 치아와 장난기 어린 눈빛을 보이며 미소를 지었다. 뚱하고 음울했던 모습은 언제 그랬냐는 듯이 사라졌다. 루크는 남자에 관심이 없었지만 그 미소를 보자 칼리샤와 아이리스가 아이돌 그룹의 메인 보컬 대하듯 니키를 바라보았던 이유를 알 수 있었다.

"나는 닭장 속의 닭처럼 여기 갇혀 지낼 게 아니라 저들이랑 한 팀이 돼야 하는 거 아닌가 몰라. 내가 식스비나 헨드릭스나 다른 의사들보다 여기를 더 그럴 듯하게 포장할 수 있는데. *자신* 있다고."

"분명 그럴 거라고 봐. 하지만 네가 무슨 말을 하려고 했던 건지 잘 모르겠어."

루크는 말했다.

"맞아, 중간에 딴 길로 샜어, 니키."

조지가 말했다.

니키는 다시 팔짱을 꼈다.

"체스로 널 조져 버리기 전에 현재 상황을 되짚어주마, 신입아. 저들이 우리를 여기로 데려와. 시험을 해. 뭔지 모를 주사를 잔뜩 맞힌 다음 또 시험을 해. 수조에 들어가는 아이도 있고, 이러다 기절하겠다 싶은 희한한 눈 검사를 예외 없이 모두 받아. 예전에 집에서 쓰던 방과 비슷한 방이 주어지는데, 그 목적은 글쎄, 우리의 여린 마음을 달래기 위해서라고 할까?"

"심리적인 적응을 위해서지. 일리가 있다고 봐."

루크가 말했다.

"식당에서는 맛있는 음식이 나와. 몇 개 안 되기는 해도 메뉴를 선택할 수도 있어. 방문을 잠그지 않기 때문에 밤에 잠이 안 오면 저기로 나와서 야식을 골라 먹을 수 있어. 쿠키, 견과류, 사과, 그런 걸 놔두거든. 아니면 매점에 가도 돼. 거기 자판기를 쓰려면 토큰을 넣어야 하는데 나는 한 개도 없어. 착한 아이들만 토큰을 받는데 나는 착한 아이가 아니거든. 나는 보이스카우트 단원이 보이면 어떻게 하고 싶으냐면 그 뾰족한……."

"돌아와. 헛소리는 그만하고."

"알았어."

칼리샤가 쏘아붙이자 닉은 그녀를 향해 그 살인 미소를 날리고는 다시 루크에게로 시선을 돌렸다.

"말을 잘 들어서 토큰을 받아야 좋은 이유는 많아. 매점에 과자며 탄산음료가 어마어마하게 다양하게 갖추어져 있거든."

"크래커 잭. 호호."

조지가 꿈을 꾸는 듯한 목소리로 말했다.

"담배, 칵테일, 위스키도 있어. **무분별한 음주는 자제합시다**라는 푯말이 달려 있지만 열 살밖에 안 된 애들이 분스 팜 블루 하와이안이나 마이크스 하드 레모네이드를 뽑아서 마시거든. 너무 웃기지 않니?"

아이리스가 말했다.

"농담이지?"

루크는 물었지만 칼리샤와 조지가 고개를 끄덕이고 있었다.

니키가 말했다.

"알딸딸하게 취할 수는 있지만 쓰러질 정도로 취할 수는 없어. 아무도 토큰을 그렇게 많이 모을 수 없거든."

칼리샤가 말했다.

"맞아. 하지만 최대한 알딸딸한 채로 다니는 애들은 있어."

루크는 여전히 믿을 수가 없었다.

"상습적으로 마신다고? 열 살이나 열한 살짜리가 술을 상습적으로 마신단 말이야? 설마."

"진짜야. 날마다 자판기에서 술을 뽑아 마시려고 시키는 대로 뭐든 하는 애들도 있어. 내가 그걸 연구할 수 있을 만큼 여기 오래 있은 건 아니지만 전에 있었던 애들 얘기가 소문으로 들리거든."

"뿐만 아니라 담배에 점점 중독되어 가는 애들도 많아."

아이리스가 말했다.

황당한 얘기였지만 루크가 보기에는 비정상적인 방향으로 말이 됐다. 로마의 풍자시인 유베날리스가 했던 말이 생각났다. 먹을거리와 오락거리만 제공하면 대중들은 아무 말썽도 일으키지 않고 행복하게 살 거라고 하지 않았던가. 갇혀 지내느라 겁에 질리고 우울한 아이들에게 술과 담배도 그런 역할을 하지 않을까?

"그런 게 시험에는 아무 영향도 미치지 않나 보지?"

"어떤 시험인지 모르기 때문에 뭐라고 단언할 수가 없어. 저들이 우리한테 원하는 건 점을 보고 웅웅거리는 소리를 듣는 게 전부인 것 같거든."

조지가 말했다.

"무슨 점? 무슨 소리?"

"받아보면 알 거야. 그 부분은 견딜 만해. 거기까지 가는 과정이 엿 같지. 나는 주사 맞는 게 싫거든."

조지가 말했다.

"대략 3주. 대부분의 아이들이 앞 건물에 머무는 기간이야. 적어도 샤가 생각하기로는 그런데, 샤가 여기 제일 오래 있었으니까. 그 기간이 지나면 뒤 건물로 건너가. 거기로 가면, 어디까지나 들은 이야긴데, 임무 해제되고 여기에 얽힌 기억이 삭제된대. 그런 다음에는 얘들아, 천국으로 가는 거지! 담배를 하루에 한 갑씩 피우는 습관이 들었을지 몰라도 그것 빼고는 깨끗해진 영혼으로! 할렐루야!"

그렇게 말한 니키는 팔짱을 풀고 손가락을 벌리며 두 손을 하늘 높이 들었다.

아이리스가 조용히 말했다.

"부모님 곁으로 돌아간다는 뜻이야."

니키가 말했다.

"그러면 부모님이 두 팔 벌려 우리를 맞아주겠지. 아무 것도 묻지 않고 잘 돌아왔다며, 척 E. 치즈 피자가게에 가서 축하 파티를 벌이자며. 이게 있을 법한 얘기처럼 들리니, 엘리스?"

아니었다.

"하지만 우리 부모님이 살아계신 건 맞겠지?"

다른 아이들에게는 루크의 목소리가 어떻게 들렸을지 몰라도 그에게는 개미 목소리처럼 들렸다.

아무도 대답하지 않고 그를 쳐다보기만 했다. 사실상 그것이 답변으로 충분했다.

3

누군가가 식스비 부인의 집무실 문을 두드렸다. 그녀는 컴퓨터 화면에 시선을 고정한 채 들어오라고 말했다. 들어온 사람은 헨드릭스 박사만큼이나 키가 컸지만 그보다 열 살 어리고 훨씬 체구가 건장했다. 넓은 어깨와 탄탄한 근육을 자랑했다. 반질반질하게 민 머리가 반짝거렸다. 청바지에 파란색 작업용 셔츠를 입었고 소매를 걷어서 엄청난 이두근을 드러냈다. 한쪽 허리춤에 찬 권총집 밖으로 짧은 쇠막대가 고개를 삐죽 내밀고 있었다.

"루비 레드 팀이 왔는데요, 엘리스 작전과 관련해서 하실 말씀이 있으신가 해서요."

"급히 처리해야 하는 일이나 특이한 사항이 있나, 트레버?"

"아뇨, 없습니다. 지금 혹시 하고 계신 일이 있었으면 나중에 다시 오겠습니다."

"괜찮아, 잠깐만. 우리 입소자들이 새로 온 아이를 앉혀 놓고 기본적인 설명을 하고 있어. 와서 봐. 괴담과 경험담이 섞여 있는 것이 상당히 재밌네. 『파리 대왕』의 한 장면 같기도 하고."

트레버 스택하우스는 책상을 돌아갔다. 모든 준비가 갖추어진 체스판 한쪽에 윌홀름(성가신 쥐새끼였다.)이 앉아 있었다. 다른 쪽에는 새로 들어온 아이가 앉아 있었다. 여자아이들은 옆에 서서 늘 그렇듯 잘생겼고 뚱하고 반항적인 현대판 제임스 딘 같은 윌홀름에게 거의 모든 관심을 기울이고 있었다. 그는 조만간 옮겨질 것이었다. 스택하우스는 헨드릭스의 승인이 떨어지는 날만을 손꼽아 기다렸다.

"여기 직원이 몇 명이나 된다고 생각해?"

새로 온 아이가 물었다. 아이리스와 칼리샤(일명 수두 환자였다.)가
서로 쳐다보았다. 아이리스가 대답했다.

"50명? 적어도 그 정도는 될 거야. 의사도 있고…… 기술자랑 관
리인…… 식당 직원…… 그리고……."

윌홀름이 말했다.

"잡역부도 두세 명 있지. 그리고 청소부. 지금은 우리 다섯 명뿐
이라 모린만 있지만 아이들 숫자가 많아지면 청소부도 몇 명 추가
돼. 뒤 건물에서 건너오는 것일 수도 있어, 확실하지는 않지만."

엘리스가 물었다.

"직원이 그렇게 많은데 무슨 수로 여길 아무도 모르게 유지하지?
다른 건 둘째 치고 주차는 어디에다가 해?"

"재밌네요. 지금까지 그걸 궁금해 한 아이는 없었던 걸로 기억하
는데."

스택하우스가 말했다.

식스비 부인은 고개를 끄덕였다.

"이 아이는 아주 머리가 좋아. 그냥 아는 게 많은 게 아닌 듯하고.
이제 쉿. 다음 얘기를 듣고 싶으니까."

"……있어야 하는 거지. 어떤 식인지 알겠지? 파견 근무처럼 말
이야. 그렇다면 여기가 사실은 정부 시설이라는 뜻이 되지. 테러범
을 데리고 가서 심문하는 블랙 사이트 같은 곳."

루크가 말했다.

"심문도 하고 머리에 봉지 씌워서 물고문도 하고. 여기서 아이들한테 그런 고문을 자행했다는 얘기는 들은 적 없지만 있을 수 있는 얘기라고 봐."

윌홀름이 말했다.

"수조가 있잖아. 그게 여기 식 물고문이지. 머리에 샤워 캡을 씌우고 물속에 담근 다음 뭘 적거든. 사실 주사보다는 그게 나아."

아이리스가 말을 하다 말고 잠깐 멈추었다.

"적어도 내 입장에서는."

"직원들이 몇 명씩 교대 근무하는 게 분명해. 그런 식이라야 여기가 돌아갈 수 있어."

엘리스가 말했다. 식스비 부인이 보기에는 다른 아이들에게 하는 말이라기보다 혼잣말에 가까웠다. 보아하니 혼잣말을 많이 하겠어. 그녀는 생각했다.

스택하우스는 고개를 끄덕이고 있었다.

"훌륭한 추론이네요. 어마무지하게 훌륭해요. 저 아이 몇 살이죠, 열두 살?"

"보고서 좀 읽어, 트레버."

그녀가 컴퓨터에 달린 버튼을 누르자 화면 보호기가 떴다. 쌍둥이 유모차에 탄 그녀의 딸 쌍둥이 사진으로, 가슴이 나오고 건방지게 대들고 질 나쁜 남자친구들을 사귀기 한참 전에 찍은 거였다. 주디의 경우에는 약물을 남용하는 나쁜 습관이 생기기 전이라고도 해야겠다.

"루비 레드팀 임무 수행 결과 보고는 끝났나?"

"제가 직접 들었습니다. 그리고 경찰에서 아이의 컴퓨터를 체크하면 부모를 살해한 아이들 관련 기사를 검색한 흔적이 나올 겁니다. 많이는 아니고 두어 개요."

"그러니까 표준 작업 지침을 따랐다는 말이로군."

"그렇습니다, 원장님. 별 탈 없으면 고칠 필요 없다잖습니까."

스택하우스가 그녀를 보며 씩 웃었다. 그녀가 생각하기에 매력 포인트를 100퍼센트 끌어올리면 거의 윌홀름만큼 근사한 미소였지만 거기에는 못 미쳤다. 니키야말로 진정한 여심 저격자였다. 지금 현재로서는 그랬다.

"팀원들을 직접 만나 보시겠습니까 아니면 작전 보고서만 보시겠습니까? 데니 윌리엄스가 작성 중이니 제법 읽을 만할 겁니다."

"아무 문제없었다면 작전 보고서로 충분해. 로절린드한테 가져다 달라고 할게."

"알겠습니다. 앨버슨의 동향은 어떻습니까? 최근에 그녀를 통해 입수된 정보가 있나요?"

식스비는 한쪽 눈썹을 치켜올렸다.

"윌홀름과 칼리샤가 드디어 서로 주물러 대는 관계로 발전했나, 그런 거? 그런 것도 자네의 보안 업무와 연관이 있나, 트레버?"

"그 둘이 서로 주물러대거나 말거나 저야 전혀 상관없죠. 솔직히 둘이 아직 처녀, 총각 딱지를 떼지 못했다면 기회가 있을 때 저지르라고 응원하고 싶은 심정입니다. 하지만 앨버슨이 가끔 제 업무와 연관 있는 정보를 물어올 때가 있어서요. 워싱턴이라는 아이와 나눈 대화도 그렇고요."

시설의 어린 피험자들을 좋아하고 안쓰러워하는 것처럼 보이는 청소부 모린 앨버슨은 사실 *끄나풀*이었다.(그녀가 물어오는 잡담 부스러기를 감안했을 때 스파이라는 단어는 너무 거창하다는 것이 식스비 부인의 생각이었다.) 모린이 어떤 식으로 따로 푼돈을 버는지 귀신같이 감추었기 때문에 칼리샤도 다른 TP들도 알아차리지 못했다.

그녀의 존재가 무엇보다 빛을 발하는 것은 구내식당 남쪽 모퉁이나 매점 자판기 근처 등 시설의 일부 공간에서는 오디오 감시가 되지 않는다는 오해를 조심스럽게 심어 놓았기 때문이었다. 그런데서 앨버슨은 아이들의 비밀을 알아냈다. 대부분 시시한 수준이었지만 가끔 찌끼 안에 금덩어리가 들어 있을 때도 있었다. 예컨대 모린에게 자살할까 고민 중이라고 실토했던 워싱턴이라는 아이만 해도 그랬다.

"요즘은 없어. 자네가 흥미를 느낄 만한 게 생기면 알려 줄게."

식스비가 말했다.

"알겠습니다. 그냥 여쭤봤어요."

"알아. 이제 그만 나가 줘. 해야 할 일이 있으니까."

4

"씨발, 좆같네."

니키가 다시 벤치에 앉으며 말했다. 그는 드디어 눈을 덮고 있던 머리칼을 쓸어넘겼다.

"조만간 딩동이가 울릴 텐데, 점심을 먹은 다음에는 눈 테스트를 받느라 흰색 벽을 쳐다보고 있어야 한단 말이지. 네 솜씨 좀 보자, 엘리스. 말을 움직여봐."

루크는 지금처럼 체스를 두기 싫은 적이 없었다. 묻고 싶은 게 천 가지였지만(대부분 점 주사와 관련해서였다.) 지금은 그럴 때가 아닐지 몰랐다. 이러니저러니 해도 정보 과부하라는 게 있었다. 그는 킹의 폰을 두 칸 움직였다. 니키도 응수했다. 루크는 킹의 폰으로 니키의 킹의 비숍의 폰을 위협했다. 니키는 잠깐 망설이다가 퀸을 대각선으로 네 칸 움직였고 이로써 상황은 거의 끝난 셈이었다. 루크는 퀸을 움직이고 니키가 이러나저러나 상관없는 수를 두는 동안 기다렸다가 그의 퀸을 니키의 킹 옆으로 간단하게 갖다 댔다.

니키는 미간을 찌푸리고 체스판을 쳐다보았다.

"체크메이트라고? 네 수만에? 진짜야?"

루크는 어깨를 으쓱했다.

"스콜라스 메이트라는 건데, 흰 말을 잡았을 때만 쓸 수 있어. 다음번에는 상대가 간파하고 대응할 테니까. 가장 좋은 방법은 퀸의 폰을 앞으로 두 칸 움직이거나 킹의 폰을 앞으로 한 칸 움직이는 거야."

"내가 그렇게 움직여도 네가 날 이길 수 있어?"

"아마도."

두루뭉술한 대답이었다. 정답은 '당연하지'였다.

니키는 계속 체스판을 곰곰이 들여다보고 있었다.

"뭐야. 짱 멋진 수법인데? 누구한테 배웠어?"

"책을 몇 권 봤어."

니키는 고개를 들고 루크를 이제 처음 제대로 쳐다보는 듯한 표정을 지으며 칼리샤와 똑같이 물었다.

"너 아이큐가 몇이야?"

"널 이길 정도는 되겠네."

아이리스가 대신 대답해 준 덕분에 루크는 어물쩍 넘어갈 수 있었다.

그때 두 개의 음으로 이루어진 차임벨이 나지막이 울렸다. 딩, 동. 칼리샤가 말했다.

"점심 먹으러 가자. 배고파 죽겠네. 가자, 루크. 진 사람이 게임 정리하기."

니키는 손가락 총으로 그녀를 겨누며 탕, 탕 하고 입을 벙긋거렸지만 그러면서 웃고 있었다. 루크는 자리에서 일어나 여자아이들을 따라갔다. 휴게실로 들어가는 문 앞에서 조지가 그의 옆으로 다가와 팔을 붙잡았다. 루크는 (개인적인 경험과) 그동안 읽은 사회학책을 통해 한 집단의 아이들은 누가 봐도 알 수 있는 역할로 분류되는 경우가 많다는 것을 알았다. 니키 윌홀름이 이 집단의 반항아라면 조지 아일스는 오락부장이었다. 그런데 지금은 그가 엄청 진지한 표정을 짓고 있었다. 그가 속사포처럼 나지막이 속삭였다.

"닉은 괜찮은 애야. 나도 걔가 마음에 들고 여자애들은 환장하고 너도 어쩌면 걔가 마음에 들 테고 그래도 상관없지만 걔를 따라하지는 마. 걔는 우리가 여기서 빠져나갈 수 없다는 걸 인정하지 않으려고 하지만 그게 현실이야, 그러니까 때를 기다려. 점만 해도 그래. 점이 보이면 보인다고 해. 안 보이면 안 보인다고 하고. 거짓말 하지 마. *저들은 알아.*"

니키가 그들 옆으로 다가왔다.

"무슨 얘기하고 있냐, 조지 보이?"

루크가 말했다.

"아이가 어디서 나오는지 궁금하대. 너한테 물어보라고 했어."

"와 진짜. 우라질 개그맨이 한 명 더 납셨네. 여기에 꼭 있어야 할 존재지. 가자, 점심 먹으러."

니키는 루크의 목을 잡고 조르는 흉내를 냈다. 루크는 그것이 자신을 마음에 들어 한다는 신호이길 바랐다. 심지어 존경한다는 신호이길 바랐다.

5

새 친구들이 매점이라고 한 곳은 휴게실의 일부분으로 대형 TV 맞은편이었다. 루크는 자판기를 자세히 들여다보고 싶었지만 다른 아이들이 성큼성큼 걸어가고 있었기 때문에 그럴 기회가 없었다. 하지만 아이리스가 얘기한 푯말은 확인했다. **무분별한 음주는 자제합시다.** 그러니까 아이들이 술에 대해서 한 얘기가 농담이 아니었다.

여긴 캔자스도 아니고 행복섬도 아니야. 그는 생각했다. 이상한 나라지. 한밤중에 누가 내 방에 들어와서 나를 토끼굴에다 밀어넣었어.

식당은 브로더릭 학교 식당만큼 크지는 않았지만 거의 비슷했다. 이용자가 그들 다섯 명뿐이라 더 크게 보였다. 대부분의 테이블이 4인석이었지만 중앙에 넓은 테이블이 두어 개 있었다. 그중 한 곳에 다섯 개의 자리가 마련되어 있었다. 분홍색의 긴 셔츠와 같은 분홍색 바지를 입은 여자가 다가와 잔에 물을 따라주었다. 모린처럼 그녀도 이름표를 달고 있었다. 이름이 **노머**였다. 그녀가 물었다.

"잘 지내고 있니, 우리 병아리들?"

조지가 명랑한 목소리로 말했다.

"아, 열심히 삐약거리면서 다니고 있어요. 아줌마는요?"

노머가 말했다.

"잘 지내고 있지."

"혹시 감옥 탈출 카드(모노폴리 보드게임에서 말이 감옥에 갇혔을 때 탈출할 수 있는 카드―옮긴이) 같은 거 안 가지고 계시죠?"

노머는 그를 보며 기계적인 미소를 짓고 주방으로 연결됨직한 스윙도어 안으로 다시 들어갔다.

"내가 뭐 하러 애를 쓸까? 내 명대사가 여기서는 찬밥이네. 찬밥이야."

조지가 말한 후, 테이블 중앙에 쌓여 있는 메뉴를 집어서 한 장씩 나누어주었다. 맨 위에 오늘 날짜가 적혀 있었다. 그 아래에 스타터(버펄로 윙 또는 토마토 비스크(조개, 닭고기, 야채를 끓여 크림과 섞는 진한 수프―옮긴이)), 앙트레(들소고기 햄버거 또는 미국식 촙수이(다진 고기와 야채를 볶아 밥과 함께 내는 중국 요리―옮긴이)), 디저트(바닐라 아이스크림을 곁들인 애플 파이 또는 매직 커스터드 케이크라는 뭔지 모를 것)가 적혀 있었다. 탄산음료도 대여섯 개 나열되어 있었다.

칼리샤가 말했다.

"우유도 있는데, 저들이 메뉴에 굳이 적어 놓지는 않아. 아침에 시리얼을 먹지 않는 이상 우유를 찾는 아이가 거의 없거든."

"밥이 정말 맛있어?"

루크는 물었다. 식사가 제공되는 샌덜스 리조트에라도 온 것처럼 너무 세속적인 질문이라 그가 느끼는 비현실감과 혼란이 다시금 되살아났다.

"응. 가끔 저들이 우리 몸무게를 재거든. 나는 2킬로그램 늘었어."

아이리스가 말했다.

"우리를 살찌워서 잡아먹으려는 거지. 헨젤과 그레텔처럼."

니키가 말했다.

"금요일 저녁이랑 일요일 점심은 뷔페야. 뭐든 먹을 수 있어."

칼리샤가 말했다.

"헨젤과 우라질 그레텔처럼."

니키가 했던 말을 반복했다. 그는 몸을 반쯤 돌려서 구석에 달린 카메라를 올려다보았다.

"얼른 다시 나와요, 노머. 우리 이제 먹을 준비됐으니까."

그녀가 당장 다시 등장하자 루크의 비현실감이 더욱 가중됐다. 하지만 윙과 춥수이가 나오자 열심히 먹었다. 그는 이상한 곳에 있었고 불안했고 부모님이 어떻게 됐을지 겁이 났지만 열두 살이기도 했다.

성장기의 남자아이였다.

6

저들이 누구인지 몰라도 지켜보고 있었는지 루크가 마지막 한 입 남은 커스터드 케이크를 해치우자마자 분홍색의 유니폼 비슷한 그 옷을 입은 다른 여자가 그의 옆으로 찾아왔다. 이름표에 **글래디스**라고 적혀 있었다.

"루크? 같이 갈까?"

그는 다른 네 명의 친구를 쳐다보았다. 칼리샤와 아이리스는 그의 시선을 피했다. 니키는 다시 팔짱을 끼고 희미하게 미소를 지으며 글래디스를 쳐다보았다.

"나중에 다시 와 줄래요? 크리스마스 때쯤에. 그럼 겨우살이 아래에서 걷어차 줄게요."

그녀는 들은 체도 하지 않았다.

"루크? 가자."

조지만 그를 똑바로 쳐다보았고 루크는 그의 표정에서 좀 전에 놀이터에서 건너오기 전에 그가 했던 말을 떠올렸다. *때를 기다려.* 루크는 자리에서 일어났다.

"얘들아, 나중에 보자. 나중에 볼 수 있겠지."

칼리샤가 소리 없이 입 모양으로 그에게 전했다. *점 주사야.*

글래디스가 아담하고 예쁘장하다는 게 루크가 아는 전부였지만,

그걸 제외하고도 그녀는 유단자라 그가 말을 듣지 않으면 언제든 어깨 너머로 내동댕이칠 수 있었다. 그녀가 유단자가 아니더라도 저들이 지켜보고 있을 테니 지원병이 득달같이 달려올 것이었다. 게다가 막강한 또 다른 이유도 있었다. 그는 예의를 갖추고 어른들 말씀을 잘 들으라는 교육을 받았다. 이런 상황에서조차 그 습관은 잘 바뀌지 않았다.

앞장선 글래디스를 따라 니키가 얘기했던 그 유리창의 대열을 지났다. 루크가 창밖을 내다보니 과연 또 다른 건물이 있었다. 숲에 가려서 거의 보이지 않았지만 그래도 있었다. 뒤 건물이었다.

그는 식당을 빠져나오기 전에 일말의 응원이라도 얻을 수 있길 바라며 어깨 너머를 흘끗 돌아보았다. 누가 손을 흔들거나 칼리샤가 미소만 지어 주어도 괜찮을 것 같았다. 하지만 어느 누구도 손을 흔들어 주거나 미소를 짓지 않았다. 다들 놀이터에서 그가 부모님이 살아 계실 것 같으냐고 물었을 때 지었던 그 눈빛으로 그를 쳐다보고 있었다. 부모님의 생존 여부는 확실하게 알 수 없을지 몰라도 그가 지금 어디로 끌려가는지는 알았다. 뭐가 됐든 그들은 이미 겪은 일이었다.

7

"우와, 날씨 정말 좋다, 그치?"

앞장서서 가던 글래디스가 콘크리트블록 복도를 따라 그의 방을 지나며 말했다. 복도는 다른 동으로 연결됐지만(문과 방들이 계속 이어졌다.) 그들은 좌회전을 해 평범한 엘리베이터 로비처럼 보이는 부속 건물로 들어갔다.

루크는 원래 도란도란 대화를 잘 이어나가는 성격이었지만 아무 말도 하지 않았다. 니키라면 이런 상황에서 그랬을 거라고 장담할 수 있었다.

"하지만 벌레가…… 으으으! 최소 7월까지는 벌레 물리지 않는 약을 떡칠해야 할 거야."

그녀는 보이지 않는 벌레를 손으로 쳐서 쫓는 흉내를 내며 폭소를 터뜨렸다.

"잠자리들이 부화할 때까지 말이죠."

"맞아! 바로 그때까지!"

그녀는 까르르 폭소를 터뜨렸다.

"우리 어디 가는 거예요?"

"두고 보면 알아."

그녀는 *미리 공개하면 재미없지*라고 얘기하는 듯이 눈썹을 꿈틀거렸다.

엘리베이터 문이 열렸다. 파란색 셔츠와 바지를 입은 두 남자가 내렸다. 한 명은 **조**고 다른 한 명은 **하다드**였다. 둘 다 아이패드를 들고 있었다.

글래디스가 명랑하게 외쳤다.

"안녕하세요."

하다드가 말했다.

"안녕하세요. 별 일 없죠?"

글래디스가 재잘거렸다.

"네."

조가 물었다.

"루크, 너는 어때? 적응하는 데 아무 문제 없니?"

루크는 아무 말도 하지 않았다.

하다드가 씩 웃었다.

"묵비권을 행사하겠다? 지금은 그래도 상관없어. 나중에는 얘기가 달라질지 모른다만. 내가 뭐 하나 가르쳐줄까, 루크? 네가 우리한테 예의를 갖춰야 우리도 너한테 예의를 갖출 수 있어."

조가 거들었다.

"좋은 게 좋은 거라잖니. 주옥같은 말씀이야. 나중에 봐요, 글래디스."

"네. 나한테 술 한 잔 사는 거 잊지 말아요."

"여부가 있겠습니까."

두 남자는 가던 길을 재촉했다. 글래디스는 루크를 엘리베이터 안으로 안내했다. 숫자도 버튼도 없었다. 그녀는 "B"라고 말하고 바지 주머니에서 카드를 꺼내 센서를 향해 흔들었다. 문이 닫혔다. 엘리베이터가 내려가다가 금세 멈췄다.

머리 위에서 은은한 여자 목소리가 들렸다.

"B. B입니다."

글래디스가 다시 카드를 흔들었다. 문이 열리고 반투명한 천장 패널에 불을 밝힌 널찍한 홀이 등장했다. 루크의 귀에는 슈퍼마켓에서 나오는 음악처럼 들리는 은은한 음악이 흘렀다. 몇 명이 왔다 갔다 하는데, 어떤 사람은 장비가 담긴 카트를 밀고 있었고 또 어떤 사람은 혈액 샘플이 담겼나 싶은 철사 바구니를 들고 있었다. 각 방에 달린 숫자마다 앞에 B라는 머리글자가 붙어 있었다.

엄청난 작전일 거야. 수용소잖아. 니키가 얘기했었다. 그 말이 맞을 수밖에 없는 것이, 지하 B층이 있다면 C층도 있다고 보아야 앞뒤가 맞았다. 어쩌면 D와 E가 있을 수도 있었다. *너는 정부 시설일 가능성이 크다고 하지만 이렇게 엄청난 작전을 무슨 수로 아무도 모르게 진행하겠어?* 루크는 생각했다. *불법이고 위헌일 뿐 아니라 어린아이를 납치까지 하는데.*

열린 문을 지나서 들어가자 휴게실처럼 보이는 공간이 나왔다. 테이블과 자판기가 있었다.(하지만 **무분별한 음주는 자제합시다** 푯말은 없었다.) 남자 하나와 여자 둘, 이렇게 세 사람이 한 테이블에 앉아 있었다. 청바지와 버튼업 셔츠로 이루어진 평상복을 입고 커피를 마시고 있었다. 여자들 중에서 금발이 어디서 본 듯했다. 처음에 그는 이유를 몰랐다가 '그래, 좋을 대로 생각해.'라고 했던 목소리가 생각났다. 여기서 눈을 뜨기 전에 마지막으로 남은 기억이 그거였다.

"당신. 당신이었죠?"

그는 말하고 그녀를 가리켰다.

여자는 아무 말도 하지 않았고 아무 표정도 짓지 않았다. 하지만 그를 쳐다보았다. 그녀는 글래디스가 문을 닫을 때까지 시선을 떼지 않았다.

"저 여자였어요. 분명해요."

루크가 말했다.

"조금만 더 가면 돼. 금방 끝내고 방으로 다시 돌아갈 수 있어. 아마 쉬고 싶어질 거야. 처음에는 피곤할 수 있거든."

글래디스가 말했다.

"내 말 들었어요? 내 방에 들어왔던 여자라고요. 내 얼굴에 대고 뭘 뿌렸어요."

글래디스는 아무 대꾸도 하지 않고 다시 미소만 지었다. 그녀가 미소를 지을 때마다 점점 더 섬뜩하게 느껴졌다.

그들은 B-31이라고 적힌 방 앞에 다다랐다. 방문을 연 파란 옷의 남자는 **토니**였다. 키가 큰 금발이었고 잘생겼지만 한쪽 눈이 약간 사시였다. 루크는 그를 보며 제임스 본드 영화에 나오는 악당처럼 생겼다는 생각을 했다. 알고 보니 암살범이었던 나긋나긋한 스키 강사. 그는 글래디스의 뺨에 입을 맞추었다.

"어서 와요, 예쁜 아가씨. 루크를 데려왔네요. 안녕, 루크."

그는 손을 내밀었다. 루크는 니키 윌홀름을 본떠 그 손을 잡지 않았다. 토니는 아주 재미있는 우스갯소리라도 들은 사람처럼 폭소를 터뜨렸다.

"들어 와라, 들어 와."

루크만 들어오라는 얘기인 것 같았다. 글래디스가 그의 어깨를 살짝 떠밀고 문을 닫았다. 방 한가운데에 놀라운 것이 있었다. 생김새는 치과 의자 비슷했다. 다만 그는 팔걸이에 벨트가 달린 치과 의자를 본 적이 없었다.

"앉아라, 우리 선수."

토니의 말에 루크는 생각했다. 친구라고 하지는 않네. 그래도 비슷하긴 하지만.

토니는 조리대 앞으로 가서 아래에 달린 서랍 하나를 열고 뒤적거렸다. 그러면서 휘파람을 불었다. 몸을 돌렸을 때 그의 손에는 조그만 납땜용 총 같은 게 들려 있었다. 그는 아직 문 앞에 서 있는 루크를 보고 놀란 듯했다. 그가 씩 웃었다.

"앉으라니까."

"그걸로 뭐 하려고요? 내 몸에 문신 새길 거예요?"

루크는 아우슈비츠와 베르겐-벨젠 수용소에 입소하며 팔에 번호를 새겼던 유대인들을 떠올렸다. 말도 안 되는 상상이라야 하는데…….

토니는 놀란 표정을 짓더니 폭소를 터뜨렸다.

"에이, 설마. 네 귓불에 칩을 심을 거야. 귀 뚫는 거랑 비슷해. 별거 아니야, 우리 손님들은 다 그거 심었어."

"나는 손님 아니에요. 포로지. 그리고 내 귀에 아무 것도 넣지 말아요."

루크는 말하며 뒷걸음질 쳤다.

"하지만 넣을 건데. 어이, 귓불 살짝 집으면 그만이야. 그러니까 쉽게 가자. 의자에 앉아라, 7초면 끝나. 그러고 나가면 글래디스가 토큰을 한 움큼 줄 거야. 반항해도 칩은 심어야 하고 토큰은 얻지 못해. 어떻게 할래?"

토니는 계속 씩 웃으며 말했다. 여전히 독화살로 제임스 본드를 죽이려고 하기 전까지 초보자용 슬로프에서 꼬맹이들을 도왔던 그

강사처럼 보였다.

"저 의자에는 앉지 않겠어요."

루크는 온몸이 부들부들 떨리는 느낌이었지만 목소리에는 충분히 힘이 들어갔다.

토니는 한숨을 쉬었다. 칩을 삽입하는 기계를 조심스럽게 조리대 위에 내려놓고 루크가 서 있는 곳으로 다가와 허리춤에 손을 얹었다. 이제는 서글퍼 보인다고 할 수 있을 만큼 진지한 표정을 짓고 있었다.

"진심이니?"

"네."

토니의 오른손이 허리춤에서 떠났다는 것을 제대로 알아차리지도 못했을 때 얼굴을 후려친 손바닥에 루크의 귀가 울렸다. 루크는 비틀거리며 뒤로 한 걸음 물러나 깜짝 놀란 눈을 동그랗게 뜨고 키가 큰 상대를 빤히 쳐다보았다. 네 살인가 다섯 살 때 성냥을 가지고 놀았다가 아버지에게 한 번 (살짝) 매를 맞은 적은 있었지만 얼굴을 맞은 적은 처음이었다. 뺨이 화끈거렸고 아직도 믿기지가 않았다.

"그게 귓불을 집은 것보다 훨씬 아팠을 거다. 한 대 더 맞고 싶니? 기꺼이 때려 주마. 자기가 세상의 주인인 줄 아는 너희 어린것들. 지겹다, 지겨워."

토니가 말했다. 웃음기가 사라지고 없었다.

루크는 토니의 뺨에 조그맣게 남은 퍼런 멍 자국과 왼쪽 아래턱의 조그맣게 베인 상처를 처음 보았다. 그는 갓 생긴 멍 자국이 있었던 니키 윌홀름의 얼굴을 떠올렸다. 그도 똑같이 하고 싶었지만 그럴 배짱이 없었다. 사실 그는 싸울 줄을 몰랐다. 괜히 덤볐다가는 토니에게 얼굴을 맞아서 방 저쪽 끝까지 날아갈 것이었다.

"이제 의자에 앉을 준비 됐니?"

루크는 의자에 앉았다.

"얌전히 있을 테냐, 아니면 팔을 묶을까?"

"얌전히 있을게요."

그는 약속을 지켰고 토니 말이 맞았다. 귓불을 집히는 것이 뺨을 맞는 것보다 덜 아팠다. 그가 마음의 준비를 했기 때문일 수도 있었고 공격이라기보다 의료 조치처럼 느껴졌기 때문일 수도 있었다. 다 끝나자 토니는 살균 소독기 앞으로 가서 주사기를 꺼냈다.

"2라운드다, 우리 선수."

"그 안에 든 게 뭐예요?"

"몰라도 돼."

"내 몸에 들어갈 건데 내가 알아야죠."

토니는 한숨을 쉬었다.

"묶을까, 그냥 할까? 네가 선택해라."

그는 *때를 기다리라*고 했던 조지의 말을 떠올렸다.

"그냥 할게요."

"잘 생각했다. 살짝 따끔하고 끝이야."

살짝 따끔한 정도가 아니었다. 아파서 죽을 정도는 아니었지만 그래도 많이 따끔했다. 루크의 팔이 그쪽에만 열이 난 것처럼 손목까지 뜨거워졌다가 다시 원래대로 돌아왔다.

토니는 투명 밴드를 붙여주고 흰색 벽을 마주보도록 의자를 돌렸다.

"이제 눈 감아라."

루크는 눈을 감았다.

"무슨 소리 들리니?"

"어떤 소리요?"

"질문 그만하고 내가 묻는 말에 대답해. 무슨 소리 들리니?"

"조용히 해 주셔야 듣죠."

토니는 조용해졌다. 루크는 열심히 들었다.

"누가 밖에서 복도를 지나갔어요. 또 누가 웃었고요. 아마 글래디스였던 것 같아요."

"그게 다니?"

"네."

"좋아, 잘하고 있어. 이제 20까지 센 다음 눈을 떠라."

루크는 숫자를 세고 눈을 떴다.

"뭐가 보이니?"

"벽이오."

"그게 다야?"

루크가 보기에 토니는 점 얘기를 하는 게 거의 분명했다. *점이 보이면 보인다고 해. 안 보이면 안 보인다고 하고. 거짓말하지 마. 저들은 알아.* 조지는 그렇게 얘기했다.

"네."

"정말?"

"네."

토니가 등을 때리는 바람에 루크는 놀라서 움찔했다.

"좋아, 우리 선수. 여기에서 볼일은 끝났다. 귀에 댈 수 있게 얼음
줄게. 남은 하루 잘 보내라."

8

토니의 배웅을 받으며 B-31번 방 밖으로 나와 보니 글래디스가
기다리고 있었다. 전문 웨이트리스처럼 싹싹하게 웃고 있었다.

"어땠어, 루크?"

토니가 대신 대답했다.

"잘했어요. 착하게."

글래디스는 거의 노래를 부르다시피 말했다.

"우리가 착한 아이 전문이잖아요. 남은 시간 잘 보내요, 토니."

"당신도요, 글래드."

그녀는 명랑하게 재잘대며 루크를 다시 엘리베이터로 데려갔다.
그는 그녀가 무슨 얘기를 하는지 도무지 알아들을 수가 없었다. 팔
은 조금밖에 아프지 않았지만 욱신거리는 귀에 얼음주머니를 대고
있었다. 그 두 가지보다 뺨을 맞은 게 더 나빴다. 여러 가지 이유에
서 그랬다.

글래디스는 국방색 복도를 따라 칼리샤가 그 아래에 앉아 있었
던 포스터와 **천국에서 보내는 또 하루**라고 적힌 포스터를 지나 마

침내 그의 방처럼 생겼지만 그의 방은 아닌 곳으로 그를 안내했다.

"자유 시간!"

글래디스가 어마어마한 상품을 선물하기라도 하는 듯한 목소리로 외쳤다. 지금으로서는 혼자 있는 것이 상품 비슷하게 느껴지기는 했다.

"주사 맞았지?"

"네."

"팔이 아프기 시작하거나 기절할 것 같으면 나나 다른 관리인한테 얘기해, 알았지?"

"알았어요."

그는 문을 열었지만 안으로 들어가기 전에 글래디스가 그의 어깨를 잡고 돌려세웠다. 여전히 웨이트리스 같은 미소를 짓고 있었지만 그의 살을 파고드는 손가락은 강철 같았다. 아플 정도로 단단하지는 않았지만 얼마든지 아프게 잡을 수도 있다는 걸 알 수 있을 만큼은 됐다. 그녀가 말했다.

"안타깝지만 토큰은 없어. 토니랑 상의할 필요도 없었거든. 네 뺨에 남은 자국에 모든 정보가 들어 있으니까."

루크는 그 엿 같은 토큰은 필요 없다고 말하고 싶었지만 잠자코 있었다. 뺨을 맞을까 봐 두려운 게 아니었다. 힘이 없고 불안하며 어리둥절한 여섯 살짜리 같은 목소리가 나와 그녀의 앞에서 무너질까 봐 두려운 것이었다.

이제는 미소가 사라진 얼굴로 그녀가 말했다.

"내가 충고 좀 할게. 너는 봉사하기 위해 여기 있다는 걸 알아야 해, 루크. 그 말은 곧, 얼른 어른이 되어야 한다는 뜻이야. 현실을 직시하라는 뜻이고. 앞으로 여러 가지 일들이 벌어질 거야. 그중에는 별로 유쾌하지 않은 일도 있을 거야. 얌전히 따라서 토큰을 챙길 수도 있고 반항하다가 토큰을 하나도 못 챙길 수도 있어. 네가 어떤 식으로 나오든 그 일들은 벌어지게 되어 있는데, 그럼 어느 쪽을 선택해야겠니? 결정하기 그리 어렵지도 않을 거다만."

루크는 아무 대답도 하지 않았다. 그럼에도 그녀는 *아, 네, 손님, 지금 바로 테이블로 안내해 드릴게요*라고 말하는 웨이트리스 같은 미소를 다시 지었다.

"너는 여름이 끝나기 전에 집으로 돌아갈 테고 이런 일은 있지도 않았던 게 될 거야. 기억이 나더라도 꿈처럼 느껴질 테고. 하지만 꿈이 아니니까 여기 있는 동안 즐겁게 지내면 어떨까?"

그녀는 손을 놓고 그를 살짝 떠밀었다.

"좀 쉬는 게 좋겠다. 누워. 점 보였니?"

"아뇨."

"보일 거야."

그녀는 아주 조심스럽게 문을 닫았다. 루크는 그의 침대가 아닌 침대로 몽유병 환자처럼 다가갔다. 누워서 그의 베개가 아닌 베개에 머리를 대고 창문 없이 휑한 벽을 쳐다보았다. 그게 뭔지 모르겠지만 거기에도 점은 없었다. 그는 생각했다. 엄마 보고 싶다. 아, 엄마가 미치도록 보고 싶다.

거기에 그는 무너졌다. 그는 얼음주머니를 떨어뜨리고 두 손을 모아서 눈을 덮고 울음을 터뜨렸다. 그들이 지켜보고 있었을까? 그

의 흐느낌을 듣고 있었을까? 상관없었다. 그런 데 신경 쓸 계제가
아니었다. 그는 계속 울다가 잠이 들었다.

9

일어나 보니 기분이 한결 괜찮았다. 적어도 속이 시원했다. 점심
을 먹고 글래디스와 토니라는 환성적인 두 친구와 새로 만나는 동
안 그의 방에 두 가지 물건이 추가됐다. 책상 위에 노트북이 있었
다. 그가 집에서 쓰던 것처럼 맥이었지만 더 예전 모델이었다. 또
한 가지 추가된 물품은 한쪽 구석의 스탠드에 놓인 조그만 텔레비
전이었다.

그는 먼저 컴퓨터 앞으로 가서 전원을 켰고 익숙한 매킨토시 특
유의 차임벨 소리가 들리자 또다시 가슴을 후벼 파는 향수를 느꼈
다. 암호를 입력하라는 프롬프트 대신 이런 메시지가 적힌 파란 화
면이 떴다. **시작하려면 카메라를 향해 토큰을 보이시오**. 루크는 엔
터키를 두어 번 쳤지만 아무 소용없다는 것을 알고 있었다.

"이런 쌍."

끔찍하고 비현실적인 이 모든 상황에도 불구하고 잠시 후에 그
는 웃음이 터졌다. 거칠고 짧았지만 진짜였다. 칵테일이나 담배를
사려고 토큰을 구걸하는 아이들에게 그가 우월감을(어쩌면 경멸을)
느꼈을까? 그랬다. *나는 절대 그럴 일 없을 거라고* 생각했을까? 그
랬다. 술을 마시고 담배를 피우는 아이들을 생각하면(아주 가끔이었

다. 그보다 중요한 고민거리가 많았기 때문에 어쩌다 한 번씩이었다.) 판테라(텍사스 출신의 메탈 밴드—옮긴이)를 듣고 데님 재킷에 좌우가 다른 악마의 뿔을 그려 넣는 고스족 찐따, 중독이라는 사슬로 자기 몸을 묶는 것을 반항 행위로 착각할 정도로 어리석은 그들이 연상됐다. 그는 술도 담배도 할 생각이 전혀 없었는데 지금 이렇게 아무것도 없는 파란색 노트북 화면을 쳐다보며, 사료 부스러기나 코카인 몇 톨을 얻으려고 지렛대를 계속 누르는 스키너의 상자 속 쥐처럼 엔터 키를 계속 두드리고 있었다.

그는 노트북을 닫고 텔레비전 위에 놓인 리모컨을 집었다. 또다시 파란 화면과 작동하려면 토큰이 필요하다는 메시지가 뜰 줄 알았더니 의외로 스티브 하비가 데이비드 해셀호프(「SOS 해양구조대」와 「전격 Z 작전」으로 유명한 미국의 배우—옮긴이)를 인터뷰하며 그의 버킷 리스트에 대해 묻는 장면이 나왔다. 해셀호프의 재밌는 대답을 듣고 방청객이 박장대소했다.

리모컨에 달린 안내 버튼을 누르자 집에 있는 TV처럼 다이렉TV 메뉴가 나왔지만 방이나 노트북처럼 아주 똑같지는 않았다. 골라서 볼 수 있는 영화나 스포츠 프로그램은 많았지만 네트워크나 뉴스 채널은 없었다. 루크는 TV를 끄고 리모컨을 다시 그 위에 올려놓고 이리저리 둘러보았다.

복도로 나가는 문 말고 다른 문이 두 개 더 있었다. 하나는 열어보니 옷장이었다. 청바지, 티셔츠(그의 집에 있는 티셔츠와 똑같은 제품을 구비해 놓으려고 시도하지 않았다는 것이 일종의 위안이었다.), 버튼업 셔츠 두어 벌, 운동화 두 켤레, 슬리퍼 한 켤레가 있었다. 구두는 없었다.

다른 문을 열어 보니 조그맣고 어마무지하게 깨끗한 화장실이 나왔다. 세면대 위에 칫솔 두 개가 상자째 놓여 있었고 그 옆에 한 번도 쓰지 않은 크레스트 치약이 있었다. 이것저것 갖추어진 세면장 안에는 구강 청결제, 약이 네 알밖에 남지 않은 어린이용 타이레놀 병, 데오도런트, 돌려서 쓰는 디트 벌레 퇴치제, 밴드 그리고 다른 몇 가지 용품이 있었다. 눈곱만큼이라도 위험해 보이는 물건은 손톱깎이뿐이었다.

그는 세면장을 닫고 자기 모습을 쳐다보았다. 머리칼은 난리가 났고 눈 아래에 다크 서클이 있었다.(롤프가 보았다면 딸딸이의 흔적이라고 했을 것이다.) 희한하게도 나이 들어 보이는 동시에 어려 보였다. 따끔거리는 오른쪽 귓불을 들여다보니 살짝 빨개진 살갗 아래에 조그맣고 동그란 금속이 박혀 있었다. 이제 B층, 아니면 C층이나 D층에서 컴퓨터 전문가가 그의 일거수일투족을 추적할 수 있을 것이었다. 어쩌면 지금도 추적하고 있을지 몰랐다. MIT와 에머슨에 입학할 예정이었던 루카스 데이비드 엘리스가 컴퓨터 화면 위에서 깜빡이는 한 점으로 전락했다.

루크는 그의 방으로 돌아가(그냥 방이야, 그는 속으로 중얼거렸다. 내 방이 아니라 그냥 방이라고.) 좌우를 두리번거리다 경악스러운 사실을 발견했다. 책이 없었다. 한 권도 없었다. 컴퓨터가 없는 것만큼이나 몹쓸 일이었다. 어쩌면 그보다 더 몹쓸 일이었다. 그는 서랍장 앞으로 걸어가 호텔 객실처럼 성서나 하다못해 모르몬교 경전이라도 있길 바라며 서랍을 하나씩 열어 보았다. 속옷과 양말만 차곡차곡 들어 있었다.

그럼 뭐가 남을까? 스티브 하비의 데이비드 해셀호프 인터뷰? 「아메리카스 퍼니스트 홈 비디오」재방송?

아니. 그럴 수는 없었다.

그는 칼리샤나 다른 아이가 있을지 모른다는 생각을 하며 방 밖으로 나섰다. 댄덕스 빨래 바구니를 밀며 천천히 복도를 지나는 모린 앨버슨만 보였다. 개어 놓은 시트와 수건이 바구니 가득 쌓여 있었다. 그녀는 아까보다 더 지쳐 보였고 숨을 헐떡였다.

"안녕하세요, 앨버슨 부인. 제가 밀어 드릴까요?"

"정말 고맙기도 하지. 오늘 저녁에 두 명, 내일 세 명, 이렇게 다섯 명이 새로 들어오기 때문에 방을 준비해 놓아야 하거든. 저쪽 방이야."

그녀는 웃으며 휴게실과 놀이터 맞은편 방향을 가리켰다.

그는 걷는 그녀의 속도에 맞춰서 바구니를 천천히 밀었다.

"어떻게 하면 토큰을 받을 수 있는지 아세요, 앨버슨 부인? 토큰이 있어야 방에 있는 컴퓨터 락을 풀 수 있어서요."

"내가 옆에서 가르쳐 주면 침대 정리할 수 있겠니?"

"그럼요. 집에서도 침대 정리는 제가 하는걸요."

"네 귀퉁이를 접어서?"

"음…… 그건 아니고요."

"괜찮아, 내가 가르쳐 주면 되니까. 내 대신 침대 다섯 개를 정리해 주면 토큰 세 개 줄게. 가지고 있는 게 세 개뿐이네. 위에서 늘 빠듯하게 주거든."

"세 개면 충분해요."

"알았다, 하지만 앨버슨 부인이라는 소리는 그만해. 그냥 모린 아니면 모라고 불러라. 다른 애들처럼."

"그럴게요."

루크는 말했다.

그들은 엘리베이터 동을 지나 그 너머의 복도로 건너갔다. 여기에도 기운을 북돋우는 포스터들이 줄줄이 붙어 있었다. 모텔 복도처럼 제빙기도 있었지만 토큰을 넣지 않아도 되는 것처럼 보였다. 제빙기를 지나자마자 모린이 루크의 팔에 손을 얹었다. 그는 바구니를 밀다 말고 묻는 눈빛으로 그녀를 쳐다보았다.

그녀가 속삭임에 가까운 수준으로 말했다.

"보니까 칩을 넣었는데 토큰을 못 받았구나."

"그게……."

"큰소리만 내지 않으면 얘기해도 돼. 마이크가 닿지 않는 사각지대가 앞 건물에 대여섯 군데 있는데 내가 어딘지 다 알아. 제빙기 바로 옆 여기가 그중 하나야."

"아하……."

"누가 칩을 심고 얼굴에 그런 자국을 남겼니? 토니?"

루크는 눈이 화끈거리기 시작했고 여기는 안전하다 한들 무슨 말이라도 꺼냈다가는 어떤 사태가 벌어질지 장담할 수 없었다. 그래서 그냥 고개만 끄덕였다.

"토니는 못된 축에 속해. 지크도 그렇고. 글래디스도 많이 웃긴 해도 마찬가지야. 애들 괴롭히는 낙으로 사는 직원들이 많지만 그 셋이 최악이지."

모린이 말했다.

"토니가 제 뺨을 때렸어요. 그것도 엄청 세게."

루크는 조그맣게 말했다.

그녀는 그의 머리칼을 헝클어뜨렸다. 아주머니들이 갓난아이 아니면 어린애한테나 하는 행동이었지만 상관없었다. 애정이 담긴 손길이라 지금으로서는 아주 소중했다. 지금으로서는 그게 전부였다. 모린이 말했다.

"그자가 시키는 대로 해. 반항하지 말고. 여기서 반항해도 되는 상대도 있지만, 심지어 식스비 부인한테 반항해도 많은 도움이 되겠지만, 토니하고 지크는 못된 말벌이야. 글래디스도 그렇고. 침으로 쏘거든."

그녀는 다시 발걸음을 옮겼지만 루크가 그녀의 갈색 유니폼 소매를 잡고 다시 안전한 곳으로 당겼다. 그는 속삭였다.

"제 생각에는 토니가 니키한테 맞은 것 같아요. 찢어진 상처가 있고 한쪽 눈이 갈색이더라고요."

모린은 치과 치료를 받아야 하는 시기를 훌쩍 넘긴 이를 드러내며 웃었다.

"잘했네. 토니가 두 배로 갚았겠지만 그래도…… 잘했네. 이제 가자. 네가 도와주면 방 준비를 후딱 끝낼 수 있겠다."

그들이 맨 처음 들어간 방은 벽에 니켈로디언 채널의 캐릭터인 토미 피클스와 주코 포스터가 붙어 있고 서랍장 위에 G. I. 조 액션 피겨 일개 소대가 있었다. 루크도 얼마 전에 G. I. 조 열병을 거쳤기 때문에 그중 몇 명을 한눈에 알아보았다. 벽지에는 풍선을 든 행복한 피에로들이 그려져 있었다.

"맙소사. 여긴 꼬맹이 방이네요."

루크의 말에 그녀는 *너도 노인네는 아니잖니* 하고 얘기하는 듯 재미있다는 눈빛으로 루크를 흘끗 쳐다보았다.

"맞아. 아이 이름은 에이버리 딕슨, 차트에 따르면 이제 겨우 열 살이야. 이제 일 시작하자. 네 귀퉁이를 어떤 식으로 접어서 넣으면 되는지 한 번만 가르쳐주면 될 것 같구나. 네가 눈치가 빨라 보이니 말이지."

10

다시 방으로 돌아온 루크는 토큰 하나를 노트북 카메라 앞에 갖다 댔다. 살짝 바보가 된 기분이 들었지만 컴퓨터가 당장 열리면서 **다시 만나서 반가워, 다나!**라고 적힌 파란색 화면이 떴다. 루크는 미간을 찡그렸다가 살짝 미소를 지었다. 그가 오기 전에 다나라는 아이가 이 노트북을 썼던 (빌려 썼던) 모양이었다. 초기 화면을 바꿔 놓지 않은 것이었다. 누군가의 실수였다. 아주 사소한 실수였지만 하나가 있다면 다른 데에서도 있을 수 있었다.

초기 화면의 메시지가 사라지고 전형적인 컴퓨터 사진이 등장했다. 새벽하늘과 사람 하나 없는 해변이었다. 화면 하단의 작업표시줄은 그의 집에 있는 컴퓨터와 같은데, 딱 한 가지 눈에 확 띄는 (하지만 이쯤 되니 놀랍지도 않은) 차이점이 있었다. 이메일을 뜻하는 조그만 우표가 없다는 것이었다. 그래도 두 개의 인터넷 검색 엔진 아이콘은 있었다. 뜻밖이었지만 기분 좋은 뜻밖이었다. 그는 파이어폭스를 띄우고 AOL 로그인이라고 입력했다. 다시 파란 화면이 떴지만 이번에는 한복판에서 빨간색 동그라미가 펄떡거렸다. 나지막한 컴퓨터 음성이 들렸다. "미안해요, 데이브, 그 명령은 수행할 수 없어요."

루크는 또다시 뭐가 잘못된 건가 생각했다가(처음에는 다나라더니 이번에는 데이브라지 않는가.) 「2001: 스페이스 오디세이」에 나오는 HAL 9000(작품에 등장하는 인공지능형 컴퓨터 — 옮긴이)의 음성이라는 사실을 알아차렸다. 바보 같은 실수가 아니라 덕후의 유머였지만 현재 상황이 이렇다 보니 재미라고는 털끝만큼도 없었다.

허버트 엘리스를 검색하자 다시 HAL이 등장했다. 루크는 고민하다가 헤너핀에 있는 오르페움 극장을 검색했다. 거기서 무슨 공연을 보려는 게 아니라 (가까운 미래에는 다른 모든 극장에도 갈 일이 없을 듯했다.) 어떤 정보까지 접근할 수 있는지 파악하고 싶었기 때문이었다. 하다못해 몇 개나마 검색이 되지 않는다면 접속을 가능하게 한 이유가 없지 않겠는가.

그의 부모님은 오르프라고 불렀던 그 극장은 시설 '입소자들'에게 허락이 떨어진 사이트인 모양이었다. 「해밀턴」 공연이 다시 열리고("열화와 같은 요구로!") 패턴 오스월트가 다음 달에 찾아온다고 했다.("배꼽 빠지지 않게 조심하세요!") 그는 브로더릭 학교를 검색해 보았고 홈페이지에 아무 문제 없이 접속할 수 있었다. 진로 상담 교사 그리어 선생님의 이름을 입력하자 HAL이 등장했다. 영화 속 데이브 보면 박사의 좌절이 이해되기 시작했다.

그는 노트북을 닫으려다 생각을 바꿔서 검색창에 *메인 주 경찰*이라고 입력했다. 엔터 키 위로 손가락을 가져가 거의 누를 뻔했지만 거두었다. HAL의 의미 없는 사과가 들릴 테지만 과연 거기서 끝날까 싶었다. 지하 어느 층에서 경보가 울릴 가능성이 컸다. 그럴 가능성이 큰 게 아니라 분명했다. *저들*이 컴퓨터 초기 화면에 뜨는 아이 이름을 바꾸는 것은 깜빡했을지 몰라도 시설의 아이가 관계 당국에 연락을 시도했을 때 경보가 울리는 프로그램은 깜빡할 리 없었다. 그런 시도를 했다가는 벌을 받을 것이다. 뺨을 맞는 정도가 아닐지 몰랐다. 다나라는 아이가 썼던 컴퓨터는 무용지물이었다.

루크는 의자에 기대고 앉아서 좁은 가슴 위로 팔짱을 꼈다. 모린과 다정하게 그의 머리칼을 헝클어뜨렸던 그녀의 손길을 떠올렸다. 무심코 건넨 사소한 제스처였지만 그것 덕분에 (토큰도 그렇지만) 토니에게 뺨을 맞은 충격이 조금 가셨다. 칼리샤가 그녀의 빚이 4만 달러라고 했던가? 아니다, 그 두 배라고 했다.

모린의 다정했던 손길도 생각났고 심심하기도 했기 때문에 루크는 *빚을 감당할 수 없어요 도와주세요*라고 검색해 보았다. 컴퓨터는 성가신 청구서를 간단하게 해결해 주겠다는 여러 업체를 비롯해 온갖 정보를 당장 제공했다. 궁지에 몰린 채무자들은 전화 한 통만 하면 된다고 했다. 루크는 의구심을 느꼈지만 그렇지 않은 사람들도 있을 것이었다. 그들이 애초에 감당할 수 없는 상황 속으로 빨려 들어간 것도 이런 식이었다.

칼리샤의 말에 따르면 모린 앨버슨은 그런 부류가 아니었다. 모린의 남편이 엄청난 빚을 지고 도망쳤다고 했다. 진짜일 수도 있고 아닐 수도 있었지만 어느 쪽이 됐건 해결책이 있을 것이었다. 모든 문제에는 해결책이 있었다. 그걸 찾는 것이 배움의 목적이었다. 어쩌면 컴퓨터가 무용지물이 아닐지 몰랐다.

루크는 좀 더 믿을 만한 정보 제공처를 찾았고 이내 채무와 채무 변제라는 주제에 몰두했다. 알고자 하는 허묵은 굶주림에 압도됐다. 새로운 것을 배우고자 하는, 핵심 주제를 분리해 파악하고자 하는 굶주림이었다. 늘 그렇듯 한 개의 정보가 세 개(아니면 여섯 개 아니면 열두 개)로 이어졌고 결국에는 질서정연한 그림이 그려지기 시작했다. 지형도 비슷한 것이 그려지기 시작했다. 가장 흥미로운 개념은, 다른 모든 것을 연결하는 핵심은 단순하지만 충격적이었다.(적어도 루크의 입장에서는 그랬다.) 채무는 일종의 상품이었다. 사고팔 수 있었고 어느 시점에 이르러서는 단순히 미국 경제가 아니라 전 세계 경제의 중심이 되었다. 그런데 실제로 존재하지는 않았다. 석유나 금이나 다이아몬드 같은 구체적인 물품이 아니었다. 그냥 하나의 개념이었다. 갚겠다는 약속이었다.

컴퓨터의 인스턴트 메시지 알림이 울리자 그는 생생한 꿈을 꾸고 일어난 아이처럼 고개를 저었다. 컴퓨터 시계에 따르면 오후 5시가 다됐다. 화면 하단의 풍선 아이콘을 누르자 이런 메시지가 떴다.

식스비 부인: 안녕, 루크. 나는 이곳의 운영자다. 너를 만났으면 하는데.

그는 고민하다가 이렇게 입력했다.

루크: 저한테 선택의 여지가 있나요?

곧바로 답장이 왔다.

식스비 부인: 아니. 😊

"스마일 이모티콘을 떼서 확 그냥……."

문을 두드리는 소리가 들렸다. 그는 글래디스겠거니 생각하며 문을 열었지만 엘리베이터에서 만났던 하다드였다.

"좀 걸을까, 빅 보이?"

루크는 한숨을 쉬었다.

"잠깐만요. 운동화 좀 신고요."

"천천히 해도 된다."

하다드는 엘리베이터를 지나 어떤 문 앞으로 그를 데려갔고 키 카드로 문을 열었다. 그들은 손을 저어서 벌레를 쫓아가며 행정동까지 얼마 안 되는 거리를 함께 걸어갔다.

11

식스비 부인을 보고 루크는 큰고모를 떠올렸다. 로다 고모처럼 이 여자도 골반이나 가슴의 흔적이 거의 없이 비쩍 말랐다. 다만 로다 고모는 입가에 웃음 주름이 있었고 눈빛이 항상 따뜻했다. 시도 때도 없이 끌어안았다. 루크는 진자주색 정장을 입고 똑같은 색 하이힐을 신고 책상 옆에 서 있는 이 여자에게 안길 일은 없겠다는 생각을 했다. 미소는 지을지 몰라도 가뭄에 콩 나는 수준일 것이다. 식스비 부인의 눈에서는 신중하게 평가하는 눈빛 말고는 아무것도 느낄 수 없었다. 전혀 아무것도 느낄 수 없었다.

"고마워, 하다드. 이제부터 내가 알아서 할게."

잡역부(루크가 짐작하건대 여기서 하다드의 위치가 잡역부인 듯했다.)는 깍듯하게 목례를 하고 밖으로 나갔다.

그녀가 말했다.

"먼저 분명한 사실부터 짚고 넘어가마. 여기는 우리 둘밖에 없어. 나는 새로운 입소자가 생기면 들어오자마자 10분 정도 단둘이서 만난다. 지금까지 혼란스럽고 화가 나서 나를 공격하려고 했던 입소자가 몇 명 있었지. 그 아이들에게 악감정은 없어. 뭐 하러 그러겠니? 가장 나이 많은 입소자가 열여섯 살이었고 평균 연령이 11년 6개월인데. 그러니까 어린애라는 얘긴데, 애들은 가장 컨디션이 좋을 때도 충동을 자제하는 능력이 부족하잖니. 나는 그렇게 공격성이 드러나는 순간을 가르침의 기회로 여기고…… 제대로 가르친다. 너한테도 그럴 필요가 있을까, 루크?"

"그 부분에 대해서는 그럴 필요 없어요."

루크는 대답했다. 이 호리호리하고 아담한 여인을 덮치려고 했던 아이들 중에 니키 윌홀름도 있을지 궁금해졌다. 나중에 물어보는 게 좋겠다.

"다행이로구나. 앉아라."

루크는 그녀의 책상 앞 의자에 앉아서 무릎 사이로 단단히 손깍지를 끼고 몸을 앞으로 숙였다. 식스비 부인은 맞은편에 앉아서 헛짓거리를 용납하지 않는 교장의 눈빛으로 그를 응시했다. 헛짓거리를 가차 없이 응징하는 교장의 눈빛이기도 했다. 루크는 잔인한 어른을 만난 적이 없었지만 지금 마주한 그녀가 잔인한 어른이 아닐까 싶었다. 무서운 마음에 처음에는 말도 안 되는 발상일 거라 부정하고 싶은 충동을 느꼈다. 하지만 꾹 눌렀다. 그가 지금까지 울타리 안에서 지냈다고 믿는 편이 나았다. 그의 착각이었던 것으로 밝혀지지 않는 이상 그녀를 그런 어른으로 간주하는 편이 더 나았고 더 안전했다.

"친구를 사귀었더구나, 루크. 잘했다, 출발이 좋아. 앞 건물에서 지내는 동안 다른 친구들도 만나게 될 거야. 그중에서 두 명, 에이버리 딕슨이라는 남자아이와 헬렌 심스라는 여자아이가 방금 전에 도착했다. 둘 다 지금은 잠들어 있지만 조만간 인사를 나눌 거야. 헬렌은 어쩌면 10시 소등시간 전에. 에이버리는 내일 아침까지 내처 잘 수도 있어. 상당히 어린 나이라 일어났을 때 격한 감정을 보일 거야. 네가 잘 챙겨 주었으면 한다. 칼리샤, 아이리스, 조지도 그렇겠지만. 어쩌면 닉도 그럴지 몰라. 닉이 어떤 식으로 반응할지는 아무도 예측할 수 없다만. 닉도 자기 자신을 예측하지 못할 거라고 본다. 에이버리가 새로운 환경에 적응할 수 있도록 도와주면 토큰을 받을 수 있어. 너도 이미 파악했겠지만 여기 이 시설에서는 토큰이 기본적인 화폐지. 물론 전적으로 네가 결정하기 나름이지만 우리가 지켜보고 있을 거다."

그러시겠지. 루크는 생각했다. 귀를 쫑긋 세우고서. 모린의 말이 맞는다면 몇 군데에서는 우리가 뭐라는지 들을 수 없겠지만.

"친구들에게 어느 정도 정보를 들었겠지만 그중 일부는 정확하고 또 일부는 정확과는 거리가 멀지. 내가 지금 하는 얘기는 *100퍼*

센트 정확하니까 잘 듣기 바란다."

그녀는 손바닥을 책상 위에 반듯하게 펼치고 몸을 앞으로 숙여서 그의 눈을 똑바로 쳐다보았다.

"똑똑히 듣고 있니, 루크? 나는 이를 테면 했던 말을 되새김질하는 사람이 아니거든."

"네."

"네라니?"

쏘아붙이는 말투였지만 표정은 좀 전처럼 차분했다.

"똑똑히 듣고 있다고요. 정신 바짝 차리고요."

"좋아. 너는 앞 건물에서 어느 정도 시간을 보내게 될 거야. 열흘이 될 수도 있고 2주가 될 수도 있어. 길게는 한 달이 될 수도 있어, 징집된 아이들 중에 그 정도로 오래 머문 케이스는 거의 없지만."

"징집? 제가 소집됐다는 말씀인가요?"

그녀는 딱딱하게 고개를 끄덕였다.

"내 말이 바로 그거다. 현재 전쟁이 진행 중이고 너는 조국을 위해 봉사하도록 부름을 받았어."

"왜요? 제가 가끔 손을 안 대고 유리잔이나 책을 움직일 수 있다고 해서요? 그건……."

"입 다물어!"

루크는 토니에게 대차게 뺨을 맞았을 때만큼 충격을 받았다.

"내가 얘기할 때는 듣기만 해라. 말허리 자르지 말고. 알겠니?"

루크는 어떤 목소리가 나올지 자신이 없었기 때문에 고개만 끄덕였다.

"이건 군비 경쟁이 아니라 *정신적인* 경쟁이고 지면 결과는 끔찍, 그 이상이 될 거다. 상상할 수 없는 수준일 거야. 너는 열두 살밖에 안 됐을지 몰라도 포고되지 않은 전쟁에 투입된 병사야. 칼리샤와 다른 친구들도 마찬가지지. 그래서 좋니? 당연히 아니겠지. 징집된 아이들은 절대 그렇지 않아. 징집된 아이에게 명령을 따르지 않으면 어떤 결과로 이어지는지 가끔 교육이 필요한 이유가 그 때문이지. 너는 그 점에 있어서 이미 교훈을 한 번 얻었을 거라고 본다. 네가 서류에 적힌 대로 영리한 아이라면 두 번의 교훈은 필요 없을지 모르겠고. 하지만 교훈이 필요하다면 받게 될 거다. 여긴 집이 아니야. 학교도 아니고. 해야 하는 일이 추가되거나 교장실로 불려가거나 방과 후에 남는 게 아니라 *처벌*을 받을 거야. 알겠니?"

"네."

말을 잘 듣는 아이에게는 토큰을, 말을 안 듣는 아이에게는 귀싸대기 날리기를. 아니면 그보다 심한 벌을. 섬뜩하지만 간단한 원칙이었다.

"너는 주사를 몇 번 맞을 거다. 검사도 몇 번 받을 거다. 정신적, 육체적 상태를 지속적으로 점검받을 테고. 최종적으로는 뒤 건물이라고 불리는 곳으로 졸업해 거기서 특정 임무를 수행하게 될 거다. 뒤 건물에는 최장 6개월까지 머무를 수 있어, 현역으로 활동하는 기간은 평균 6주밖에 안 되지만. 그 이후에는 기억이 삭제되고 부모님 곁으로 돌아갈 수 있다."

"살아 계신가요? 저희 부모님이 살아 계세요?"

그녀는 놀라우리만치 명랑한 목소리로 폭소를 터뜨렸다.

"당연히 살아 계시지. 우린 살인범이 아니란다, 루크."

"그럼 부모님이랑 통화하고 싶어요. 부모님이랑 통화하게 해 주시면 뭐든 시키는 대로 할게요."

그게 얼마나 무모한 약속인지 따질 겨를도 없이 이런 말이 루크의 입에서 쏟아져 나왔다. 식스비 부인은 의자에 기대고 앉았다. 다시 한 번 손바닥을 펼쳐서 책상 위에 얹었다.

"그건 안 되지, 루크. 아직 제대로 이해를 못한 모양이다만. 지금우리는 협상을 하는 게 아니야. 너는 어떤 경우라도 우리가 시키는 대로 하게 될 거야. 내 말을 믿으면 고생을 덜 수 있지. 시설에서 지내는 동안에는 외부 세계와 전혀 접촉할 수 없고 거기에는 너희 부모님도 포함된다. 너는 모든 명령에 복종해야 할 거다. 모든 의례에 따라야 하고. 하지만 몇 가지만 예외일 뿐 명령이 복종하기 어렵거나 의례가 성가시지는 않을 거다. 시간은 금세 지나갈 테고 우리 곁을 떠나 어느 상쾌한 날 아침에 네 방에서 눈을 뜨면 이 모든 게 없던 일이 될 거다. 적어도 *내가* 생각하기에 슬픈 건 뭔가 하면 네가조국에 봉사하는 어마어마한 특권을 누렸다는 사실조차 기억하지 못하게 된다는 거지."

"무슨 수로 그게 가능할지 모르겠는데요. 저를 아는 사람이 워낙 많은데요. 학교…… 엄마, 아빠랑 같이 일하는 분들…… 내 친구들…… 그들 모두의 기억을 지울 수는 없잖아요."

루크가 말했다. 그녀에게 하는 얘기라기보다 혼잣말에 가까웠다. 물리학 문제나 마네의 그림이나 채무의 장·단기적 영향과 같은 주제에 완전히 몰입했을 때 나타나는 현상이었다.

그녀는 웃음을 터뜨리지는 않았지만 미소를 지었다.

"우리의 능력이 어느 정도인지 알면 놀랄걸? 오늘 얘기는 여기까지 하자꾸나. 만나서 반가웠다."

그녀는 자리에서 일어나 책상을 돌아 나와 손을 내밀었다.

루크도 자리에서 일어났지만 그녀가 내민 손을 잡지는 않았다.

"악수해야지, 루크."

묵은 습관은 잘 고쳐지지 않았기 때문에 그녀가 시키는 대로 하고 싶은 마음도 있었지만 그는 손을 들지 않았다.

"악수해라, 아니면 후회하게 될 거야. 두 번 얘기하지 않는다."

그 말이 진심이라는 것을 알 수 있었기 때문에 그는 손을 잡았다. 그녀는 잡은 손을 놓지 않았다. 그녀가 세게 쥐지는 않았지만 손아귀 힘이 세다는 것을 느낄 수 있었다. 그녀의 시선이 그의 시선과 만났다.

"왔다 갔다 하다가 만날 날이 있을지 모르겠지만 내 방에서 만나는 건 이번이 마지막이길 바란다. 여기로 다시 불려오는 날에는 지금처럼 기분 좋은 대화를 나눌 수 없을 거야. 알겠니?"

"네."

"좋아. 지금이 너로서는 우울한 시기라는 걸 알지만 우리가 시키는 대로 하면 다시 화창한 날이 올 거다. 내 말 믿어도 좋아. 이제 그만 나가봐라."

그는 또다시 꿈을 꾸는 듯한 기분 아니면 토끼굴 속으로 빨려 들어간 앨리스가 된 듯한 기분을 느끼며 밖으로 나섰다. 하다드가 식스비 부인의 비서인지 어시스턴트인지 모를 여자와 잡담을 나누며 그를 기다리고 있었다.

"방까지 다시 데려다줄게. 내 옆에 바짝 붙어서 걸어라, 알았지? 숲 속으로 도망치지 말고."

그들은 밖으로 나서 주거동으로 걸음을 옮기기 시작했지만 루크는 현기증이 파도처럼 덮치자 걸음을 멈추었다. 그는 말했다.

"잠깐만요. 잠깐 기다려 주세요."

그는 허리를 숙이고 무릎을 잡았다. 알록달록한 빛들이 순간 눈앞에서 와글거렸다.

"기절할 것 같니? 그래?"

하다드가 물었다.

"아뇨. 하지만 잠깐만 기다려 주세요."

루크는 말했다.

"그래. 너, 주사 맞았지?"

"네."

하다드는 고개를 끄덕였다.

"주사 맞으면 그러는 경우도 있어. 지연 반응이지."

루크는 동그라미나 점이 보이냐고 묻겠거니 생각했지만, 하다드는 잇새로 휘파람을 불고 손을 흔들어 깔따구를 쫓으며 가만히 기다렸다.

루크는 식스비 부인의 냉랭했던 회색 눈과 어떻게 이런 시설이 존재할 수 있느냐는 그의 궁금증에 딱 잘라 답변을 거부했던 것을 떠올렸다. 이런 시설은 그걸 정확히 뭐라고 하더라…… 맞다, 일종의 특별 송환(정보를 캐기 위해, 고문과 같은 방법을 쓸 수 있는 다른 나라로 테러 용의자를 인도하는 조치 ─옮긴이) 없이는 존재할 수 없었다. 그녀가 그에게 어디 한번 풀어보라고 문제를 던져준 거나 다름없었다.

우리가 시키는 대로 하면 다시 화창한 날이 올 거다. 내 말 믿어도 좋아.

그는 이제 겨우 열두 살이었고 세상 경험이 많지 않았지만 한 가지만큼은 장담할 수 있었다. 누가 내 말 믿으라고 하면 대개는 새빨간 거짓말이었다.

"괜찮아졌니? 이제 가도 될까, 아들?"

루크는 허리를 폈다.

"네. 하지만 저는 아저씨 아들 아니에요."

하다드는 씩 웃었다. 금니 하나가 반짝였다.

"지금 현재로서는 맞아. 너는 이 시설의 아들이거든, 루크. 마음 편하게 먹고 거기에 적응하는 게 좋을 거다."

12

주거동 안으로 들어가자 하다드는 엘리베이터를 불렀고 "또 보자, 친구." 하고는 엘리베이터를 탔다. 루크는 그의 방을 향해 걸음을 옮기려다가 니키 윌홀름이 제빙기 맞은편 바닥에 앉아서 피넛버터 컵을 먹고 있는 것을 보았다. 그의 위에 얼룩다람쥐 두 마리가 만화로 그려진 포스터가 붙어 있는데, 씩 웃고 있는 녀석들의 입에 말풍선이 달려 있었다. 왼쪽 녀석은 "네가 사랑할 수 있는 삶을 살아!"라고 했다. 다른 녀석은 "지금 네가 사는 삶을 사랑해!"라고 했다. 루크는 이 포스터를 물끄러미 바라보았다.

"이런 데 걸려 있는 저런 포스터를 뭐라고 하냐, 똘똘아? 아이러니? 풍자? 아니면 헛소리?"

니키가 물었다.

"셋 다지."

루크가 말하며 그의 옆에 앉자 니키가 과자봉지를 내밀었다.

"하나 남은 거 먹을래?"

루크는 봉지를 받았다. 고맙다고 하고 과자를 감싼 쪼글쪼글한 종이를 벗겨서 피넛 버터 컵을 세 입 만에 잽싸게 해치웠다.

니키는 재미있어하며 그를 지켜보았다.

"첫 번째 주사 맞았구나? 그거 맞고 나면 미친 듯이 단 게 당겨. 저녁은 별로 안 먹혀도 디저트는 먹을 거야. 내가 장담한다. 점은 아직 안 보였어?"

"응."

그러다 그는 허리를 숙이고 무릎을 잡은 채 현기증이 가시길 기다렸던 것을 떠올렸다.

"아마도. 그 점이라는 게 뭐야?"

"기술자들은 그걸 슈타지(과거 동독의 국가보안부—옮긴이) 라이트라고 불러. 그건 준비 단계의 일부야. 나는 지금까지 주사만 몇 번 맞았고 이상한 검사는 거의 받지 않았어, TK 양성이라서. 조지랑 같지. 그리고 샤는 TP 양성이야. 그냥 평범한 아이들은 검사를 더 많이 받아."

니키는 곰곰이 생각했다.

"뭐, 우리들 중에 평범한 아이는 없지. 평범한 아이였다면 이 자리에 있지 않을 테니까. 그래도 무슨 말인지 알지?"

"우리 능력치를 끌어올리려는 걸까? 저들이 우리한테 무슨 준비를 시키려는 걸까?"

닉은 어깨를 으쓱했다.

"뒤 건물에서 이루어지는 뭔지 모를 일에. 여왕년하고의 면담은 어땠어? 조국에 봉사하는 거라며 일장연설을 늘어놓디?"

"나더러 소집된 거라고 하더라. 나는 강제 징용당한 느낌에 더 가까운데. 그 왜, 17세기와 18세기에 선장들이 자기 배에서 일할 선원이 필요하면……."

"나도 강제 징용이 뭔지 알아, 루키. 나도 학교 다녔거든. 그리고 네 말은 틀리지 않아. 가자, 놀이터로 나가자. 체스 한 판 더 가르쳐 주라."

니키가 일어섰다.

"나는 좀 누워 있고 싶은데."

루크는 말했다.

"얼굴이 좀 창백해 보이긴 한다. 하지만 과자 먹으니까 좀 괜찮아졌지? 솔직히 인정해."

"맞아. 무슨 수로 토큰을 얻었어?"

루크는 시인했다.

"아무 것도 한 거 없어. 모린이 퇴근하기 전에 하나 슬쩍 쥐어줬어. 칼리샤가 한 말이 맞더라. 이 똥천지에 착한 사람이 한 명 있다면 모린이라고 한 거 말이야."

니키는 거의 마지못한 듯 말했다.

그들은 루크의 방문 앞에 다다랐다. 니키가 주먹을 들어 보이자 루크도 주먹을 쥐고 서로 부딪혔다.

"딩동이 울리면 보자, 똘똘아. 그때까지 기운 좀 차려."

모린과 에이버리

1

　루크는 기분 나쁜 꿈의 조각들로 수놓아진 낮잠을 자다가 저녁
시간을 알리는 딩동이 울렸을 때에서야 일어났다. 그 소리가 반가
웠다. 닉의 말이 틀렸다. 그는 저녁을 먹고 싶었고 음식뿐 아니라
친구도 고팠다. 그래도 매점에 들러 다른 아이들이 그를 놀린 건 아
닌지 확인했다. 놀린 게 아니었다. 과자 자판기 옆에 안이 꽉 찬 구
식 담배 자판기가 있었다. 근사하게 차려입은 남자와 여자가 발코
니에서 웃으며 담배를 피우는 사진이 꼭대기에 달려 있고 환하게
불을 밝힌 정사각형의 자판기였다. 그 옆에는 동전을 넣으면 조그
만 병에 담긴 성인용 음료를 살 수 있는 기계가 있었다. 술을 좋아
하는 브로더릭의 일부 아이들이 '기내 음료'라고 부르는 것들이었
다. 토큰 여덟 개면 담배 한 갑을 살 수 있었다. 다섯 개면 르루 블
랙베리 와인 작은 병을 살 수 있었다. 이 맞은편에는 환한 빨간색의

콜라 냉장고가 있었다.

누군가가 뒤에서 그를 잡고 높이 들어올렸다. 루크가 놀라서 비명을 지르자 니키가 그의 귀에 대고 웃었다.

"콩콩이 태워서 홍콩으로 보내 줄까!"

"내려 줘!"

니키는 오히려 그를 앞뒤로 흔들었다.

"루키 미키 따키 재키 루키! 밭장다리 오다리 안짱다리 루키!"

그는 루크를 내려놓고 뱅그르르 돌리더니 손을 들고 머리 위 스피커에서 흘러나오는 잔잔한 음악에 맞춰 부갈루 춤을 추기 시작했다. 그의 뒤에서 칼리샤와 아이리스가 똑같이 *남자들은 죽을 때까지 애라더니* 하는 표정을 짓고 있었다.

"한 판 뜰래, 루키? 밭장다리 오다리 안짱다리 루키?"

"내 똥구멍에 코 박고 똥냄새나 맡으시지."

루크는 말하고 깔깔대고 웃었다. 기분이 좋은 상태건 나쁜 상태건 간에 니키의 입담은 살아 있네. 그는 생각했다.

"그 문장 마음에 든다. 꼬불쳐놨다가 나중에 써먹어야지."

조지가 두 여자아이 사이를 헤치고 지나가며 말했다.

"원작자가 나라는 것만 밝혀줘."

루크가 말했다.

니키가 춤을 멈추었다.

"배고파, 막 먹고파. 가자, 저녁 먹으러."

루크는 콜라가 든 냉장고 뚜껑을 열었다.

"탄산음료는 무료지? 술, 담배, 과자만 사는 거고."

"맞아."

칼리샤가 말했다.

"그리고 음……. 저건……."

그는 과자 자판기를 가리켰다. 토큰 한 개면 대부분의 과자를 살
수 있었지만 그가 가리킨 것은 토큰 여섯 개짜리였다.

아이리스가 물었다.

"하이 보이 브라우니스가 네가 생각하는 그거 맞느냐고? 나는 먹
어 본 적 없지만 맞을 거야."

"맞아. 먹고 뿅 갔지만 두드러기가 났어. 나 알레르기가 있거든.
가자, 저녁 먹으러."

조지가 말했다.

그들은 같은 테이블에 앉았다. **노머**가 **셰리**로 대체됐다. 루크는
빵가루를 묻혀서 튀긴 버섯, 샐러드를 곁들인 찹스테이크 그리고
일명 바닐라 크렘브륄레라는 뭔지 모를 것을 주문했다. 이 불길하
고 이상한 나라에 영리한 사람들이 있을지 몰라도(식스비 부인은 분명
멍청해 보이지 않았다.) 메뉴를 만든 사람은 그중 한 명이 아니었다. 그
게 아니라 이게 지적 속물근성의 발현이었을까?

루크는 신경 쓰지 않기로 했다.

그들은 일상에서 뜯겨 나오기 전에 다녔던 학교(루크가 보기에는 다
들 영재학교가 아니라 평범한 학교에 다닌 듯했다.)와 좋아하는 텔레비전
프로그램과 영화 얘기를 잠깐 했다. 그때까지만 해도 분위기가 좋
았는데 아이리스가 손을 들어서 주근깨로 뒤덮인 한쪽 뺨을 닦았
고 루크는 그녀가 울고 있다는 것을 알아차렸다. 펑펑이 아니라 살

짝이었지만 그래도 눈물을 흘리고 있었다.

"오늘은 주사를 안 맞았지만 그 망할 항체를 쟀거든."

그녀가 말했다. 어리둥절해하는 루크의 표정을 보고 그녀가 미소를 짓자 눈물이 다시 뺨을 타고 흘러내렸다.

"항문으로 체온을 재는 거."

다른 친구들도 고개를 끄덕이고 있었다.

"거기로 체온을 재는 이유는 아무도 몰라. 하지만 쪽팔려."

조지가 말했다.

"19세기 식이기도 하고. 분명 이유가 있겠지만……."

칼리샤가 말했다. 그녀는 어깨를 으쓱했다.

"커피 마실 사람? 마실 사람 있으면 내가……."

닉이 물었다.

"저기."

문 앞에서 들리는 소리였다. 다들 고개를 돌려보니 청바지에 민소매 윗도리를 입은 여자아이가 서 있었다. 짧고 뾰족뾰족한 머리칼은 한쪽은 초록색이고 다른 쪽은 파란빛이 도는 자주색이었다. 이런 펑크족 분위기에도 불구하고 숲속에서 길을 잃은 동화 속 어린아이 같아 보였다. 루크가 보기에는 그와 비슷한 나이인 듯했다.

"여기 어디야? 여기가 어떤 곳인지 아는 사람 있어?"

"이쪽으로 와, 햇님아. 의자 하나 끌고 와서 앉아. 산해진미를 먹어봐."

니키가 말하며 눈부신 미소를 발사했다.

"배 안 고파. 하나만 알려 줘. 내가 누구한테 입으로 대 주면 여기서 나갈 수 있어?"

신입이 말했다.

이렇게 해서 그들은 헬렌 심스를 만났다.

2

그들은 저녁 식사를 마친 뒤에 놀이터로 나가 (루크는 벌레 퇴치제를 온몸에 덕지덕지 바르는 것을 잊지 않았다.) 헬렌에게 빈칸을 채워 주었다. 알고 보니 그녀는 TK였고 조지와 니키처럼 양성이었다. 헬렌은 니키가 체스판 위에 세팅한 말을 몇 개 쓰러뜨리는 것으로 자신의 능력을 입증했다.

"그냥 양성이 아니라 *대단한* 양성이네. 나도 한번 해 볼게."

그렇게 말한 조지는 폰 하나를 쓰러뜨렸고 블랙 킹을 조금 흔들리게 만들었지만 그게 다였다. 그는 의자에 기대고 앉아서 볼을 부풀렸다가 크게 숨을 뱉었다.

"좋아. 네가 이겼다, 헬렌."

"내가 보기에는 우리 다 루저 같은데? 내가 보기에는 그래."

헬렌이 말했다.

루크는 그녀에게 부모님 걱정이 되느냐고 물었다.

"딱히 그렇진 않아. 우리 아빠는 알코올중독자야. 엄마는 내가 여섯 살 때 아빠랑 이혼하고(짜잔!) 또 다른 알코올중독자하고 재혼했고. 무너뜨릴 수 없으면 한 편이 되는 게 낫다고 생각했는지 이제는 엄마까지 술꾼이야. 하지만 남동생은 보고 싶어. 걔가 무사할까?"

"그럼."

아이리스가 그다지 자신 없는 목소리로 대답하고 트램펄린으로 가서 뛰기 시작했다. 밥을 먹은 직후에 그러다니 루크 같았으면 속이 울렁거렸겠지만 아이리스는 먹은 게 별로 없었다.

"내가 정리해 볼게. 우리가 여기로 끌려온 이유를 너희도 모르지만 「아메리카스 갓 탤런트」 오디션도 통과하지 못할 만큼 시시한 초능력 때문인 것 같단 말이지?"

헬렌이 말했다.

"심지어 「리틀 빅 샷」 오디션도 통과하지 못할 거야."

조지가 말했다.

"우리 눈에 점이 보일 때까지 테스트를 하는데, 왜 그러는지는 모르고."

"맞아."

칼리샤가 말했다.

"그런 다음 뒤 건물이라는 다른 데로 우리를 옮기는데 거기서 어떤 일이 벌어지는지는 모르고."

"응. 너 체스 둘 줄 아니? 아니면 말을 쓰러뜨리기만 할 줄 아니?"

니키가 말했지만 그녀는 그의 말을 무시했다.

"그리고 여기서 볼일이 끝나면 SF 영화에 나오는 것처럼 기억을 삭제당하고 오래오래 행복하게 살 수 있고."

"그들이 하는 얘기로는."

루크가 말했다.

그녀는 곰곰이 생각하다가 말했다.

"완전 엿 같네."

"뭐. 조물주가 우리에게 와인 냉장고와 하이 보이 브라우니스를 주신 이유가 그 때문이겠지."

칼리샤가 말했다.

루크는 더 이상 견딜 수가 없었다. 조만간 울음이 터질 것 같았다. 천둥 번개처럼 점점 다가오는 눈물을 느낄 수 있었다. 아이리스는 여자아이라 남들 앞에서 눈물을 보여도 괜찮을지 모르지만 그는 남자라면 어떤 식으로 굴어야 하는지 알았다.(시대에 뒤처진 발상이기는 했지만 그래도 굳건했다.) 한마디로 니키 같아야 했다.

그는 방으로 돌아가 문을 닫고 한쪽 팔로 눈을 가리고 침대에 누웠다. 그러고는 아무 이유 없이, 은색 우주복을 입고 저녁 먹기 전에 니키 윌홀름이 그랬던 것처럼 신나게 춤을 추었던 리치 로켓과, 미친 듯이 깔깔대며 「맘보 넘버 5」에 맞춰 그와 함께 춤을 추었던 꼬맹이들을 떠올렸다. 모든 게 잘될 듯이, 그들의 삶이 언제까지고 천진난만한 즐거움으로 가득할 듯이 그랬던 아이들을 떠올렸다.

눈물이 났다. 무섭고 화가 났기 때문이기도 했지만 그보다는 향수 때문이었다. 그는 그 단어의 진정한 의미를 이제야 깨달았다. 이건 여름 캠프도 아니고 수학여행도 아니었다. 악몽이었고 그가 바라는 것은 단 하나, 이 악몽이 끝나는 것뿐이었다. 그는 깨어나고 싶었다. 하지만 그럴 수가 없었기에 마지막 몇 번의 흐느낌으로 좁은 가슴을 계속 들썩이며 잠이 들었다.

3

또다시 나쁜 꿈이 이어졌다.

그는 윌더스무트 길에서 머리 없는 까만 개에게 쫓기는 꿈을 꾸다가 번쩍 눈을 떴다. 그 찰나의 순간 동안에는 그 모든 게 꿈이었고 그의 진짜 방으로 돌아온 것 같았다. 하지만 그의 것이 아닌 잠옷과, 창문이 있어야 하는데 없는 자리가 보였다. 그는 화장실에 다녀온 뒤에 잠이 완전히 깼기 때문에 노트북을 켰다. 토큰이 하나 더 있어야 할 줄 알았더니 아니었다. 한번에 24시간이나 운이 좋으면 48시간 동안 쓸 수 있는 걸지 몰랐다. 상단의 메뉴 막대에 따르면 새벽 3시 15분이었다. 동이 트려면 아직 멀었고 낮잠을 잔 뒤에 저녁 일찍 잠이 든 대가가 이거였다.

그는 유튜브로 옛날 만화를 볼까 고민했다. 롤프와 함께 방바닥을 데굴데굴 구르며 "내 시금치 어디 있어?"와 "우웩 우웩 우웩!"을 외치며 봤던 뽀빠이 같은 것. 하지만 그런 만화를 보면 향수만 더 심하게 되살아날 것 같았다. 그럼 어떤 선택지가 남을까? 다시 침대로 돌아가 날이 밝을 때까지 뜬눈으로 지새우는 것? 아무도 없는 복도를 서성이는 것? 놀이터로 나가는 것? 칼리샤가 그쪽 문은 잠긴 적이 없다고 했으니 놀이터로 나갈 수도 있었지만 너무 으스스했다.

"그럼 생각이라는 걸 좀 해 보지 그러냐, 밥팅아?"

그는 나지막이 중얼거렸다가 자기 말소리에 화들짝 놀랐고 입을 막으려는 듯이 손을 반쯤 들기까지 했다. 그는 자리에서 일어나 맨 발로 바닥을 때리고 잠옷 바지를 펄럭이며 방 안을 왔다 갔다 걸었다. 좋은 질문이었다. 그는 왜 아무 생각도 하지 않았을까? 생각하는 것이 원래 그의 주특기 아니었나? 똘똘이 루카스 엘리스. 천재 소년. 뽀빠이를 좋아하고 콜 오브 듀티 게임을 좋아하고 뒷마당에서 농구하는 걸 좋아하며 프랑스어로 된 글은 웬만큼 읽을 줄 아는 아이. 그래도 넷플릭스에서 프랑스 영화를 보려면 말이 워낙 빠른데다 황당한 관용어가 난무하기 때문에 자막을 봐야 했다. 예를 들어 부아르 콤 앵 트루만 해도 그랬다. 금붕어처럼 마신다고 하는 게 더 말이 되는데 왜 구멍처럼 마신다고 할까? 그는 방정식으로 칠판을 채울 수도 있고 주기율표의 모든 원소를 순서대로 읊을 수도 있고 조지 워싱턴의 시대까지 거슬러 올라가며 부통령의 이름을 나열할 수도 있고 영화가 아닌 실생활에서는 절대 광속으로 이동할 수 없는 이유를 논리적으로 설명할 수도 있다.

그런데 여기 이렇게 앉아서 자기 연민 속을 헤매는 이유가 뭘까?

달리 내가 뭘 할 수 있을까?

루크는 그것을 절망의 표현이 아니라 현실적인 질문으로 간주하기로 마음먹었다. 탈출은 불가능할지 몰라도 배움도 그럴까?

그는 뉴욕 타임스를 검색해 보려고 했지만 예상했던 대로 HAL 9000이 등장했다. 이 시설의 아이들에게 뉴스는 금물이었다. 문제는 금지령을 우회할 방법이 있느냐는 것이었다. 뒷문이 없을까? 있을지 몰랐다.

어디 보자. 그는 생각했다. 어디 가만 보자. 그는 파이어폭스를 띄우고 #!cloakofGriffin!#이라고 입력했다.

그리핀은 H. G. 웰스가 탄생시킨 투명인간의 이름이었고 루크가 약 1년 전에 알게 된 이 사이트는 부모님의 감시를 우회할 수 있는 방편이었다. 엄밀히 말해 다크웹은 아니지만 그 비슷했다. 루크가 여기를 이용했던 이유는 브로더릭 컴퓨터로 포르노 사이트에 접속하거나 (롤프와 함께 두어 번 접속한 적이 있긴 했지만) ISIS의 참수 장면을 시청하기 위해서가 아니라 개념 자체가 멋지고 단순했고 정말 되는지 알아 보고 싶었기 때문이었다. 집과 학교에서는 됐는데 여기에서는 어떨까? 알아보는 방법은 하나뿐이었기에 루크는 엔터키를 쳤다.

시설의 와이파이가 느려서 잠깐 우적거리더니 가망 없는 애긴가 보다는 생각이 들려던 찰나 루크를 그리핀으로 인도했다. 머리에 붕대를 감고 못돼 보이는 고글로 눈을 가린 웰스의 투명인간이 화면 상단에 등장했다. 그 아래로 초대 문구이기도 한 질문이 떴다. **어떤 언어로 번역할까요?** 아시리아어에서부터 줄루어에 이르기까지 리스트가 길었다. 이 사이트의 매력은 어느 언어를 선택하든 상관이 없다는 것이었다. 중요한 건 검색 기록에 뭐라고 남느냐는 것이었다. 옛적에는 구글에도 부모님의 감시를 피하는 비밀 통로가 있었지만 마운틴뷰(구글 본사가 있는 도시다 — 옮긴이)의 현인들이 폐쇄했다. 그런 연유로 클록 오브 그리핀이었다.

루크가 되는 대로 독일어를 선택하자 **암호를 입력하세요**가 떴다. 루크는 아버지가 가끔 섬뜩하다고 표현했던 기억력을 발휘해 #x49ger194GbL4라고 입력했다. 컴퓨터가 조금 더 우적거리다 **암호 승인**이라고 선언했다.

그는 뉴욕 타임스라고 치고 엔터키를 눌렀다. 이번에는 컴퓨터가 좀 전보다 길게 생각에 잠겼지만 마침내 타임스가 떴다. 오늘 자였고 영어였지만 앞으로 컴퓨터의 검색 기록에는 독일어 단어와 영어 번역만 줄줄이 남을 것이었다. 작은 승리일 수도 있고 큰 승리일 수도 있었다. 당장은 상관없었다. 지금은 뭔가를 쟁취한 것으로 충분했다.

언제까지 저들에게 들키지 않을 수 있을까? 저들이 실시간으로 감시하고 있다면 검색 기록을 위장한들 아무 소용없었다. 신문을 보고 그의 노트북을 꺼 버릴 것이다. 트럼프와 북한을 헤드라인으로 내세운 《뉴욕 타임스》는 관심 밖이었다. 저들에게 들키기 전에 《스타 트리뷴》으로 들어가 그의 부모님 소식이 있는지 알아보아야 했다. 하지만 아직 실행에 옮기지 못했을 때 밖에서 누군가가 소리를 지르기 시작했다.

"도와주세요! 도와주세요! 도와주세요! 저 좀 도와주세요! *저 좀 도와주세요, 길을 잃었어요!*"

4

소리를 지른 주인공은 스타워즈 잠옷을 입고 조그만 주먹을 피스톤처럼 위아래로 움직이며 이 문, 저 문 두드리고 다녔다. 열 살이라고? 에이버리 딕슨은 여섯 살, 기껏해야 일곱 살로 보였다. 잠옷 바지의 가랑이와 한쪽 다리가 젖어서 그의 몸에 들러붙었다.

"도와주세요, 집에 가고 싶어요!"

루크는 누군가가(어쩌면 여러 명일 수도 있었다.) 달려오겠거니 생각하며 좌우를 두리번거렸지만 복도에는 계속 인적이 없었다. 나중에 그도 깨달았다시피 시설에서는 집에 보내 달라고 소리를 지르는 아이의 등장이 일상다반사였다. 일단 루크는 아이를 조용히 시키고 싶었다. 겁에 질린 그 아이 때문에 루크까지 겁에 질릴 지경이었다.

그는 아이에게 다가가 무릎을 꿇고 아이의 어깨를 잡았다.

"어이. 어이. 진정해."

문제의 그 아이는 눈을 희번덕거리며 루크를 빤히 쳐다보았지만 그를 보는 게 맞는지 단언할 수가 없었다. 아이의 머리칼이 땀에 젖어서 사방으로 뻗쳤다. 얼굴은 눈물로 축축했고 윗입술은 방금 전에 흘린 콧물로 번들거렸다.

"우리 엄마 어디 있어? 우리 아빠 어디 있어? 엄마, 아빠!"

그냥 *아빠*가 아니라 귓청을 때리는 공습경보처럼 **아빠아아아아아**였다. 아이가 발을 구르기 시작했다. 주먹으로 루크의 어깨를 내리쳤다. 루크는 아이를 잡았던 손을 놓고 일어나 바닥으로 쓰러져 몸부림치는 아이를 놀란 눈빛으로 바라보며 뒷걸음질 쳤다.

천국에서 보내는 또 하루라고 선포하는 포스터 맞은편의 방문이 열리면서 홀치기 염색한 티셔츠와 특대형 농구용 반바지를 입은 칼리샤가 나왔다. 그녀는 루크 옆으로 걸어와 거의 없다시피 한 골반에 손을 얹고 서서 신입을 내려다보았다. 그러다 잠시 후에 루크를 돌아보았다.

"전에도 떼쓰는 애들을 본 적 있지만 얘는 수상감이다."

다른 방문이 열리면서 루크가 알기로는 베이비돌 파자마라고 불리는 잠옷 비슷한 옷을 입은 헬렌 심스가 나왔다. 그녀는 골반이 있었고 거기에 다른 흥미로운 장비도 있었다.

"튀어나온 눈 다시 집어넣어, 루키. 그리고 나 좀 도와줘. 쟤가 내 머릿속을 들쑤시는 바람에 편두통이 생기겠어."

칼리샤가 말했다. 그녀는 무릎을 꿇고, 이제는 말없이 울부짖기만 하며 발광하는 아이를 향해 손을 내밀었다가 그의 주먹에 팔뚝을 맞고 손을 거두었다.

"못살겠네. 나 좀 도와줘. 쟤 손을 잡아."

루크도 무릎을 꿇고 새로 온 아이의 손을 잡으려다가 거두고, 막 판에 등장한 핑크 공주 앞에서 쪼다처럼 굴지 않기로 결심했다. 그는 꼬맹이의 팔목을 잡아서 가슴 양옆에 붙이고 팔로 눌렀다. 세 배 빠르게 뛰는 아이의 심장이 그대로 느껴졌다.

칼리샤는 아이의 위로 허리를 숙이고 아이의 얼굴 양옆을 손으로 잡고 눈을 쳐다보았다. 아이가 소리를 지르다 말고 멈추었다. 이제는 가쁜 숨소리만 냈다. 아이는 넋을 잃은 눈빛으로 칼리샤를 쳐다보았고, 루크는 이 아이가 그녀의 머릿속을 들쑤신다고 했던 게 무슨 뜻이었는지 퍼뜩 깨달았다.

"얘 TP구나? 너처럼."

칼리샤는 고개를 끄덕였다.

"하지만 나보다 훨씬 세. 내가 지금까지 여기서 만난 그 어떤 TP 보다도. 자, 얘를 내 방으로 데려가자."

"나도 따라가도 돼?"

헬렌이 물었다.

"그러든지. 여기 이 루키는 분명 눈 호강한다고 좋아할 거야."

칼리샤의 말에 헬렌은 얼굴을 붉혔다.

"먼저 옷부터 갈아입을까 봐."

"좋을 대로 해."

칼리샤는 말하고 이번에는 아이에게 말했다.

"이름이 뭐니?"

"에이버리. 에이버리 딕슨."

아이는 울고 소리를 지르느라 목이 쉬었다.

"나는 칼리샤야. 샤라고 불러도 돼."

"친구라고 부르지만 않으면 돼."

루크도 말했다.

5

칼리샤의 방은 루크가 거친 말투를 근거로 상상했던 것보다 훨씬 소녀풍이었다. 침대에는 분홍색 커버가 깔려 있었고 베개 위에서는 주름 장식이 나풀거렸다. 마틴 루터 킹의 사진을 넣은 액자가 서랍장 위에서 그들을 쳐다보았다.

그녀는 그 사진을 쳐다보는 루크를 보고 웃음을 터뜨렸다.

"저들은 집이랑 최대한 똑같게 세팅하려고 하지만 내가 거기에

둔 사진이 조금 과하다고 생각한 사람이 있었는지 알맹이를 다른 걸로 바꿨어."

"원래는 누구 사진이었는데?"

"엘드리지 클리버(흑인무장단체 흑표당의 초창기 지도자—옮긴이). 그 이름 들어봤어?"

"당연하지. 『동결된 영혼』. 아직 못 읽었지만 전부터 읽어 봐야겠다고 생각하고 있었어."

그녀는 눈썹을 치켜올렸다.

"우와, 너는 여기 있기 정말 *아깝다*."

에이버리는 계속 훌쩍이며 침대 위로 올라가려고 했지만 그녀가 그를 잡고 부드럽지만 단호하게 뒤로 당겼다.

"아니, 아니. 그 젖은 바지 입고 올라가면 안 되지."

그녀가 바지를 벗길 듯이 굴자 에이버리는 두 손을 포개 가랑이를 보호하듯 가리고 뒷걸음질 쳤다.

칼리샤는 루크를 보며 어깨를 으쓱했다. 그도 따라서 어깨를 으쓱하고 에이버리 앞에 쭈그리고 앉았다.

"너 어느 방이야?"

에이버리는 고개를 저었다.

"방문 열어 놓고 나왔어?"

이번에는 아이가 고개를 끄덕였다.

"내가 네 방에서 새 옷 가져다 줄게. 너는 여기에 칼리샤랑 같이 있어, 알았지?"

루크가 말했다.

이번에는 아이가 고개를 젓지도 끄덕이지도 않았다. 지치고 혼란스러운 눈빛으로 그를 빤히 쳐다보기만 했다. 그래도 공습경보 흉내는 더이상 내지 않았다.

칼리샤가 말했다.

"다녀와. 내가 달랠 수 있을 것 같으니까."

청바지로 갈아입은 헬렌이 스웨터 단추를 채우며 문 앞에 등장했다.

"쟤 좀 괜찮아졌어?"

"조금."

루크가 말했다. 모린과 시트를 갈러 갔던 쪽 복도에 물이 튄 자국이 있는 것이 보였다.

"다른 남자애 둘은 코빼기도 안 보이네. 죽은 듯이 자나 봐."

헬렌이 말했다.

"맞아. 루크랑 같이 다녀와, 신입. 에이버리하고 나는 지금 여기서 정신적인 대화를 나누는 중이야."

칼리샤가 말했다.

6

"그 아이의 이름은 에이버리 딕슨이야. 열 살이고. 그 나이로 안 보이지?"

혼자 덜거덕거리는 제빙기를 지나자마자 나오는 열린 방문 앞에 헬렌 심스와 함께 선 루크가 말했다. 그녀는 눈을 동그랗게 뜨고 그를 빤히 쳐다보았다.

"뭐야, 너도 결국 TP야?"

그는 토미 피클스 포스터와 서랍장 위에 놓인 G. I. 조 피겨를 살폈다.

"아니. 모린이랑 같이 이 방에 왔었어. 모린은 청소부야. 내가 침대 시트 가는 거 도왔어. 침대 시트 말고는 방이 다 꾸며져 있더라."

헬렌은 히죽거렸다.

"아하. 너의 정체가 그거로구나? 선생님들의 딸랑이."

루크는 그의 얼굴을 후려쳤던 토니를 생각하며 헬렌도 조만간 똑같은 대접을 당할지 궁금해 했다.

"아니야. 하지만 모린은 남들이랑 달라. 네가 함부로 대하지 않으면 모린도 함부로 대하지 않아."

"너는 여기 온 지 얼마나 됐어, 루크?"

"너보다 조금 전에 왔어."

"그런데 누구는 착하고 누구는 아닌 걸 어떻게 알아?"

"모린은 괜찮은 사람이다, 내 얘기는 그뿐이야. 그 아이한테 옷 가져다주는 거나 도와줘."

헬렌이 서랍장에서 바지와 속옷을 꺼냈고(다른 서랍까지 기웃거리는 것을 빼먹지 않았다.) 그들은 칼리샤의 방으로 다시 걸어갔다. 도중에 헬렌이 조지가 얘기한 검사 중에서 받은 게 있느냐고 물었다. 루크는 없다고 대답하고 귀에 삽입한 칩을 보여 주었다.

"반항하지 마. 내가 반항했다가 대차게 맞았어."

그녀는 걸음을 딱 멈추었다.

"설마!"

그는 얼굴을 돌려서 토니의 손가락 두 개가 희미하게 멍 자국을 남긴 뺨을 보여 주었다.

헬렌이 말했다.

"*나*는 아무한테도 맞지 않을 거야."

"그 믿음이 시험에 들지 않기 바란다."

그녀는 색이 서로 다른 머리칼을 뒤로 넘겼다.

"나는 이미 귀를 뚫었으니까 별 상관없어."

칼리샤는 접은 수건을 에이버리의 엉덩이 아래에 깔고 그와 함께 침대 위에 앉아 있었다. 땀에 전 그의 머리칼을 쓰다듬고 있었다. 그는 그녀가 티아나 공주라도 되는 양 몽롱한 눈빛으로 그녀를 올려다보고 있었다. 헬렌이 루크에게 옷을 던졌다. 예상치 못했던 일이라 그는 여러 역동적인 포즈를 취한 스파이더맨이 그려진 팬티를 떨어뜨렸다.

"나는 저 꼬맹이 꼬추 보는 데 전혀 관심 없어. 다시 가서 잘 거야. 일어나 보면 내 방, 그러니까 내 *진짜* 방이고 이 모든 건 그냥 꿈이었을지 몰라."

"행운을 빌게."

칼리샤가 말했다.

헬렌은 성큼성큼 멀어졌다. 루크는 빛바랜 청바지를 입고 살랑거리는 그녀의 엉덩이를 감상할 수 있게 타이밍을 맞춰서 에이버리의 팬티를 집었다.

"탐스럽지?"

칼리샤의 목소리에는 아무 감정이 없었다. 루크는 뺨이 화끈거리는 것을 느끼며 그녀에게 옷을 가져다주었다.

"아마도. 하지만 성격 면에서는 아쉬운 구석이 있네."

그는 그 말을 듣고 그녀가 웃음을 터뜨릴지 모른다고 생각했지만(그녀의 웃음소리가 좋았다.) 그녀는 슬퍼 보였다.

"여기 있다 보면 성질머리가 꺾일 거야. 조만간 파란색 윗도리를 입은 남자가 보일 때마다 종종걸음치고 움찔하게 될 거야. 우리처럼. 에이버리, 이걸로 갈아입어. 루키랑 나는 등 돌리고 있을게."

그들은 등을 돌리고 칼리샤의 열린 방문을 넘어 여기가 천국이라고 주장하는 포스터를 보고 있었다. 뒤에서 훌쩍이며 부스럭부스럭 옷을 갈아입는 소리가 들렸다. 마침내 에이버리가 말했다.

"옷 다 입었어. 이제 돌아봐도 돼."

그들은 돌아보았다. 칼리샤가 말했다.

"이제 이 젖은 잠옷바지 화장실로 들고 가서 욕조에 걸쳐놔."

그는 군소리 없이 갔다가 발을 질질 끌며 돌아왔다.

"걸쳐놓고 왔어, 샤."

이제는 그의 목소리에서 분노가 느껴지지 않았다. 소심하고 지친 목소리였다.

"잘했어. 이제 다시 침대로 올라가. 누워, 괜찮아."

칼리샤는 앉아서 에이버리의 발을 그녀의 무릎에 얹고 자기 옆자리를 손으로 토닥였다. 루크는 거기 앉아서 에이버리에게 이제는 좀 괜찮아졌느냐고 물었다.

"그런 것 같아."

"괜찮아졌다는 걸 너도 알잖아."

칼리샤는 말하고 아이의 머리칼을 다시 쓰다듬기 시작했다. 헛소리일 수도 있고 아닐 수도 있었지만 루크는 그들 사이에서 많은 것이 오가고 있음을 직감했다. 정신적인 왕래였다.

칼리샤가 말했다.

"그럼 해. 꼭 해야겠으면 쟤한테 재밌는 얘기 얼른 하고 씨발, 디비 자."

"그거 나쁜 말이야."

"그래, 그런 것 같다. 쟤한테 재밌는 얘기 해 줘."

에이버리는 루크를 쳐다보았다.

"알았어. 찐따랑 머저리가 총살장에 서 있었어. 잠시 후에 찐따는 총을 맞고 죽었는데, 머저리는 죽지 않은 이유가 뭐게?"

루크는 교양 사회에서는 그런 단어를 쓰는 게 아니라고 얘기하려다가 여기는 그런 사회가 아닌 것이 분명했기 때문에 그냥 이렇게 말했다.

"모르겠는데?"

"왜냐하면 머저리는 머저리 피했거든. 무슨 말인지 알겠어?"

"당연하지. 닭이 길을 건넌 이유는 뭔지 알아?"

"반대편으로 넘어가려고?"

"아니. 닭대가리이기 때문이야. 이제 얼른 자."

에이버리가 다시 말을 꺼내려고 했지만(우스갯소리가 또 하나 생각났을지 모른다.) 칼리샤가 조용히 시켰다. 그녀는 그의 머리칼을 계속 쓰다듬었다. 그녀의 입술이 달싹거렸다. 에이버리의 눈이 점점 감겼다. 눈꺼풀이 내려왔다가 천천히 올라갔고 다시 내려왔다가 좀 전보다 더 천천히 올라갔다. 그 다음에는 내려온 채로 움직이지 않았다.

"무슨 방법을 쓴 거야?"

루크는 물었다.

"엄마가 예전에 나한테 불러 주시던 자장가를 불러 줬어. 나는 음도 제대로 못 맞추는데 생각으로 불러 줄 때는 멜로디가 별로 상관 없나 봐."

그녀의 목소리는 속삭이는 수준이었지만 거기에서 놀라며 기뻐하는 기미를 분명 느낄 수 있었다.

루크가 말했다.

"애가 별로 똑똑하지는 않은 것 같아."

그녀가 한참 동안 쳐다보자 그는 헬렌의 다리를 훔쳐보다가 들켰을 때처럼 얼굴이 화끈거렸다.

"네 기준에서는 온 세상이 별로 똑똑하지 않게 느껴지겠지."

루크는 항변했다.

"아니, 그런 뜻에서 한 얘기가 아니야. 내 말은……."

"됐어. 어떤 뜻에서 한 얘긴지 알아. 하지만 이 아이한테 부족한 건 지능이 아니야. 정확히 따지자면. 이 정도로 강한 TP는 좋은 게 아닐지 몰라. 남들이 무슨 생각을 하는지 모르면 일찍부터…… 그러니까……."

"신호를 감지한다고?"

"응, 내가 하려던 말이 그거야. 평범한 사람들은 생존을 위해 표정을 살피고 말뿐만 아니라 말투에까지 귀를 기울이잖아. 질긴 걸 씹을 수 있게 이를 키우는 것과 같은 논리로. 이 딱한 꼬맹이는 그 디즈니 만화에 나오는 섬퍼(「밤비」에 나오는 토끼 — 옮긴이)하고 비슷하다고 보면 돼. 이빨이 있긴 하지만 풀 말고는 씹을 수 없다는 점에서. 무슨 말인지 알겠어?"

루크는 알겠다고 했다.

칼리샤는 한숨을 쉬었다.

"이 시설은 섬퍼한테 맞지 않는데. 결국에는 우리 모두 뒤 건물로 넘어갈 테니 상관없을지 모르지만."

"애 TP가 어느 정도인데? 예를 들어 너랑 비교하자면."

"훨씬 세. 여기서 그걸 측정할 때 쓰는 BDNF라는 수치가 있거든. 전에 한번 헨드릭스 박사의 노트북에서 본 적 있는데, 그 수치가 어마어마할 것 같아. 어쩌면 제일 높을지도 몰라. 너는 머리가 좋으니까 그게 뭔지 알아?"

루크는 몰랐지만 알아보기로 마음먹었다. 그 전에 노트북을 압수당하지 않는 게 관건이었지만.

"그게 뭔지 몰라도 이 아이는 분명 하늘을 찌를 거야. 내가 애랑 대화를 나눴다니까? 진짜 텔레파시였어!"

"하지만 TP가 아무리 TK보다 없다지만 전에도 다른 TP를 만나봤을 거 아냐. 바깥세상에서는 아니더라도 이 안에서는."

"이해를 못하는구나. 그럴 만도 하지. 이건 소리를 엄청 작게 줄여놓은 스테레오를 듣거나 식기세척기가 돌아가는 부엌에서 사람들이 뒤 베란다에서 하는 얘기를 듣는 것과 비슷해. 완전히 뒤죽박죽 섞여서 전혀 들리지 않을 때도 있어. 그런데 이번에는 진짜였어, SF 영화에 나오는 것처럼. 내가 떠난 뒤에는 네가 애를 보살펴줘야 해, 루크. 빌어먹을 섬퍼이다 보니 자기 나이에 걸맞은 행동을 할 리 없지. 지금까지 설렁설렁 쉽게 살아왔을 테니."

루크에게 반향을 불러일으킨 부분은 *내가 떠난 뒤*에였다.

"너는…… 뒤 건물로 가는 것에 대해서 들은 얘기 있어? 모린한 테라도."

"꼭 들어야 아냐. 내가 어제 바보 같은 검사를 하나도 받지 않았 거든. 주사도 안 맞고. 확실한 신호야. 닉도 떠날 거야. 조지하고 아이리스는 좀 더 있을지 모르지만."

그녀가 루키의 뒷덜미를 살그머니 붙잡자 다시금 그의 피부가 예전처럼 따끔거렸다.

"내가 잠깐 네 누나, 네 흑인 누나가 될 테니까 내 말 잘 들어, 루크. 펑크록 아가씨한테서 마음에 드는 딱 한 가지가 엉덩이를 씰룩이며 걷는 거라면 거기서 멈춰. 여기서 만난 아이들한테 감정적으로 너무 얽히면 안 좋거든. 다들 떠날 텐데 떠나고 나면 기분이 더러워진다고. 하지만 이 아이는 네가 끝까지 챙겨 줘. 토니나 지크나 위노나 그 나쁜 년이 에이버리를 때리는 상상만 해도 눈물이 날 것 같으니까."

"힘닿는 데까지 노력할게. 하지만 네가 여기 좀 더 오래 있었으면 좋겠다. 보고 싶을 텐데."

"고마워. 하지만 내가 하려는 얘기가 바로 그거야."

그들은 잠깐 동안 아무 말 없이 앉아 있었다. 루크는 곧 나가야 한다는 걸 알았지만 아직은 그러고 싶지 않았다. 아직은 혼자 있을 자신이 없었다. 그는 입술을 거의 움직이지 않고 나지막이 중얼거렸다.

"모린을 도울 수 있을 것 같아. 그 신용카드 빚 말이야. 하지만 그녀하고 얘기를 해 봐야 해."

그녀는 그 말에 눈을 동그랗게 뜨며 미소를 지었다.

"진짜? 잘됐다."

이제 그녀가 그의 귀에 입술을 갖다 대자 다시금 전율이 일었다. 그는 소름이 돋았을까 싶어서 팔을 쳐다보기 불안했다.

"서둘러. 모린이 하루나 이틀 뒤부터 일주일 휴가거든."

으악, 이제는 그녀가 요즘 들어서는 루크의 어머니조차 건드리지 않았던 그의 다리 저 위쪽에 손을 얹었다.

"휴가가 끝나면 3주 동안 다른 데서 일할 테고. 복도나 휴게실에서 만날 수 있을지 몰라도 그게 다야. 안전한 곳에서도 어디로 가는지 얘기를 하지 않으려고 하는 걸 보면 뒤 건물인 게 분명해."

그녀가 그의 귀에서 입술을, 그의 허벅지에서 손을 거두자 루크는 그녀에게 은밀하게 해야 하는 얘기가 좀 더 있었으면 좋겠다는 생각이 불같이 일었다.

"네 방으로 돌아가. 가서 눈 좀 붙여."

그녀는 말했고, 살짝 반짝이는 눈빛으로 보건대 그녀가 그에게 미친 영향을 아는 게 아닌가 싶었다.

7

그는 꿈도 꾸지 않는 깊은 잠을 자다가 누군가가 그의 방문을 요란하게 두드리는 소리에 깼다. 그는 벌떡 일어나 앉아서 좌우를 미친 듯이 두리번거리며 학교 가는 날인데 늦잠을 잤나 생각했다.

문이 열렸고 미소를 띤 얼굴이 문 틈새로 등장했다. 칩을 심는 자리에 그를 데리고 갔던 글래디스였다. 그에게 조국에 봉사하기 위해 이 자리에 있는 거라고 했던 여자였다. 그녀가 명랑하게 외쳤다.

"까꿍! 기상! 아침을 놓쳤지만 내가 오렌지주스 들고 왔어. 걸어가는 동안 마시면 되겠다. 방금 짠 거야!"

루크는 노트북에 초록색으로 전원 표시등이 켜진 것을 보았다. 절전 모드로 바뀌었지만 글래디스가 들어와 그가 뭘 검색하고 있었는지 알아보려고 아무 키나 누르면(그러고도 남을 위인이었다.) 머리에 붕대를 감고 까만 안경을 쓴 H. G. 웰스의 투명인간과 맞닥뜨릴 것이었다. 그게 뭔지 모를 테고 그냥 SF나 미스터리 사이트인가 보다고 생각하겠지만 상부에 보고할지 몰랐다. 그렇다면 보고서는 그녀의 상사에게로 전해질 것이다. 그게 어떤 사이트인지 궁금해할 상사에게로.

"바지 입게 잠깐만 기다려 주실래요?"

"30초 줄게. 오렌지주스 미지근해지게 하지 마."

그녀는 장난꾸러기처럼 윙크하고 문을 닫았다.

루크는 침대에서 뛰어내려 청바지를 입고 티셔츠를 집고 노트북을 깨워 시간을 확인했다. 놀랍게도 9시였다. 이 정도로 늦잠을 자다니 처음 있는 일이었다. 저들이 음식에 뭘 넣었나 하는 의구심이 잠깐 들었지만 그랬다면 한밤중에 깨지 않았을 것이었다.

충격 때문이야. 그는 생각했다. 이 상황을 이해하느라 머리를 계속 돌리고 있어서 그래.

컴퓨터를 껐지만, 저들이 그를 감시하고 있었다면 그리핀 씨를 감추려고 해 봐야 아무 의미 없다는 건 알고 있었다. 저들이 그의 컴퓨터를 감시하고 있었다면 그가 《뉴욕 타임스》에 접속할 방법을 알아냈다는 사실을 이미 파악하고 있을 것이었다. 물론 그런 식으로 생각하기 시작하면 모든 게 부질없었다. 식스비의 하수인들은 그가 그렇게 생각해 주길 바랄 것이었다. 그뿐 아니라 여기에 붙잡혀 있는 다른 아이들까지 모두 다.

저들이 알아차렸다면 진작 컴퓨터를 가져갔겠지. 그는 속으로 중얼거렸다. 그리고 저들이 내 화면을 보고 있었다면 처음 접속했을 때 엉뚱한 이름이 떴다는 것도 알지 않았을까?

논리적으로 앞뒤가 맞았지만 저들이 그냥 관망하는 것일 수도 있었다. 피해망상적인 발상이었지만 이 상황 *자체가* 피해망상을 유발했다.

글래디스가 다시 문을 열었을 때 그는 침대에 앉아서 운동화를 신고 있었다.

"잘했어!"

그녀는 루크가 난생처음으로 어찌어찌 옷을 갈아입은 세 살짜리라도 되는 듯이 이렇게 외쳤다. 루크는 점점 더 그녀가 싫어졌지만 그녀가 건넨 주스는 벌컥벌컥 들이켰다.

8

이번에는 그녀가 카드를 흔들고 C층으로 가자고 했다.

"어머, 날씨 정말 좋다!"

엘리베이터가 내려가기 시작하자 그녀가 큰 소리로 외쳤다. 대개 날씨 얘기로 대화를 시작하는 모양이었다.

루크는 그녀의 손을 흘끗 확인했다.

"이제 보니까 결혼반지를 끼고 있네요? 혹시 아이도 있어요, 글래디스?"

그녀의 미소가 조심스러워졌다.

"그건 네가 알 바 아닌데."

"그냥 아이가 있으면, 그 아이들을 이런 데 가둬 놓는 걸 어떻게 생각할지 궁금해서 물어본 거였어요."

부드러운 여자 목소리가 들렸다.

"C. C입니다."

그의 팔을 필요 이상으로 세게 잡고 밖으로 호송하는 글래디스의 얼굴에서 웃음기가 사라졌다.

"그리고 양심의 가책을 어떻게 견디는지 궁금하기도 했고요. 그 것도 제가 알 바 아니겠죠?"

"그만해, 루크. 내가 주스 가져다줬잖아. 너 생각해서."

"여기서 어떤 일이 벌어지고 있는지 들통나면 애들한테 뭐라고 할 거예요? 만약 뉴스에 보도되기라도 하면요. 애들한테 어떤 식으로 설명할 거예요?"

그녀는 그를 끌다시피 하며 발걸음을 좀 더 재촉했지만 화가 난 표정은 아니었다. 화가 난 표정이었다면 그는 그녀의 정곡을 찔렀다는 데서 애매하나게마 위안을 느꼈을 것이다. 하지만 아니었다. 그녀의 무표정했다. 인형의 얼굴이었다.

그들은 C-17에서 걸음을 멈추었다. 선반마다 의학용품과 컴퓨터 장비가 즐비했다. 영화관 좌석처럼 푹신한 의자가 있었고 그 뒤편으로 철제 기둥 위에 영사기처럼 보이는 것이 올려져 있었다. 최소한 의자 팔걸이에 끈은 없었다.

한 기술자가 그들을 기다리고 있었다. 파란색 윗도리에 달린 이름표에 따르면 지크였다. 루크도 아는 이름이었다. 모린이 못된 직원으로 꼽은 사람들 가운데 한 명이었다. 지크가 말했다.

"안녕, 루크. 기분 고요하니?"

뭐라고 대답하면 좋을지 알 수 없었기에 루크는 그냥 어깨를 으쓱했다.

"말썽부리지 않을 거냐고. 그걸 묻는 거다, 친구."

"네. 말썽 안 부려요."

"듣던 중 반가운 소리네."

지크는 파란 용액이 가득 든 병을 땄다. 훅 하고 코를 찌르는 알코올 냄새가 풍겼고 지크가 적어도 30센티미터는 되어 보이는 체온계를 꺼냈다. 설마하니⋯⋯.

"바지 벗고 저 의자 위로 몸을 숙여라, 루크. 팔로 시트를 딛고."

"하지만⋯⋯."

글래디스 앞에서는 싫다고 말하려던 참이었는데, C-17의 문이 닫혀 있었다. 글래디스가 보이지 않았다. 내 체면을 지켜주겠다는 건가? 루크는 생각했다. 그게 아니라 내 헛소리가 지겨워졌을 수도 있어. 다른 때 같았으면 의기양양해졌겠지만, 지금까지 전인미답이었던 그의 내장 깊숙한 곳을 들쑤시려는 유리 막대가 기다리고 있었다. 수의사가 말의 체온을 잴 때 씀직한 체온계 같았다.

"하지만 뭐? 하지만 이건 싫다고? 미안하다, 친구, 어쩔 수 없어. 본부에서 내려온 명령이라."

지크는 고적대장의 지휘봉이라도 되는 듯 온도계를 좌우로 흔들었다.

"스티커 체온계를 쓰는 편이 더 간단하지 않을까요? 편의점에서 1달러 50센트면 살 수 있는데. 할인되는 카드로 사면 더……."

"그 주둥아리는 친구들 앞에서나 나불거려. 바지 벗고 의자 위로 몸 숙여라. 싫으면 내가 대신 해 줄까? 마음에 안 들 텐데."

루키는 의자 앞으로 천천히 걸어가 바지 단추를 풀어서 아래로 내리고 허리를 숙였다.

"그래, 보름달이 두 개 떴구나!"

지크가 그의 앞으로 와서 섰다. 한 손에는 체온계를, 다른 손에는 바셀린 병을 들고 있었다. 체온계를 그 병에 넣었다가 꺼냈다. 끝에 끈적끈적한 바셀린이 한 방울 대롱대롱 매달렸다. 루크의 눈에는 지저분한 농담의 결정적인 대목처럼 느껴졌다.

"보이지? 윤활제 듬뿍 발랐어. 전혀 아프지 않을 거다. 힘 빼고 내 양쪽 손이 모두 느껴지지 않으면 네 궁둥이의 순결은 지켜진 셈이라는 것만 기억해."

그는 허리를 숙여서 팔꿈치로 시트를 딛고 엉덩이를 내밀고 서 있는 루크의 뒤편으로 돌아갔다. 그는 독하고 퀴퀴한 자신의 땀 냄새를 느낄 수 있었다. 시설에서 이런 검사를 받은 아이가 그가 처음은 아니라는 사실을 상기하려고 애를 썼다. 그러자 조금 도움이 됐지만…… 아주 많이 되지는 않았다. 이 방에는 최첨단 장비가 가득한데, 이 남자는 최첨단과 가장 거리가 먼 방식으로 그의 체온을 재려고 하고 있었다. 이유가 뭘까?

나를 무너뜨리려고 그러는 거겠지. 루크는 생각했다. 나는 기니피그이고, 기니피그 상대로는 어떤 방식으로 데이터를 얻어도 상관없다는 걸 가르쳐 주려고 그러는 거겠지. 어쩌면 저들에게는 여기서 얻는 데이터가 필요 없을 수도 있었다. 그냥 네 똥꼬에 이걸 꽂을 수 있다면 또 뭘 꽂을 수 있을까?라고 묻는 것에 불과할 수도 있었다. 정답은 아무 거나 마음대로였다.

"긴장돼서 죽겠지?"

지크가 뒤에서 물었고 그 개자식은 웃고 있었다.

9

한세월처럼 느껴지는 체열이라는 굴욕이 끝나자 지크는 혈압을 재고 그의 손가락에 O2 모니터를 채우고 키와 몸무게를 쟀다. 루크의 목구멍과 콧속도 들여다보았다. 콧노래를 흥얼거리며 수치를 기록했다. 그 무렵 글래디스는 다시 방 안으로 들어와 데이지 꽃이 그려진 머그에 담긴 커피를 마시며 가짜 미소를 지었다.

"주사 맞을 시간이다, 루키보이. 말썽부리지 않을 거지?"

지크의 말에 루크는 고개를 끄덕였다. 방으로 돌아가 엉덩이에 묻은 바셀린을 닦고 싶은 생각밖에 없었다. 창피할 이유가 없는데 창피했다. 굴욕적이었다.

지크가 그에게 주사를 놓았다. 이번에는 뜨겁지 않았다. 이번에는 잠깐 살짝 아프고 그만이었다.

지크는 손목시계를 쳐다보고 입을 우물거리며 초를 셌다. 루크도 똑같이 초를 셌지만 입은 우물거리지 않았다. 30이 됐을 때 지크가 팔을 내렸다.

"속이 메스껍니?"

루크는 고개를 저었다.

"입 안에서 쇠 맛이 느껴지니?"

루크에게 느껴지는 것은 오렌지 주스의 남은 맛밖에 없었다.

"아뇨."

"오케이, 좋아. 이제 벽을 봐라. 점이 보이니? 점이 아니라 좀 더 큰 동그라미일 수도 있어."

루크는 고개를 저었다.

"친구야, 솔직히 얘기하는 거지?"

"네. 점도 안 보이고 동그라미도 안 보여요."

지크는 그의 눈을 몇 초 동안 들여다보았다.(루크는 그 안에서 점이 보이느냐고 물어보려다 참았다.) 그러다 허리를 펴고 요란하게 손바닥을 마주 비비더니 글래디스 쪽으로 고개를 돌렸다.

"됐어요, 애를 데리고 나가요. 에번스 박사가 오늘 오후에 눈 검사를 하겠다고 할 거예요, 4시에."

그는 영사기처럼 생긴 장비를 향해 손짓했다.

루크는 눈 검사가 뭐냐고 물어볼까 생각했지만 사실 관심이 없었다. 배가 고픈 걸 보면 그들이 무슨 짓을 하건 (아직까지는) 식욕에 아무 변화가 없는 듯한데, 뭘 먹는 것보다 먼저 씻고 싶었다. 그는 따먹힌 기분이었다. 지금 심정에 딱 맞는 표현은 그것밖에 없었다.

엘리베이터를 타고 올라가는 동안 글래디스가 물었다.

"어때, 뭐 그렇게 끔찍하진 않았지? 다들 아무것도 아닌 일에 호들갑이야."

루크는 그녀의 궁둥이였어도 아무것도 아닌 일에 호들갑이었겠느냐고 물을까 고민했다. 니키라면 그럴 수 있었을지 몰라도 그는 니키가 아니었다.

그녀가 점점 더 소름 끼치게 느껴지는 가짜 미소를 지었다.

"똑바로 처신하는 법을 배우고 있구나, 아주 훌륭해. 여기 토큰. 두 개야. 오늘은 선심을 쓰고 싶어서."

그는 토큰을 받았다.

나중에 그는 고개를 숙이고 머리칼 사이로 흐르는 물줄기를 맞으며 샤워기 아래에 서서 좀 더 울었다. 그와 헬렌 사이에는 적어도 한 가지 공통점이 있었다. 이 모든 게 꿈이길 바라는 것. 그의 침대에 대자로 누워 1층에서 흘러나오는 구운 베이컨 냄새를 맡으며 아침 햇살에 눈을 뜰 수만 있다면 어떤 거라도, 심지어 그의 영혼까지라도 바칠 수 있었다. 마침내 눈물이 마르자 서글픔과 상실감이 아니라 그보다 단단한 다른 감정이 느껴지기 시작했다. 지금까지 있는 줄도 몰랐던, 일종의 기반암이었다. 그런 게 있다는 사실을 알게 된 것이 위안이었다.

이건 꿈이 아니라 실제로 벌어지고 있는 일이었고 이제는 여기서 탈출하는 것만으로는 부족하게 느껴졌다. 그 단단한 것은 그 이상을 원했다. 식스비 부인에서부터 가식적인 미소를 짓는 글래디스와 미끈미끈한 항문 체온계로 무장한 지크에 이르기까지 아이들을 납치해 고문하는 일당을 폭로하고 싶어 했다. 삼손이 블레셋 사람들 위로 다곤 성을 무너뜨렸듯 이 시설을 그들 머리 위로 무너뜨리고 싶어 했다. 악에 받친 열두 살짜리의 무능력한 환상에 불과하다는 것을 알았지만 그래도 그러고 싶어 했고, 그럴 수 있다면 수단과 방법을 가리지 않겠다고 다짐했다.

아버지가 입버릇처럼 얘기했다시피 목표가 있다는 건 좋은 일이었다. 목표가 있으면 힘든 시기를 버틸 수 있었다.

10

식당에 가 보니 바닥을 걸레질하는 잡역부(이름표에 **프레드**라고 적혀 있었다.) 말고는 아무도 없었다. 점심을 먹기에는 아직 이른 시각이었지만 앞쪽 테이블에 오렌지, 사과, 포도, 바나나 두어 개가 담긴 과일 그릇이 있었다. 루크는 사과를 집고 자동판매기로 나가서 토큰 하나로 팝콘 한 봉지를 샀다. 챔피언의 아침이네. 그는 생각했다. 엄마가 알면 펄쩍 뛰게 생겼다.

그는 먹을거리를 들고 휴게실로 가서 놀이터를 내다보았다. 조지와 아이리스가 피크닉 테이블에 앉아서 체커를 두고 있었다. 에이버리는 트램펄린 위에서 조심스럽게 살살 뛰고 있었다. 니키나 헬렌은 코빼기도 보이지 않았다.

"그렇게 최악의 음식 조합은 처음 본다."

칼리샤의 목소리에 움찔하는 바람에 루크는 봉지에 든 팝콘을 바닥에 조금 쏟았다.

"뭐야, 간 떨어질 뻔했잖아."

"미안."

그녀는 쭈그리고 앉아서 떨어진 팝콘을 주워 자기 입에 넣었다.

루크가 물었다.

"바닥에 떨어진 걸 먹어? 보고도 믿기지가 않는다."

"5초의 법칙."

"영국에 있는 국립 보건원에 따르면 5초의 법칙은 근거가 없다고 했어. 완전 개뻥이라고."

"천재한테는 모든 사람들의 환상을 깨부수는 사명이 주어지니?"

"아니, 그게 아니라……."

그녀는 웃으며 일어섰다.

"놀리는 거야, 루크. 수두 환자가 너를 놀리는 거라고. 괜찮아?"

"응."

"항체 받았어?"

"응. 그 얘기는 하지 말자."

"알았어. 점심시간 될 때까지 크리비지 할래? 하는 법 모르면 내가 가르쳐줄게."

"하는 법 알지만 하고 싶지 않아. 잠깐 방에 가서 있을까 봐."

"네 상황을 곱씹으면서?"

"그 비슷한 걸 하면서. 점심시간에 보자."

"딩동이 울리면, 그때 만나기로. 기운 내, 꼬마 영웅. 하이파이브나 하자."

그녀가 손을 들자 엄지와 검지 사이에 끼어 있는 무언가가 보였다. 그는 하얀 손바닥을 그녀의 갈색 손바닥에 갖다 댔고 접은 쪽지는 그녀에게서 그에게로 옮겨졌다.

"이따 보자."

그녀는 놀이터로 향했다.

방으로 돌아간 루크는 침대에 누웠고 벽을 마주보도록 몸을 돌려 쪽지를 펼쳤다. 칼리샤의 글씨는 작고 아주 깔끔했다.

에이버리의 방 근처 제빙기 앞에서 모린을 만나. 되도록 빨리. 이건 변기에 버려.

그는 쪽지를 구겨서 화장실로 들고 갔고 바지를 내리는 동시에 쪽지를 변기 안으로 떨어뜨렸다. 스파이 놀이를 하는 어린애라도 된 듯 우스꽝스럽게 느껴졌지만 또 한편으로는 우스꽝스럽다는 생각이 전혀 들지 않았다. *배변의 방*만큼은 감시 카메라가 없다고 믿고 싶었지만 그럴 리 없었다.

제빙기. 어제 모린이 그에게 말을 걸었던 곳. 흥미로웠다. 칼리샤 말로는 앞 건물에서 오디오 감시가 잘 안 되거나 아예 안 되는 곳이 몇 군데 있다는데, 모린은 거기를 특별히 좋아하는 눈치였다. 어쩌면 거기에는 비디오 감시 장치가 없기 때문일 수도 있었다. 어쩌면 제빙기가 워낙 시끄러워서 가장 안전하게 느껴지는 곳일 수도 있었다. 그리고 어쩌면 그가 너무 근거 없는 추측을 하고 있는 것일 수도 있었다.

그는 모린을 만나기 전에 《스타 트리뷴》이나 접속해 볼까 하고 컴퓨터 앞에 앉았다. 그리핀 씨까지 띄웠다가 거기서 멈추었다. 진심으로 알고 싶을까? 이 개자식들이, 이 괴물들이 거짓말을 하고 있었고 그의 부모님은 죽었다는 것을? 《트리뷴》으로 들어가서 알아보는 것은 평생 모은 돈을 룰렛 한 판에 거는 거나 다름없었다.

그는 지금은 그럴 때가 아니라고 결론을 내렸다. 체열의 굴욕이 조금 지워진 다음이라면 모를까 지금은 아니었다. 그는 컴퓨터를 끄고 다른 동으로 갔다. 제빙기 근처에 모린은 없었지만 루크가 이제는 에이버리의 복도라고 간주하는 곳 중간에 빨래 카트가 세워져 있었고, 그녀가 빗방울 어쩌고 하며 노래를 부르는 소리가 들렸다. 노랫소리를 따라가 보니 그녀가 쫄쫄이 반바지를 입은 덩치들이 등장하는 WWF 포스터로 도배된 방의 시트를 갈고 있었다. 하나같이 못을 씹고 스테이플러 심을 뱉을 수 있겠다 싶을 만큼 인상이 험악했다.

"안녕하세요, 모린. 별일 없죠?"

"응. 허리가 살짝 아프긴 하지만 진통제 먹었어."

"좀 도와드릴까요?"

"말은 고맙다만 여기가 마지막 방이고 거의 다 끝났어. 여자아이 둘, 남자아이 하나야. 조만간 도착할 거고. 여기가 남자아이 방이야. 너도 알겠다만."

그녀는 포스터를 손짓하며 웃음을 터뜨렸다.

"얼음을 좀 가져갈까 했는데 방에 통이 없더라고요."

"쓰레기통 옆쪽 벽장에 보면 쌓여 있어."

그녀는 허리를 펴고 뒷목에 양손을 얹으며 얼굴을 찡그렸다. 그녀의 척추에서 으드득하는 소리가 들렸다.

"아우, 이제 좀 살겠네. 어디 있는지 가르쳐 줄게."

"번거롭지 않으시겠어요?"

"번거로울 게 뭐 있니. 가자. 내 카트 밀고 싶으면 밀어도 돼."

복도를 걸어가는 동안 루크는 모린의 문제점에 대해 조사한 것들을 떠올렸다. 어느 소름끼치는 통계가 유독 눈에 밟혔다. 미국인들이 진 빚이 12조 달러가 넘는다는 거였다. 다들 번 돈이 아니라 약정된 돈을 쓰고 있다는 뜻이었다. 회계사나 사랑할 법한 역설이었다. 채무의 상당 부분이 집과 사업장 담보 대출이었지만 너도나도 핸드백과 지갑에 넣어가지고 다니는 조그만 직사각형의 플라스틱으로 진 빚도 제법 많았다. 그것이 미국 소비자들의 옥시코돈 진통제였다.

모린은 제빙기 오른쪽에 있는 조그만 캐비닛을 열었다.

"네가 하나 꺼낼래? 나는 허리를 숙이기 좀 그래서. 어떤 생각 없는 인간이 통을 저 끝까지 밀어놨네."

루크는 손을 뻗었다. 그러는 동시에 조그맣게 중얼거렸다.

"아주머니가 신용카드 때문에 골머리를 앓고 있다고 칼리샤한테

들었어요. 해결할 방법을 알 것 같은데 아주머니의 소득 신고 주소
지가 어딘지에 따라 많은 게 달라져요."

"소득 신고……."

"어느 주에 사세요?"

"나는……."

그녀는 얼른 슬쩍 좌우를 둘러보았다.

"입소자들한테 개인적인 이야기를 하면 안 돼. 들키면 여기서 잘
릴 수 있어. 잘리는 정도로 끝나지 않을 수도 있고. 너를 믿어도 되
겠니, 루크?"

"아무한테도 얘기하지 않을게요."

"나는 버몬트 주에서 살아. 벌링턴에서. 외출 주간에 가는 곳이
거기야."

이걸 계기로 그녀 안에서 뭔가가 해방됐는지 계속 소곤거리며
봇물 터진 듯 줄줄이 이야기보따리를 풀어놓았다.

"퇴근하면 제일 먼저 해야 하는 일이 채무 변제 독촉 전화 기록
을 삭제하는 거야. 집에 가면 *거기* 전화기의 자동응답기에서 지우
고. 유선 전화 말이야. 자동응답기에 더이상 녹음이 되지 않으면 그
사람들이 우편함이나 문 밑으로 경고하고 협박하는 편지를 보내.
내 고물차를 언제든 끌고 갈 수 있다는데, 이제는 *집*을 회수하겠다
지 뭐니! 대출금 다 갚았거든, *그이* 도움 없이. 여기 취직하면서 받
은 계약금으로 담보 대출을 다 없앴고 내가 여기서 일을 하는 이유
도 그 *때문*인데, 그 사람들 손에 넘어가면 그 뭣인가 하는 것도 날
아가고……."

"자기 자본요."

루크가 조그맣게 속삭였다. 누렇게 떴던 그녀의 뺨이 빨개진 이유는 부끄러워서 그런 건지, 화가 나서 그런 건지 루크로서는 알 수 없었다.

"응, 그거. 그 사람들은 일단 집을 차지하면 모아놓은 돈도 내놓으라고 할 텐데 그 돈은 내가 쓸 거 아니야! 내가 쓸 거 아니지만 그래도 가져가겠지. 그 사람들 말로는 그래."

"아저씨 빚이 그렇게 많았어요?"

루크는 깜짝 놀랐다. 그가 돈 쓰는 기계였던 모양이었다.

"응!"

"조용히 얘기하세요. 버몬트면 다행이에요. 공동 재산법을 채택한 주거든요."

그는 한손에 플라스틱 통을 들고 다른 손으로 제빙기를 열었다.

"그게 뭔데?"

저들이 아주머니는 몰랐으면 하는 거요. 루크는 생각했다. 저들은 아주머니가 몰랐으면 하는 게 얼마나 많은지 몰라요. 끈끈이에 달라붙으면 거기 그대로 있어 주길 바라거든요. 그는 제빙기 안쪽에 있는 플라스틱 삽으로 얼음 덩어리를 부수는 척했다.

"아저씨가 쓴 카드들이 아저씨 명의였어요, 아니면 아주머니 명의였어요?"

"당연히 그이 명의였지만, 우리가 법적으로 아직 부부고 같은 계좌를 쓴다고 나더러 계속 갚으라고 해!"

루크는 플라스틱 통에 얼음을 뜨기 시작했지만…… 아주 느릿느

243

릿하게 움직였다.

"은행 측에서는 자기들이 그래도 된다고 하고 그 말이 맞는 것처럼 들리겠지만 아니에요. 버몬트에서는 그게 불법이에요. 대부분의 주에서 그래요. 아저씨가 아저씨 명의의 카드를 썼고 전표에 아저씨가 서명했다면 그건 *아저씨* 빚이에요."

"은행에서는 우리 빚이래! 우리가 공동으로 진 빚!"

"거짓말이에요."

루크는 엄숙하게 말했다.

"전화도 받았다고 하셨는데…… 저녁 8시 이후에 온 전화도 있었어요?"

그녀는 격한 속삭임 수준으로 언성을 낮추었다.

"장난하니? 오밤중에 전화할 때도 있어! '빚을 갚지 않으면 다음 주에 집을 차압하겠어요! 어느 날 나갔다 와 보면 잠금장치가 바뀌었고 가구가 마당에 나와 있을 거예요!' 하면서."

루크는 이뿐 아니라 이보다 더 악질적인 사연도 읽었다. 연로하신 부모님을 요양원에서 쫓아내겠다는 추심업자들의 협박. 아직 경제적인 견인이 필요한 젊은 아이들을 찾아가겠다는 협박. 자기들 몫을 챙기기 위해 수단과 방법을 가리지 않았다.

"아주머니가 집을 비울 때가 많아서 자동응답기로 넘어가니 다행이네요. 여기서 휴대전화는 못 쓰게 하죠?"

"그럼! 아우, 당연하지! 내 차에 넣고 문 잘 잠가놨어. 음…… 여기 말고 다른 데 세워놓은 차에. 예전에 한 번 번호를 바꿨는데 그 사람들이 새 번호를 알아냈더라. 무슨 수로 그랬을까?"

그야 식은 죽 먹기죠. 루크는 생각했다.

"그 사람들한테 온 전화 기록을 삭제하지 마세요. 저장해 두세요. 몇 시에 왔는지 찍힐 거잖아요. 추심업체에서 저녁 8시 이후에 고객(아주머니 같은 사람들을 고객이라고 지칭해요.)들한테 전화하는 건 불법이거든요."

그는 통을 비우고 아까보다 더 천천히 다시 얼음을 채우기 시작했다. 모린이 점점 희망이 차오르는 놀란 눈빛으로 그를 쳐다보고 있었지만 루크는 그런 줄도 잘 몰랐다. 문제에 몰입해 선을 자를 수 있는 중심점까지 그 선을 따라가고 있었다.

"변호사를 선임하셔야 해요. 케이블 TV에서 광고하는 대부업체는 쳐다볼 생각도 하지 마세요. 있는 대로 탈탈 털려서 파산 신청하게 되니까. 그러고 나면 신용 등급을 절대 회복할 수 없어요. 버몬트에서 공정 채권 추심법에 대해 잘 알고 그 흡혈귀들을 혐오하는 견실한 채무 구제 전문 변호사한테 도움을 받아야 해요. 제가 좀 알아보고 누가 좋을지 알려드릴게요."

"알아봐 줄 수 있겠니?"

"그럼요.(그 전에 컴퓨터를 뺏기지 않으면 가능했다.) 추심을 맡은 업체가 어디인지 변호사 측에서 알아내야 해요. 아주머니를 협박하고 한밤중에 전화하는 사람들이 어디 소속인지 말이에요. 은행이나 신용카드 회사에서는 자기들이 어느 대행업체를 쓰는지 밝히지 않으려고 하지만 공정 채권 추심법이 폐지되지 않는 한(워싱턴에서 유력한 인물들이 폐지하려고 힘을 쓰고 있긴 해요.) 실력 있는 변호사라면 그들을 압박해 이름을 알아낼 수 있어요. 아주머니한테 전화하는 사람들은 계속 선을 넘고 있어요. 그들은 불법 텔레마케팅 사무실에서 일하는 쓰레기예요."

여기서 일하는 쓰레기들과 별반 다를 게 없지. 루크는 생각했다.

"불법 텔레마케팅이 뭐……."

얘기가 너무 길어지고 있었다.

"모르셔도 돼요. 실력 좋은 채무 구제 변호사라면 아주머니의 자동응답기 테이프를 들고 은행으로 찾아가서 둘 중 하나를 선택하라고 할 거예요. 빚을 탕감할 건지 아니면 불법 상행위로 재판을 받을 건지. 은행들은 재판을 받고 그들이 스코세이지 영화에 나오는 폭력배와 다를 바 없는 사람들을 고용했다고 소문이 나는 걸 질색하거든요."

"내가 빚을 갚을 필요가 없단 말이지?"

모린은 멍한 표정이었다.

그는 지쳐 보이고 너무 창백한 그녀의 얼굴을 똑바로 쳐다보았다.

"아주머니가 뭐 잘못한 거 있어요?"

그녀는 고개를 저었다.

"하지만 금액이 너무 어마어마해. 그이가 올바니의 자기 집에 가구를 들여놓고, 스테레오와 컴퓨터와 평면 TV를 사고, 예쁘장한 아가씨를 사귀어서 선물을 안기고, 카지노를 들락거리고, 이런 생활을 몇 년 동안 계속했거든. 나는 바보처럼 그이를 믿고 있다가 너무 늦게 알아차렸어."

"아직 늦지 않았어요. 저는……."

"안녕, 루크."

루크가 화들짝 놀라며 고개를 돌려보니 에이버리 딕슨이었다.

"안녕. 트램펄린은 어땠어?"

"재밌었어. 그러다 재미없어졌어. 그거 알아? 나 주사 맞았는데 안 울었다?"

"잘했네."

"점심시간까지 휴게실에서 텔레비전 볼래? 아이리스 말로는 니켈로디언 채널이 있다던데. 「스펀지밥」이랑 「로봇 발명왕 러스티」랑 「링컨의 집에서 살아남기」랑."

"지금은 안 돼. 하지만 너는 가서 실컷 봐."

루크가 말하자 에이버리는 두 사람을 잠깐 더 빤히 쳐다보다가 복도를 따라 멀어졌다. 그가 사라지자 루크는 모린을 돌아보았다.

"아직 늦지 않았어요. 저는 그렇게 생각해요. 하지만 얼른 움직여야 해요. 내일 여기서 만나요. 변호사를 찾아놓을게요. 실력 있는 사람으로. 실적이 좋은 사람으로. 약속해요."

"이건…… 아들, 너무 좋아서 믿기지가 않는다."

그는 그녀가 아들이라고 불러 줘서 좋았다. 마음이 따뜻해졌다. 바보 같은 반응일지 몰라도 그랬다.

"믿으세요. 그 사람들이 아주머니한테 하려는 짓이야말로 너무 악독해서 믿기지가 않죠. 이제 정말 가 봐야겠어요. 점심시간이 거의 다 됐어요."

"이 은혜 잊지 않을게."

그녀는 말하고 그의 손을 쥐었다.

"네가 만약……."

복도 저쪽 끝에 달린 문이 쾅 하고 열렸다. 루크는 관리인 두 명이, 그중에서도 못된 두 명(어쩌면 토니와 지크)이 그를 잡으러 오는게 분명하다는 생각이 퍼뜩 들었다. 그를 어딘가로 데려가 모린과 무슨 얘기를 했느냐고 추궁할 테고 그가 당장 대답하지 않으면 '고도의 심문 기술'을 동원해 모든 것을 실토하게 만들 것이었다. 그는 위기에 처했지만 모린의 위기가 더 심각할 수 있었다.

"긴장할 것 없어, 루크. 그냥 오늘 새로 들어온 애들이야."

모린이 말했다.

분홍색 옷을 입은 관리인 세 명이 문을 지나서 들어왔다. 그들은 바퀴 달린 들것을 줄줄이 끌고 있었다. 첫 번째와 두 번째 들것에는 잠든 여자아이들이 누워 있는데, 둘 다 금발이었다. 세 번째에는 거구의 빨간 머리 남자아이가 누워 있었다. 아마도 WWF 팬이 그 아이일 것이었다. 전부 잠을 자고 있었다. 들것이 점점 가까워지자 루크가 말했다.

"우와, 여자애 둘이 쌍둥이인가 봐요! 그것도 일란성!"

"맞아. 이름은 거다하고 그레타야. 이제 가서 뭐 좀 먹어라. 나는 저 사람들이 새로 온 아이들 배치하는 걸 도와야 해."

11

에이버리는 휴게실 의자에 앉아서 발을 대롱거리고 슬림 짐(길쭉한 모양의 육포 비슷한 과자―옮긴이)을 먹으며 비키니 바텀(『스펀지밥』의 무대다―옮긴이)에서 어떤 일이 벌어지는지 시청하고 있었다.

"주사 맞았을 때 울지 않아서 토큰 두 개 받았어."

"잘됐네."

"가지고 싶으면 남은 거 줄까?"

"아냐, 괜찮아. 뒀다가 나중에 써."

"알았어. 「스펀지밥」도 재밌지만 집에 갔으면 좋겠다."

에이버리는 훌쩍이거나 울고불고 난리를 부리지 않았지만 눈가에서 눈물이 흘러나오기 시작했다.

"응, 나도. 저쪽으로 바짝 붙어 봐."

에이버리가 저쪽으로 바짝 붙자 루크는 그 옆에 앉았다. 한쪽 팔로 에이버리의 어깨를 감싸고 살짝 안아 주었다. 에이버리가 루크의 어깨에 머리를 기대자 그는 뭐라 설명할 수 없는 방식으로 가슴이 뭉클했고 그도 살짝 울고 싶어졌다.

에이버리가 말했다.

"있잖아, 모린한테는 아이가 있어."

"그래? 그렇게 생각해?"

"그렇다니까. 쪼끄맸었는데 지금은 컸어. 심지어 니키보다 더 나이가 많아."

"아하, 그렇구나."

"아이가 있다는 건 비밀이야. 모린은 그 아들을 위해서 돈을 모으고 있어."

에이버리는 패트릭이 크랩스 씨와 툭탁거리고 있는 화면에서 시선을 떼지 않았다.

"진짜? 너는 그걸 무슨 수로 알았어?

에이버리는 그를 쳐다보았다.

"그냥 알아. 형 제일 친한 친구가 롤프고 형은 윌더스무치 길에 산다는 걸 아는 것처럼."

루크는 입을 떡 벌리고 그를 쳐다보았다.

"맙소사, 에이버리."

"나 실력 좋지?"

그러고는 눈물 자국이 뺨에 남은 채로 에이버리는 키득거렸다.

12

점심을 먹고 났을 때 조지가 3 대 3 배드민턴 시합을 하자고 했다. 그와 니키와 헬렌이 한 편, 루크와 칼리샤와 아이리스가 한 편이었다. 조지는 심지어 니키 팀에서 에이버리를 보너스로 데려가겠다고 했다.

"보너스가 아니잖아, 불이익이지."

헬렌은 말하고 그녀를 에워싼 깔따구 구름을 향해 손을 저었다.

"불이익이 뭔데?"

에이버리가 묻자 헬렌이 말했다.

"궁금하면 내 생각을 읽어 보든지. 그리고 배드민턴은 테니스 칠 줄 모르는 계집애들이나 치는 거야."

"너 참 유쾌한 친구다."

칼리샤가 말했다.

헬렌은 피크닉 테이블과 게임 보관장 쪽으로 걸어가며 뒤를 돌아보지 않고 어깨 너머로 가운뎃손가락을 들어 보였다. 그러고는 그 손가락을 흔들었다. 아이리스는 니키와 조지가 한 팀, 루크와 칼리샤가 한 팀을 먹으라고 했다. 자기는 사이드라인 심판을 보겠다고 했다. 에이버리가 자기도 돕겠다고 했다. 다들 그녀의 의견에 선뜻 동의했고 경기가 시작됐다. 점수가 10점 동점이었을 때 휴게실 문이 쾅 소리와 함께 열리고 신입이 어찌어찌 거의 일직선으로 걸어나왔다. 몸 속에 들어간 뭔지 모를 약 때문에 멍한 표정이었다. 그런가 하면 열 받은 표정이기도 했다. 루크가 보기에 키는 182센티미터, 나이는 열여섯 살쯤 되는 것 같았다. 배가 상당히 불룩했지만(어른이 되면 맥주 배로 발전할 밤 배였다.) 까맣게 탄 두 팔은 근육질로 단단했고 리프팅 운동을 해서 그런지 승모근이 어마어마했다. 뺨에는 주근깨와 여드름이 흩뿌려져 있었다. 눈은 불그스름했고 짜증난 눈빛을 짓고 있었다. 빨간 머리는 자다 일어나서 추레하게 위로 뻗쳤다. 그들은 모두 하던 일을 멈추고 그를 뜯어보았다.

칼리샤는 교도소 운동장으로 나온 재소자처럼 입술을 움직이지 않고 속삭였다.

"근육 괴물이다."

신입은 트램펄린 옆에서 걸음을 멈추고 다른 아이들을 살폈다. 영어를 거의 모르는 원시인을 상대하듯 사이를 띄어 가며 천천히 말했다. 남부 억양이었다.

"이게…… 씨발…… 무슨 일이지?"

에이버리가 종종걸음으로 다가갔다.

"여기는 시설이라는 데야. 안녕, 나는 에이버리라고 해. 형 이름은……."

신입은 에이버리의 턱에 손바닥의 두툼한 부분을 대고 밀쳤다. 세게 밀친 것도 아니고 아무 생각 없이 밀친 것에 가까웠지만 에이버리는 트램펄린을 에두른 쿠션 위로 벌러덩 넘어져 놀란 눈으로 신입을 올려다보았다. 신입은 그는 물론이고 배드민턴을 치던 아이들도, 아이리스도, 혼자 솔리테어를 하다 멈춘 헬렌도 안중에 없었다. 혼잣말을 하는 눈치였다.

"이게…… 씨발…… 무슨 일이냐고."

그는 짜증 섞인 손짓으로 벌레를 쫓았다. 맨 처음 놀이터로 나왔을 때 루크가 그랬던 것처럼 벌레 퇴치제를 전혀 바르지 않은 것이었다. 깔따구들이 떼를 지어 다니는 정도가 아니라 아예 그를 덮쳐 땀 맛을 보았다.

니키가 말했다.

"어이. 에이버스터를 그런 식으로 넘어뜨리면 쓰나. 너한테 인사하려고 했던 건데."

신입이 드디어 일말의 관심을 보이며 닉을 돌아보았다.

"넌…… 씨발…… 뭐야?"

"닉 윌홀름. 에이버리 일으켜 줘."

"뭐?"

닉은 꾹 참는 표정을 지었다.

"네가 그 아이를 쓰러뜨렸으니까 네가 일으켜 줘야지."

"내가 할게."

칼리샤가 말하고 얼른 트램펄린으로 갔다. 그녀가 에이버리의 팔을 잡으려고 허리를 숙이자 신입이 이번에는 *그녀를* 밀쳤다. 그녀는 스프링으로 된 부분을 비껴 자갈 위로 벌러덩 넘어져 한쪽 무릎을 쓸렸다.

닉이 배드민턴 라켓을 떨어뜨리고 신입에게로 다가갔다. 그는 허리춤에 손을 얹었다.

"이제 저 둘을 일으켜 줘. 네 머릿속이 미친 듯이 혼란스러운 건 알지만 그건 이유가 될 수 없어."

"싫다면 어쩔 건데?"

니키는 미소를 지었다.

"그럼 내가 조져 줘야지, 돼지야."

헬렌 심스는 피크닉테이블에서 흥미롭게 지켜보았다. 조지는 좀 더 안전한 곳으로 자리를 옮기기로 결심한 눈치였다. 신입을 멀찍이 피해 휴게실 문 쪽으로 걸어갔다.

칼리샤가 니키에게 말했다.

"쟤가 재수 없게 굴든 말든 신경 쓰지 마. 우리 괜찮아. 그치, 에이버리?"

그녀는 그를 일으켜 세우고 뒷걸음질치기 시작했다.

"그럼, 당연하지."

에이버리는 이렇게 말했지만 통통한 뺨 위로 또다시 눈물이 쏟아지고 있었다.

"지금 누구더러 재수 없다는 거냐, 잡년아?"

"너겠네. 여기에 재수 없는 새끼는 너밖에 없으니까."

닉이 말하며 신입 앞으로 한 발 다가갔다. 루크는 선명한 대조에 넋을 잃었다. 신입이 나무망치라면 니키는 검이었다.

"사과해라."

"좆까. 사과는 엿이나 바꿔 먹어. 여기가 어딘지는 모르겠지만 계속 있을 생각 없거든. 내 앞에서 비켜라."

"넌 아무 데도 못 가. 한참 동안 여기 있게 될 거다, 우리처럼."

니키는 입을 다문 채로 미소를 지었다.

"그만해, 둘 다."

칼리샤가 말했다. 그녀는 한 팔로 에이버리의 어깨를 감싸안고 있었고 루크는 독심술의 대가가 아니라도 그녀가 무슨 생각을 하는지 알 수 있었다. 그도 같은 생각을 하고 있었기 때문이었다. 신입은 니키보다 몸무게가 최소 25킬로그램, 어쩌면 35킬로그램 더 나갔고 뱃살이 어마어마하긴 해도 팔이 석판이었다.

신입이 말했다.

"마지막 경고다. 비켜, 안 그러면 내가 씨발, 발라버린다."

조지는 안으로 들어가려다 생각을 바꾼 모양이었다. 이제 신입의 뒤편이 아니라 한쪽 옆으로 갔던 길을 되짚어 왔다. 그의 뒤편으로 다가간 아이는 헬렌이었다. 루크가 감탄해 마지않았던 것처럼 엉덩이를 살짝 살랑거리며 느긋하게 다가갔다. 살포시 미소까지 지었다.

조지는 집중하느라 얼굴이 일그러졌다. 입술을 굳게 다물고 이마를 찡그렸다. 두 남자아이 주변을 맴돌던 깔따구들이 보이지 않는 바람이라도 분 것처럼 갑자기 한데 뭉쳐 신입을 향해 돌진했다. 그는 눈 쪽으로 한 손을 들어 벌레들을 향해 저었다. 헬렌이 그의 뒤에서 무릎을 꿇고 앉았고 니키가 그를 밀쳤다. 신입은 자갈과 아스팔트 위에 반씩 걸쳐진 채 벌러덩 넘어졌다.

헬렌은 벌떡 일어나 깡충거리며 웃고 손가락질했다.

"얼레리꼴레리, 얼레리꼴레리, 꼴좋다, 이 돼지야!"

신입은 화가 나서 고함을 지르며 일어나려고 했다. 하지만 그가 일어나기 전에 닉이 앞으로 다가가 그의 허벅지를 발로 찼다. 세게 걷어찼다. 신입은 비명을 지르며 다리를 잡고 두 무릎을 가슴으로 끌어당겼다.

"어우, 그만해! 이러지 않아도 골치 아픈 문제는 충분하지 않아?"

아이리스가 외쳤다. 예전의 루크였다면 동의했을지 몰랐다. 하지만 새로운 루크는, 이 시설에서의 루크는 그렇지 않았다.

"쟤가 먼저 시작했잖아. 그리고 이럴 필요가 있을지도 몰라."

"두고 봐! 전부 두고 보자, 이 비겁한 새끼들아!"

신입이 흐느꼈다. 그의 얼굴이 불안하게 검붉은 색으로 변했다. 루크는 열여섯 살짜리도 과체중이면 뇌졸중이 오는지 궁금해졌지만 그러거나 말거나 관심 없었다. 섬뜩했지만 진심이었다.

니키가 한쪽 무릎을 꿇고 앉았다.

"두고 보긴 뭘 두고 보냐. 이제 내 말 잘 들어라, 뚱실아. 우리는 네 적이 아니야. *저들이* 네 적이지."

루크가 고개를 돌려보니 세 명의 관리인이 어깨를 맞대고 휴게실 안쪽 문 바로 앞에 서 있었다. 조, 하다드 그리고 글래디스였다.

하다드는 더이상 서글서글해 보이지 않았고 글래디스의 가짜 미소
도 자취를 감추었다. 세 사람 모두 철사가 꽂힌 검은색 장치를 들고
있었다. 아직은 움직이지 않았지만 언제든 그럴 태세를 갖추고 있
었다. 실험용 동물들끼리 서로 해치도록 방치하면 안 되거든. 루크
는 생각했다. 그러면 안 되지. 실험용 동물이 얼마나 귀한데.

니키가 말했다.

"이 새끼 같이 일으키자, 루크."

루크는 신입의 한쪽 팔을 잡아서 그의 목에 둘렀다. 니키도 다른
쪽 팔을 그의 목에 둘렀다. 신입의 피부는 뜨끈하고 땀으로 미끈거
렸다. 이를 악물고 숨을 헐떡였다. 루크와 니키가 힘을 합쳐서 그를
일으켜 세웠다.

"니키? 아무 문제 없는 거지? 난장판 끝났지?"

조가 외쳤다.

"다 끝났어요."

니키가 말했다.

"그래야지."

하다드가 말했다. 그와 글래디스는 다시 안으로 들어갔다. 조는
검은색 장치를 들고 계속 그 자리에 서 있었다.

"우리 전혀 아무 문제 없어요. 사실 난장판도 아니었어요, 살
짝⋯⋯."

칼리샤가 말했다.

"의견 충돌이 있었어요. 눈곱만큼 살짝."

헬렌이 말했다.

"쟤가 악의가 있었던 건 아니야. 그냥 불안했던 거지."

아이리스가 말했다.

루크는 진심으로 다정하게 느껴지는 아이리스의 말투를 듣고 나자 니키가 신입의 다리를 찼을 때 뛸 듯이 기뻐했던 자신이 조금 부끄러워졌다.

"토할 것 같아."

신입이 선포했다.

"트램펄린 위에다가는 하지 마. 그건 우리가 쓰는 물건이니까. 가자, 루크. 철책 앞으로 얘를 데려가자."

니키가 말했다.

신입이 어마어마한 뱃살을 들썩이며 욱, 욱 하는 소리를 내기 시작했다. 루크와 니키는 놀이터와 숲을 가르는 철책 쪽으로 그를 데려갔다. 그 앞에 도착하자마자 신입은 다이아몬드 모양의 철책에 머리를 대고 그 사이로 밖에서 신입이 아니라 자유인이었던 시절에 먹은 것을 게웠다.

"우웩. 누구누구 크림 콘 먹었네. 메스꺼워라."

헬렌이 말했다.

"이제 좀 괜찮냐?"

니키가 물었다.

신입은 고개를 끄덕였다.

"다했어?"

신입은 고개를 젓고 다시 토악질을 했다. 이번에는 좀 전보다 기운이 없었다.

"나 아무래도……."

그가 헛기침을 하자 토사물이 좀 더 뿜어져 나왔다. 니키가 자기 뺨을 닦으며 말했다.

"뭐냐. 네 샤워실에서 수건 제공해 주는 거지?"

"나 아무래도 기절할 것 같아."

"아니야. 여기 이 그늘로 와."

루크는 말했다. 확신은 없었지만 그래도 긍정적인 태도를 유지하는 것이 최선일 듯했다.

그들은 신입을 피크닉테이블로 옮겼다. 칼리샤가 그의 옆에 앉아서 고개를 숙이라고 했다. 신입은 군소리 없이 그녀가 시키는 대로 했다.

"이름이 뭐냐?"

니키가 물었다.

"해리 크로스. 셀마에서 왔어. 앨라배마 주에 있는. 내가 어쩌다 여기에 왔는지, 무슨 일인지 즈녀 모르겠어."

그는 이제 더는 시비조가 아니었다. 지치고 얌전한 말투였다.

"우리가 몇 가지 알려줄 수는 있어. 하지만 헛짓거리는 집어치워. 똑바로 처신하고. 우리끼리 서로 싸우지 않아도 여긴 충분히 끔찍하거든."

루크가 말했다.

"그리고 먼저 에이버리한테 사과해. 그게 똑바로 처신하는 첫걸음이야."

조지가 말했다. 이제는 오락부장 분위기가 전혀 없었다.

"괜찮아. 다치지도 않았는걸."

에이버리가 말했다.

칼리샤는 아랑곳하지 않았다.

"사과해."

해리 크로스는 고개를 들었다. 새빨개진 수더분한 얼굴을 한손
으로 훔쳤다.

"넘어뜨려서 미안하다, 꼬맹아. 됐어?"

그는 다른 아이들을 둘러보았다.

"아직 하나 남았어. 쟤한테도 해야지."

루크는 칼리샤를 가리켰다.

해리는 한숨을 쉬었다.

"미안, 이름이 뭔지 모르겠지만."

"칼리샤야. 좀 더 친해지면, 지금으로서는 그럴 가능성이 많지 않
아 보이지만, 샤라고 불러도 돼."

"친구라고 부르지만 마."

루크가 말했다. 조지가 웃음을 터뜨리고 그의 등을 쳤다.

"알았어."

해리는 중얼거렸다. 그는 턱에서 다른 뭔가를 또 닦았다.

"이제 흥분도 가라앉았고 하니 하던 배드민턴 경기나……."

니키가 말했다.

"안녕, 얘들아. 이쪽으로 건너올래?"

아이리스가 말했다.

루크는 좌우를 두리번거렸다. 조는 가고 없었다. 그가 있던 자리

에 이제는 금발의 조그만 여자아이 둘이 서 있었다. 손을 잡고서 똑같이 멍하니 경악한 표정을 짓고 있었다. 모든 게 똑같은데 티셔츠만 한쪽은 초록색, 다른 쪽은 빨간색이었다. 루크는 닥터 수스(독특한 운율로 유명한 동화 작가—옮긴이)를 떠올렸다. 1번과 2번.

칼리샤가 말했다.

"건너와. 괜찮아. 시끄러운 일 끝났어."

그 말이 사실이면 얼마나 좋을까. 루크는 생각했다.

13

그날 오후 4시 15분에 루크는 방에서 공정 채권 추심법을 잘 아는 버몬트 주 변호사에 대해 좀 더 알아보고 있었다. 아직까지는 여기에 대해 관심을 보이는 이유를 묻는 사람이 아무도 없었다. H. G. 웰스의 투명인간에 대해 묻는 사람도 없었다. 루크는 테스트 비슷한 걸 통해 그들이 그를 감시하고 있는지 알아볼 수도 있겠다고 생각했다가(자살하는 법을 검색하면 되지 않을까 싶었다.) 미친 짓이라는 결론을 내렸다. 잠자는 사자의 코털을 굳이 건드릴 이유가 없었다. 그리고 알아낸들 현재 상황에서 별로 달라지는 것도 없을 테니 차라리 모르는 편이 나을지 몰랐다.

누군가가 문을 기운차게 두드리는 소리가 들렸다. 그가 들어오라고 외칠 겨를도 없이 문이 열렸다. 관리인이었다. 키가 작고 까만 머리의 여자인데 분홍색 상의에 달린 이름표에는 **프리실라**라고 적혀 있었다.

"눈 검사죠?"

루크는 물으며 노트북을 껐다.

"맞아. 가자."

그녀는 미소를 짓지도 명랑하게 조잘거리지도 않았다. 루크는 글래디스를 겪은 뒤라 그 부분에서 안도감을 느꼈다.

그들은 다시 엘리베이터를 타고 C층으로 내려갔다.

"여기는 지하 몇 층까지 있어요?"

루크가 묻자 프리실라는 그를 흘끗 쳐다보았다.

"알 거 없어."

"저는 그냥⋯⋯."

"아니, 됐어. 입 다물고 있어."

루크는 입을 다물었다.

예전의 그 C-17호실로 다시 들어가 보니 지크 대신 이름표에 **브랜든**이라고 적힌 기술자가 있었다. 양복을 입은 두 명의 남자도 있었는데 한 명은 아이패드를, 다른 한 명은 클립보드를 들고 있었다. 그들이 이름표를 달지 않은 것을 보고 루크는 의사인가 보다고 짐작했다. 한 명은 키가 어마어마하게 컸고 해리 크로스도 잽이 안 될 만큼 배가 나왔다. 그가 앞으로 나와서 손을 내밀었다.

"안녕, 루크. 나는 의료 본부장 헨드릭스 박사다."

루크는 악수하고 싶은 마음이 전혀 없었기 때문에 그가 내민 손을 그냥 쳐다보기만 했다. 그는 온갖 새로운 행태를 습득하고 있었다. 흥미롭긴 하되 섬뜩하게 흥미로운 현상이었다.

헨드릭스 박사는 숨을 내쉬는 동시에 들이마시며 당나귀 비슷하게 희한한 웃음소리를 냈다.

"괜찮다, 전혀 괜찮아. 이쪽은 안과 본부를 맡고 있는 에번스 박사다."

그가 또 숨을 내쉬고 들이마시며 당나귀 소리를 내자 루크는 안과 본부라는 것이 의사들만 아는 유머인가 보다고 넘겨짚었다.

키가 작고 지저분하게 코밑 수염을 기른 에번스 박사는 그 농담에 웃기는커녕 미소조차 짓지 않았다. 악수를 청하지도 않았다.

"네가 새로 온 아이 중 한 명이구나. 반갑다. 앉아라."

루크는 그가 시킨 대로 했다. 의자에 앉는 것이 알궁둥이를 내민 채 허리를 숙이고 있는 것보다 나았다. 게다가 그는 이게 뭔지 안다고 자신했다. 전에도 안과 검사를 받아 본 적이 있었다. 영화에서는 공부밖에 모르는 천재가 항상 두툼한 안경을 쓰고 다녔지만 루크의 시력은 아직까지 2.0/2.0이었다. 하지만 헨드릭스가 주사기를 들고 다가왔다. 그걸 보고 다소 마음 편하게 앉아 있던 그의 심장이 철렁 내려앉았다.

"걱정 마라, 그냥 또 따끔하고 그만이야. 군대에서처럼 맞는 주사가 많지."

헨드릭스가 뻐드렁니를 보이며 다시 당나귀 소리를 냈다.

"그렇죠. 저는 징집된 아이니까요."

루크가 말했다.

"맞아, 절대적으로 맞아. 이제 가만히 있어라."

루크는 얌전히 주사를 맞았다. 열감이 확 느껴지지 않았지만 다른 현상이 시작됐다. 그보다 끔찍한 현상이었다. 프리실라가 밴드를 붙이려고 허리를 숙인 순간부터 그는 숨이 막히기 시작했다.

"침을……."

삼킬 수가 없어요라고 말하고 싶었지만 할 수가 없었다. 목구멍이 막혀 버렸다.

"걱정 마라. 조금 있으면 괜찮아질 거야."

헨드릭스가 말했다. 그렇다면 다행이지만 다른 의사가 튜브를 들고 다가왔다. 필요한 경우 그걸 루크의 목구멍 속에 집어넣으려는 게 분명했다.

"잠깐 기다려 봐."

루크는 침을 질질 흘리고 눈을 감기 전에 마지막으로 마주한 광경이 그들의 얼굴이겠다는 생각을 하며 절망한 눈빛으로 그들을 바라보았지만…… 잠시 후에 목구멍이 풀렸다. 그는 후 하고 큰 숨을 토했다.

"내 말 맞지? 이제 괜찮아. 짐, 삽관할 필요 없겠어."

헨드릭스가 말했다.

"나한테…… 나한테 무슨 짓을 한 거예요?"

"아무 짓도 하지 않았어. 걱정할 거 전혀 없다."

에번스 박사는 플라스틱 튜브를 브랜든에게 건네고 헨드릭스가 섰던 자리에 섰다. 루크의 눈에 불을 비춰보고 조그만 자를 꺼내 두 눈 사이의 거리를 쟀다.

"교정용 렌즈 끼지 않았지?"

"이게 무슨 검사인지 알아야겠어요! 아까 숨을 쉴 수가 없었어요! 침을 삼킬 수도 없었다고요!"

"걱정할 거 전혀 없어. 이제는 침을 잘 삼킬 수 있잖니. 안색도 정상으로 돌아오고 있고. 자, 교정용 렌즈 꼈니, 안 꼈니?"

에번스가 말했다.

"안 꼈어요."

루크는 말했다.

"다행이다. 다행이야. 이제 앞을 똑바로 쳐다봐라."

루크는 벽을 쳐다보았다. 숨 쉬는 법을 잊어버린 듯했던 기분은 사라지고 없었다. 브랜든은 하얀색 스크린을 내리고 조도를 낮추었다.

"계속 앞을 보고 있어라. 눈을 한 번 다른 데로 돌리면 브랜든이 네 뺨을 때릴 거야. 두 번 다른 데로 돌리면 전기 충격을 줄 거고. 전압은 약해도 엄청 고통스럽게. 알겠니?"

에번스 박사가 말했다.

"네."

루크는 말했다. 그는 침을 삼켰다. 괜찮았고 목구멍이 전과 다를 것 없이 느껴졌지만 심장이 여전히 두 배로 빠르게 뛰었다.

"전미의사협회에서도 여기에 대해서 알아요?"

"입 다물어."

브랜든이 말했다.

입을 다무는 게 여기에서는 기본 자세인 모양이네. 루크는 생각했다. 그는 가장 끔찍한 단계는 지났다고, 이제 눈 검사만 받으면 된다고, 다른 아이들도 무사히 검사를 받았다고 속으로 중얼거렸지만 계속 침을 삼키며 아무 문제 없는지 확인했다. 이들이 시력 검사표를 꺼내면 그가 읽을 테고 검사는 끝날 것이었다.

"앞만 똑바로. 스크린만 계속 보고 있어라."

에번스는 거의 흥얼거리다시피 말했다.

음악이 시작됐다. 클래식 바이올린 연주였다. 이걸 들으면서 진정하라는 거겠지. 루크는 짐작했다.

"프리스, 영사기 켜."

에번스가 말했다.

시력검사표 대신 스크린 한복판에 파란색 점이 등장했는데 심장이라도 달린 듯 살짝 펄떡거렸다. 빨간색 점이 그 바로 아래로 보이자 그는 HAL을 떠올렸다. "미안해요, 데이브." 그 다음은 초록색 점이었다. 빨간색과 초록색 점이 파란색 점과 함께 펄떡이다가 세 점이 모두 깜빡거리기 시작했다. 다른 점들도 처음에는 하나씩, 그다음에는 두 개씩, 그다음에는 열두 개씩 등장했다. 이내 스크린이 알록달록하게 깜빡이는 수백 개의 점으로 뒤덮였다.

"스크린을 보고 있어라. *스크리이이인*. 다른 데는 말고."

에번스가 흥얼거렸다.

"저 혼자서는 점을 보지 못하면 이렇게 화면 위로 점을 띄우는 거예요? 마중물을 붓듯이? 그래도⋯⋯."

"입 다물어."

이번에는 프리실라였다.

이제 점들이 빙글빙글 돌기 시작했다. 어떤 점들은 나선형으로 소용돌이치고, 또 어떤 점들은 한데 뭉뚱그려지고, 또 다른 점들은 원을 이뤄 위아래로 오르내리고 십자로 교차하며 서로 미친 듯이 쫓고 또 쫓았다. 바이올린들도 속도를 높이자 가벼운 클래식이 경쾌한 무곡 비슷한 것으로 바뀌었다. 점들은 이제 그냥 움직이는 것이 아니라 전기 회로가 터져서 망가진 타임스 광장의 광고판이 되었다. 루크는 *그가* 망가질 것 같은 기분이 들기 시작했다. 그는 철책 너머로 토악질을 했던 해리 크로스를 떠올리며 생각했다. 미친 듯이 내달리는 알록달록한 점들을 계속 보고 있었다가는 그도 같은 신세가 될 텐데 그러기는 싫은 게 토악질을 했다가는 무릎 위로 쏟아질 거라…….

브랜든이 그의 뺨을 세게 때렸다. 가까우면서도 먼 곳에서 조그만 폭죽이 터지는 듯한 소리가 났다.

"스크린 보고 있어라, 친구."

뜨끈한 뭔가가 그의 위 입술을 타고 흘렀다. 이 새끼가 뺨 말고 코까지 때렸네. 루크는 생각했지만 그건 중요한 문제가 아니었다. 빙글빙글 소용돌이치는 점들이 그의 머릿속으로 들어와 뇌염 아니면 뇌수막염처럼 그의 뇌를 공격했다. 아무튼 무슨 병균 같았다.

"좋아, 프리스, 스위치 꺼."

에번스가 말했지만 그녀가 그의 말을 듣지 못했는지 점들이 사라지지 않았다. 꽃을 피웠다가 쪼그라드는데, 꽃이 점점 더 커졌다. *피유* 하고 펼쳐졌다가 *탁* 하고 접히고 *피휴* 했다가 *탁* 했다. 이제는 3D로 변해 스크린에서 뛰쳐나와 그를 향해 달려들었다가 뒤로 날아갔다가 앞으로 날아왔다가 또다시…….

브랜든이 프리실라를 두고 뭐라고 얘기하는 것 같았지만 환청일 수밖에 없었다. 누가 비명을 지르고 있는 건 진짜였을까? 그렇다면 그가 지르는 비명이었을까?

"잘한다, 루크. 그렇지, 잘하고 있어."

에번스의 목소리가 멀리서 웅웅거렸다. 저 높은 성층권에서 웅웅거렸다. 아니면 달의 저편에서 웅웅거렸다.

알록달록한 점들이 더 많아졌다. 이제는 스크린 위에만 있는 게 아니라 벽 위에도 있었고 천장 위에서, 온 사방에서, 루크의 안에서 소용돌이쳤다. 루크는 기절하기 몇 초 전에 그것들이 뇌를 *대체*하고 있다는 생각을 했다. 손이 빛의 점들 사이로 솟구치자 점들이 피부 위에서 춤을 추고 달음박질을 하는 것이 보였고 자신의 몸이 의자 위에서 좌우로 몸부림치는 것이 느껴졌다.

발작이 났어요, 당신들 때문에 내가 죽게 생겼다고요. 그렇게 말하고 싶었지만 입 밖으로 꾸르륵거리는 끔찍한 소리만 나올 따름이었다. 잠시 후에 점들이 사라졌고 그는 의자 밖으로, 어둠 속으로 추락했고 그래서 다행이었다. 그래서 정말 다행이었다.

14

그는 뺨을 맞고 정신을 차렸다. 아까 코피가 났을 때처럼 세게 맞은 건 아니었지만(그게 실제로 벌어진 일인지도 알 수가 없었다.) 애정을 담아서 토닥이는 손길도 아니었다. 눈을 떠 보니 바닥에 누워 있었다. 아까와 다른 방이었다. 프리실라가 한쪽 무릎을 꿇고 그의 옆에 앉아 있었다. 뺨을 때린 사람이 그녀였다. 브랜든과 두 의사는 서서 지켜보고 있었다. 헨드릭스는 여전히 아이패드를, 에번스는 클립 보드를 들고 있었다.

프리실라가 말했다.

"정신이 들었네요. 일어날 수 있겠니, 루크?"

루크는 일어날 수 있을지 없을지 알 수가 없었다. 4년인가 5년 전 에 그는 패혈성 인두염으로 고열에 시달린 적이 있었다. 지금도 그 때처럼 몸의 절반이 대기 중으로 빠져나간 듯이 느껴졌다. 입 안에 서 역겨운 맛이 났고 마지막으로 주사를 맞은 곳이 미친 듯이 가려 웠다. 그의 목이 부어서 꽉 막혔던 것과 그 느낌이 얼마나 끔찍했는 지 아직까지 느낄 수 있었다.

브랜든은 루크에게 다리를 꼼지락거릴 기회도 허락하지 않고 그 냥 팔을 잡아서 일으켜 세웠다. 루크는 휘청거리며 일어섰다.

"이름이 뭐지?"

헨드릭스가 물었다.

"루크…… 루카스…… 엘리스요."

그의 입이 아니라 분리돼 머리 위를 둥둥 떠다니는 절반의 몸뚱 이에서 흘러나오는 말소리처럼 느껴졌다. 피곤했다. 얼굴은 계속 얻어맞아서 욱신거렸고 코가 아팠다. 그는 손을 들어 (물속인 듯 천천 히 올라갔다.) 입술 위쪽을 문질렀고 손가락에 묻은 피 가루를 보고 놀라지 않았다.

"제가 얼마나 정신을 잃었어요?"

"의자에 앉혀."

헨드릭스가 말했다.

브랜든이 그의 한쪽 팔을, 프리실라가 다른 쪽 팔을 잡았다. 그들이 그를 의자로 데려갔다.(다행히 끈이 없는 평범한 부엌용 의자였다.) 어떤 테이블 앞에 놓인 의자였다. 에번스가 테이블 뒤편의 다른 부엌용 의자에 앉아 있었다. 그의 앞에 카드 더미가 쌓여 있었다. 크기가 작은 책만 했고 뒷면은 아무 무늬 없는 파란색이었다.

"방으로 돌아가고 싶어요. 눕고 싶어요. 속이 울렁거려요."

루크는 말했다. 여전히 그의 입이 아닌 다른 데서 흘러나오는 말소리 같았지만 전보다는 가깝게 느껴졌다. 아마도.

헨드릭스가 말했다.

"시간이 지나면 괜찮아질 거다. 저녁은 건너뛰는 편이 좋겠다만. 이제 에번스 박사에게 집중해 주기 바란다. 잠깐 검사할 게 있거든. 이 검사가 끝나면 방으로 돌아가서…… 음…… 긴장을 털어버릴 수 있어."

에번스가 첫 번째 카드를 집어서 쳐다보았다.

"이게 뭐지?"

"카드요."

"말장난은 유튜브에 영상 올릴 때나 하는 거지."

프리실라는 이렇게 말하고 그의 뺨을 때렸다. 좀 전에 그를 깨울 때보다 훨씬 세게 때렸다.

루크는 귀가 울렸지만 그래도 이제는 정신이 조금 들었다. 그는 프리실라를 쳐다보았지만 망설임이라고는 느껴지지 않았다. 후회도 없었다. 연민도 0이었다. 전혀 아무것도 없었다. 루크는 자신이 그녀에게는 어린애가 아니라는 사실을 깨달았다. 그는 실험 대상이었다. 지시를 내리고 그가 지시에 따르지 않으면 심리학자들이 부정적 강화라고 지칭하는 것을 동원했다. 실험이 끝나면? 휴게실에 가서 커피를 마시고 대니시 페스트리를 먹으며 자기 아이들(진짜 아이들) 얘기를 하거나 정치, 스포츠 아니면 기타 등등을 두고 게거품을 물겠지.

하지만 그도 이미 알고 있던 사실 아니었던가. 그랬지만 어떤 사실을 아는 것과 진상을 파악함으로써 피부가 벌게지는 것은 별개의 문제였다. 루크는 악수를 하거나 하이파이브를 하기 위해서일지라도 누군가가 그를 향해 손바닥을 들어 보일 때마다 움찔할 날이 머지않았다는 사실을 알 수 있었다.

에번스는 그 카드를 조심스럽게 옆으로 치우고 다른 카드를 집었다.

"이건 어때, 루크?"

"얘기했잖아요, 모르겠다고! 제가 무슨 수로…….”

프리실라가 다시 그의 뺨을 때렸다. 이제 귀가 더 세게 울렸고 루크는 울음을 터뜨렸다. 어쩔 도리가 없었다. 이 시설이 악몽인 줄 알았더니, 몸의 절반이 빠져나간 채로 아무것도 안 보이는 카드에서 뭐가 보이느냐는 질문을 받고 모르겠다고 대답하면 뺨을 맞는 지금 이 상황이 진짜 악몽이었다.

"잘 봐라, 루크."

헨드릭스가 울리지 않는 쪽 귀에 대고 말했다.

"방에 가고 싶어요. 피곤해요. 속도 울렁거리고요.”

에번스는 두 번째 카드를 옆으로 내려놓고 세 번째 카드를 집었다. "뭐가 보이니?"

"착각을 하고 계시네요. 저는 TP가 아니라 TK예요. 칼리샤라면 그 카드에 뭐가 있는지 알지 모르고 에이버리는 분명 알 테지만 *저는 TP가 아니라고요!*"

에번스가 네 번째 카드를 집었다.

"이건? 이제 뺨은 때리지 않는다. 이번에도 모르겠다고 하면 브랜든이 전기봉으로 충격을 줄 텐데 그럼 아플 거야. 다시 발작을 일으키지 않을 수도 있지만 일으킬 수도 있고. 그러니까 얘기해 봐라, 루크, 뭐가 보이니?"

"브루클린 다리! 에펠탑! 턱시도를 입은 브래드 피트, 똥 싸는 개, 인디 500(인디애나폴리스 500마일 자동차 경주─옮긴이), *모르겠어요!*"

그렇게 외친 루크는 전기봉이 날아오길 기다렸다. 테이저 건 비슷한 게 아닐까 싶었다. 탁탁거릴 수도 있고 웅웅거리는 소리를 낼 수도 있었다. 아무 소리도 나지 않지만 그는 경련을 일으키며 바닥으로 쓰러져 씰룩거리며 침을 흘릴 수도 있었다. 그런데 에번스는 카드를 옆으로 치우고 브랜든에게 비키라고 손짓했다. 루크는 거기서 아무런 위안도 느끼지 못했다.

그는 생각했다. 차라리 죽어 버렸으면 좋겠어. 죽어서 여길 탈출할 수 있으면 좋겠어.

헨드릭스가 말했다.

"프리실라. 루크를 방으로 다시 데려가."

"네, 선생님. 브랜, 엘리베이터까지 같이 가 줘."

루크는 그들의 부축을 받으며 엘리베이터 앞에 다다랐을 때 다시 멀쩡해지고 점점 제정신이 돌아오는 것을 느낄 수 있었다. 그들이 정말 영사기를 껐을까? 그런데도 그의 눈에 *계속* 점들이 보인 걸까? 입과 목구멍이 바짝 말랐다.

"착각하신 거예요. 나는 여기서 TP라고 지칭하는 부류가 아니에요. 아시죠, 그렇죠?"

"글쎄?"

프리실라는 무심하게 말했다. 그녀는 브랜든을 돌아보며 진짜 미소를 짓자 다른 사람이 되었다.

"나중에 또 볼 수 있겠지?"

브랜든은 씩 웃었다.

"당연하지."

그는 루크 쪽으로 고개를 돌리더니 갑자기 주먹을 쥐고 루크의 얼굴을 향해 날렸다. 루크의 코 바로 앞에서 멈추었지만 그래도 루크는 움찔하며 비명을 질렀다. 브랜든은 껄껄 웃었고 프리실라는 남자들은 나이를 먹어도 애라는 뜻이 담긴 너그러운 미소를 지어 보였다.

"프리실라 애 먹이지 마라, 루크."

브랜든은 말하고 권총집에 넣은 전기봉으로 엉덩이를 때려가며 살짝 거드럭거드럭 C층 복도를 따라 멀어졌다.

메인 복도로 돌아와 보니(이제 루크는 거기가 거주동이라는 것을 알았다.) 거다와 그레타, 두 꼬맹이가 겁에 질린 눈을 동그랗게 뜨고 서서 지켜보고 있었다. 서로 손을 잡고 자기들처럼 똑같이 생긴 인형을 끌어안고 있었다. 그들을 보고 루크는 옛날 어떤 공포 영화에 나오는 쌍둥이를 떠올렸다.

프리실라가 그를 문 앞까지 데려다주고 아무 말도 없이 돌아섰다. 루크는 안으로 들어가 노트북이 멀쩡하게 있는 것을 확인하고 신발을 신은 채 침대 위로 쓰러졌다. 그 상태로 다섯 시간 동안 내처 잤다.

15

헨드릭스 박사, 일명 동키 콩이 식스비 부인의 집무실과 연결된 사실로 들어가 보니 그녀가 조그만 소파에 앉아서 기다리고 있었다. 그는 파일을 건넸다.

"부인이 출력본을 숭배한다는 걸 알기 때문에 이렇게 출력해서 들고 왔어요. 상당히 도움이 될 겁니다."

그녀는 파일을 열어 보지 않았다.

"나한테는 도움이 될 것도 해가 될 것도 없죠, 댄. 이건 당신이 진행하는 실험, 당신이 진행하는 부수적인 실험인데 어째 별 소득이 없어 보이네요."

그는 고집스럽게 턱에 힘을 주었다.

"애그니스 조던. 윌리엄 고트슨. 비나 파텔. 이름이 생각나지 않는 그 밖의 두어 명. 다나 어쩌고. 이들 모두 긍정적인 결과를 보였잖아요."

그녀는 한숨을 쉬고 점점 숱이 줄어가는 머리칼을 매만졌다. 헨드릭스는 시거스의 얼굴이 새를 닮았다는 생각을 했다. 부리 대신 뾰족한 코가 달리긴 했지만 탐욕스럽게 생긴 조그만 눈은 같았다. 새의 얼굴 뒤에는 관료의 두뇌가 자리 잡고 있었다. 그야말로 가망이 없었다.

"아무 결과도 얻지 못한 분홍색은 수십 명이고요."

"맞는 말일지 모르지만 그래도 생각해 보세요. 제 실험 결과로 밝혀졌다시피 텔레파시와 염력이 서로 연관성이 있다면 전면으로 부각되지 않고 잠재된 다른 초능력도 있을지 모릅니다. 가장 뛰어난 재능을 보이는 아이들조차 그 재능이 빙산의 일각에 불과할지 모른다는 거죠. 심령 치료가 실질적으로 가능하다면 어떻게 될까요? 존 매케인의 사인이었던 교모세포종을 생각의 힘만으로 치료할 수 있다면? 이런 능력을 동원해 수명을 150살이나 심지어 그보다 길게 늘일 수 있다면? 우리가 지금 아이들을 활용하는 방안이 끝이 아닐지 몰라요. 시작에 불과할지 몰라요!"

그는 이렇게 말했다. 실제로는 *어쩌면 그렇게 바보 같을 수가 있느냐*고 묻고 싶었지만 그랬다가는 무척 골치가 아파질 것이기 때문이었다.

식스비 부인이 말했다.

"그 얘기는 전에도 들었어요. 당신이 사명 선언문이라고 작성한 문건에서 읽기도 했고요."

하지만 이해는 하지 못하지. 그는 생각했다. 스택하우스도 마찬가지고. 에번스는 이해하는 축에 속하지만 그조차 광활한 가능성은 내다보지 못하지.

"엘리스라는 아이나 아이리스 스탠호프가 특별히 귀한 존재도 아니잖습니까. 그 아이들에게 괜히 분홍색 딱지를 붙이는 게 아니에요."

그는 흠 하는 소리를 내며 손사래를 쳤다.

식스비 부인은 대꾸했다.

"20년 전이라면 모를까, 지금은 상황이 달라요. 아니, 10년 전이라면 모를까."

"하지만……."

"그만해요, 댄. 엘리스라는 아이에게서 TP의 조짐이 보이던가요? 안 보였죠?"

"네. 하지만 영사기를 끈 뒤에도 계속 빛을 보았고 그게 지표입니다. *강력한 지표죠.* 하지만 안타깝게도 잠시 후에 발작을 일으켰어요. 아시다시피 드문 현상은 아닙니다만."

그녀는 한숨을 쉬었다.

"슈타지 라이트로 계속 실험하는 걸 반대하지는 않지만 관점이 흐려지면 되겠어요? 우리의 일차적인 목표는 입소자들에게 뒤 건물에서의 생활을 대비시키는 거잖아요. 그게 가장 중요한, 일차적인 사명이란 말이죠. 부작용은 별로 중요한 문제가 아니에요. 경영진은 로게인(탈모 치료제—옮긴이)의 심령 판에 관심이 없어요."

헨드릭스는 그녀에게 한 대 얻어맞기라도 한듯 움찔했다.

"교외 거주자의 민둥머리에 머리털이 자라게 하는 효과도 있는 것으로 밝혀진 고혈압 치료제와 인간의 존재 양상을 바꿀 수도 있는 조치를 같은 부류로 간주하면 안 되죠!"

"그럴지도요. 그리고 당신의 실험이 좀 더 빈번하게 좋은 결과를 보였더라면 나와 우리에게 연봉을 지급하는 사람들이 좀 더 열렬한 반응을 보였을지도 모르고요. 하지만 아직까지는 어쩌다 한 번씩 얻어걸리는 게 전부니 말이죠."

그는 뭐라고 항변하려고 입을 벌렸다가 그녀가 험상궂은 눈빛으로 바라보자 다시 다물었다.

"일단은 실험을 계속 진행하도 좋지만 그걸로 만족하세요. 실험 때문에 아이 몇 명을 잃은 걸 감안하면 그래야 하지 않겠어요?"

"분홍색이었잖습니까."

그는 다시 별 거 아니라는 듯 흠, 하는 소리를 냈다.

"흔해빠진 아이들 취급하네요? 예전에는 그랬을지 몰라도 지금은 아니에요, 댄. 지금은 아니라고요. 그리고 참, 이거 당신 앞으로 전달된 파일이에요."

그녀가 말했다. 빨간색 파일이었다. **이동 배치**라는 단어가 가로로 찍혀 있었다.

16

그날 저녁에 루크가 휴게실로 들어가 보니 칼리샤가 놀이터가 내다보이는 큼지막한 유리창에 등을 대고 바닥에 앉아 있었다. 과자 자판기에서 살 수 있는 조그만 병에 담긴 술을 홀짝홀짝 마시고 있었다.

"너도 그런 걸 마셔?"

그는 그녀의 옆에 앉으며 물었다. 놀이터에서는 에이버리와 헬렌이 트램펄린을 타고 있었다. 헬렌이 에이버리에게 앞구르기를 가르치는 모양이었다. 조만간 날이 너무 어두워져서 들어와야 할 것이었다. 놀이터로 나가는 문은 잠긴 적이 없었지만 조명이 없기 때문에 야간에는 발길이 잘 가지 않았다.

"처음이야. 토큰을 몽땅 썼어. 맛이 엄청 끔찍하네. 너도 좀 마셔 볼래?"

그녀는 트위스티드 티라는 음료가 담긴 병을 내밀었다.

"나는 됐어. 샤, 불빛 테스트가 그 정도로 끔찍하다는 걸 왜 미리 얘기해 주지 않았어?"

"칼리샤라고 불러줘. 너만 그렇게 부르는데 마음에 들거든."

칼리샤의 혀가 아주 살짝 꼬였다. 알코올이 섞인 차를 몇 모금 마시지도 않았을 텐데 마셔 본 적이 없어서 그런 모양이었다.

"알았어. 칼리샤. 왜 얘기해 주지 않았어?"

그녀는 어깨를 으쓱했다.

"속이 메슥거릴 때까지 춤을 추는 알록달록한 불빛을 보고 있으라는 거잖아. 그게 뭐가 어때서?"

*어때서*가 아니라 *어때셔*였다.

"그래? 너는 그걸로 끝이었어?"

"응. 왜? *너는* 어땠는데?"

"먼저 주사를 맞았는데 곧바로 반응이 왔어. 목이 막히더라고. 잠깐 동안이지만 죽는 줄 알았어."

"흠. 나도 테스트 받기 전에 주사를 맞았지만 아무 일 없었는데. 끔찍했겠다. 어떡해, 루키."

"그건 첫 번째 악몽에 불과했어. 내가 불빛을 보다가 정신을 잃었거든. 발작을 일으킨 것 같아."

바지에 살짝 실례도 했지만 그건 혼자만의 비밀로 간직할 일이었다.

"그러다 정신을 차렸는데……."

그는 잠깐 말을 멈추고 감정을 정리했다. 어여쁜 갈색 눈과 검은색 고수머리를 자랑하는 예쁘장한 여자아이 앞에서 눈물을 보일 생각은 없었다.

"그러다 정신을 차렸는데 뺨을 계속 맞았어."

그녀는 똑바로 일어나 앉았다.

"*뭐라고?*"

그는 고개를 끄덕였다.

"한 의사가…… 에번스라던데 너도 누군지 알아?"

"콧수염을 살짝 기른 사람."

그녀는 콧잔등을 찡그리고 술을 한 모금 더 마셨다.

"응, 맞아. 그 사람이 카드를 보여 주면서 뭐가 보이는지 얘기해 보라고 했어. ESP 카드였어. 그 카드였을 거야. 네가 그 카드에 대해서 얘기한 적 있었는데, 기억나?"

"당연하지. 나는 그 테스트를 수십 번 받았어. 아니, 수백 번. 하지만 불빛을 보게 한 다음은 아니었는데. 그때는 그냥 다시 방으로 데려다줬거든. 서류상의 착오가 생겨서 네가 TK가 아니라 TP인 줄 알았나 보다."

그녀는 술을 한 모금 더 살짝 마셨다.

"나도 처음에는 그런 줄 알았는데, 내가 그렇게 얘기했는데도 계속 뺨을 때리더라고. 거짓말이라고 생각하는 사람들처럼 말이야."

"살다 살다 그렇게 황당한 얘기는 처음 듣는다."

*얘기*가 아니라 *애기*였다.

"내가 소위 말하는 양성이 아니라 그랬던 것 같아. 나는 그냥 평범한 케이스잖아. 여기에서는 나처럼 평범한 아이들을 분홍색이라고 부르던데."

"맞아. 분홍색. 그렇지."

"다른 애들은 어때? 다른 애들도 그 비슷한 경우를 겪었을까?"

"물어본 적 없어. 너 진짜 이거 안 마실 거야?"

루크는 병을 받아서 한 모금 꿀꺽했다. 그녀 혼자 다 마시지 않게 하기 위한 배려였다. 짐작건대 그녀는 이미 주량을 넘겼다. 예상했던 대로 맛이 끔찍했다. 그는 병을 다시 돌려주었다.

"내가 뭘 기념하고 있는지 궁금하지 않아?"

"응?"

"아이리스. 아이리스에 얽힌 추억. 걔도 너처럼 특별할 것 없는 가벼운 TK였어. 그런데 한 시간 전에 저들이 와서 걔를 데려갔지 뭐야. 조지 말마따나 우리는 이제 다시는 걔를 볼 수가 없어."

칼리샤는 울음을 터뜨렸다. 루크는 그녀를 두 팔로 감싸안았다. 달리 어찌하면 좋을지 알 수가 없었다. 칼리샤는 루크의 어깨에 머리를 기댔다.

17

그날 저녁에 그는 그리핀 씨 사이트에 다시 접속해 《스타 트리뷴》 홈페이지 주소를 입력하고 거의 3분 동안 쳐다보다가 엔터키를 누르지 않고 빠져나왔다. 겁쟁이. 그는 생각했다. 나는 겁쟁이야. 부모님이 돌아가셨는지 알아봐야 하는 거 아니야? 하지만 그는 그 소식을 맞닥뜨렸을 때 완전히 무너지지 않을 자신이 없었다. 게다가 그걸 알아낸다 한들 좋을 게 뭐가 있을까.

그는 대신 버몬트 채무 변호사라고 입력했다. 이미 검색해 보았지만 꼼꼼하게 확인해서 나쁠 것 없었다. 게다가 시간도 때울 수 있었다.

20분 뒤에 그가 노트북을 끄고 나가서 다른 아이들을 찾아나서 볼까 고민하고 있었을 때(칼리샤가 아직 깨어 있다면 첫 번째 선택이 될 것이었다.) 알록달록한 점들이 다시 등장했다. 그의 눈앞에서 점들이 소용돌이쳤고 세상이 사라지기 시작했다. 멀어져 가는 열차를 승강장에서 바라보듯 그에게서 점점 멀어졌다.

그는 덮개를 닫은 노트북 위에 머리를 얹고 천천히 심호흡을 하며 버티자고, 버티자고, 조금만 버티자고 속으로 중얼거렸다. 사라질 거라고 속으로 중얼거리며 사라지지 않으면 어떻게 될지 궁금해하지 않으려고 했다. 적어도 침은 삼킬 수 있었다. 침을 삼키는 데에는 아무 문제가 없었고 그 자신에게서 멀어지는 듯한 그 느낌, 빛이 소용돌이치는 세상 속으로 이동하는 듯한 그 느낌은 결국 사라졌다. 시간이 어느 정도 지났는지 알 수 없었고 일이 분에 불과할 수도 있었지만 그보다 훨씬 길게 느껴졌다.

그는 화장실로 들어가 이를 닦으며 거울에 비친 그의 모습을 바라보았다. 저들이 점에 대해서는 알아차렸을지 모르고, 아마도 알아차렸겠지만, 다른 비밀에 대해서는 몰랐다. 그는 첫 번째와 세 번째 카드에는 뭐가 있었는지 전혀 알 수 없었지만 두 번째 카드에는 자전거를 탄 남자아이가, 네 번째 카드에는 공을 문 조그만 강아지가 있었다. 까만색 강아지, 빨간색 공이었다. 그가 결국에는 TP였던 모양이었다.

아니면 이제 TP가 된 모양이었다.

그는 입을 헹구고 불을 끄고 어둠 속에서 옷을 갈아입고 침대에 누웠다. 그 불빛으로 인해 그는 달라졌다. 저들은 어떤 사태가 벌어질지 짐작은 했을지 몰라도 확실히 장담하지는 못했다. 그가 무슨 수로 그렇게 단정 지을 수 있는지 몰라도…….

그는 실험 대상이었고 그들 모두 마찬가지겠지만 급이 낮은 TP와 TK, 그러니까 분홍색들만 추가로 검사를 받았다. 이유가 뭘까? 그들의 가치가 떨어지기 때문일까? 일이 잘못되면 더 쉽게 폐기처분할 수 있기 때문일까? 확인할 방법은 없었지만 루크가 보기에는 가능성 있는 얘기였다. 의사들은 카드 실험이 실패로 돌아갔다고 생각했다. 잘된 일이었다. 그들은 악당이었고 악당에게 들키지 않은 게 있다는 건 잘된 일일 수밖에 없지 않을까? 하지만 칼리샤나 조지처럼 강력한 TP와 TK들도 같은 검사를 받은 것을 보면 불빛 테스트에는 분홍색의 재능을 키우는 것 이상의 목표가 있을지 모른다는 생각이 들었다. 그 목표가 무엇일까?

그는 알 수 없었다. 점들이 사라졌고 아이리스도 사라졌고 점들은 다시 돌아올지 몰라도 아이리스는 그렇지 않다는 것만 알 수 있을 따름이었다. 아이리스는 뒤 건물로 넘어갔고 그들은 이제 다시는 그녀를 만날 수 없었다.

18

다음 날 아침을 먹는 자리에는 아홉 명의 아이들이 참석했지만 아이리스가 가고 없으니 대화도 거의 없고 웃을 일도 없었다. 조지 아일스는 우스갯소리를 늘어놓지 않았다. 헬렌 심스는 담배 사탕으로 아침을 대신했다. 해리 크로스는 뷔페에서 스크램블드에그를 산더미처럼 가져다 인부처럼 접시에 코를 박고 (베이컨과 삶은 감자 튀김과 함께) 입 안으로 쑤셔넣었다. 아직 어린 그레타와 거다 윌콕스는 글래디스가 환한 미소와 함께 등장해 뭐라도 좀 먹으라고 꼬드기기 전까지 아무것도 입에 대지 않았다. 쌍둥이들은 그녀의 관심을 통해 생기를 되찾았고 살짝 웃음을 터뜨리기까지 했다. 루크는 그들을 따로 불러다가 그녀의 웃는 얼굴을 믿지 말라고 가르쳐 줄까 고민했지만 그런 식으로 겁을 준들 무슨 소용일까 싶었다.

그런들 무슨 소용일까가 또 하나의 입버릇이 되었고 루크는 그

것이 체념의 길로 한 걸음 더 내딛게 만드는 부정적인 사고방식이
라는 사실을 깨달았다. 그 길로 접어들고 싶지 않았지만, 절대 그러
고 싶지 않았지만 논리적으로는 맞는 말이었다. 쌍둥이 꼬맹이가
큰 언니의 관심에서 위로를 받을 수 있다면 잘된 일일 터였다. 하지
만 저 아이들이 항문으로 체온을 재고…… 불빛 테스트를 받을 것
을 생각하면…….

니키가 물었다.

"너 왜 그래? 왜 똥 씹은 표정을 하고 있어?"

"아무것도 아니야. 아이리스 생각하느라."

"걔는 이제 과거지사야."

루크는 그를 쳐다보았다.

"너무 냉정하잖아."

니키는 어깨를 으쓱했다.

"진실이 원래 그런 법이야. 나가서 호스 게임할래?"

"싫어."

"하자. 내가 H 한 글자 잡아 주고 맨 마지막을 네 차례로 하게 해
줄게."

"됐어."

"질까 봐 겁나?"

니키가 장난조로 물었지만 루크는 고개를 저었다.

"하면 우울해질 거라서. 예전에 아빠랑 같이 했던 게임이거든."

*예전에*라는 단어가 그의 귓전을 울렸고 그래서 싫었다.

니키는 어떤 표정을 지으며 루크를 바라보았다. 다른 누구도 아

닌 니키 월홀름이 그런 표정을 짓다니 루크로서는 감당할 수가 없었다.

"그래, 알았다. 저기 있잖아……."

"왜?"

"나가 있을 테니까 생각이 바뀌면 나와."

니키는 한숨을 쉬었다.

루크는 식당에서 벗어나 그의 방이 있는 복도(천국에서 보내는 또 하루 복도였다.)를 지나 그 다음 복도, 즉 제빙기 복도를 따라 걸었다. 모린이 코빼기도 보이지 않길래 계속 걸음을 옮겼다. 기운을 북돋우는 포스터와 양쪽으로 아홉 개씩 있는 방을 좀 더 지났다. 불가피한 결론 하나가 도출됐다. 예전에는 시설에 지금보다 '손님'이 훨씬 많았겠다는 결론이었다. 경영진이 미래를 지나치게 낙관적으로 전망한 게 아닌 이상.

루크가 결국 다다른 곳은 또 다른 휴게실이었고 거기에서는 프레드라는 이름의 잡역부가 대충 쓱쓱 바닥을 걸레질하고 있었다. 여기에도 간식과 음료수 자판기가 있었지만 안에 아무것도 없었고 코드가 뽑혀 있었다. 바깥에는 놀이터 없이 자갈밭만 있었고 철책 너머로 벤치(밖에서 휴식시간을 보내고 싶은 직원들을 위한 벤치일 것이었다.)가 보였고 70미터 정도 멀리에는 초록색의 야트막한 행정동이 있었다. 그에게 조국에 봉사하기 위해 여기로 온 거라고 했던 식스비 부인의 소굴이었다.

"여기서 뭐하니?"

잡역부 프레드가 물었다.

"그냥 돌아다니고 있어요. 경치 구경하면서."

루크는 말했다.

"구경할 경치가 어디 있다고. 왔던 데로 돌아가라. 가서 다른 아이들하고 놀아."

"그러기 싫다면요?"

반항조라기보다 처량하게 들렸고 루크는 그런 말을 꺼낸 것을 후회했다.

프레드는 한쪽 허리춤에는 무전기를, 다른 쪽 허리춤에는 전기봉을 꽂고 있었다. 그가 후자를 만지작거렸다.

"돌아가. 두 번 얘기하게 하지 말고."

"알았어요. 좋은 하루 보내세요, 프레드."

"좋은 하루는 염병."

전동 걸레가 다시 돌아가기 시작했다.

루크는 어른들에 대해 아무 의심 없이 품었던 가정(그중 첫 번째가 내가 친절하게 대하면 상대방도 친절하게 대할 거라는 가정이었다.)이 이렇게 금세 무너질 수 있다는 데 놀라워하며 왔던 길을 되짚어갔다. 지나가며 비어 있는 그 많은 방들을 애써 외면했다. 섬뜩했다. 얼마나 많은 아이들이 거기에서 살았을까? 뒤 건물로 건너갔을 때 그들은 어떻게 됐을까? 지금은 어디에 있을까? 집에 갔을까?

"씨발, 잘도 갔겠다."

그는 중얼거렸고 엄마가 옆에서 이 말을 듣고 나무라 주었으면 좋겠다는 생각이 들었다. 아빠가 없다는 건 끔찍한 일이었다. 엄마가 없다는 건 이가 뽑힌 거나 다름없었다.

제빙기 복도로 건너가 보니 모린의 댄덕스 카트가 에이버리의 방 앞에 세워져 있었다. 그가 고개를 안으로 들이밀자 그녀는 에이버스터의 침대 커버를 반듯하게 매만지며 그에게 미소를 지어 보였다.

"별일 없지, 루크?"

바보 같은 질문이었지만 그는 그녀가 좋은 뜻에서 한 말이라는 것을 알았다. 다만 어제 본 불빛 쇼 덕분에 알게 된 것인지 아닌지는 불분명했다. 모린의 안색은 오늘따라 더 창백했고 입가의 주름도 더 깊었다. 루크는 생각했다. 이 아주머니는 별일이 없지 않네.

"그럼요. 아주머니는요?"

"나도 좋아."

그녀는 거짓말을 하고 있었다. 이건 예감이나 혜안이 아니었다. 바위처럼 단단한 진실이었다. 그녀는 한숨을 쉬었다.

"다만 에이버리라는 이 아이가 간밤에 오줌을 쌌네. 이 아이가 처음도 아니고 마지막도 아니겠지. 다행히 매트리스 패드 아래로 새지는 않았어. 이제 그만 가라, 루크. 좋은 하루 보내고."

그녀는 희망 어린 눈빛으로 그를 똑바로 쳐다보고 있었다. 그는 다시 생각했다. 저들로 인해 내가 달라졌어. 어떤 식으로 달라졌고 얼마만큼 달라졌는지도 모르겠지만 맞아, 달라졌어. 뭔가 새로운 게 추가됐어. 그는 카드를 보았을 때 거짓말을 하길 정말 잘했다는 생각이 들었다. 그리고 그들이 그의 거짓말에 넘어갔다니 정말 다행이었다. 언제 들통 날지 모르겠지만.

그는 걸음을 옮기려는 척하다가 다시 몸을 돌렸다.

"얼음을 좀 가져갈까 봐요. 어제 뺨을 좀 맞아서 얼굴이 욱신거리거든요."

"그래라, 아들. 그렇게 해."

그 아들이라는 단어에 다시금 그의 마음속이 따뜻해졌다. 웃고 싶어졌다.

그는 아직 그의 방에 있는 통을 집어서 얼음 녹은 물을 세면대에 버리고 다시 제빙기 앞으로 들고 갔다. 모린이 거기서 콘크리트 블록 벽에 엉덩이를 대고 손으로 거의 발목 근처 정강이를 짚은 채 허리를 숙이고 있었다. 루크가 황급히 다가갔지만 그녀는 저리 가라고 손사래를 쳤다.

"그냥 허리 스트레칭 하는 거야. 구부리고 있던 걸 펴느라."

루크는 제빙기 문을 열고 플라스틱 삽을 집었다. 칼리샤가 그랬던 것처럼 그녀에게 쪽지를 건넬 방법은 없었다. 노트북은 있지만 종이도 펜도 없었다. 심지어 몽당연필조차 없었다. 어쩌면 그래서 다행일지 몰랐다. 여기서 쪽지는 위험했다. 그는 얼음을 뜨며 중얼거렸다.

"벌링턴의 리아 핑크. 몽펠리에의 루돌프 데이비스. 둘 다 리걸 이글이라는 소비자 웹사이트에서 별 다섯 개를 받았어요. 이름 외울 수 있으시겠어요?"

"리아 핑크, 루돌프 데이비스. 복 받을 거야, 루크."

루크는 이쯤에서 발을 빼야 한다는 것을 알았지만 호기심이 생겼다. 그는 원래 호기심이 많았다. 때문에 자리를 뜨지 않고 얼음을 부수려는 듯 삽으로 때렸다. 부숴야 하는 얼음은 없었지만 덕분에

요란한 소리가 났다.

"에이버리가 그러는데 아이를 위해 돈을 모으신다면서요. 제가 상관할 일은 아닌 거 알지만⋯⋯."

"그 딕슨이라는 꼬맹이가 독심술을 하지? 밤에 오줌을 싸긴 해도 능력은 막강한가 보더라. 그 아이의 입소 서류에는 분홍색 점이 없었거든."

"네, 맞아요."

루크는 계속 삽으로 얼음을 휘저었다.

"음, 그 아이 말이 맞아. 내 아들은 태어난 직후에 교회를 통해 입양됐어. 나는 아이를 키우고 싶었지만 교구 목사님과 어머니의 설득에 넘어갔단다. 나하고 결혼한 개자식이 아이를 절대 낳고 싶어 하지 않았기 때문에 그 아이를 포기하고 말았지. 진심으로 궁금하니, 루크?"

"네."

그는 궁금했지만 말을 너무 오래 섞는 건 좋은 생각이 되지 못했다. 저들이 소리는 들을 수 없을지 몰라도 감시는 할 수 있었다.

"허리가 아프기 시작했을 때 그 아이가 어떻게 됐는지 알아보아야겠다는 생각이 들길래 찾아보았어. 주 정부에서는 아이가 어디로 갔는지 알려줄 수 없다고 하지만 교회에서는 1950년부터 입양 기록을 보관하고 있고 나는 컴퓨터 비밀번호를 알았거든. 목사님이 목사관 키보드 바로 아래에 두셔서. 내 아들은 내가 사는 버몬트의 마을에서 두 마을만 건너가면 나오는 곳에서 살고 있어. 고등학교 3학년이야. 대학교 공부를 하고 싶어 해. 내가 그것까지 알게 됐어. 내 아들이 대학교 공부를 하고 싶어 한다는 걸. 그래서 돈을 거기다 써야 해, 그 더러운 새끼의 밀린 청구서를 갚아 주는 데 쓸 게 아니라."

그녀는 소맷부리로 얼른, 거의 아무도 모르게 눈을 훔쳤다.

루크는 제빙기 문을 닫고 허리를 폈다.

"허리 치료를 받으세요, 모린."

"알았어."

하지만 암이면 어쩐다? 그도 알다시피 그녀는 그 걱정을 하고 있었다.

그가 몸을 돌리려고 하자 그녀가 그의 어깨를 건드리며 몸을 숙였다. 입 냄새가 지독했다. 환자의 입 냄새였다.

"내 아들은 돈이 어디서 났는지 몰라도 돼. 하지만 그 돈은 있어야 해. 그리고 루크? 지금은 저들이 시키는 대로 해. *뭐든지 다.*"

그녀는 머뭇거렸다.

"그리고 아무한테라도 할 말이 있으면…… 여기서 해."

"여기 말고 다른 데서도……."

"여기서 해."

그녀는 같은 말을 반복하고 카트를 밀며 왔던 길을 되짚어갔다.

19

루크가 놀이터로 돌아가 보니 놀랍게도 니키가 해리 크로스와 함께 호스를 하고 있었다. 1학년 때부터 친구 사이였던 듯 서로 웃고 부딪히고 점수를 매기고 있었다. 헬렌은 피크닉 테이블에 앉아서 에이버리와 함께 카드 두 벌로 워 게임을 하고 있었다. 루크는 그녀의 옆에 앉아서 누가 이기고 있느냐고 물었다.

"아직 몰라. 전 게임은 에이버리가 이겼는데 이번은 박빙이야."

헬렌이 말했다.

"헬렌은 이 게임 더럽게 재미없다고 생각하지만 그래도 참아 주고 있어. 맞지, 헬렌?"

에이버리가 말했다.

"맞아, 꼬마 크레스킨(미국의 독심술사—옮긴이), 맞아. 그리고 이 게임 끝나면 슬랩 잭으로 종목 바꾸는 거다? 너는 싫을 거야, 내가 인정사정 안 봐줄 거라서."

루크는 좌우를 두리번거리다 문득 가슴을 찌르는 듯한 불안을 느꼈다. 그 느낌은 일개 중대의 희미한 점처럼 그의 눈앞에서 활짝 펼쳐졌다가 곧바로 사라졌다.

"칼리샤는 어디 있어? 설마……."

"아냐, 아냐, 아무 데도 끌려가지 않았어. 그냥 샤워하는 중이야."

"루크는 칼리샤를 좋아해. *많이 좋아해.*"

에이버리가 선포했다.

"에이버리?"

"응, 헬렌?"

"이 세상에는 얘기하지 않고 지나가는 편이 나은 일도 있어."

"왜?"

"그렇다면 그냥 그런 줄 알아."

그녀는 갑자기 고개를 돌렸다. 두 가지 색으로 염색한 머리칼을 쓸어 넘겼다. 떨리는 입술을 감추려고 그런 거였을지 몰라도 소용이 없었다.

"왜 그래?"

루크는 물었다.

"그냥 꼬마 크레스킨한테 묻지 그래? 쟤는 보지 못하는 것도 없고 모르는 것도 없는데."

"똥꼬에 체온계를 꽂았거든."

에이버리가 말했다.

"아."

루크는 말했다.

"맞아. 진짜 우라지게 굴욕적이지?"

헬렌이 말했다.

"모욕적이기도 하고."

루크는 말했다.

"하지만 재밌고 기분 좋은 일이기도 해."

헬렌은 말했고 잠시 후에 그들 둘은 같이 폭소를 터뜨렸다. 헬렌은 눈물을 글썽였지만 그래도 폭소는 폭소였고 여기에서 웃을 수 있다니 귀한 순간이었다.

"이해가 안 되네. 똥꼬에 체온계를 꽂는 게 어떻게 재밌고 기분 좋은 일이 될 수가 있지?"

에이버리가 말했다.

"꺼냈을 때 혀로 핥으면 기분이 좋아지거든."

루크가 말하자 그들은 일제히 배를 잡고 웃었다.

헬렌은 테이블을 쳐서 카드를 날렸다.

"으악, 오줌 싸겠네, 젠장, 쳐다보지 마!"

그녀는 달려가다가 피넛 버터 컵을 먹으며 나오던 조지를 하마터면 들이받을 뻔했다.

"쟤 왜 저래?"

조지가 묻자 에이버리가 무덤덤하게 말했다.

"오줌 쌀 것 같대. 나도 어젯밤에 침대에 오줌을 쌌기 때문에 어떤 기분인지 알 수 있어."

루크는 웃으며 말했다.

"알려줘서 고맙다. 가서 니키랑 신입이랑 호스 해."

"미쳤어? 그 둘은 덩치가 너무 크고 해리는 예전에 이미 나를 밀친 적 있잖아."

"그럼 트램펄린 위에서 뛰어."

"그건 재미없어."

"그래도 가서 뛰어. 조지한테 할 얘기가 있어서 그래."

"불빛에 대해서? 무슨 불빛?"

우라지게 섬뜩한 녀석이네. 루크는 생각했다.

"가서 뛰어, 에이버스터. 앞구르기 보여 줘."

"그러다 목 부러지지 않게 조심하고. 목 부러지면 장례식장에서 내가 「유 아 소 뷰티풀」 불러 줄게."

조지의 말에 에이버리는 잠깐동안 조지를 뚫어져라 쳐다보다가 말했다.

"하지만 형은 그 노래 싫어하잖아."

"맞아. 맞아, 싫어해. 내가 한 그런 식의 말을 풍자라고 해. 아니면 반어법일지도. 이 둘이 항상 헷갈리더라. 얼른 가. 발바닥에 땀이 나도록 달려가."

그들은 에이버리가 터벅터벅 트램펄린 쪽으로 걸어가는 것을 지켜보았다.

조지가 말했다.

"저 아이는 열 살인데 ESP 어쩌고 말고는 하는 짓이 딱 여섯 살이야. 엿 같지 않냐?"

"진짜 엿 같지. 너는 몇 살인데, 조지?"

조지는 뚱한 목소리로 대답했다.

"열세 살. 하지만 요즘은 백 살은 된 기분이야. 있잖아, 루크, 저들이 우리 부모님은 잘 있다고 하잖아. 그 말을 믿어?"

미묘한 질문이었다. 한참 만에 루크는 말했다.

"믿지는…… 않아."

"확실하게 알아볼 방법이 있다면 알아볼래?"

"잘 모르겠어."

"나는 싫어. 그것 말고도 감당해야 하는 일들이 이미 많으니까. 부모님이…… 그러니까…… 그렇게 되셨다는 걸 알게 되면 무너질 거야. 하지만 계속 궁금해. 시도 때도 없이."

내가 알아봐 줄 수 있는데. 루크는 생각했다. 너하고 나, 양쪽 부모님의 행방을 알아봐 줄 수 있는데. 그는 하마터면 몸을 숙여 조지의 귀에 대고 그렇게 속삭일 뻔했다. 하지만 조지가 그것 말고도 감당해야 하는 일들이 이미 많다고 한 것을 떠올렸다.

"저기 있잖아, 그 눈 검사 말이야. 너도 그거 받았어?"

"당연하지. 다들 받아. 다들 똥꼬 체온 측정, EEG, EKG, MRI, XYZ, 피 검사, 반사신경 검사, 준비된 그 밖의 온갖 근사한 검사들을 받는 것처럼."

루크는 조지도 영사기가 꺼진 뒤에 점이 보였는지 물어 볼까 하다가 묻지 않기로 했다.

"너도 발작을 일으켰어? 내가 그랬거든."

"아니. 테이블 앞에 앉혀 놓더니 콧수염 기른 재수 없는 의사가 카드 장난을 하던데."

"거기 뭐가 그려져 있느냐고 묻는 거 말이지?"

"응, 그거. 아무래도 라인 카드인 것 같았어. 내가 이 멋들어진 똥창에 갇히기 2~3년 전에 검사를 받은 적 있거든. 우리 부모님이 내가 쳐다보기만 하면 물건을 움직일 수 있다는 걸 알아차리신 이후에. 내가 부모님을 놀라게 하려고 사기나 장난을 치는 게 아니라는 결론을 내리신 뒤에 나한테 또 다른 뭔가가 있는지 알고 싶으셔서 나를 특이 현상 연구소라는 데가 있는 프린스턴으로 데려갔거든."

"특이 현상이라니…… 진짜야?"

"응. 그래도 심령 연구에 비하면 좀 더 과학적이지 않니? 사실 프린스턴 공과대학 부설이야, 믿길지 모르겠다만. 대학원생 두어 명이 라인 카드를 보여 줬는데 나는 거의 빵점을 받았어. 그날은 뭘 많이 움직이지도 못하겠더라고. 가끔 그럴 때가 있거든. 연구소 측에서는 나를 사기꾼이라고 생각했을지 모르지만 상관없었어. 아니, 컨디션이 좋은 날에는 생각만으로 블록 더미를 쓰러뜨릴 수도 있지만 그걸로 여자친구가 생길 일은 없잖아. 안 그래?"

조지는 어깨를 으쓱했다. 음식점 테이블 아래로 피자 팬을 떨어뜨리는 것이 장기인 루크도 동의하는 바였다.

"그래서 너도 뺨을 맞았어?"

"한 번 맞았는데 진짜 강 스파이크였어. 실없는 소리를 늘어놓으려다가 맞았어. 프리실라라는 나쁜 년한테."

"나도 그 여자 만났어. 나쁜 년 맞아."

어머니가 *씨발*보다 더 싫어한 욕이었는데 루크는 그 단어를 쓰고 났더니 어머니가 다시금 보고 싶어졌다.

"카드에 뭐가 그려져 있는지 안 보였지?"

조지는 묘한 눈빛으로 그를 쳐다보았다.

"나는 TP가 아니라 TK잖아. 너처럼. 무슨 수로 알겠냐?"

"그랬겠지."

"프린스턴에서 라인 카드 검사를 받은 적이 있었으니까 십자가, 그다음에는 별, 그다음에는 구불구불한 선, 이런 식으로 때려맞혔어. 프리실라가 거짓말 그만하라길래 에번스가 다음 번 카드를 보여 줬을 때 프리실라의 젖꼭지 사진이라고 대답했거든. 그랬다가 그 여자한테 뺨을 맞았지. 그런 다음 방으로 돌아왔고. 솔직히 그 사람들은 별로 관심도 없는 눈치였어. 그냥 확실히 하고 넘어가려는 분위기에 가까웠지."

"그 사람들은 아무것도 기대하지 않을지도 몰라. 너는 대조군에 불과했을지 모르지."

루크의 말에 조지는 웃음을 터뜨렸다.

"나는 여기서 뭣도 아닌데 대조하긴 뭘 대조해. 지금 무슨 소리를 하는 거야?"

"아무것도 아니야. 신경 쓰지 마. 그게 다시 보였어? 내 말은, 불빛 말이야. 알록달록한 점들."

"아니? 너는 다시 보였어?"

조지는 이제 호기심이 동한 눈치였다.

"아니. 그냥…… 나는 발작을 일으켜서…… 내가 생각하기에는 그래서…… 혹시라도 다시 보일까 봐 걱정이 되거든."

루크는 문득 에이버리가 옆에 없는 것이 다행이라는 생각이 들었다. 그 꼬맹이의 뇌파가 단거리이기만을 바랄 따름이었다.

조지가 그 어느 때보다 뚱한 목소리로 말했다.

"나는 여기가 뭐 하는 데인지를 모르겠어. 정부 시설일 수밖에 없긴 하지만…… 엄마가 산 책이 있거든. 나를 프린스턴으로 데려가기 직전에. 제목이 『심령 현상의 역사와 사기극』이었어. 엄마가 다 읽고 난 뒤에 나도 봤거든. 우리의 능력을 정부에서 어떤 식으로 실험했는지 소개한 장이 있었어. 1950년대에 CIA에서 실험을 벌였더라고. 텔레파시, 염력, 예지력 심지어 공중 부양이랑 순간 이동까지. LSD를 동원해서. 성과를 좀 얻기는 하지만 별 거 없었어."

그는 파란 눈으로 루크의 초록색 눈을 쳐다보며 몸을 앞으로 숙였다.

"그게 바로 우리야. 별 거 없는 존재. 우리가 솔틴 크래커 상자를,

그것도 비어 있을 때나 움직이고 책장을 넘기는 식으로 미국의 세계 정복에 기여할 수 있을까?"

"에이버리를 러시아로 파견할 수도 있어. 그러면 푸틴이 아침에 뭘 먹었는지, 사각팬티를 입고 있는지 삼각팬티를 입고 있는지 알려줄 수 있잖아."

루크의 말을 듣고 조지는 웃었다.

"그리고 우리 부모님은……."

루크는 말문을 열었지만 그때 칼리샤가 뛰어나오며 피구할 사람 있느냐고 물었다.

다들 손을 들었다.

20

그날 루크는 검사를 받지 않았지만 스스로 실시한 담력 테스트를 또다시 통과하지 못했다. 《스타 트리뷴》에 두 번 더 접속했다가 두 번 다 그대로 빠져나왔다. 그래도 두 번째에는 어떤 남자가 자신의 신심을 증명하기 위해 트럭을 몰고 여러 사람을 덮쳤다는 머리기사를 살짝 훔쳐보기는 했다. 끔찍한 사건이기는 했지만 그래도 이 시설 너머에서 벌어진 사건이었다. 바깥세상은 여전했지만 이 안에서는 달라진 것이 적어도 하나 있었다. 노트북의 초기 화면에 이제는 떠난 다나가 아니라 그의 이름이 떴다.

언젠가는 그의 부모님에 대해 기사를 검색해 보아야 할 것이었다. 그는 그렇다는 것을 알았고 이제는 무소식이 희소식이라는 옛말이 무슨 뜻인지 완벽하게 이해할 수 있었다.

　다음 날에 그는 다시 C층으로 끌려갔다. 이번에는 카를로스라는 기술자가 피를 세 병 뽑고 주사를 맞힌 다음 (아무 반응이 없었다.) 화장실로 가서 컵에 소변을 받아오게 했다. 그런 다음 카를로스와 우거지상을 하고 다니는 위노나라는 잡역부가 그를 D층으로 데려갔다. 위노나는 못된 직원으로 꼽혔기 때문에 루크는 그녀에게 말을 붙이지 않았다. 그들은 장만하느라 수억 달러 들었을 MRI 기계가 있는 넓은 방으로 그를 데려갔다.

　정부 시설일 수밖에 없긴 하지만. 조지는 이렇게 얘기했었다. 그렇다면 자기들이 낸 세금이 이런 식으로 쓰인다는 것에 대해 납세자들은 어떻게 생각할까? 루크가 짐작건대 오토바이를 탈 때는 헬멧을 써야 한다거나 무기를 휴대하려면 허가증이 있어야 한다는 식의 사소한 요건 앞에서도 빅 브러더를 운운하며 난리법석을 부리는 이 나라에서 여기에 대한 정답은 '별로 신경 쓰지 않는다'가 될 것이었다.

　초면인 기술자가 그들을 기다리고 있었지만 그와 카를로스가 루크를 MRI 기계에 넣기 전에 에번스 박사가 달려 들어와 방금 전에 주사를 맞은 루크의 팔 주변을 살피고 '거짓말처럼 멀쩡하다'고 선언했다. 그게 무슨 뜻인지는 모를 일이었다. 그는 루크에게 다시 발작을 일으키거나 기절한 적이 있느냐고 물었다.

　"아뇨."

　"알록달록한 불빛은? 그게 또 보인 적은 없니? 운동을 하거나 노트북을 보거나 아니면 앉아서 힘을 줬을 때. 그러니까 그 말이 무슨 뜻인가 하면…….”

“저도 무슨 뜻인지 알아요. 네, 없었어요.”

“거짓말하면 안 된다, 루크.”

“거짓말 아니에요.”

MRI를 찍으면 그의 두뇌 활동상의 변화가 감지돼서 거짓말을 한 게 들통날까?

“좋아, 알았다.”

좋을 리 없을 텐데? 루크는 생각했다. 실망스러울 텐데? 그래서 나는 기쁘고.

에번스는 클립보드에 뭐라고 끼적였다.

“계속하세요, 여러분, 계속하세요!”

그는 아주 중요한 약속에 늦은 하얀 토끼처럼 다시 뛰쳐나갔다.

MRI 기술자(이름표에는 **데이브**라고 적혀 있었다.)가 루크에게 폐소공 포증이 있느냐고 물었다.

“그 단어도 무슨 뜻인지 알 거라고 본다만.”

“없어요. 감금공포증 말고는 아무 공포증도 없어요.”

데이브는 성실해 보이는 중년의 안경 낀 남자였고 머리숱이 거 의 없었다. 생김새가 회계사 분위기였다. 물론 아돌프 아이히만(나 치 독일에서 유대인 학살을 주도한 전범 —옮긴이)도 그렇게 생겼었지만.

“만약 그렇다면…… 그러니까 폐소공포증이 있다면…… 바리움 (신경 안정제 —옮긴이)을 줄 수 있어. 허용된 약물이라.”

“괜찮아요.”

"나중에라도 먹어야 할 거야. 받다 말다 하면서 그 안에 오래 있어야 하는데 바리움을 먹으면 좀 더 견딜 만해지거든. 잠을 잘 수도 있어. 쿵쾅거려서 엄청 시끄러운데도."

카를로스가 말했다. 루크도 알았다. MRI를 직접 촬영해 본 적은 없었지만 의학 드라마에서 많이 보았다.

"그냥 패스할게요."

하지만 점심을 먹은 뒤에는(글래디스가 들고 왔다.) 바리움을 달라고 했다. 호기심 때문이기도 했지만 그보다는 심심해서였다. MRI를 세 번 찍었는데 데이브의 말에 따르면 세 번이 더 남았다고 했다. 루크는 무슨 이유에서 실험을 하는지, 뭘 찾는지, 뭘 찾고 싶은 건지 굳이 물어보지도 않았다. *네가 알 바 아니*라는 대답을 들을 게 분명했다. 게다가 그들도 알고 있을까 싶었다.

바리움을 먹었더니 꿈을 꾸는 듯 몽롱한 기분이 들었고 마지막으로 누웠을 때는 사진을 찍느라 요란하게 쿵쾅거리는데도 깜빡 졸았다. 위노나가 주거동으로 다시 데려가려고 왔을 때는 바리움의 약효가 사라졌고 그는 그저 멍했다.

그녀는 주머니에서 토큰을 한 줌 꺼냈다. 그걸 그에게 건넸을 때 하나가 바닥으로 떨어져 데굴데굴 굴러갔다.

"주워, 칠칠치 못하기는."

그는 토큰을 주웠다.

"오늘 힘들었지? 가서 뭐 좀 마시지 그래? 느긋하게. 한숨 돌리면서. 하비스 브리스틀 크림(셰리주의 일종―옮긴이)을 추천한다."

위노나는 말하고 미소를 지었다. 그녀는 중년이라 루크 또래의 아이가 있을 만한 나이였다. 어쩌면 그만 한 아이가 두 명 있을지도 몰랐다. 그들에게도 그 비슷한 음료를 추천할까? 아이고, 학교에서 힘들었을 텐데 와인 쿨러 칵테일 한 잔 마시면서 느긋하게 한숨 돌리고 숙제 시작하지 그러니? 그는 최악의 경우라도 뺨을 맞는 정도일 테니 그녀에게 직접 물어 볼까 생각했다. 하지만⋯⋯.

"그게 무슨 소용 있겠어요?"

"응? 무슨 소용 있겠냐니, 뭐가?"

그녀는 미간을 찌푸렸다.

"뭐든요. 뭐든요, 위니."

그는 하비스 브리스틀 크림도 트위스티드 티도 심지어 스텀프 점프 그르나슈(레드 와인의 일종 ─ 옮긴이)도 마시고 싶지 않았다. 존 키츠가 뭔가를 가리켜 "이지러지는 저 밤의 리본 위에서 서쪽으로 저물어가는 달처럼 낭만적인 이름"이라고 했을 때 염두에 두고 있었던 게 그 와인 이름이었을까?

"그 잘난 입 조심하는 편이 좋을 거다, 루크."

"노력해 볼게요."

그는 토큰을 주머니에 넣었다. 그가 알기로 아홉 개였다. 에이버리에게 세 개, 윌콕스 쌍둥이에게 각각 세 개씩 줄 작정이었다. 간식을 사 먹기에는 충분했지만 그것 말고는 다른 어떤 용도로도 부족했다. 지금 당장 그가 원하는 건 어마어마하게 많은 양의 단백질과 탄수화물뿐이었다. 오늘 저녁 메뉴가 뭔지 몰라도 양만 많으면 뭐든 상관없었다.

21

다음 날 아침에는 조와 하다드가 그를 다시 C층으로 데려가 바륨 용액(황산 바륨은 위장의 방사선 진단 조영제로 쓴다 — 옮긴이)을 마시게 했다. 토니가 전기봉을 들고 옆에 서서, 루크의 입에서 싫다는 소리가 나오면 당장 갖다 댈 준비를 하고 있었다. 그는 용액을 마지막 한 방울까지 마신 뒤 고속도로 휴게소 화장실만 한 크기의 좁은 방에 들어가 엑스레이를 찍었다. 거기까지는 괜찮았지만 방을 나선 순간 위경련으로 그의 허리가 꺾였다.

"바닥에다는 토하지 마. 토할 것 같으면 구석에 있는 세면대에다가 해."

토니가 말했지만 이미 늦었다. 소화가 되다 만 아침이 바륨 곤죽으로 쏟아졌다.

"아, 젠장. 저거 네가 다 닦아. 내가 거기서 밥을 먹어도 될 만큼 깨끗하게."

"내가 할게."

하다드가 말했다.

"씨발, 하기만 해 봐. 걸레랑 양동이를 가져다주는 것까지는 네가 해도 돼. 나머지는 루크 일이야."

토니는 그를 쳐다보거나 언성을 높지 않았지만 그래도 하다드는 움찔했다.

하다드가 청소도구를 들고 왔다. 루크는 구석에 있는 세면대에서 어찌어찌 양동이에 물을 받기는 했지만 계속 속이 뒤틀렸고 팔이 심하게 떨려서 비눗물을 쏟지 않고 양동이를 내릴 방법이 없었다. 조가 루크의 귀에 대고 "좀만 버텨라, 꼬맹아."라고 속삭이며 양동이를 대신 내려 주었다.

"쟤 손에 대걸레 쥐어 줘."

토니가 말했고 루크는 여기서 새롭게 터득한 눈치로 토니가 이 상황을 즐기고 있다는 것을 깨달았다.

루크는 바닥을 닦고 물로 헹궜다. 토니는 청소 검사를 하더니 불합격 통보를 내리며 다시 하라고 했다. 위경련이 가라앉아서 이번에는 양동이를 직접 들었다 내릴 수 있었다. 하다드와 조는 앉아서 양키스와 샌디에이고 파드레이스의 전망에 대해 토론을 벌였다. 둘이 응원하는 팀인 모양이었다. 엘리베이터로 돌아가는 길에 하다드가 그의 등을 치며 말했다.

"잘했어, 루크. 얘 줄 토큰 있어, 조이? 나는 다 썼네."

조가 그에게 토큰 네 개를 주었다.

"이런 검사를 실시하는 목적이 뭐예요?"

루크가 물었다.

"아주 여러 가지 목적이 있지. 거기에 대해서는 걱정할 것 없어."

살다 살다 이렇게 한심한 충고는 처음이네. 하다드의 말을 들으며 루크는 생각했다.

"제가 여기서 나갈 수 있을까요?"

"당연하지. 하지만 아무것도 기억하지 못할 거야."

조는 거짓말을 하고 있었다. 이번에도 독심술은 아니었다. 적어도 머릿속에서 말소리가 들릴 거라고(아니면 케이블 뉴스 방송 하단의 자막처럼 천천히 단어들이 지나갈 거라고) 루크가 상상했던 식의 독심술은 아니었다. 중력처럼, 2의 제곱근이 무리수인 것처럼 당연한 거라 그냥 알게 됐을 뿐이었다.

"앞으로 검사를 얼마나 더 받아야 될까요?"

"아, 우리가 계속 바쁘게 돌려줄게."

조가 말했다.

"토니 피절이 걸어가는 바닥에 토악질만 하지 마."

하다드는 말하고 껄껄 웃었다.

22

루크가 방에 돌아가 보니 새로운 청소부가 바닥을 청소기로 밀고 있었다. 이름표에 따르면 **졸린**이라는 이 여자는 통통했고 20대였다.

"모린은 어디 갔어요?"

루크는 물었지만 어디 갔는지 정확히 알았다. 이번 주는 모린이 쉬는 주였고 복귀하더라도 당분간 시설 안에서 그가 있는 쪽은 맡지 않을 수 있었다. 그는 그녀가 버몬트에서 도망친 남편이 싸 놓은 똥을 치우고 있길 바랐지만 보고 싶을 것이었다. 그가 뒤 건물로 건너갈 차례가 되면 거기서 볼 수 있을지도 몰랐다.

"모모는 조니 뎁이랑 영화 찍으러 갔어. 모든 애들이 좋아하는 그 해적 영화 말이야. 모모가 졸리 로저 역을 맡았지."

졸린은 폭소를 터뜨리고 이렇게 말했다.

"내가 청소하는 동안 나가 있지 그러니?"

"좀 눕고 싶어서요. 몸이 안 좋아요."

"와우, 와우, 와우. 너희들은 형편없는 응석받이야. 다른 사람이 방도 청소해 주지, 먹을 것도 만들어 주지, 전용 TV도 있지…… 내가 어렸을 때 내 방에 TV가 있었을 것 같니? 아니면 나 혼자 쓰는 화장실이 있었을 것 같니? 우리는 2남 4녀라 화장실을 차지하려면 전쟁이었어."

"우리는 바륨을 먹은 다음 그걸 토하기도 하는데. 해 볼래요?"

말투가 날마다 니키하고 점점 가까워지네. 루크는 생각했다. 아니, 그래서 뭐? 훌륭한 본보기가 있으면 좋잖아.

졸린은 그를 돌아보며 진공청소기 부속 장치를 휘둘렀다.

"이걸로 머리 꼭대기를 얻어맞으면 어떤 기분일지 느껴 볼래?"

루크는 자리를 떴다. 서로 연결된 주거동 복도를 따라 천천히 걷다가 두 번 위경련이 일자 걸음을 멈추고 벽에 기댔다. 그나마 빈도와 강도가 줄고 있었다. 그는 행정동이 보이는, 아무도 없는 휴게실 직전의 빈 방에 들어가 매트리스 위에 누워서 잠을 청했다. 눈을 뜨며 창밖으로 롤프 덴스틴의 집이 보이길 기대하지 않은 건 이번이 처음이었다.

루크가 보기에는 잘못된 방향으로의 발전이었다.

23

다음 날 아침에 그는 주사를 맞고 심박수와 혈압을 측정하는 모니터를 연결한 채 카를로스와 데이브가 지켜보는 가운데 러닝머신 위에서 뛰었다. 그들은 그가 숨을 헐떡이며 위험하게 맨 끝으로 나가떨어지기 직전이 될 때까지 러닝머신 속도를 높였다. 조그만 계기판에 숫자가 떴고 카를로스가 속도를 낮추기 직전에 루크가 본 분당심박수가 170이었다.

그가 오렌지주스를 마시며 호흡을 가다듬고 있었을 때 거구의 대머리 사나이가 들어와 팔짱을 끼고 벽에 기댔다. 그는 비싸 보이는 갈색 정장에 넥타이 없이 흰색 셔츠를 입고 있었다. 그의 검은 눈이 땀을 흘리는 시뻘게진 얼굴에서부터 새 운동화에 이르기까지 루크를 위에서 아래로 훑었다. 그가 말했다.

"네가 적응하는 속도가 더뎌 보인다는 얘기를 들었다. 닉 윌홀름하고 연관이 있을 수도 있겠지. 그 아이는 네가 모방할 만한 상대가 아니야. 그 단어가 무슨 뜻인지 알지? 모방?"

"네."

"그 아이는 맡은 일을 하려는 것일 뿐인 사람들을 오만하고 불쾌하게 대하고 있어."

루크는 아무 말도 하지 않았다. 그것이 늘 가장 안전한 길이었다.

"그의 태도에 물들지 말라고 조언하고 싶다. 그것도 *강력하게*. 그리고 직원과의 상호작용을 최소한도로 유지하라고."

루크는 그 말에 화들짝 놀랐다가 대머리가 모린 얘기를 하는 것이 아니라는 사실을 깨달았다. 잡역부 프레드를 두고 하는 얘기였다. 프레드하고 대화를 나눈 것은 딱 한 번뿐이었고 모린하고는 여러 번이었지만 그럼에도 루크는 제대로 간파했다.

"그리고 서쪽 휴게실과 빈방 근처에는 가지 마. 잠을 자고 싶으면 네 방에서 자거라. 여기 있는 동안 최대한 즐겁게 지내기 바란다."

"여기에는 즐거울 게 하나도 없는데요."

그러자 대머리가 말했다.

"개인적은 의견은 환영이다. 너도 이런 말 들어봤겠지만 개인적인 의견이라는 것은 똥구멍과 같아서 없는 사람이 없거든. 하지만 너는 즐거울 게 없는 것과 즐겁지 않은 게 있는 것은 엄청난 차이라는 걸 모를 만큼 어리석지 않다고 본다. 그걸 명심하도록."

그는 이 말을 끝으로 나갔다.

"저 사람 누구예요?"

루크가 묻자 카를로스가 대답했다.

"스택하우스. 이 시설의 보안실장. 성질 건드리지 않는 게 좋아."

데이브가 주사기를 들고 다가왔다.

"피를 조금 더 뽑아야 되는데. 금방 끝날 거야. 얌전하게 있어라, 알았지?"

24

러닝머신과 마지막 채혈 이후에 루크는 2~3일 동안 아무 검사도 받지 않았다. 주사는 두어 번 맞았지만(한번은 팔 전체가 한 시간 동안 미친 듯이 가려웠다.) 그게 전부였다. 윌콕스 쌍둥이는 특히 해리 크로스와 친해진 이후로 조금씩 적응하기 시작했다. 그는 TK였고 움직일 수 있는 게 많다고 자랑했지만 에이버리는 뻥이라고 했다.

"해리는 형보다도 능력이 떨어져."

루크는 눈을 부라렸다.

"굳이 처세술 동원할 필요 없어, 에이버리. 무리하다가 탈난다."

"처세술이 뭔데?"

"토큰 하나 써서 컴퓨터에서 찾아봐."

"미안해요, 데이브, 그 명령은 수행할 수 없어요."

에이버리는 HAL 9000의 부드러우면서도 음험한 말투를 놀라우리만치 비슷하게 흉내 내고는 키득거리며 웃었다.

해리는 그레타와 거다를 잘 챙겼다. 그건 부인할 수 없었다. 그 둘을 볼 때마다 바보 같은 함박웃음이 해리의 얼굴 위로 번졌다. 해리가 쪼그리고 앉아서 두 팔을 벌리면 아이들이 그에게로 달려가곤 했다.

"쟤가 저 아이들한테 집적대는 건 아니겠지?"

어느 날 아침에 놀이터에서 니키가 트램펄린에서 노는 쌍둥이를 지키고 선 해리를 주시하며 말했다.

"우웩, 토 나오겠네. 너 요즘 들어서 라이프타임 영화를 너무 많이 보고 있는 거 아니야?"

헬렌이 말했다.

"아니야."

에이버리는 말했다. 초코팝을 먹고 있어서 갈색 콧수염이 생겼다.

"해리는 이거 하려는 거 아니야."

그는 고사리손을 자기 궁둥이에 얹고 골반을 앞뒤로 움직였다. 루크는 그걸 보며 텔레파시가 엉뚱한 방향으로 발전하면 어떻게 되는지를 보여 주는 좋은 예라는 생각을 했다. 너무 많은 걸, 너무 금세 알아 버렸다.

"우웩. 나 눈 버리고 싶지 않다, 에이버스터."

헬렌이 또다시 이렇게 외치며 자기 눈을 가렸다.

"해리가 코커스패니얼을 키웠거든. 집에서. 저 아이들이 해리한 테는 코커스패니얼의 음, 그 왜 그 단어 있잖아."

에이버리의 말에 루크가 끼어들었다.

"대용."

"맞아, 그거야."

그날 점심을 먹는 자리에서 니키가 루크에게 말했다.

"해리가 자기 개하고 어떤 식으로 놀았는지 모르겠지만. 저 꼬맹이들이 해리를 조종하다시피 하잖아. 꼭 새 인형을 선물 받은 것처럼. 빨간 머리에 배가 불룩한 인형을. 저것 좀 봐."

쌍둥이가 해리의 양옆에 앉아서 그에게 자기들 접시에 담긴 미트로프를 먹이고 있었다.

"내가 보기에는 귀여운데?"

칼리샤가 말했다.

니키는 그녀를 보며 미소를 지었다. 온 얼굴(오늘은 어느 직원에게 선물 받은 멍 든 눈까지 여기에 포함됐다.)을 환히 밝히는 미소였다.

"네가 보기에는 그렇겠지, 샤."

그녀는 같이 미소를 지었고 루크는 가슴을 후벼파는 질투를 느꼈다. 이런 상황에서 정말이지 어리석은 반응이었지만…… 어쩔 수가 없었다.

25

다음 날, 프리실라와 하다드가 루크를 데리고 지금까지 간 적 없는 E층으로 갔다. 거기서 그는 링거를 맞았다. 프리실라 말로는 몸이 살짝 노곤해진다더니 그는 까무룩 정신을 잃었다. 알몸으로 벌벌 떨며 일어나 보니 복부, 오른쪽 다리, 오른쪽 옆구리에 밴드가 붙어 있었다. 다른 의사(흰색 가운에 달린 이름표에 따르면 **리처드슨**이었다.)가 그의 위로 허리를 숙이고 있었다.

"기분이 어떠니, 루크?"

"나한테 무슨 짓을 한 거예요?"

그는 고함을 지르고 싶었지만 켁켁거리며 으르렁거리는 게 전부였다. 목구멍에도 뭔가를 넣어 놓았기 때문이었다. 호흡용 관 비슷한 것 같았다. 그는 뒤늦게 손으로 사타구니를 덮었다.

리처드슨 박사는 페이즐리가 그려진 수술용 모자를 벗어서 까만색의 풍성한 머리를 늘어뜨렸다.

"표본을 몇 개 채취했어. 암시장에 팔려고 한쪽 콩팥 떼어낸 거 아니니까 걱정 마. 특히 갈비뼈 사이가 조금 아프겠지만 가라앉을 거야. 그때까지 이거 먹고."

그녀는 알약이 몇 개 들어 있고 아무 라벨도 없는 갈색 병을 건넨 후 밖으로 나갔다. 지크가 그의 옷을 들고 들어왔다.

"굴러떨어지지 않고 입을 수 있겠다 싶을 때 입어라."

그는 늘 배려심이 넘치는 사람답게 옷을 바닥에 떨어뜨렸다.

한참 만에 루크는 옷을 집어서 입을 수 있었다. 프리실라가 이번에는 글래디스와 함께 다시 주거동으로 그를 데려다주었다. 아까 내려갈 때만 해도 낮이었는데 지금은 어두컴컴했다. 한밤중일 수도 있었지만 시간 개념이 엉망진창이라 알 수가 없었다.

"방까지 혼자 걸어갈 수 있겠니?"

글래디스가 물었다. 이번에는 함박웃음을 짓지 않았다. 야간 근무일 때는 그 웃음이 발동되지 않는 모양이었다.

"네."

"그럼 가라. 그 약 한 알 먹고. 옥시콘틴이야. 진통제지만 먹으면 기분도 좋아져. 보너스로. 아침이면 괜찮아질 거야."

그는 복도를 걸어가서 방문손잡이를 향해 손을 내밀었다가 멈추었다. 누군가가 울고 있었다. 그 한심한 **천국에서 보내는 또 하루** 포스터 근처에서 나는 소리였으니 칼리샤의 방일 수도 있었다. 그는 잠깐 고민했다. 뭣 때문에 우는지 알고 싶지 않았고 누군가를 달랠 기분도 아니었다. 하지만 그녀였기에 그쪽으로 걸어가 문을 가만히 두드렸다. 안에서 아무 대답도 없었다. 그는 손잡이를 돌려서 안으로 고개를 들이밀었다.

"칼리샤?"

그녀는 한 손으로 눈을 덮고 똑바로 누워 있었다.

"가, 루크. 너한테 이런 모습 보이고 싶지 않아."

그는 하마터면 그녀가 시킨 대로 할 뻔했지만 그녀가 원하는 것은 그게 아니었다. 그는 안으로 들어가 그녀의 옆에 앉았다.

"무슨 일이야?"

하지만 그는 알았다. 자세한 정황만 모를 따름이었다.

26

아이들은 전부 놀이터에서 놀고 있었다. 리처드슨 박사가 표본을 추출하는 동안 의식을 잃고 E층에 누워 있었던 루크만 예외였다. 두 명의 남자가 휴게소에서 나왔다. 앞 건물의 관리인과 기술자들이 입는 분홍색과 파란색 옷이 아니라 빨간색 수술복을 입었고 셔츠에 이름표를 달지 않았다. 칼리샤, 니키, 조지 이렇게 세 명의 고참은 그게 무슨 뜻인지 알아차렸다.

칼리샤가 루크에게 말했다.

"나를 데리러 온 게 분명하다고 생각했어. 내가 여기 제일 오래 있었고 수두가 나왔는데도 최소 열흘 동안 아무 검사도 받은 게 없으니까. 심지어 피도 뽑지 않았어. 너도 알다시피 이 빌어먹을 흡혈귀들이 피 뽑는 걸 얼마나 좋아하니? 그런데 그들은 니키를 데리러 온 거였어. *니키를!*"

이 말을 하면서 갈라지는 칼리샤의 목소리를 듣고 그녀에게 제법 푹 빠져 있었던 루크는 슬퍼졌지만 놀라워하지는 않았다. 헬렌은 니키가 등장할 때마다 자북을 가리키는 나침반 바늘처럼 그에게로 고개를 돌렸다. 아이리스도 마찬가지였다. 심지어 쌍둥이 꼬맹이들마저 그가 지나가면 입을 벌리고 눈을 반짝이며 쳐다봤다. 하지만 칼리샤는 그와 가장 오랜 시간을 보냈고 그들은 이 시설의 백전노장이었고 나이가 얼추 같았다. 그들은 최소한 커플의 가능성이 있었다.

"니키는 그들과 싸웠어. 열심히 싸웠어."

그렇게 말한 칼리샤가 갑자기 벌떡 일어나 앉는 바람에 루크는 하마터면 침대에서 굴러떨어질 뻔했다. 그녀는 입술을 뒤로 당겨 이를 드러내고 살짝 봉긋한 가슴 위로 주먹을 쥐었다.

"나도 그들과 싸웠어야 하는데! 우리 모두 그랬어야 하는데!"

"하지만 너무 순식간에 벌어진 일이었잖아."

"그가 그중 한 명의 저 위쪽, 목 주변을 주먹으로 치니까 다른 한 명이 전기봉으로 그의 엉덩이를 찔렀어. 다리가 마비됐을 텐데도 떨어지지 않게 로프 코스의 줄에 매달려서 그 나쁜 놈이 전기봉을 다시 쓰지 못하게 멀쩡한 쪽 다리로 발길질을 했어."

"들고 있던 걸 발로 쳐서 떨어뜨렸구나."

루크는 말했다. 어떤 식이었는지 눈앞에 보였지만 그렇게 얘기한 것은 실수였다. 그녀에게 감추고 싶은 비밀이 들통 날 수도 있었다. 하지만 칼리샤는 알아차리지 못한 눈치였다.

"맞아. 하지만 다른 사람, 니키한테 목을 얻어맞은 사람이 전기봉으로 니키의 옆구리를 찔렀어. 그 빌어먹을 무기의 강도를 최고로 올려놨는지 멀찌감치 셔플보드장에 있었던 내 귀에까지 타닥 하는 소리가 들리더라. 니키는 쓰러졌고, 그들이 그의 위로 몸을 숙이고 전기봉으로 몇 번 더 찔렀고, 그는 펄떡거렸고, 정신을 잃고 쓰러져 있는 와중에도 펄떡거렸고, 헬렌이 '그러다 죽겠어요, 그러다 죽겠다고요.' 소리를 지르면서 달려갔더니 그중 한 명이 덜 떨어진 가라테 선수처럼 *하잇* 하고 기합을 넣으면서 걔 다리 위쪽을 발로 차고는 웃었고, 헬렌은 쓰러져서 울었고, 그 사람들은 니키를 일으켜 세워서 끌고 갔어. 하지만 휴게소 문을 지나기 전에……."

그녀가 말을 하다 말고 멈추었다. 루크는 기다렸다. 그는 단순한 예감 이상의 예감을 느끼는 능력이 생겼기 때문에 어떤 얘기가 이어질지 알고 있었지만 그녀에게 맡겨야 했다. 그녀는 물론이고 어느 누구에게도 그의 실체를 들키면 안 됐다.

"니키가 정신을 조금 차렸어. 우리를 볼 수 있을 만큼. 니키는 웃으면서 손을 흔들었어. 손을 흔들었어. 그 정도로 용감했다고."

그녀가 말했다. 그녀의 뺨 위로 눈물이 흘렀다.

"그러게."

루크는 용감*하다*고가 아니라 용감*했다*고라는 데 주목했다. 그러고는 생각했다. 이제 다시는 그를 만날 수 없겠군.

그녀가 그의 목을 잡고 난데없이 그의 얼굴을 자기 쪽으로 세게 끌어당기는 바람에 서로의 이마가 부딪혔다.

"그 말은 하지 마!"

"미안."

루크는 대답하면서 그녀가 또 어떤 그의 생각을 읽었을지 궁금해했다. 많이 읽지는 않았기만을 바랄 따름이었다. 빨간 셔츠를 입은 남자들이 니키를 뒤 건물로 끌고 간 것 때문에 그녀의 머릿속이 어지럽기만을 바랄 따름이었다. 그녀가 다음으로 하는 얘기를 듣고 그는 그 부분에 대한 걱정을 상당히 덜 수 있었다.

"저들이 표본을 채취했어? 그렇지, 맞지? 밴드를 붙였네."

"응."

"까만 머리의 그 재수 없는 년이 그랬지? 리처드슨. 몇 군데?"

"세 군데. 하나는 다리, 하나는 배, 하나는 갈비뼈 사이. 거기가 제일 아파."

그녀는 고개를 끄덕였다.

"나 때는 조직 검사하듯이 가슴에서도 떼어냈어. 얼마나 아팠는지 몰라. 그런데 떼어낸 게 아니라면 어떻게 되는 걸까? 뭘 집어넣은 거라면? 저들 말로는 표본을 채취했다지만 입만 열면 거짓말이잖아!"

"추적기를 좀 더 심었을 거라는 뜻이야? 이게 있는데 뭐 하러 그러겠어?"

그는 귓불을 만지작거렸다. 더는 아프지 않았다. 이제는 그저 그의 일부였다.

"나야 모르지."

그녀는 처량하게 말했다.

루크는 주머니에서 약병을 꺼냈다.

"이걸 주더라. 너도 한 알 먹는 게 좋겠어. 그러면 좀 진정이 될 거야. 잠도 잘 오고."

"옥시야?"

그는 고개를 끄덕였다.

그녀는 약병을 향해 손을 내밀었다가 거두었다.

"문제는 한 알도 싫고 두 알도 싫다는 거야. 전부 먹고 싶어. 하지만 지금 이 기분을 있는 그대로 느껴야 하지 않을까 싶어. 그게 맞는 거 아닐까 싶어, 안 그래?"

"잘 모르겠다."

루크는 말했고 진심이었다. 이건 심오한 문제였고 아무리 똑똑해도 그는 열두 살에 불과했다.

"가, 루크. 이제 나 혼자 슬퍼해야겠어."

"알았어."

"날이 밝으면 괜찮아지겠지. 그리고 저들이 다음 차례로 나를 데리러 오면……."

"안 그럴 거야."

그도 그게 바보 같은 말이라는 것을 알았다. 그녀는 차례가 되었다. 사실은 차례가 한참 지났다.

"만약 그러면 네가 에이버리의 친구가 되어 줘. 걘 친구가 필요한 아이거든."

그녀는 그를 똑바로 쳐다보았다.

"너도 마찬가지고."

"알았어."

그녀는 애써 미소를 지었다.

"너는 참 좋은 친구야. 이리 와."

그가 몸을 기울이자 그녀가 처음에는 뺨에, 그다음에는 입가에 입을 맞추었다. 그녀의 입술에서 짠맛이 났다. 루크는 상관하지 않았다.

그가 문을 여는 순간 그녀가 말했다.

"나였어야 했어. 아니면 조지. 니키가 아니라. 니키는 저들의 헛짓거리에 절대 굴복하지 않았어. 절대 포기하지 않았어."

그녀는 언성을 높였다.

*"거기 있어요? 내 말 듣고 있어요? 듣고 있었으면 좋겠네. 왜냐하면 나는 당신들을 증오하는데 그걸 알아줬으면 하거든요. **나는 당신들을 증오한다고요!**"*

그녀는 침대 위로 똑바로 쓰러져 흐느껴 울기 시작했다. 루크는 다시 그녀의 곁으로 갈까 했다가 가지 않았다. 그가 할 수 있는 위로는 다한 데다 니키 때문만이 아니라 리처드슨 박사에게 찔린 곳들도 아팠다. 까만 머리의 그 여자가 조직 표본을 채취했건 그의 몸에 뭘 넣었건(위치 추적기일 리는 없지만 실험용 효소나 백신일 수는 있었다.) 상관없었다. 저들의 시험과 약물 투여 자체가 논리적으로 설명이 되지 않았다. 그는 강제수용소와 거기서 자행되었던 끔찍하고 터무니없는 실험을 다시금 떠올렸다. 사람들을 얼리고 태우고 병에 감염시켰던 것.

그는 방으로 다시 돌아가 약을 한두 알 먹을까 고민하다가 먹지 않았다.

그리핀 씨를 경유해 《스타 트리뷴》에 접속할까 고민하다가 그것 역시 하지 않았다.

루크는 모든 여자아이들의 연인이었던 니키를 떠올렸다. 해리 크로스의 코를 납작하게 만들었다가 친구로 삼는, 때려눕히는 것보다 훨씬 용감한 행보를 보였던 니키. 저들의 시험에 반항하고 뒤 건물에서 자신을 데리러 온 사람들과 싸우고 절대 포기하지 않았던 니키.

27

다음 날에는 조와 하다드가 루크와 조지 아일스를 C-11로 데려가 잠깐 단둘이 있게 했다. 두 관리인이 커피 잔을 들고 다시 왔을 때는 지크도 함께였다. 그는 눈이 빨갰고 술이 덜 깬 듯했다. 그가 두 아이에게 전극이 달린 고무 모자를 씌우고 턱 아래로 단단히 줄을 조였다. 지크가 계기판 점검을 마치자 두 아이는 번갈아 운전 시뮬레이터에 탑승했다. 에번스 박사가 들어와 믿음직한 클립보드를 들고 서서 지크가 불러 주는 다양한 숫자를 받아 적었다. 반응 속도와 연관 있는 숫자인 듯했지만 아닐 수도 있었다. 루크는 처음에 신호등을 몇 번 어기며 달려 대참사를 어지간히 유발했지만 요령을 터득한 이후에는 검사를 좀 재미있게 즐겼다. 이 시설에 들어온 이래 처음 있는 일이었다.

검사가 끝나자 리처드슨 박사가 에번스 박사에게 합류했다. 그녀는 오늘 쓰리피스 치마 정장에 하이힐을 신고 있었다. 중요한 업무 회의를 앞두고 있는 듯했다.

"1부터 10까지 점수를 매긴다면 오늘 아침에 느낀 통증은 어느 정도니, 루크?"

"2요. 1부터 10까지 점수를 매긴다면 여기서 나가고 싶은 건 11이고요."

그녀는 루크가 가벼운 농담이라도 한 듯 빙그레 미소를 짓고 에번스 박사에게 작별 인사를 하고(그를 짐이라고 불렀다.) 나갔다.

"그래서 누가 이겼어요?"

조지가 에번스 박사에게 묻자 그는 너그럽게 웃었다.

"그런 테스트 아니다, 조지."

"알겠어요. 하지만 누가 이겼는데요?"

"너희 둘 다 우리가 TK들에게 예상했던 대로 시뮬레이터에 익숙해진 뒤에는 상당히 빨랐어. 오늘 검사는 이걸로 끝이다. 좋지, 얘들아? 하다드, 조, 이 청년들을 위로 데려다줘요."

엘리베이터로 가는 길에 조지가 말했다.

"나는 보행자를 여섯 명 친 다음에야 요령을 터득했어. 너는 몇 명 쳤어?"

"세 명밖에 안 쳤지만 스쿨버스를 들이받았어. 거기서도 사상자가 생겼을 거야."

"완전 쓰레기네. 나는 스쿨버스는 완벽하게 피했는데."

엘리베이터가 왔고 네 사람은 올라탔다.

"사실 나 보행자 일곱 명 쳤어. 맨 마지막은 일부러. 지크라고 생각하면서."

조지의 말에 조와 하다드는 서로 쳐다보더니 웃음을 터뜨렸다.

루크는 그 두 사람이 조금 좋아졌다. 그러고 싶지 않았지만 그랬다.

두 관리인이 휴게실로 가려는지 엘리베이터를 다시 타고 사라지자 루크는 물었다.

"너, 점 다음에 카드 검사를 받았다고 했지? 텔레파시 검사."

"응, 그랬다고 얘기했잖아."

"TK 검사도 받은 적도 있어? 스탠드를 켜 보라거나 도미노를 쌓아 놓고 넘어뜨려 보라는 식으로?"

조지는 머리를 긁었다.

"듣고 보니 그런 적은 없었네. 하지만 내가 그런 걸 할 줄 안다는 걸 이미 아는데 뭐 하러 검사를 하겠어? 컨디션이 좋은 날에 한해서긴 하지만. 너는 어땠는데?"

"나도 받은 적 없어. 네 말뜻이 뭔지는 알겠지만 그래도 우리의 한계가 어디인지에는 관심이 없다니 이상해."

"이상하지 않은 게 뭐가 있겠니, 루키 루. 우리가 여기에 있는 것부터가 말이야. 우리 뭐 좀 먹자."

다른 아이들은 식당에서 점심을 먹고 있었지만 칼리샤와 에이버리는 놀이터에 있었다. 철책에 기대고 자갈 위에 앉아서 서로 쳐다보고 있었다. 루크는 조지에게 가서 점심 먹으라고 하고 밖으로 나갔다. 예쁘장한 흑인 여자아이와 조그만 백인 남자아이는 아무 말도 하지 않았지만…… 대화를 나누는 중이었다. 거기까지는 루크도 알았지만 어떤 대화를 나누는지는 몰랐다.

SAT 시험장에서 애런이라는 남자가 호텔 객실 요금으로 얼마를 내야하느냐는 수학 방정식의 정답을 그에게 물었던 여학생이 퍼뜩 생각났다. 다른 생에 벌어진 일처럼 느껴졌지만 그에게는 정말이지 간단한 문제가 그녀에게는 어떻게 그렇게 어려울 수 있는지 이해하지 못했던 기억이 선명하게 남아 있었다. 이제는 이해할 수 있었다. 저기서 저렇게 철책을 등지고 앉은 칼리샤와 에이버리 사이에서 벌어지는 일은 그의 능력의 한계를 넘어섰다.

칼리샤가 두리번거리다 손사래를 치며 그를 내쫓았다.

"나중에 얘기할게, 루크. 가서 점심 먹어."

"알았어."

그는 말했지만 그녀가 점심을 건너뛰었기 때문에 점심시간에 아무 얘기도 하지 못했다. 그는 나중에 죽은 듯이 낮잠을 자고 일어나 (결국에는 마음이 약해져서 진통제를 한 알 먹었다.) 휴게실과 놀이터를 향해 복도를 걸어가다가 열려 있는 그녀의 방문 앞에서 걸음을 멈추었다. 분홍색 침대 커버와 나풀나풀한 주름 장식이 달린 베개가 사라져 버렸다. 마틴 루터 킹의 사진이 담긴 액자도 마찬가지였다. 루크는 그 앞에 서서 손으로 입을 막고 두 눈을 크게 뜨고 사태를 파악했다.

그녀가 니키처럼 반항했다면 그가 아무리 약을 먹고 잠이 들었더라도 그 소리에 깼을 것이다. 그녀가 그들을 선선히 따라 나섰을 거라고 생각하고 싶지는 않았지만 인정할 수밖에 없다시피 그랬을 가능성이 더 컸다. 어느 쪽이었건 그에게 두 번 입을 맞춘 여자아이가 사라져 버렸다.

그는 방으로 다시 돌아가 베개에 얼굴을 묻었다.

28

그날 저녁에 루크는 노트북 카메라를 향해 토큰을 흔들어 부팅하고 그리핀 씨 사이트에 접속했다. 아직까지 그 사이트에 접속할 수 있다는 것이 고무적이었다. 물론 이 시설을 운영하는 개쓰레기들이 그의 뒷문에 대해 전부 알고 있을 수도 있었지만 그렇다면 내버려 둘 이유가 없었다. 이로써 적어도 그가 생각하기에는 확고한 결론이 내려졌다. 식스비의 하수인들이 그가 바깥세상을 훔쳐보고 있었다는 것을 결국에는 알아차릴지 모르지만, 사실상 그럴 가능성이 컸지만, 아직까지는 아니었다. 그들은 그의 컴퓨터를 비춰 보지 않고 있었다. 어떤 부분에 있어서는 느슨한 거지. 그는 생각했다. 어쩌면 많은 부분에 있어서 그럴지도 모르는데, 그러면 안 될 이유가 없잖아. 우리는 전쟁 포로도 아니고 겁에 질려서 우왕좌왕하는 아이들에 불과한걸.

그는 그리핀 씨 사이트를 거쳐 《스타 트리뷴》에 접속했다. 오늘 머리기사는 벌써 몇 년째 계속되고 있는 보건 정책을 둘러싼 공방전이었다. 1면 너머에서 맞닥뜨릴지 모르는 기사에 대한 낯익은 두려움이 시작됐고 그는 하마터면 초기화면으로 빠져나갈 뻔했다. 그러면 최근 검색 기록을 지우고 노트북을 끄고 침대에 누울 수 있었다. 어쩌면 진통제를 한 알 더 먹을 수도 있었다. 모르면 다칠 일도 없다는 옛말도 있었고 오늘 하루 동안 이만큼 다쳤으면 충분하지 않을까?

바로 그때 닉이 생각났다. 니키 월홀름이 그리핀 씨 같은 뒷문을 알았다면 뒤로 물러섰을까? 그러지 않았을 가능성이 거의 100퍼센트였지만 그는 니키만큼 용감하지 않다는 것이 문제였다.

그는 위노나가 토큰을 한 줌 주었을 때 그가 한 개를 떨어뜨리자 칠칠치 못하다며 주우라고 했던 기억을 떠올렸다. 그는 슬쩍 흘겨보지도 않고 고분고분 토큰을 주웠다. 니키라면 그때도 그러지 않았을 것이다. 그가 *직접 주워요, 위니*라고 하고 뺨을 맞는 소리가 거의 들릴 듯했다. 어쩌면 맞받아쳤을 수도 있었다.

하지만 루크 엘리스는 그런 아이가 아니었다. 루크 엘리스는 기본적으로 부모님이 시키는 심부름이 됐건 학교에서 시키는 밴드 활동이 됐건 하라는 대로 하는 착한 아이었다. 그는 빌어먹을 트럼펫을 혐오했고 세 번 중에 한 번 꼴로 음 이탈을 냈지만 그리어 선생님이 교내 스포츠 말고 다른 방과 후 활동이 최소 하나라도 있어야 된다고 했기 때문에 계속 참았다. 루크 엘리스는 머리가 비상한 동시에 특이하다는 평가를 받지 않으려고 오버해 가며 붙임성 있게 굴던 아이였다. 그는 적절한 상호작용을 모두 수행한 뒤에 책의 세상으로 돌아갔다. 이 세상에는 심연이 있고, 책 속에는 거기 숨겨진 것을 소환하는 비밀의 주문이 들어 있었다. 모든 걸작 미스터리물이 그랬다. 루크에게는 그런 미스터리물이 최고였다. 미래의 언젠가는 그가 직접 책을 쓸 수도 있을지 몰랐다.

하지만 여기에서는 유일한 미래가 뒤 건물이었다. 여기에서는 '그런들 무슨 소용이겠어'가 삶의 진리였다.

"좆까라고 해."

그는 속삭이고, 귓전을 때리고 밴드 아래에서 이미 아물어가고 있는 상처와 함께 펄떡이는 심장을 달래며《스타 트리뷴》의 지역 소식면으로 들어갔다.

뒤질 필요도 없었다. 그는 작년에 학교에서 찍은 그의 사진을 본 순간 알아야 할 모든 것을 알아차렸다. 헤드라인을 볼 필요도 없었 지만 그래도 읽어 보았다.

계속된 수색 작업에도 행방이 묘연한
팰컨 하이츠에서 피살당한 부부의 아들

빙글빙글 돌며 펄떡이는 그 알록달록한 빛들이 다시 보였다. 루 크는 그 빛 사이로 실눈을 뜨고 노트북을 끄고 자기 다리처럼 느껴 지지 않는 다리를 딛고 일어나 부들부들 떨며 두 걸음 만에 침대로 갔다. 침대 옆 스탠드의 은은한 불빛 속에 누워서 천장을 올려다보 았다. 마침내 팝아트 같은 그 고약한 점들이 희미해지기 시작했다.

팰컨 하이츠에서 피살당한 부부.

지금까지 있는 줄 몰랐던 뚜껑문이 그의 머릿속 한복판에서 열 린 듯한 느낌이었다. 그 아래로 추락하지 못하게 그를 붙든 건 딱 하나의 선명하고 냉엄하며 강력한 생각뿐이었다. 저들이 보고 있 을지 모른다는 것. 짐작컨대 저들은 그리핀 씨 사이트와 그가 그것 을 이용해 외부 세계와 접촉할 수 있다는 사실을 몰랐다. 빛으로 인 해 그의 뇌에 근본적인 변화가 생겼다는 사실도 몰랐다. 저들은 실 험이 실패로 돌아갔다고 생각했다. 아직까지는 그랬다. 그것이 그 가 가진 무기였고 어쩌면 값진 무기일 수도 있었다.

식스비의 하수인들은 전능하지 않았다. 그가 계속 그리핀 씨에 접속할 수 있는 것만 봐도 알 수 있었다. 저들이 예상하는 반항의 형식은 전면적인 반항뿐이었다. 겁을 주거나 때리거나 전기봉을 동원해 그걸 제압하면 조와 하다드가 그와 조지만 C-11에 두고 커피를 가지러 갔던 것처럼 짧은 시간 동안에는 감시 없이 방치해도 된다고 생각했다.

피살당한.

그 단어가 뚜껑문이었고 그는 얼마든지 그 아래로 추락할 수 있었다. 처음부터 그는 저들이 거짓말을 하고 있다고 거의 확신했지만 *거의*라는 단어가 그 뚜껑문을 열리지 않도록 막고 있었다. 덕분에 일말의 희망이 유지됐다. 노골적인 헤드라인이 희망의 끈을 잘랐다. 두 분이 사망했다면(*피살당했다면*) 누가 가장 유력한 용의자이겠는가? 당연히 **행방이 묘연한 아들**이었다. 사건을 수사 중인 경찰은 지금쯤 그가 특별한 아이였다는 사실을, 천재였다는 사실을 파악했을 텐데 천재들이 원래 심약하지 않던가? 쉽게 탈선하는 성향이 있지 않던가?

칼리샤는 반항조로 소리를 질렀지만 루크는 그러고 싶은 마음이 굴뚝같아도 참을 작정이었다. 속으로는 실컷 소리를 지르더라도 입 밖으로 내지는 않을 작정이었다. 그의 비밀이 어떤 도움이 될지 알 수 없었지만 조지 아일스가 지옥의 똥창이라고 아주 제대로 명명한 이곳의 벽에는 틈이 있었다. 그의 비밀과 우월하다고 추정되는 그의 지적 능력을 지렛대로 삼으면 그중 한 개를 벌릴 수 있을지 몰랐다. 탈출할 수 있을지 알 수 없었지만, 방법을 찾더라도 탈출은 더 큰 목표를 향한 첫 걸음에 불과할 것이었다.

저들 위로 무너뜨려야지. 그는 생각했다. 델릴라의 꼬드김에 빠져 머리칼을 자른 삼손처럼. 무너뜨려서 저들을 박살내야지. 모조리 박살내야지.

어느 정도 시간이 지났을 때 그는 선잠이 들었다. 집으로 돌아갔고 어머니와 아버지가 살아 있는 꿈을 꾸었다. 길몽이었다. 아버지는 그에게 잊지 말고 쓰레기통을 꺼내 놓으라고 했다. 어머니는 팬케이크를 만들어 주었고 루크는 블랙베리 시럽에 듬뿍 적셔서 먹었다. 아버지는 게일 킹과 섹시한 노라 오도넬이 진행하는 CBS 아침 뉴스를 보며 팬케이크에 땅콩버터를 발라서 한 장 먹고, 루크에게는 뺨에 아일린에게는 입에 키스를 하고 출근했다. 길몽이었다. 롤프의 어머니가 아들들을 학교로 태워다 주는 길에 집 앞에서 클랙슨을 울리자 루크는 배낭을 집어 들고 현관문으로 달려갔다. "아들, 점심 사먹을 돈 들고 가야지!" 그의 어머니가 외치며 돈을 건넸지만 돈이 아니라 토큰이었고 이때 그는 꿈에서 깨어나 방 안에 누군가가 있다는 사실을 깨달았다.

29

루크는 그자가 누군지 알 수 없었다. 기억은 나지 않지만 중간에 침대 옆 스탠드를 껐는지 보이지가 않았다. 그의 책상 근처에서 나지막이 발이 끌리는 소리가 들렸고 그에게 맨 처음 떠오른 생각은 관리인이 노트북을 수거하러 온 모양이라는 것이었다. 저들이 그를 계속 감시하고 있었는데 아닐 거라고 믿었다니 그가 바보였다. 천하제일의 머저리였다.

분노가 독처럼 온몸을 채웠다. 그는 침대에서 일어났다기보다 침대 밖으로 뛰쳐나갔다. 방 안으로 들어온 관리인이 누군지 몰라도 덤빌 작정이었다. 침입자가 뺨을 때리든 주먹을 날리든 빌어먹을 전기봉을 두드리든 상관없었다. 몇 대는 제대로 때릴 수 있을 것이었다. 저들은 그가 주먹을 휘두르는 진짜 이유를 모를 테지만 상관없었다. 그는 알고 있으니 됐다.

그런데 상대가 어른이 아니었다. 그는 아담한 몸과 부딪혀 대자로 쓰러뜨렸다.

"악, 루크, 안 돼! 치지 마!"

에이버리 딕슨. 에이버스터였다.

루크는 더듬더듬 그를 일으켜 세우고 침대로 데려가 스탠드를 켰다. 에이버리는 겁에 질린 표정을 짓고 있었다.

"맙소사, 여긴 어쩐 일이야?"

"자다 깼는데 무서워서. 샤하고 같이 있을 수가 없잖아, 저들이 데려가서. 그래서 여기로 왔어. 나 여기 있어도 돼? 응?"

에이버리의 말은 사실이기는 했지만 그게 다는 아니었다. 루크는 지금까지 '알아차렸던' 다른 것들은 희미하고 자신 없게 느껴질 만큼 분명하게 그걸 느꼈다. 에이버리가 칼리샤보다도 훨씬 강력한 TP였기 때문인데, 지금 에이버리는…… 뭐랄까…… 방송을 하는 거나 다름없었다.

"있어도 돼."

하지만 에이버리가 침대 안으로 들어오려고 하자 막았다.

"안 돼. 먼저 화장실부터 다녀와. 내 침대에 오줌 싸지 말고."

에이버리는 군소리 없이 따랐고 이내 오줌 줄기가 변기 안으로 쏟아지는 소리가 들렸다. 양이 제법 많았다. 에이버리가 다시 오자 루크는 스탠드를 껐다. 에이버리가 그의 옆으로 파고들었다. 혼자 가 아니라 좋았다. 사실 근사했다.

그의 귀에 대고 에이버리가 속삭였다.

"형 엄마랑 아빠가 그렇게 되신 건 속상하다."

잠깐 동안 루크는 아무 말도 할 수가 없었다. 다시 말을 할 수 있 게 됐을 때 그는 이렇게 속삭였다.

"어제 놀이터에서 너랑 칼리샤랑 내 얘기하고 있었어?"

"응. 누나가 나더러 형 방으로 찾아가라고 했어. 형한테 편지를 보낼 테니까 나더러 배달을 해 달라고. 그래도 안전하겠다 싶으면 조지하고 헬렌한테도 얘기해도 된대."

하지만 여기에서는 그 무엇도 안전하지 않았기 때문에 그는 얘 기하지 않을 작정이었다. 심지어 생각하는 것마저 안전하지 않았 다. 그는 니키가 뒤 건물에서 온 관리인들에게 어떤 식으로 저항했 는지 칼리샤에게 들었을 때 자신이 뭐라고 얘기했었는지 떠올렸 다. *들고 있던 걸 발로 쳐서 떨어뜨렸구나.* 전기봉을 얘기한 거였 다. 그녀는 루크에게 어떻게 알았느냐고 묻지 않았다. 이미 짐작하 고 있었기 때문이었다. 그가 새롭게 습득한 TP 능력을 그녀에게 비 밀로 할 수 있을 거라고 생각했을까? 다른 사람들에게라면 몰라도 칼리샤에게는 불가능했다. 에이버리에게도 마찬가지였다.

"여길 봐!"

에이버리가 속삭였다.

스탠드는 꺼 놓았고 외부의 은은한 불빛을 허락하는 창문 하나 없었기 때문에 방 안이 칠흑같이 어두워서 아무것도 보이지 않았지만 그래도 루크는 쳐다보았고 칼리샤를 본다고 생각했다.

"칼리샤는 잘 지낸대?"

루크는 소곤소곤 물었다.

"응. 아직은."

"니키도 거기 있대? 니키도 잘 지내고?"

"응. 아이리스도 있어. 다만 아이리스는 두통을 앓고 있어. 다른 애들도 그렇고. 칼리샤 말론 영화 때문에 생긴 거래. 그리고 점."

에이버리가 속삭였다.

"무슨 영화?"

"나도 몰라. 칼리샤는 아직 보지 않았는데 니키는 봤대. 아이리스도 그렇고. 칼리샤 말로는 뒤 건물의 뒤 건물 같은 곳에 다른 아이들도 있는 것 같은데 지금 거기에는 몇 명밖에 없대. 지미랑 렌. 그리고 다나."

내가 다나의 컴퓨터를 받았지. 루크는 생각했다. 내가 그걸 물려받았어.

"처음에는 바비 워싱턴도 있었는데 지금은 없대. 아이리스가 칼리샤한테 자기는 바비를 봤다고 했대."

"나는 모르는 애들이다."

"칼리샤가 그러는데 다나는 형이 오기 2~3일 전에 뒤 건물로 옮겨졌대. 그래서 형이 그녀의 컴퓨터를 쓰게 된 거라고."

"너 섬뜩하다."

루크는 말했다.

에이버리도 자기가 섬뜩하다는 걸 알 텐데 이 말을 못 들은 체했다.

"그들은 아픈 주사를 맞고 있어. 주사 맞고 점을 보고 점을 보고 주사 맞고. 샤는 뒤 건물에서 끔찍한 일들이 벌어지고 있는 것 같대. 형은 어쩌면 뭔가 조치를 취할 수 있을지 모른대. 왜냐하면……."

그는 말문을 맺지 않았고 말문을 맺을 필요가 없었다. 루크는 잠깐이지만 눈이 부시도록 선명한 이미지를 보았다. 칼리샤 벤슨이 에이버리 딕슨을 통해서 보낸, 새장에 갇힌 카나리아였다. 문이 열렸고 카나리아가 밖으로 날아올랐다.

"왜냐하면 그 정도로 똑똑한 사람이 형밖에 없다고."

"할 수만 있다면 방법을 찾아볼게. 또 뭐래?"

루크는 말했지만 이 말에는 대꾸가 없었다. 에이버리가 잠이 들었기 때문이었다.

탈출

1

3주가 지났다.

루크는 밥을 먹었다. 잠을 자고 일어나 또 밥을 먹었다. 그는 이내 메뉴를 외웠고 메뉴에서 뭔가가 달라지면 다른 아이들과 함께 냉소적으로 박수를 쳤다. 어떤 날은 검사를 받았다. 어떤 날은 주사를 맞았다. 어떤 날은 둘 다 했다. 어떤 날은 둘 다 하지 않았다. 어떤 주사를 맞으면 속이 울렁거렸다. 대개는 그렇지 않았다. 목구멍이 다시 막힌 적은 없어서 다행이었다. 그는 놀이터에서 놀았다. 텔레비전을 보며 오프라, 엘런, 닥터 필, 주디 판사와 친해졌다. 유튜브로 고양이들이 거울에 비친 자신의 모습을 바라보고 개들이 날아가는 프리스비를 잡는 영상을 보았다. 혼자 볼 때도 있었고 다른 아이들과 같이 볼 때도 있었다. 해리가 그의 방으로 찾아왔고 쌍둥이들도 같이 와서 만화를 보여 달라고 했다. 루크가 해리의 방에 가 보면 쌍둥이들이 거의 항상 거기 있었다. 해리는 만화를 좋아하지 않았다. 레슬링, 케이지 격투기 그리고 NASCAR(전미 개조 자동차 경주 협회―옮긴이) 연쇄 충돌 사고 영상을 유달리 좋아했다. 루크를 보면 하는 인사가 "이것 좀 봐."였다. 쌍둥이들은 색칠 중독자라 관리인들이 색칠공부를 줄기차게 가져다주었다. 그들은 대개 선을 잘 지켜가며 색칠했지만 어느 날 선을 넘고 계속 웃은 적이 있었다. 짐작건대 술을 마셨거나 약에 취했거나 둘 중 하나인 듯했다. 해리에게 물어보자 그는 아이들이 궁금해 했다고 대답했다. 그래도 양심은 있어서 민망해하는 표정을 지었고 아이들이 토악질을 하자(뭐든 그렇듯 둘이 동시에 했다.) 더욱 민망해했다. 그리고 그가 난장판을 치웠다. 하루는 헬렌이 트램펄린에서 삼회전을 성공하고 깔깔대며 웃더니 허리를 숙여 인사하고는 울음을 터뜨려 그 어떤 것으로도 달래지지 않은 적이 있었다. 루크가 달래 보려고 했다가 조그만 주먹으로 퍽, 퍽, 퍽, 퍽 얻어맞기만 했다. 그는 한동안 체스에서 모든 상대를 이기고 지겨워져서 지는 방법을 찾았지만 그러기가 놀라울 정도로 어려웠다.

깨어 있을 때도 잠을 자는 기분이었다. 누가 꼭지를 열어 놓는 바람에 줄줄 흘러내리는 정수기 물처럼 IQ가 점점 떨어지는 것을 분명하게 느낄 수 있었다. 그는 이 이상한 여름의 시간을 컴퓨터 메뉴 막대에 뜨는 날짜로 구분했다. 노트북은(딱 한 가지 중요한 예외가 있기는 했지만) 유튜브 영상 볼 때 아니면 각자의 방에 있는 조지나 헬렌과 인스턴트 메신저를 할 때만 썼다. 그가 먼저 말을 거는 경우는 없었고 대화도 최대한 간단히 끝냈다.

한번은 헬렌이 이런 메시지를 보낸 적이 있었다. 너 어디 아파?

그는 대답을 보냈다. 아니.

조지는 이런 메시지를 보냈다. 우리가 계속 앞 건물에 남아 있는 이유가 뭐라고 생각해? 그게 싫다는 건 아니지만.

그러게. 루크는 대답을 보내고 로그오프했다.

관리인, 기술자, 의사들 앞에서 그의 상심한 마음을 감추는 것은 어려운 일이 아니었다. 그들은 축 처진 아이라면 이골이 나 있었다. 그는 지독하게 불행한 와중에도 에이버리가 투사했던 눈부신 이미지를 가끔 떠올렸다. 새장 밖으로 날아오르는 카나리아.

상심으로 비몽사몽 헤맬 때면 가끔 눈부신 기억의 편린들이 예기치 않게 떠올라 뇌리를 관통했다. 아버지가 마당의 호스로 그에게 물을 뿌렸던 기억. 아버지가 루크의 태클과 동시에 그물을 등지고 날린 자유투가 들어가자 두 사람 모두 깔깔대며 잔디밭 위로 쓰러졌던 기억. 그의 열두 번째 생일에 어머니가 이글거리는 촛불로 뒤덮인 거대한 컵케이크를 식탁으로 들고 왔던 기억. 어머니가 그를 끌어안고 *점점 더 엄청나게 커간다고* 얘기했던 기억. 어머니와 아버지가 부엌에서 리한나의 「폰 더 리플레이」에 맞춰 미친 듯이 춤을 추었던 기억. 이런 추억들은 아름다웠지만 쐐기풀처럼 쓰라렸다.

루크는 *팰컨 하이츠*의 피살당한 부부에 대해 생각하고 꿈을 꿀 때가 아니면 그가 갇혀 있는 새장과 그가 소망하는 자유로운 새에 대해 생각했다. 오직 그럴 때만 이성이 예전처럼 다시 날카롭게 벼려졌다. 이 시설이, 탈출 속도에 도달하자 엔진을 끈 로켓처럼 관성에 의해 운영되는 게 아닐까 하는 그의 짐작을 뒷받침하는 증거들이 눈에 들어왔다. 예를 들어 복도 천장에 달린 검은색 유리로 된 전구 모양의 감시 카메라만 해도 그랬다. 대부분 한참 동안 닦지 않은 듯 먼지를 뒤집어쓰고 있었다. 아무도 살지 않는 주거동 서관은 특히 심했다. 전구 안쪽의 카메라는 여전히 작동이 될지 몰라도 보이는 화면이란 그래봐야 부연 수준일 것이다. 그럼에도 프레드와 모트, 코니, 조드와 같은 잡역부들에게 아무도 청소하라고 지시를 내리지 않는 눈치였고 그 말은 곧 복도를 모니터로 감시하는 사람이 누군지 몰라도 화면이 점점 부예지거나 말거나 신경 쓰지 않는다는 뜻이었다.

　루크는 고개를 숙이고 옆에서 시키는 대로 군소리 없이 따르며 하루하루를 보냈지만 멍하니 방 안에 있을 때가 아니면 토끼처럼 귀를 쫑긋 세웠다. 대부분 별 쓸모없는 잡담들이 오갔지만 그래도 귀를 기울였다. 귀에 담고 머릿속에 저장했다. 대표적인 예가 직원들끼리 수군대는 얘기였다. 에번스 박사는 항상 리처드슨 박사의 뒤꽁무니를 따라다니며 말을 붙이려고 젖 빠지게(관리인 노머가 쓴 표현이었다.) 애를 쓰느라 펠리셔 리처드슨은 3미터짜리 봉으로도 그를 건드리고 싶은 마음이 없다는 걸 몰랐다. 조와 다른 두 관리인 채드와 게리는 아이들에게 주지 않고 꿍친 토큰으로 가끔 동관 휴게실에 있는 매점 자판기에서 작은 병에 든 와인과 하드 레모네이드를 뽑아 마셨다. 그들은 가끔 가족 얘기를 하거나 밴드가 있는 아웃로 컨트리라는 술집에서 어떤 술을 마셨는지 떠들어 댔다. 루크는 셰리라는 관리인이 가식적인 미소를 짓는 글래디스에게 "그런 것도 음악으로 부를 수 있을지 모르겠지만."이라고 하는 것을 들은 적이 있었다. 남자 기술자와 관리인들 사이에서 '보지'라고 불리는 그 술집은 데니슨 리버 벤드라는 마을에 있었다. 루크로서는 거기까지 거리가 얼마나 될지 정확하게는 알 수 없었지만 다들 쉬는 시간에 거길 가는 것을 보면 기껏해야 40킬로미터 아니면 50킬로미터쯤 됨직했다.

루크는 들은 이름을 따로 기억해 두었다. 에번스 박사는 제임스, 헨드릭스 박사는 댄, 토니는 피절, 글래디스는 힉슨, 지크는 이오니디스였다. 그는 여기서 탈출한다면, 카나리아처럼 새장 밖으로 날아오른다면 법정에서 이 개자식들에게 불리한 증언을 할 때 어마어마하게 긴 명단을 읊고 싶었다. 상상에 불과할지 모른다는 것을 알았지만 그래도 그것이 그를 버티게 하는 힘이었다.

말 잘 듣는 아이로 하루하루를 지내다 보니 가끔 꼼짝 말고 있으라는 으름장과 함께 짧은 시간 동안이나마 C층에 혼자 남겨질 때도 있었다. 루크는 고개를 끄덕였고 기술자가 볼일을 보러 나가면 혼자 밖으로 나섰다. 지하에는 카메라가 많았고 모두 멀쩡하고 깨끗했지만 경보가 울리거나 관리인이 전기봉을 휘두르며 복도를 달려오지는 않았다. 루크는 혼자 돌아다니다가 두 번 발각돼 한 번은 욕을 들으며, 또 한 번은 형식적으로 뒷덜미를 한 대 맞고 다시 끌려 왔다.

한번은 이런 식으로 탐험에 나섰을 때(항상 다음 검사를 받거나 방으로 돌아갈 수 있을 때까지 시간이나 때우는, 아무 목적 없이 권태에 젖은 아이처럼 보이려고 했다.) 보물을 발견했다. 그날 아무도 없었던 MRI 방의 컴퓨

터 모니터 아래에서 엘리베이터 작동 카드가 반쯤 고개를 내밀고
있었던 것이다. 그는 테이블을 지나며 그 카드를 주웠고 빈 MRI 통
을 들여다보며 카드를 주머니에 넣었다. 밖으로 나섰을 때 그 카드
가 "도둑이야, 도둑이야." 하고 소리를 지르지 않을까 싶었지만 (잭
이 콩나무를 타고 올라가 거인의 요술 하프를 훔치려고 했을 때 하프가 그랬듯이)
그때도 그렇고 나중에도 그렇고 아무 일 없었다. 그 카드의 개수를
세지 않는 걸까? 그런 모양이었다. 그게 아니라 입력된 손님이 체
크아웃하면 무용지물이 되는 호텔 카드키처럼 더이상 쓸 수 없게
됐을 수도 있었다.

　하지만 다음 날 엘리베이터 안에서 카드를 시험해 보니 기쁘게
도 작동이 됐다. 다음 날 수조가 있는 D층의 방을 기웃거리다 리처
드슨 박사와 맞닥뜨렸을 때 그는 벌을 받을 줄 알았다. 그녀가 흰색
가운 아래에 차고 다니는 전기봉에 찔리거나 토니나 지크에게 얻
어맞을 줄 알았다. 그런데 그녀는 토큰을 하나 슬쩍 쥐어 주었고 그
는 고맙다는 인사와 함께 받았다. 루크는 수조를 가리키며 말했다.

　"저 테스트는 아직 받아 본 적이 없어요. 끔찍한가요?"

　"아니, 재미있어."

　루크는 그 헛소리를 믿는 아이처럼 함박웃음을 지어 보였다.

　"여기서 뭐하는 거니?"

　"어떤 관리인이랑 엘리베이터를 슬쩍 같이 타고 내려왔어요. 누
군지는 몰라요. 그분이 이름표를 깜빡한 것 같더라고요."

　"다행이네. 네가 그 사람 이름을 알면 나는 상부에 보고하는 수밖
에 없고 그럼 그 사람은 골치 아파질 테니까."

그녀가 눈을 부라리자 루크는 *뭔지 안다*는 표정을 지어 보였다. 그녀는 그를 엘리베이터까지 다시 데려다주며 원래 무슨 층에 있어야 하느냐고 물었고 그는 B라고 대답했다. 그녀는 그와 함께 엘리베이터를 타고 올라가면서 아픈 건 어떠냐고 물었고 그는 괜찮다고, 다 나았다고 말했다.

그 카드로 뭔지 모를 기계들이 잔뜩 있는 E층까지 갈 수 있었지만 그보다 더 아래로 내려가려고 하자(F층과 G층을 운운하는 얘기를 들었기 때문에 그보다 더 아래층이 있다는 것을 알았다.) 엘리베이터 걸이 명랑한 목소리로 거긴 접근 금지라고 알렸다. 상관없었다. 원래 시도해 가며 배우는 거였다.

앞 건물에서 필기시험은 실시된 적 없었지만 EEG 검사는 수도 없이 시행됐다. 에번스 박사는 아이들을 단체로 검사했지만 늘 그런 건 아니었다. 한번은 루크 혼자 검사를 받는 도중에 에번스 박사가 갑자기 우거지상을 짓더니 한 손을 배에 올려놓고 잠깐 어디 다녀오겠다고 했다. 루크에게 아무것도 건드리지 말라고 하고는 밖으로 튀어나갔다. 똥을 싸러 가는 모양이로군. 루크는 생각했다.

그는 컴퓨터 화면을 살피고 키보드를 손가락으로 훑으며 장난을 좀 칠까 하다가 그러지 않는 편이 좋겠다는 결론을 내리고 대신 문 앞으로 갔다. 그가 밖을 내다보았을 때 마침 엘리베이터 문이 열리면서 예의 그 비싼 갈색 양복을 입은 거구의 대머리 남자가 내렸다. 아니면 전과 다른 양복일 수도 있었다. 루크가 알기로 스택하우스는 옷장 한가득 비싼 갈색 양복뿐이었다. 그는 종이 더미를 들고 있었다. 그가 종이를 뒤적이며 복도를 따라 걸어오자 루크는 얼른 몸을 뒤로 뺐다. EEG와 EKG 기계가 있는 C-4에는 선반 가득 다양한 비품들이 들어 있는 조그만 반침이 있었다. 루크가 그 안으로 들어간 것은 새롭게 생겨난 TP 뇌파가 어떤 예감을 느꼈기 때문이었는지 아니면 단순한 피해망상 때문이었는지 알 수 없었다. 둘 중 어느쪽이었건 그는 마침 알맞게 몸을 피했다. 스택하우스가 고개를 들이밀고 좌우를 두리번거리다 나갔던 것이다. 루크는 그가 다시 돌아오지 않는지 기다렸다가 EEG 기계 옆으로 가서 앉았다.

2~3분 뒤에 에번스가 하얀색 실험실 가운을 휘날리며 허겁지겁 들어왔다. 뺨이 시뻘겠고 두 눈은 왕방울만 했다. 그가 루크의 셔츠를 움켜쥐었다.

"너 혼자 여기 있는 거 보고 스택하우스가 뭐라고 하디? 말해!"

"저를 보지 못했기 때문에 아무 말도 하지 않았어요. 제가 선생님이 언제 오나 싶어서 문밖을 내다보다가 스택하우스 씨가 엘리베이터에서 내리는 걸 보고 저 안으로 들어갔거든요."

그는 반침을 가리킨 다음 순진한 표정으로 두 눈을 동그랗게 뜨고 에번스를 올려다보았다.

"선생님이 골치 아파지실까 봐서요."

"잘했다. 갑자기 뒤가 마려웠는데 너는 믿어도 된다는 확신이 있었거든. 이제 검사 마저 하자. 그래야 위로 올라가서 친구들이랑 놀 수 있지."

에번스는 말하고 그의 등을 두드렸다. 그를 다시 A층으로 데려갈 욜란다라는 다른 관리인을 부르기 전에 에번스는 토큰을 10여 개 주며 다시 한 번 루크의 등을 따뜻하게 두드렸다.

"우리 둘만의 비밀이다, 알았지?"

"네."

저 사람은 내가 자길 좋아하는 줄 아나 봐. 루크는 놀라워했다. 진짜 어이가 없네. 조지한테 얼른 얘기해 줘야지.

2

하지만 그는 얘기하지 못했다. 그날 저녁을 먹는 자리에 두 명의 새로운 멤버가 추가됐고 한 명의 기존 멤버가 사라졌다. 루크가 스택하우스를 피해 그 받침 속에 숨어 있는 동안 조지가 옮겨진 것이었다.

그날 밤에 루크와 한 침대에 누웠을 때 에이버리가 속삭였다.

"조지는 다른 친구들이랑 같이 있어. 샤 말로는 무섭다고 울고 있대. 샤는 조지한테 그게 정상이라고 했어. 다들 무서워하고 있다고."

3

루크는 탐험을 나섰을 때 흥미진진하고 영양가 높은 대화가 이루어지는 B층 휴게실 밖에서 두세 번 걸음을 멈춘 적이 있었다. 그곳은 직원들뿐 아니라 가끔 손잡이에 비행기 수화물 표가 달려 있지 않는 여행용 가방을 들고 등장하는 외부 인사들도 이용하는 곳이었다. 그들은 가까운 식수대로 물을 마시러 가거나 위생을 강조하는 포스터를 들여다보는 척하는 루크가 보이면 대부분 가구 대하듯 못 본 척했다. 이 집단에 속하는 사람들은 표정이 험상궂었고, 보면 볼수록 그들이 이 시설의 사냥과 채집 담당일 거라는 루크의 짐작에 힘이 실렸다. 서관에서 지내는 아이들이 늘어난 것을 보면 논리적으로 앞뒤가 맞았다. 루크는 조가 하다드에게(그 둘은 착한 편에 속했다.) 이 시설이 그가 어린 시절을 보낸 롱아일랜드의 바닷가 마을 비슷하다고 하는 것을 들은 적이 있었다. "어떨 때는 밀물이 지고 또 어떨 때는 썰물이 지잖아."

"요즘은 썰물이 질 때가 더 많지." 하다드는 이렇게 대꾸했고 맞는 말일 수도 있었지만 7월 한 달 동안은 분명 밀물이었다.

외부 인사들은 3인조인 경우도 있고 4인조인 경우도 있었다. 루크가 그들을 보며 군대를 연상한 이유는 남자들은 전부 머리를 짧게 깎았고 여자들은 하나로 단단히 묶어서 트레머리를 했기 때문이었을 것이다. 그는 한 잡역부가 그들 중 한 팀을 가리켜 에메랄드라고 지칭하는 것을 들었다. 한 기술자는 다른 팀을 가리켜 루비 레드라고 했다. 이 두 번째 팀은 여자 둘, 남자 하나로 이루어진 3인조였다. 그는 루비 레드가 미니애폴리스에서 그의 부모를 죽이고 그를 납치한 팀이라는 것을 알았다. 머리와 귀를 동원해 그들의 이름을 파악하려고 했지만 딱 한 명만 알아낼 수 있었다. 그가 팰컨 하이츠에서 보낸 마지막 날 밤에 그의 얼굴에 대고 뭔가를 뿌린 여자의 이름이 미셸이었다. 그가 복도에서 식수대 위로 몸을 숙이고 있었을 때 그녀의 시선이 그를 훑고 지나갔다가…… 잠깐 동안 다시 돌아왔다.

미셸.

외워야 할 이름이 하나 더 추가됐다.

그들이 새로운 TP와 TK를 데려오는 임무를 맡고 있다는 루크의 짐작은 이내 사실로 입증됐다. 에메랄드가 휴게실에 있는 동안 그는 밖에 서서 위생을 강조하는 포스터를 열 몇 번째 들여다보고 있다가 한 남자가 미주리로 가서 얼른 아이를 데려와야 한다고 얘기하는 것을 들었다. 다음 날 프리다 브라운이라는 열네 살짜리 여자아이가 점점 더 늘어나는 서관의 인구에 추가됐다. 그녀는 루크에게 말했다.

"나는 여기 있을 사람이 아니야. 착오가 생긴 게 분명해."

"그런 거라면 얼마나 좋겠니."

루크는 말하고 어떻게 하면 토큰을 받을 수 있는지 알려 주었다. 그녀가 제대로 알아들었는지 알 수가 없었지만 결국에는 이해할 것이었다. 모두가 그랬다.

4

에이버리가 거의 매일 밤 루크의 방에서 같이 자도 아무도 신경 쓰지 않는 눈치였다. 그는 뒤 건물에서 칼리샤가 보내는 편지를 루크에게 전하는 집배원이었고 그 편지는 USPS가 아니라 텔레파시로 전달됐다. 루크는 부모님이 살해당했다는 사실이 아직 너무 생생하고 가슴 아파서 이 편지를 받고도 몽롱한 상태에서 깨어나지 못했지만 그 안에 담긴 소식은 심란하기 그지없었다. 그런가 하면 루크는 모르고 지내고 싶은 새로운 정보도 많이 들어 있었다. 앞 건물에서는 아이들이 검사를 받았고 불량한 태도를 보이면 벌을 받았다. 뒤 건물에서는 아이들이 작업에 동원했다. 이용됐다. 그리고 그러는 와중에 조금씩 파괴되는 듯했다.

영화를 보면 두통이 생겼고 영화를 볼 때마다 두통이 길어지고 심해졌다. 칼리샤의 말에 따르면 조지는 겁에 질렸을 뿐 처음에는 괜찮았는데, 4일인가 5일 동안 점과 영화를 보고 아픈 주사를 맞은 다음부터 그 역시 두통에 시달리기 시작했다.

영화는 푹신하고 안락한 좌석이 갖추어진 조그만 상영실에서 보았다. 맨 처음에는 옛날 만화영화가 나왔다. 로드 러너일 때도 있고 벅스 버니일 때도 있고 구피와 미키일 때도 있었다. 그렇게 워밍업을 거친 뒤에 진짜 쇼가 시작됐다. 칼리샤는 영화가 기껏해야 30분 정도로 짧은 것 같지만 보는 동안에는 머리가 멍하고 보고 난 다음에는 두통이 시작되기 때문에 확실하지 않다고 했다.

그녀가 상영실에 간 첫날과 둘째 날에 뒤 건물 아이들은 두 편을 연속 시청했다. 첫 번째 영화의 주인공은 점점 대머리가 되어가는 빨간 머리의 남자였다. 검은색 양복을 입고 반짝이는 검은색 차를 몰고 다녔다. 에이버리가 어떤 차인지 보여 주려고 했지만 루크는 희미한 이미지밖에 볼 수 없었다. 어쩌면 칼리샤가 전송할 수 있는 이미지가 그 정도에 그쳤기 때문일 수도 있었다. 그래도 에이버리가 빨간 머리의 차에 타는 사람들은 항상 뒤에 탄다고 한 것으로 미루어 보았을 때 리무진 아니면 타운카인 것 같았다. 뿐만 아니라 그 사람들이 타고 내릴 때 그가 문을 열어 준다고 했다. 대부분 나이 많은 백인 남자들을 태웠지만 한번은 뺨에 흉터가 있는 젊은 남자를 태운 적도 있었다.

에이버리는 루크와 함께 침대에 누워서 이렇게 속삭였다.

"샤 말로는 그 사람한테 단골이 있대. 그리고 워싱턴 DC래. 그 사람이 차를 몰고 국회 의사당이랑 백악관 앞을 지나고 가끔 그 돌로 만든 커다란 바늘 같은 것도 보인다고."

"워싱턴 기념비 말이지?"

"응, 그거."

이 영화의 막판에 이르면 빨간 머리는 검은색 양복을 평상복으로 갈아입었다. 그런 다음 말을 타고, 조그만 여자아이를 그네에 태워서 밀어 주고, 공원 벤치에서 그 아이와 함께 아이스크림을 먹었다. 그 이후에는 불을 붙이지 않은 독립기념일 폭죽을 높이 든 헨드릭스 박사가 화면에 등장했다.

동시 상영 두 번째 작품에는 칼리샤 말로는 아랍식 두건을 썼다는 남자가 등장하는데, 아마도 카피에인 듯했다. 그는 길거리에 있다가 노천카페에서 유리잔에 담긴 차 아니면 커피를 마신 다음 연설을 하고 조그만 남자아이의 손을 잡고 빙글빙글 돌렸다. 텔레비전에도 한번 출연했다. 이 영화도 불을 붙이지 않은 폭죽을 높이 든 헨드리스 박사의 모습으로 막을 내렸다.

다음 날 아침에 샤와 다른 아이들은 실베스터와 트위티 만화에 이어 빨간 머리의 기사가 등장하는 15분 아니면 20분짜리 영화를

보았다. 그런 다음 담배가 무료로 제공되는 뒤 건물 식당에서 점심
을 먹었다. 그날 오후에는 포키 피그에 이어 아랍인이 등장했다. 모
든 영화마다 마지막은 헨드릭스 박사와 불을 붙이지 않은 폭죽이
었다. 그날 저녁에는 아픈 주사를 맞고 반짝이는 불빛을 다시 보았
다. 그런 다음 다시 상영실로 가서 20분 동안 교통사고가 나는 영
화를 보았다. 교통사고가 날 때마다 헨드릭스 박사가 불을 붙이지
않은 폭죽을 높이 들고 등장했다.

　루크는 상실의 아픔에 잠겼을지 몰라도 바보는 아니었기에 그
영화의 정체를 파악하기 시작했다. 황당한 발상이었지만 가끔 다
른 사람들의 머릿속을 들여다볼 수 있는 것에 비하면 그렇게 황당
하지도 않았다. 그리고 이로써 많은 의문점이 풀렸다.

　에이버리가 루크의 귀에 대고 속삭였다.

　"칼리샤 말로는 교통사고가 나는 동안 정신을 잃고 꿈을 꾼 것
같대. 그런데 꿈이었는지 잘 모르겠대. 아이들, 그러니까 자기, 니
키, 아이리스, 다나, 렌, 그 밖의 몇몇 아이들이 서로 어깨동무를 하
고 머리를 모으고 그 점들 속에 서 있더래. 헨드릭스 박사도 거기
있었는데 이번에는 그가 폭죽에 불을 당겼고 그래서 무서웠대. 하
지만 다 같이 어깨동무하고 있는 동안에는 머리가 아프지 않았대.
그런데 자기 방에서 깬 걸 보면 꿈이었던 것 같다고 해. 뒤 건물의
방들은 여기하고 달라. 밤에 잠가 놔."

　에이버리는 말을 하다 말고 멈추었다.

　"오늘 밤에는 이 얘기 그만하고 싶다, 형."

　"그래. 얼른 자."

에이버리는 잠이 들었지만 루크는 한참 동안 뒤척였다.

다음 날 그는 드디어 날짜를 확인하거나 헬렌과 인스턴트 메시지를 주고받거나 「보잭 호스먼」을 보는 것 말고 다른 용도로 노트북을 활용했다. 그리핀 씨 사이트에 접속했고 그리핀 씨를 통해 기사 열 개를 무료로 읽을 수 있다는 「뉴욕 타임스」로 들어갔다. 루크는 뭘 찾아야 하는지 정확하게는 몰랐지만 보면 알 수 있을 거라고 확신했다. 그의 확신은 과연 맞아떨어졌다. 7월 15일자 일면 헤드라인이 **버코위츠 하원의원 끝내 부상 앞에 무릎 꿇다**였다.

루크는 그 기사를 읽지 않고 전날 신문으로 넘어갔다. 이번에는 헤드라인이 **대통령 유력 후보 마크 버코위츠 교통사고로 중상**이었다. 사진이 있었다. 오하이오 주의 버코위츠 하원의원은 까만 머리였고 뺨에 아프가니스탄에서 생긴 흉터가 있었다. 루크는 기사를 얼른 읽어 보았다. 버코위츠가 폴란드와 유고슬라비아에서 온 정부 고관들과 만나기 위해 타고 가던 링컨 타운카가 차로를 이탈해 콘크리트로 된 다리 지지대를 들이받았다. 기사는 그 자리에서 즉사했다. 익명의 메드스타 병원 관계자는 버코위츠의 상태가 "매우 심각하다"고 했다. 기사가 빨간 머리였는지는 소개되지 않았지만 루크는 빨간 머리라는 것을 알았고, 아랍의 어느 나라에서 온 사람도 조만간 죽거나 이미 죽었을 거라고 자신할 수 있었다. 아니면 그가 중요한 인물을 죽게 만들거나.

그와 다른 아이들이(심지어 겁이 많고 속없는 에이버리마저) 초능력 공격대로 쓰이고 있다는 확신이 점점 굳어지자 루크는 정신이 번쩍 들었지만 해리 크로스의 호러 쇼가 벌어진 다음에라야 그는 상심으로 인한 가수면 상태에서 완전히 깨어날 수 있었다.

5

다음 날 저녁에는 열네 명에서 열다섯 명의 아이들이 식당으로
모였다. 몇 명은 얘기하고 몇 명은 웃고 새로 들어온 몇 명은 울거
나 소리를 질렀다. 루크는 어떻게 보면 시설 생활이 환자들을 가두
어놓기만 할 뿐 치료는 하지 않는 그 옛날 정신병원과 비슷하다는
생각을 했다.

해리는 처음에 자리에 없었고 점심시간에도 보이지 않았다. 그
어설픈 덩치는 루크의 레이더 상에서 깜빡이는 한 점에 불과했지
만, 거다와 그레타가 항상 똑같은 옷을 입고 그의 양옆에 앉아서 그
가 자동차 경주, 레슬링, 자기가 좋아하는 프로그램, "거기 셀마"에
서의 생활에 대해 지껄이는 동안 눈을 반짝이며 쳐다보았기 때문
에 식사 시간에 빠지면 모르고 지나갈 수가 없었다. 누가 그에게 조
용히 좀 하라고 하면 두 꼬맹이가 말을 가로막은 그 사람을 죽일
듯이 노려보곤 했다.

오늘 저녁에 두 꼬맹이는 자기들끼리 밥을 먹었고 그래서 우울
해 보였다. 하지만 둘 사이에 해리의 자리를 비워 놓았고 그가 타서
벌게진 얼굴로 배를 흔들며 천천히 걸어들어오자 그들은 큰 소리
로 인사하며 그에게로 달려갔다. 그런데 그는 그들의 존재를 알아
차리지 못하는 눈치였다. 눈빛이 멍했고 두 눈이 정상적으로 함께

움직이지 않았다. 턱은 침으로 번들거렸고 바지의 사타구니 부분에 축축한 자국이 있었다. 대화 소리가 멎었다. 최근 시설에 들어온 아이들은 당황하며 경악한 표정을 지었다. 이미 여러 검사를 거친 아이들은 불안한 눈빛으로 서로 흘끗거렸다.

루크와 헬렌은 서로 눈빛을 주고받았다. 그녀가 말했다.

"괜찮을 거야. 남들보다 충격이 심한 아이들도 있어서……."

에이버리가 그녀의 옆에 앉아 있었다. 그가 두 손으로 그녀의 한쪽 손을 잡고 섬뜩하리만치 차분한 목소리로 말했다.

"해리는 괜찮지 않아. 절대 괜찮아지지 않을 거야."

해리는 비명을 지르고 무릎을 꿇더니 얼굴로 바닥을 들이받으며 쓰러졌다. 코와 입술에서 뿜어져 나온 피가 리놀륨 위로 흩뿌려졌다. 그는 처음에는 부들부들 떨다가 두 다리를 오므렸다가 Y자 모양으로 뻗고 두 팔을 내저으며 발작을 일으켰다. 으르렁거리는 소리를 내기 시작했는데 짐승이 아니라 기어를 저속에 넣고 너무 세게 공회전하는 엔진 소리에 가까웠다. 그는 계속 으르렁거리고 횡설수설했고, 피가 섞인 게거품을 뿜으며 똑바로 몸을 뒤집었다. 이를 위아래로 우적거렸다.

쌍둥이 꼬맹이들이 비명을 질렀다. 글래디스가 복도에서 달려오고 노머가 요리가 놓인 뷔페 테이블을 돌아나오는 동안 쌍둥이 중한 명이 무릎을 꿇고 앉아서 해리를 끌어안으려고 했다. 그는 큼지막한 오른손을 들어 밖으로 뻗었다가 바람 소리를 내며 다시 안으로 거두었다. 그 손이 어마어마한 기세로 그녀의 얼굴 옆면을 때려 그녀를 멀찌감치 날렸다. 그녀의 머리가 쿵 하는 소리와 함께 벽에 부딪혔다. 남은 쌍둥이가 비명을 지르며 그녀에게로 달려갔다.

식당에서 난리가 났다. 루크와 헬렌은 그 자리에서 꼼짝하지 않았고 헬렌은 에이버리의 어깨를 한 팔로 감싸 안았지만(꼬맹이를 위해서라기보다 자기 마음을 달래기 위해서인 듯했다. 에이버리는 동요하는 기미가 없었다.) 다른 아이들은 발작을 일으킨 아이 주변으로 다가갔다. 글래디스가 그중 두어 명을 밀치며 으르렁거렸다.

"비켜, 이 바보들아!"

오늘 저녁에는 그녀도 가식적인 함박웃음을 짓지 않았다.

이제 시설의 직원이 몇 명 더 등장했다. 조와 하다드, 채드, 카를로스, 이제 막 출근했는지 아직 사복을 입고 있는 한 명을 비롯해 루크가 모르는 직원이 두어 명 더 있었다. 바닥에 전기라도 흐르는 듯 해리의 몸이 감전당한 사람처럼 위아래로 벌떡였다. 채드와 카를로스가 그의 팔을 잡고 눌렀다. 하다드가 그의 명치를 전기봉으로 찔렀지만 그래도 발작이 멈추지 않자 조가 그의 목을 찔렀다. 전기봉이 타닥거리는 소리가 당황해서 웅성거리는 아이들의 말소리를 가르고 또렷하게 들렸다. 해리가 축 늘어졌다. 반쯤 감긴 눈꺼풀 아래에서 눈이 튀어나왔다. 입가에서 게거품이 질질 흘렀다. 혀끝이 입 밖으로 튀어나왔다.

하다드가 고함을 질렀다.

"이 아이는 이제 괜찮아, 상황 정리됐어! 다들 테이블로 돌아가! 이 아이는 아무 문제없어!"

아이들은 이제 잠자코 지켜보며 뒷걸음질을 쳤다. 루크는 헬렌 쪽으로 몸을 기울이고 나지막이 속삭였다.

"숨을 쉬지 않는 것 같아."

헬렌이 말했다.

"그럴 수도 있고 아닐 수도 있지. 하지만 저쪽을 봐."

그녀는 벽으로 내동댕이쳐진 쌍둥이를 가리켰다. 아이의 눈이 게슴츠레했고 머리가 이상한 각도로 꺾여 있었다. 한쪽 뺨을 타고 흘러내린 피가 원피스 어깨 위로 떨어졌다.

"*일어나!*"

다른 쌍둥이가 소리를 지르며 그녀를 흔들기 시작했다. 테이블 위에 있던 은식기들이 어지럽게 날아다녔다. 아이들과 관리인들은 고개를 숙였다.

"*일어나, 해리는 널 해치려고 했던 게 아니야, 일어나, 일어나!*"

"누가 누구지?"

루크는 헬렌에게 물었지만 에이버리가 좀 전처럼 섬뜩하리만치 차분한 목소리로 대답했다.

"소리 지르면서 그릇을 날리는 애가 거다야. 죽은 애가 그레타고."

헬렌이 충격을 받은 목소리로 말했다.

"죽지 않았어. 죽었을 리 없어."

나이프, 포크, 숟가락이 천장까지 솟았다가(나는 죽었다 깨어나도 이렇게는 못할 텐데. 루크는 생각했다.) 와장창 떨어졌다.

"하지만 죽었어. 해리도 마찬가지고."

에이버리가 사무적으로 말했다. 그는 헬렌의 손과 루크의 손을 한쪽씩 잡고 자리에서 일어났다.

"해리가 나를 밀쳤어도 나는 해리를 좋아했는데. 이제 배 안 고

파. 누나랑 형도 그렇지?"

그는 두 사람을 번갈아 쳐다보았다.

그들 셋은 비명을 지르는 쌍둥이와 죽은 아이와 멀찌감치 거리를 두고 아무도 모르게 식당에서 빠져나왔다. 에번스 박사가 난감하고 화가 난 표정으로 엘리베이터에서 내려 복도를 성큼성큼 걸어왔다. 저녁을 먹다가 온 모양이지. 루크는 생각했다.

그들 뒤에서 카를로스가 외쳤다.

"애들아, 모두 아무 문제없다! 앉아서 저녁 마저 먹어라, 모두 아무 문제없어!"

에이버리가 말했다.

"해리는 점 때문에 죽었어. 해리가 분홍색이었대도 헨드릭스 박사와 에번스 박사는 점을 보여 주면 안 되는 거였어. 해리의 BDNF 수치가 너무 높았을지 몰라. 아니면 알레르기 같은 다른 이유가 있었던지."

헬렌이 물었다.

"BDNF가 뭔데?"

"나도 몰라. 내가 아는 건 그 수치가 엄청 높은 애는 뒤 건물로 건너갈 때까지 센 주사를 맞으면 안 된다는 것뿐이야."

"너는?"

헬렌이 루크를 돌아보며 물었다. 루크는 고개를 저었다. 칼리샤가 예전에 거기에 대해 얘기한 적이 있었고, 그도 정보를 주우러 돌아다니던 와중에 두어 번 그 단어가 사람들 입에 오르내리는 것을 들은 적이 있었다. 인터넷에서 BDNF가 뭔지 검색해 볼까 싶었지만 그랬다가는 경보가 울릴 수도 있었다.

루크는 에이버리에게 물었다.

"너는 그런 경험 없지? 센 주사를 맞은 적도. 특별한 검사를 받은 적도."

에이버리는 엄숙한 표정으로 루크를 바라보았다.

"응. 하지만 받게 될 거야. 뒤 건물에서. 에번스 박사는 해리한테 그런 조치를 내린 것 때문에 징계를 받을지 몰라. 그랬으면 좋겠는데. 나는 불빛이 무서워 죽겠어. 센 주사도. 강력한 주사 말이야."

헬렌이 말했다.

"나도. 지금까지 맞은 주사들도 충분히 괴로웠는데."

루크는 헬렌과 에이버리에게 어떤 주사를 맞고 목구멍이 막힌 적이 있었고 토악질을 한 적도 있었다고(구역질이 날 때마다 그 빌어먹을 점을 보았다고) 얘기할까 고민했지만 해리에게 방금 전에 벌어진 사건에 비하면 그건 별 거 아닌 일처럼 느껴졌다.

"비켜라, 너희들."

조가 말했다.

그들은 **나는 행복해지기로 결심한다** 포스터 옆쪽 벽에 붙어 섰다. 조와 하다드가 해리 크로스의 시신을 들고 그들 앞을 지나갔다. 카를로스는 목이 부러진 아이를 안았다. 그녀의 머리가 그의 팔 위에서 좌우로 대롱거렸고 머리칼은 축 늘어졌다. 루크, 헬렌 그리고 에이버리는 그들이 엘리베이터를 탈 때까지 지켜보았고 루크는 E층이나 F층에 영안실이 있는지 궁금해졌다.

"인형 같았어. 자기가 안고 다니던 인형 같았어."

이렇게 얘기하는 자신의 목소리가 루크의 귀에 돌렸다. 사실 충격 때문에 지금까지 섬뜩하고 묘하게 침착했던 에이버리가 울음을 터뜨렸다.

"나는 내 방으로 갈래. 내일 보자."

헬렌이 말했다. 그는 루크의 어깨를 토닥이고 에이버리의 뺨에 입을 맞추었다.

하지만 그들은 다음 날에 만나지 못했다. 파란 옷을 입은 관리인들이 그날 밤에 그녀를 데리러 왔고 그들은 이제 다시 그녀를 볼 수 없었다.

6

에이버리는 소변을 보고 이를 닦고 아예 루크의 방에 두는 잠옷으로 갈아입고 루크의 침대 속으로 들어갔다. 루크도 화장실에서 볼일을 보고 에이버스터 옆으로 누워서 불을 껐다. 루크는 에이버리의 이마에 자신의 이마를 갖다 대고 속삭였다.

"여기서 도망쳐야겠어."

어떻게?

무언의 그 한 마디가 그의 머릿속에 잠깐 반짝였다가 사라졌다. 루크는 이런 생각들을 읽는 실력이 조금씩 늘고 있었지만 그래도 에이버리가 옆에 있을 때만이었고 그마저도 가끔은 전혀 안 될 때가 있었다. 에이버리가 슈타지 라이트라고 한 그 점들을 보고 나서

TP가 조금 생기기는 했지만 대단한 수준은 아니었다. TK가 원래 그랬다. 그는 IQ가 어마어마하게 높을지 몰라도 초능력 면에서는 바보였다. 좀 더 있으면 좋을 텐데. 그는 생각했다가 할아버지의 명언을 떠올렸다. 한 손에는 소원, 다른 손에는 똥, 둘 중 어느 쪽이 먼저 채워지는지 볼래?

"나도 몰라."

루크는 말했다. 그가 아는 것이 있다면 그는 여기 있은 지 오래됐다는 것이었다. 헬렌보다 더 오래됐는데 그녀가 사라졌다. 조만간 저들이 그를 데리러 올 것이었다.

7

한밤중에 에이버리가 루크를 흔들어 깨웠을 때 그는 그레타 월콕스 꿈을 꾸고 있었다. 그레타가 고개를 이상한 각도로 꺾고 벽에 기대고 누워 있는 꿈이었다. 이런 꿈은 깨어도 아쉽지 않았다. 에이버스터는 무릎과 뾰족한 팔꿈치로 온몸을 감싸고 그에게 바짝 붙어서 폭풍을 만난 개처럼 벌벌 떨고 있었다. 루크는 침대 옆 스탠드를 켰다. 에이버리의 눈에서 눈물이 글썽거리고 있었다. 루크는 물었다.

"왜 그래? 나쁜 꿈 꿨어?"

"아니. 그들이 나를 깨웠어."

"누가?"

루크는 주위를 두리번거렸지만 방 안에는 아무도 없었고 문은 닫혀 있었다.

"샤. 그리고 아이리스."

"칼리샤뿐 아니라 아이리스 소리까지 들려?"

없던 일이었다.

"전에는 못 들었는데…… 그들은 영화를 본 다음 점을 본 다음 폭죽을 본 다음 자기들이 머리를 맞대고 단체로 끌어안고 있는 걸 봐. 내가 전에도 얘기했지……."

"응."

"보통은 그런 다음에 괜찮아져서 두통이 잠깐 사라지는데 아이리스는 단체 포옹이 끝나자마자 두통이 다시 시작됐고 너무 지독해서 계속 비명을 질렀어."

평소의 최고 음역대를 넘어선 에이버리의 목소리가 떨리는 것을 듣고 루크는 온몸에서 한기를 느꼈다.

"내 머리, 내 머리, 머리가 깨질 것 같아, 불쌍한 내 머리, 멈춰 줘, 누가 좀 멈춰……."

루크는 에이버리를 세게 흔들었다.

"목소리 낮춰. 저들이 듣고 있을 수도 있어."

에이버리는 몇 번 심호흡을 했다.

"형도 샤처럼 내 생각을 읽을 수 있으면 좋겠다. 그럼 전부 알려 줄 수 있을 텐데. 나는 소리 내서 말을 하는 게 힘들어."

"그래도 해 봐."

"샤랑 니키가 달래 보려고 했지만 실패했어. 아이리스가 샤를 할

퀴고 니키는 주먹으로 치려고 했거든. 잠시 후에 헨드럭스 박사가 잠옷 바람으로 와서 빨간 옷 입은 사람들을 불렀어. 아이리스를 데려가게 하려고.”

“뒤 건물의 뒤편으로?”

“아마도. 그런데 아이리스가 괜찮아지기 시작했어.”

“저들이 진통제를 줬나 보지. 아니면 진정제를.”

“그건 아닌 것 같아. 아이리스가 그냥 괜찮아진 것 같아. 칼리샤가 도와줬나?”

“나한테 묻지 마. 내가 어찌 알겠어?”

루크가 말했다. 하지만 에이버리는 그의 말을 듣고 있지 않았다.

“도울 방법이 있을지 몰라. 어쩌면…….”

그는 말끝을 흐렸다. 루크는 그가 다시 잠이 들려나 보다고 생각했다. 하지만 잠시 후에 에이버리가 뒤척이며 말했다.

“거기서 정말 끔찍한 사태가 벌어지고 있어.”

“전부 끔찍한 일이지. 영화, 주사, 점…… 전부 끔찍하지.”

“응, 하지만 그게 다가 아니야. 그보다 더 끔찍한 일이 있어. 그러니까…… 그게…….”

루키는 에이버리의 이마에 그의 이마를 대고 열심히 귀를 기울였다. 머리 위로 비행기 지나가는 소리가 들렸다.

“소리? 웅웅거리는 소리?”

“응! 하지만 비행기하고는 달라. 오히려 벌집에 가까워. 벌들이 웅웅거리는 소리. 그 소리가 뒤 건물의 뒤편에서 나는 것 같아.”

에이버리는 침대 위에서 자세를 바꾸었다. 스탠드 불빛에 비친 그의 얼굴은 이제 어린애가 아니었다. 걱정하는 노인을 닮았다.

"두통이 점점 심해지고 점점 길어질 거야. 왜냐하면 저들이 계속 점을 보게 하고…… 그 불빛 말이야…… 그리고 계속 주사를 맞히고 영화를 보게 할 거거든."

"그리고 폭죽도. 폭죽도 봐야 해, 그게 도화선이거든."

"그게 무슨 소리야?"

"아무것도 아니야. 다시 자."

"잠이 안 올 것 같아."

"그래도 눈 감아 봐."

루크는 두 팔로 에이버리를 감싸 안고 천장을 올려다보았다. 어머니가 가끔 불렀던 블루스 풍의 오래된 노래를 떠올렸다. *나는 처음부터 당신의 것이었지, 당신에게 심장을 빼앗겼으니. 당신이 가장 좋은 걸 가져갔으니 아무려면 어떨까, 자, 어서 와서 나머지도 가져가.*

생각하면 할수록 그들이 거기에 존재하는 이유가 분명 그것이었다. 가장 좋은 걸 빼앗기기 위해서였다. 그들은 여기서 무기로 개조되고 거기로 가서 남는 게 없을 때까지 쓰임을 당했다. 그런 다음 뒤 건물의 뒤편으로 넘어가 웅웅거리는 소리를 내는 대열에 합류하는데…… 그것의 정체는 뭔지 알 수 없었다.

그건 있을 수 없는 일이잖아. 그는 속으로 중얼거렸다. 하지만 사람들은 이 시설 같은 것도 특히 미국에서는 있을 수 없는 일이라고, 너도 나도 떠들어대 비밀이라고는 지켜지지 않는 요즘 같은 세상에 이런 곳이 있다면 말이 새어나갈 수밖에 없을 거라고 얘기할 것이다. 하지만 그는 여기 이렇게 있었다. 그들은 여기 이렇게 있었다. 발작을 일으켜 게거품을 물고 식당 바닥에 쓰러진 해리 크로스도 끔찍했고, 고개를 이상한 각도로 꺾고 게슴츠레한 눈으로 허공을 응시하던 그 아무것도 모르는 꼬맹이는 더 끔찍했지만, 벌집 속의 일벌로 전락할 때까지 끊임없이 정신적인 공격에 동원되는 것에 비할 바가 아니었다. 에이버스터에 따르면 오늘 밤에 아이리스가 거의 그렇게 될 뻔했다는데, 모든 여자아이들의 심장에 불을 지르는 니키와 익살꾼 조지도 조만간 그렇게 될 것이었다.

그리고 칼리샤도.

루크는 마침내 잠이 들었다. 일어나 보니 아침 먹는 시간이 훌쩍 지났고 그 혼자 침대에 누워 있었다. 루크는 어떤 광경이 그를 맞이할지 알 것 같다는 생각을 하며 복도를 달려가 에이버리의 방문을 벌컥 열었지만, 그의 포스터가 여전히 벽에 붙어 있었고 그의 G. I. 조도 여전히 서랍장 위에 놓여 있었다. 오늘 아침에는 넓은 대형을 이루고 있었다.

루크는 안도의 한숨을 내쉬었다가 뒤통수를 얻어맞고 움찔했다. 고개를 돌려보니 위노나였다.(성은 브릭스.)

"옷 좀 입어라, 녀석아. 스물두 살을 넘었고 근육질이 아닌 이상 속옷 바람으로 돌아다니는 남자는 사양하고 싶거든. 너는 둘 다 해당 사항 없잖아."

그녀는 그가 움직일 때까지 기다렸다. 루크는 그녀에게 손가락 욕을 하고(가슴에 대고 몰래하기는 했지만 그래도 기분이 좋았다.) 옷을 입으려고 그의 방으로 되짚어갔다. 옆 복도와 만나는 홀 저 끝에서 댄덕스 빨래 바구니가 보였다. 졸린이나 밀어닥치는 '손님들'을 처리하기 위해 동원된 다른 청소부의 것일 수도 있었지만 그는 모린의 바구니라는 것을 알았다. 그녀를 느낄 수 있었다. 그녀가 돌아왔다.

8

15분 뒤에 그녀를 만났을 때 루크는 생각했다. 아주머니가 전보다 안색이 더 안 좋네.

그녀는 디즈니 왕자와 공주 포스터를 떼서 조심스럽게 종이상자에 담으며 쌍둥이의 방을 청소하고 있었다. 침대에서 이미 벗긴 시트가 모린이 수거한 다른 빨랫감과 함께 바구니에 담겨 있었다.

"거다는 어디 갔어요?"

루크는 물었다. 저들의 황당한 실험 때문에 죽었을지 모르는 다른 아이들은 물론이고 그레타와 해리는 어디 있는지도 궁금했다. 이 지옥의 똥창 어딘가에 화장터가 있을까? 저 아래 F층에 있을까? 그렇다면 최첨단 필터를 갖추었을 것이다. 그렇지 않은 이상 아이들을 태우는 연기 냄새가 났을 것이다.

"거짓말 듣기 싫으면 나한테 아무것도 묻지 마. 가라, 가서 네 볼일 봐."

그녀의 말투는 무뚝뚝하고 정이 없고 무시하는 투였지만 전부 연극이었다. 별볼일없는 텔레파시라도 도움이 됐다.

루크는 식당에 있는 과일 그릇에서 사과를 하나 집고 자판기에서 라운드업(아빠처럼 담배를 피워 보자)을 한 통 샀다. 그 담배 사탕 때문에 칼리샤가 보고 싶어졌지만 또 한편으로는 그녀와 가까워진 기분이 들기도 했다. 놀이터를 내다보니 여덟에서 열 명쯤 되는 아이들이 나와서 놀고 있었다. 루크가 처음 왔을 때에 비하면 만원이었다. 에이버리는 트램펄린을 감싼 패드에 앉아서 머리를 가슴에 묻고 눈을 감고 졸고 있었다. 그럴 만도 했다. 밤톨이가 힘든 밤을 보내지 않았던가.

누군가가 그의 어깨를 세게, 하지만 아프지는 않게 쳤다. 돌아보니 신입 가운데 한 명인 스티비 위플이었다.

"어우, 어젯밤에는 정말 끔찍했다. 빨간 머리 덩치하고 그 조그만 여자애 말이야."

"내 말이."

"그러더니 오늘 아침에 빨간 옷을 입은 사람들이 와서 펑크록 걸을 뒤 건물로 데려갔어."

루크는 말없이 충격을 달래며 스티비를 쳐다보았다.

"헬렌을?"

"응, 걔. 여기 엿 같아. 제트 부츠 같은 게 있었으면 좋겠다. 그럼 머리가 어지러울 정도로 쌩하니 도망칠 수 있을 텐데."

스티비는 놀이터를 내다보며 말했다.

"제트 부츠랑 폭탄."

루크는 말했다.

"응?"

"쉽새들한테 폭탄을 던진 다음에 날아가야지."

스티비는 달덩이 같은 얼굴에 힘을 빼가며 생각에 잠겼다가 웃음을 터뜨렸다.

"그거 좋다. 그래, 완전히 날려 버린 다음에 제트 부츠를 신고 잽싸게 도망치는 거야. 야, 너 혹시 토큰 남는 거 있어? 이 시간이 되면 배가 고픈데 사과는 별로 좋아하지 않아서. 나는 트윅스가 좋아. 아니면 퍼니언스. 퍼니언스 맛있어."

루크는 그 동안 착한 아이 이미지를 갈고 닦으며 모아 놓은 토큰이 많았기 때문에 스티비 위플에게 세 개를 주고 가서 맛있게 먹으라고 했다.

9

루크는 칼리샤를 처음으로 맞닥뜨린 순간을 떠올리기 위해, 그리고 어쩌면 그 순간을 기념하기 위해 안으로 들어가 제빙기 옆에 앉아서 담배 사탕을 입에 물었다. 라운드업을 두 개째 먹고 있었을 때 모린이 이번에는 깨끗한 시트와 베갯잇이 가득 든 바구니를 밀며 천천히 등장했다.

"허리는 좀 어때요?"

루크가 물었다.

"전보다 더 나빠졌어."

"어떡해요. 에이 참."

"약 받았어. 그거 먹으면 도움이 돼."

그녀는 몸을 숙여 정강이를 잡고 얼굴을 루크 쪽으로 갖다댔다. 그가 속삭였다.

"저들이 제 친구 칼리샤를 데려갔어요. 니키하고 조지도. 헬렌은 바로 오늘 데려갔고요."

그의 친구들이 대부분 사라졌다. 이제 이 시설의 최고참은 누가 되었을까? 다름 아닌 루크 엘리스였다.

"나도 알아. 뒤 건물에 있었거든. 우리 계속 여기서 이렇게 만나서 얘기하면 안 돼. 저들이 의심할 거야."

그녀도 속삭였다. 맞는 말이었지만 그래도 어째 이상했다. 조와 하다드처럼 모린도 아이들에게 수시로 말을 걸었고 기회가 닿으면 토큰을 주었다. 게다가 오디오 감시가 되지 않는 사각지대가 몇 군데 있다고 하지 않았던가? 칼리샤는 분명 그렇다고 했다.

모린이 일어나 두 손을 허리춤에 대고 기지개를 켰다. 이제 그녀는 일상적인 목소리로 돌아왔다.

"거기 하루종일 앉아 있을 거니?"

루크는 아랫입술에 매달려 있던 담배 사탕을 후루룩 입 안으로 넣어서 씹어 먹고 자리에서 일어났다.

"잠깐, 여기 토큰. 뭐 맛있는 거 꺼내먹어."

그녀는 원피스 주머니에서 토큰을 꺼내 그에게 건넸다.

루크는 어슬렁어슬렁 방으로 돌아가 침대에 벌러덩 드러누웠다. 그러다 몸을 웅크리고 그녀가 토큰과 함께 쥐어 준, 네모반듯하게 단단히 접은 쪽지를 펼쳤다. 모린의 글씨체도 비뚤배뚤했고 옛날식이었지만 뭐라고 썼는지 알아보기 힘든 이유가 하나 더 있었다.

글자가 워낙 작았다. 그녀는 종이 한 장을 왼쪽에서 오른쪽, 맨 위에서 맨 아래까지 가득 채우고 뒷면으로까지 넘어갔다. 이걸 보고 루크는 서로아 선생님이 영어 수업 시간에 어니스트 헤밍웨이의 걸작 단편을 두고 했던 얘기를 떠올렸다. *압축의 경이로운 소산이지.* 이 쪽지도 마찬가지였다. 가장 기본적인 사항만 압축해 이 조그만 종이 한 장에 적으려고 그녀는 몇 번이나 고쳐 썼을까? 그동안 모린이 무슨 짓을 저질렀는지, 그녀의 정체가 뭐였는지 알아차리게 된 다음부터 그녀의 간결함이 더욱 존경스러워졌다.

루크, *이 쪽지는 다 읽으면 꼭 없애야 해.* **너는 지금까지 내가 저지른 잘못을 조금이라도 속죄할 수 있도록 하느님이 선물한 마지막 기회** 같아. 벌링턴의 리아 핑크하고 상담했어. 네가 한 말이 다 맞아서 내가 진 빚이 전부 잘 해결될 거야. 내 몸은 그렇지가 않아서 허리 아픈 게 내가 걱정했던 병으로 밝혀졌어. **하지만** 내가 따로 모아놓은 돈은, 내가 모아놓은 '현금'은 안전해. 아들이 대학교 공부를 할 수 있게 그 아이에게 돈을 전할 방법이 생겼어. 그 아이는 돈이 어디서 났는지 절대 모를 테고 그게 내가 원하는 방향이야. *너한테 진 빚이 정말 많다!!* 루크, 여기서 도망쳐야 해. 너는 조만간 **뒤** 건물로 옮겨질 거야. '분홍색'이라 더 이상 검사를 받지 않으면 3일밖에 안 남았을지 몰라. 너한테 줄 것도 있고 해 주어야 하는 중요한 얘기가 많은데 안전한 곳이 제빙기뿐이고 우리는 거기 **너무 자주** 있었어. 나는 어떻게 되든 상관없지만 네가 **한 번뿐인 기회**를 날리는 건 싫거든. 내가 지금까지 저지른 짓을 후회한다. 여길 몰랐더라면 얼마나 좋았을까. 내가 포기했던 아이를 생각하느라 그랬다는 건 **변명**이 되지 못하겠지. 이젠 너무 늦었어. 제빙기 앞이 아니라 다른 데서도 얘기할 수 있으면 좋겠지만 위험할지 몰라. 루크, 이 쪽지는 **반드시** 없애고 **조심해.** 내 목숨은 조만간 끝날 테니 나를 위해서가 아니라 너를 위해서. **도와 줘서 고마웠어.** 모린 A.

그러니까 모린은 *끄나풀*이었다. 안전하다는 곳에서 아이들이 하는 얘기를 듣고 식스비(아니면 스택하우스)에게 달려가 들은 정보 부스러기를 소곤소곤 전했다. 그녀 혼자만이 아닐 수 있었다. 정이 많은 두 관리인, 조와 하다드도 *끄나풀*일지 몰랐다. 지금이 6월이었다면 루크는 이 일로 그녀를 증오했겠지만 지금은 7월이었고 그는 많이 컸다.

그는 화장실로 들어가 칼리샤에게 쪽지를 받았을 때 그랬듯이 바지를 내리며 모린의 쪽지를 변기에 빠뜨렸다. 그게 100년 전 일처럼 느껴졌다.

10

그날 오후에 스티비 위플이 피구를 하자고 했다. 대부분의 아이들이 참여했지만 루크는 사양했다. 게임이 든 캐비닛으로 가서 (니키를 추억하며) 체스판을 꺼내고 다수가 역대 최고로 꼽는, 1965년 코펜하겐에서 열렸던 야코프 에스트린 대 한스 벌리너의 대국을 복기했다. 42수였고 고전이었다. 그는 기억을 소환해 흰말 검은말,

흰말 검은말, 흰말 검은말을 기계적으로 반복하며 모린의 쪽지에 거의 모든 정신을 쏟았다.

모린이 끄나풀이었다니 생각하기도 싫었지만 그녀가 그럴 수밖에 없었던 이유를 이해했다. 이곳에도 일말의 양심이 남은 사람들이 있었지만 이런 데서 일을 하다 보면 도덕적인 기준이 무너졌다. 그들은 그걸 아는지 모르는지 몰라도 모두 천벌을 받을 것이다. 어쩌면 모린도 마찬가지였다. 이제 중요한 문제는 단 하나, 그녀가 여기서 그를 탈출시킬 방법을 정말로 아는지 여부였다. 그를 탈출시키려면 식스비 부인과 스택하우스라는 그 남자(이름은 트레버였다.)의 의심을 사지 않고 그에게 정보를 전해야 했다. 그런가 하면 그녀를 믿어도 되는가 하는 필연적인 물음표도 수반됐다. 루크가 생각하기에는 그녀를 믿어도 될 것 같았다. 그녀가 어려운 때에 그의 도움을 받았기 때문만이 아니라 그 쪽지에서는 단 한 번의 도박에 모든 걸 거는 사람 특유의 절박한 분위기가 풍겼다. 게다가 그에게 어떤 선택의 여지가 있을까?

에이버리가 선 안에서 뛰어다니며 공을 피하다 얼굴에 정면으로 공을 맞았다. 그는 주저앉아서 울음을 터뜨렸다. 스티비 위플이 그를 일으켜 세우고 코를 살폈다.

"피는 나지 않네, 괜찮아. 저기 가서 루크랑 같이 앉아 있을래?"

에이버리는 계속 훌쩍이며 말했다.

"게임 그만하고 나가라는 거지? 알았어. 그래도……."

"에이버리! 땅콩버터 크래커랑 콜라 먹을래?"

루크가 외치며 토큰 몇 개를 들어 보였다. 에이버리는 얼굴을 맞은 건 까맣게 잊고 종종걸음으로 달려왔다.

"응!"

그들은 매점으로 갔다. 에이버리가 자판기에 토큰을 넣고 받침대에 떨어진 과자를 집으려고 허리를 숙였을 때 루크도 그에게로 허리를 숙여 귀에 대고 속삭였다.

"내가 여기서 도망칠 수 있게 도와줄래?"

에이버리는 냅스 봉지를 들었다.

"하나 먹을래?"

루크의 머릿속에서 단어 하나가 반짝였다가 사라졌다. *어떻게?*

"하나만 먹을게. 나머지는 너 먹어."

루크는 말하고 세 단어를 전송했다. *오늘 밤에 알려줄게.*

한쪽은 목소리로, 다른 한쪽은 생각으로 이렇게 양쪽으로 대화가 이루어졌다. 모린하고도 이렇게 하면 될 것이다.

바라건대.

11

다음 날 아침 식사를 마쳤을 때 글래디스와 하다드가 수조가 있는 곳으로 루크를 데려갔다. 거기서 지크와 데이브가 그를 넘겨받았다.

지크 이오니디스가 말했다.

"여기는 검사를 하는 곳이지만 거짓말하는 아이들을 물속에 빠뜨리는 곳이기도 해. 너는 거짓말하지 않을 거지, 루크?"

"네."

루크는 말했다.

"너 텔렙 생겼니?"

"네?"

그는 변태 지크가 뭘 묻는 건지 완벽하게 알면서도 이렇게 되물었다.

"텔렙. TP. 그거 생겼느냐고."

"아뇨. 저는 TK잖아요. 숟가락이랑 이것저것 움직이는. 하지만 숟가락을 구부리지는 못해요. 해 봤거든요."

그는 애써 미소를 지어 보였지만 지크는 고개를 저었다.

"TK 눈에 점이 보이면 텔렙이 생기거든. TP 눈에 점이 보이면 숟가락을 움직일 수 있게 되고. 그런 식이야."

잘 알지도 못하면서. 루크는 생각했다. 전부 잘 알지도 못하면서. 그는 칼리샤 아니면 조지가 점이 보이는 걸 두고 거짓말을 하면 저들이 안다고 했던 기억이 났다. 사실이겠지만, EEG 수치를 통해 드러날지 모르지만 그들이 과연 이것까지 알고 있을까? 아니었다. 지크가 뻥을 치고 있었다.

"점은 몇 번 보였지만 남의 생각을 읽지는 못해요."

"헨드릭스하고 에번스는 네가 읽을 수 있다고 생각하는데."

데이브가 말했다.

"진짜 아니에요."

루크는 최대한 하늘에 대고 맹세하는 눈빛으로 두 사람을 쳐다보았다.

데이브가 말했다.

"그 말이 정말인지 알아봐야겠다. 옷 벗어라, 친구."

선택의 여지가 없었기에 루크는 옷을 벗고 탱크 안으로 들어갔다. 깊이는 약 1.2미터, 너비는 2.5미터였다. 물이 기분 좋게 시원했다. 여기까지는 괜찮았다.

지크가 말했다.

"내가 동물을 하나 생각하고 있는데. 어떤 동물이게?"

고양이였다. 어떤 이미지가 아니라 단어가, 술집 창문에 달린 버드와이저 네온사인처럼 큼지막하고 환하게 루크의 머릿속에 떠올랐다.

"모르겠는데요."

"알았다, 친구. 그런 식으로 나오겠다 이거지? 숨 크게 마시고 아래로 들어가서 15까지 세라. 각 숫자 사이에 *안녕하세요*를 넣는 거다. 하나 안녕하세요, 둘 안녕하세요, 셋 안녕하세요, 이런 식으로."

루크는 그가 시킨 대로 했다. 그가 다시 고개를 들자 데이브가(아직 성은 알아내지 못했다.) *자기가* 생각하고 있는 동물은 뭔지 말해 보라고 했다. 그의 머릿속에 떠오른 단어는 **캥거루**였다.

"모르겠어요. 말씀드렸잖아요, 저는 TP가 아니라 TK라고. 심지어 TK 양성도 아니에요."

지크가 말했다.

"내려가. 30초, 각 숫자 사이에 *안녕하세요*를 넣고. 내가 시간 재고 있을 거다, 친구."

세 번째는 45초, 네 번째는 1분이었다. 매번 질문이 반복됐다. 그들은 동물에서 다양한 관리인의 이름으로 바뀌었다. 글래디스, 노머, 피트, 프리실라.

루크는 눈에 들어간 물을 닦아내며 외쳤다.

"모르겠어요! 모르겠다고요!"

지크가 말했다.

"이제 1분하고 15초 있다가 나와줘야겠다. 숫자를 세는 동안 언제까지 계속 이럴 건지 생각해봐. 네가 하기 나름이거든, 친구."

루크는 67이 됐을 때 고개를 들려고 했다. 지크가 그의 머리를 잡고 다시 아래로 밀었다. 그는 1분 15초에 쿵쾅거리는 심장을 달래고 숨을 헐떡이며 일어섰다.

"내가 어느 스포츠 팀을 생각하고 있게?"

데이브가 물었고 루크는 머릿속에서 **바이킹스**라는 네온사인이 반짝이는 것을 보았다.

"모르겠어요!"

"뻥 치시네. 이번에는 1분 30초 가 보자."

지크가 말했다.

"안 돼요."

루크는 수조 한복판으로 첨벙첨벙 뒷걸음질 치며 말했다. 겁에 질리지 않으려고 마음을 다잡았다.

"못해요."

지크가 눈을 부라렸다.

"계집애처럼 징징대지 마. 전복 따는 사람들은 9분 동안 잠수할 수 있다더라. 내가 원하는 건 90초야. 싫으면 여기 있는 데이브 삼촌이 좋아하는 스포츠 팀이 어딘지 알아맞히든가."

"저분은 제 삼촌이 아니고 저는 그런 능력이 없어요. 이제 나가게 해 주세요."

그러고는 어쩔 수 없이 덧붙였다.

"제발요."

지크는 홀스터에서 전기봉을 꺼내 호들갑스럽게 다이얼을 끝까지 올렸다.

"이걸 물에 갖다 댈까? 그러면 마이클 잭슨처럼 춤을 추게 될 텐데. 이제 이쪽으로 와라."

선택의 여지가 없었기에 루크는 물을 헤치며 수조 가장자리 쪽으로 다가갔다. *재밌어. 리처드슨은 이렇게 얘기했는데.*

지크가 말했다.

"한 번 더 기회를 주겠다. 데이브가 뭘 생각하고 있지?"

바이킹스, 미네소타 바이킹스, 내 고향팀.

"*모르겠어요.*"

"그래. 미해군 루크 병사, 이제 잠수해라."

지크가 유감스럽다는 듯이 말했다.

"잠깐만, 마음의 준비를 할 시간을 주자고. 숨을 가득 마셔 봐, 루크. 그리고 긴장하지 마. 몸이 경계태세에 돌입하면 산소를 더 많이 쓰거든."

데이브가 말했다. 걱정스러워하는 데이브의 표정에 루크는 불안해졌다.

루크는 대여섯 번 심호흡을 하고 물 속으로 들어갔다. 지크의 손이 그의 머리를 덮고 머리칼을 움켜쥐었다. 침착하자, 침착하자, 침착하자. 루크는 생각했다. 개새끼, 지크, 개새끼, 못돼 처먹은 새끼.

그는 90초를 버티고 숨을 헐떡이며 고개를 들었다. 데이브가 수건으로 그의 얼굴을 닦아 주었다. 그가 루크의 귀에 대고 중얼거렸다.

"그만 버텨라. 내가 뭘 생각하고 있는지 얘기하고 끝내. 이번에는 영화배우야."

맷 데이먼. 루크의 머릿속에 달린 네온사인이 알렸다.

"몰라요."

루크가 울음을 터뜨리자 눈물이 축축한 얼굴을 타고 흘렀다.

지크가 말했다.

"좋아. 이번에는 1분 45초 가 보자. 100 하고 5초야. 숫자 사이에 *안녕하세요* 넣는 거 잊지 마라. 너를 전복잡이로 만들어줄게."

루크는 다시 숨을 잔뜩 마셨지만 100을 지나 머릿속으로 계속 숫자를 세고 있었을 때 조만간 입을 벌리고 물을 삼킬 수밖에 없겠다는 생각이 들었다. 그러면 저들이 그를 *끄*집어내 인공호흡을 하고 다시 집어넣을 것이다. 자기들이 원하는 답을 듣거나 그의 숨이 끊길 때까지 계속 그럴 것이다.

마침내 그의 머리를 누르고 있던 손이 치워졌다. 그는 숨을 헐떡이고 켁켁거리며 벌떡 일어섰다. 정신을 추스를 시간을 준 뒤에 지크가 말했다.

"동물이니 스포츠 팀이니 그런 거 다 됐다고 해. 그냥 말해. '저는 텔렙이에요, TP예요.'라고. 그럼 끝이야."

"알았어요! 알았어요, 저는 텔렙이에요."

지크가 외쳤다.

"좋았어! 발전이 있군! 내가 지금 무슨 숫자를 생각하고 있지?"

네온사인은 17이라고 반짝였다.

"6이오."

루크의 말에 지크가 게임쇼 버저 소리를 흉내 냈다.

"미안, 17이었다. 이번에는 2분이야."

"안 돼요! 못 해요! 이러지 마세요!"

데이브가 조용히 말했다.

"이번이 마지막이다, 루크."

지크가 어깨로 하도 세게 밀치는 바람에 데이브는 하마터면 고꾸라질 뻔했다.

"확실하지도 않은 얘기를 애한테 하고 그러나."

그는 다시 루크에게로 주의를 돌렸다.

"30초 줄 테니 숨 잔뜩 마시고 내려가라. 올림픽 다이빙 팀이 되어 보자."

선택의 여지가 없었기에 루크는 잽싸게 숨을 들이마셨다가 내뱉었지만, 머릿속으로 세던 숫자가 30이 되기 한참 전에 지크가 그의 머리칼을 잡고 아래로 처박았다.

루크는 눈을 뜨고 탱크의 하얀색 옆면을 쳐다보았다. 전적으로 분홍색에게만 감행되는 이 고문을 당한 다른 아이들이 손톱으로 긁었는지 몇 군데 칠이 벗겨져 있었다. 분홍색들에게만 그러는 이유가 뭘까? 누가 봐도 뻔했다. 헨드릭스와 에번스는 초능력의 한계를 확장할 수 있다고 생각했고 분홍색은 소모품이었다.

확장, 소모. 그는 생각했다. 확장, 소모. 침착하자, 침착하자, 침착하자.

그는 참선 비슷한 상태로 돌입하려고 애를 썼지만 폐에서 끝내 산소가 부족하다고 아우성을 쳤다. 이번을 버티면 그다음은 2분 15초, 그 다음은 2분 30초가 될 거라는 생각이 든 순간, 애초부터 참선과는 거리가 있었던 그의 참선 비슷한 상태가 무너졌다.

그는 몸부림치기 시작했다. 지크가 계속 붙잡고 있었다. 그는 발로 바닥을 딛고 몸을 일으켜 거의 수면 밖으로 탈출할 뻔했지만 지크가 다른 손까지 동원해 그를 다시 아래로 눌렀다. 점들이 그의 눈앞에서 반짝이며 그를 향해 쏟아지다가 뒤로 물러났다가 다시 그를 향해 쏟아졌다. 미쳐 날뛰는 회전목마처럼 그를 감싸고 뱅글뱅글 돌기 시작했다. 루크는 생각했다. 슈타지 라이트야. 나는 이걸 보면서 물에 빠져 죽을……

지크가 그의 머리채를 잡고 일으켜 세웠다. 그의 흰색 가운이 흠뻑 젖었다. 그는 루크를 똑바로 쳐다보았다.

"너를 다시 집어넣을 거다, 루크. 몇 번이고, 몇 번이고, 몇 번이고. 네 숨이 끊기면 인공호흡으로 살리고 다시 넣어서 숨이 끊기면 또 인공호흡으로 살릴 거야. 마지막 기회다. 내가 지금 어떤 숫자를 생각하고 있지?"

"그걸……"

루크는 물을 토했다.

"……어떻게 알아요!"

그의 시선은 약 5초 동안 움직이지 않았다. 루크도 눈물을 쏟으며 그 시선을 피하지 않았다. 결국 지크가 말했다.

"씨발, 좆같은 새끼. 데이브, 이 새끼 몸 닦고 방으로 데려다줘. 꼴도 보기 싫으니까."

그는 문을 쾅 닫고 나갔다.

루크는 허우적허우적 탱크에서 나가다 휘청하는 바람에 하마터면 넘어질 뻔했다. 데이브가 그를 붙잡고 수건을 건넸다. 루크는 몸을 닦고 후닥닥 다시 옷을 입었다. 이 남자와 이 방 근처에는 있고 싶지 않았다. 하지만 저승 문턱까지 다녀온 느낌인데도 호기심은 여전했다.

"왜 이 테스트에 목숨을 걸어요? 우리가 여기 있는 이유가 이것 때문도 아닌데 왜 이 테스트에 목숨을 걸어요?"

"여기 있는 이유가 뭔지 네가 어떻게 안다고 그래?"

데이브는 물었다.

"왜냐하면 저는 바보가 아니거든요. 그러니까 알죠."

"그 입 좀 다물었으면 좋겠다, 루크. 나는 너를 좋아한다만 함부로 지껄이는 헛소리까지 좋아하는 건 아니거든."

"점의 목적이 뭔지 몰라도 제가 TK인 동시에 TP인지 알아내는 거하고는 아무 상관이 없잖아요. 이 안에서 *뭐하시*는 거예요? 이게 뭔지 알고나……."

데이브가 그의 뺨을 때렸다. 손을 저 끝까지 돌렸다가 옆으로 날린 강편치라 루크는 나가떨어졌다. 타일 바닥에 고여 있던 물이 청바지 엉덩이로 스며들었다. 그는 루크를 향해 허리를 숙였다.

"나는 네가 묻는 말에 대답하려고 여기 있는 게 아니거든. 우리도 이게 뭔지 알고 있어, 시건방진 녀석아! 똑똑히 알고 있다고!"

그는 루크를 일으켜 세웠다.

"작년에는 여기서 3분 30초를 버틴 녀석이 있었다. 골칫거리긴 했지만 그래도 배짱은 있었지!"

12

에이버리가 걱정하는 표정으로 방으로 찾아오자 루크는 가라고, 잠깐 혼자 있고 싶다고 했다.

에이버리가 물었다.

"끔찍했구나, 그치? 그 수조 말이야. 나도 속상하다, 형."

"고마워. 이제 나가 줘. 나중에 얘기하자."

"알았어."

에이버리는 나가면서 세심하게 등 뒤로 문을 닫았다. 루크는 똑바로 누워서, 끝날 것 같지 않았던 수조 속에서의 순간을 되새김질하지 않으려고 했지만 자꾸 떠오르는 것을 어쩔 수 없었다. 불빛이 다시 돌아와 까딱이며 그의 눈앞을 질주하고 빙글빙글 돌며 어지러운 소용돌이를 그리겠거니 생각하며 계속 기다렸다. 하지만 감감무소식이었고 그러자 진정이 되기 시작했다. 점들이 다시 보일지 모른다는 공포에도 모든 걸 초월하는 한 가지 생각이 떠올랐고…… 이번에는 사라지지 않았다.

탈출. 탈출해야겠어. 탈출하지 못하면 뒤 건물로 끌려가 나머지 모두를 빼앗기기 전에 죽어 버려야 해.

13

6월과 함께 가장 기승을 부리던 벌레들도 자취를 감추었기 때문에 헨드릭스 박사는 오크나무 그늘에 벤치가 놓인 행정동 앞에서 지크 이오니디스를 만났다. 바로 옆 깃대에서는 성조기가 한여름 산들바람을 맞고 나른하게 펄럭였다. 헨드릭스 박스는 무릎에 올려놓은 루크의 폴더를 집었다.

"확실한 거지?"

그가 지크에게 물었다.

"확실합니다. 그 쥐새끼를 다섯 번 아니면 여섯 번, 박사님이 지시하신 대로 15초씩 늘려가며 물에 담갔습니다. 제 생각을 읽을 수 있었다면 실토했을 거라고 장담할 수 있어요. 고추에 털이 여섯 가닥도 나지 않을 만한 나이의 아이는 고사하고 해군 특수부대원도 그 공포는 견디지 못했을 테니까요."

헨드릭스는 따지고 들려는 기미를 보이다가 한숨을 쉬며 고개를 저었다.

"알았네. 어쩔 수 없지. 분홍색은 많고 앞으로도 계속 추가될 예정이니. 주체할 수 없을 정도로 많이. 그래도 실망스럽군. 그 아이는 기대했는데."

그는 오른쪽 위편 구석에 분홍색 점이 있는 파일을 열었다. 주머니에서 펜을 꺼내 첫 페이지에 사선을 그었다.

"그래도 건강하니 다행이지. 에번스가 깨끗하다고 진단을 내렸어. 벤슨이라는 그 멍청한 아이에게 수두를 옮기지 않았다고."

"예방주사를 맞지 않았어요?"

지크가 물었다.

"맞았는데 그 아이가 일부러 침을 섞었거든. 게다가 그 아이가 수두를 좀 심하게 앓았어야지. 도박을 감행할 수는 없지. 안될 말씀. 만사 불여튼튼이라잖나."

"그럼 이 녀석은 언제 뒤 건물로 넘어갑니까?"

헨드릭스는 살짝 미소를 지었다.

"녀석을 없애버리고 싶어서 안달이 났구먼?"

"사실 맞습니다. 벤슨이라는 아이는 수두를 옮기지 않았을지 몰라도 월홀름이 빌어먹을 세균으로 전염시켜 놓고 갔거든요."

"헤클과 제클의 승인이 떨어지자마자 옮겨질 걸세."

지크는 몸서리를 치는 척했다.

"그 둘은. 으으으. 섬뜩해요."

헨드릭스는 뒤 건물의 의사들에 대해 왈가왈부하지 않았다.

"텔레파시에 관한 한 확실히 맹탕이란 말이지?"

지크는 그의 어깨를 토닥였다.

"그렇다니까요, 박사님. 믿으셔도 돼요."

14

헨드릭스와 지크가 그의 미래를 의논하고 있었을 때 루크는 점심을 먹으러 가고 있었다. 수조 때문에 공포를 느끼기는 했지만 걸신들린 듯 배가 고파진 것도 사실이었다. 스티비 위플이 어디에 다녀왔고, 왜 그러냐고 물었지만 루크는 고개만 저었다. 수조에 대해서는 아무 말도 하고 싶지 않았다. 지금은 물론이고 나중에도 마찬가지였다. 전쟁하고도 비슷하지 않을까 싶었다. 나라의 부름을 받고 참전하긴 했지만 거기서 무엇을 보았고 무슨 일이 있었는지 얘기하고 싶지는 않다는 점에서 말이다.

구내식당 버전의 페투치니 알프레도를 한 접시 가득 먹고 낮잠을 자고 일어나 보니 기분이 눈곱만큼 좋아져 있었다. 모린을 찾으러 나섰다가 전에는 아무도 없었던 서관에 있는 것을 보았다. 이 시설의 손님이 조만간 많아질 모양이었다. 그는 다가가 도움이 필요하냐고 물었다.

"토큰 몇 개 얻고 싶어서요."

"아니, 괜찮아."

루크가 보기에 그녀는 거의 시시각각으로 나이를 먹는 것 같았다. 얼굴이 산송장처럼 새하얬다. 그는 누군가가 그녀의 상태를 알아차리고 일을 그만두게 하는 날까지 얼마나 남았을지 궁금해졌다. 그런 날이 찾아오면 그녀가 어떻게 될지 생각하고 싶지 않았다. 시설의 *끄나풀*이기도 했던 청소부를 위한 퇴직 프로그램 같은 게 있을까? 설마.

그녀의 빨래 바구니는 새로 빤 리넨으로 반쯤 차 있었다. 루크는 그 위에다가 쪽지를 떨어뜨렸다. C-4의 반침에서 슬쩍한 메모지에, 매트리스 아래에 숨겨 놓았던 싸구려 볼펜으로 쓴 거였다. 볼펜 대에는 **데니슨 리버 벤드 부동산**이라고 찍혀 있었다. 모린은 접힌 쪽지를 보더니 베갯잇으로 덮고 그를 향해 살짝 고개를 끄덕였다. 루크는 가던 길을 재촉했다.

그날 밤에 루크는 침대 위에서 에이버리를 붙잡고 한참 동안 속삭인 뒤에 재웠다. 시나리오가 두 개라고, 두 개일 수밖에 없다고 에이버리에게 얘기했다. 루크는 무슨 말인지 에이버스터가 이해했을 거라고 미루어 짐작했다. 아니, 이해하길 *바랐다*고 해야 맞을 것이다.

루키는 에이버리가 가볍게 코를 고는 소리를 들으며 한참 동안 뜬눈으로 누워서 탈출에 대해 고민했다. 황당한 동시에 충분히 말이 되는 방법인 듯했다. 먼지를 뒤집어쓴 전구 모양의 감시 카메라, 그 혼자 돌아다니며 이런저런 자잘한 정보를 수집한 시간들. 식스비와 그 하수인들이 아는 가짜 사각지대와 그들이 모르는(또는 모르길 바라는) 진짜 사각지대. 결국에는 상당히 단순한 방정식. 시도해 보아야 했다. 그렇지 않으면 슈타지 라이트, 영화, 두통, 뭔지 모를 것의 도화선이 되는 폭죽을 감수해야 했다. 그리고 그 모든 것의 끝은 웅웅거리는 소리였다.

더 이상 검사를 받지 않으면 3일밖에 안 남았을지 몰라.

15

다음 날 오후에 트레버 스택하우스는 식스비 부인의 집무실로 찾아갔다. 그녀는 펼친 파일 위로 몸을 숙이고 뭐라고 적어가며 서류를 읽고 있었다. 그녀가 고개를 숙인 채로 손가락 하나를 들어 보였다. 그는 이 시설이 어쩌다 보니 메인 주 북부의 빽빽한 숲속에 자리 잡은 대학교 캠퍼스라도 되는 양 거주동이라고 이름을 지어 붙인 건물의 동관이 내다보이는 창가로 다가갔다. 방금 전에 재고를 보충한 과자와 탄산음료 자판기 주변을 어슬렁거리는 아이들 두세 명이 보였다. 그쪽 휴게실에는 2005년부터 담배나 술이 없었다. 동관은 원래 인구가 몇 명 없거나 전혀 없었고 그곳의 입소자들은 담배나 작은 병에 든 와인이 필요하면 건물 반대쪽 끝에 있는 자판기를 찾아가야 했다. 몇 명은 맛만 봤지만 놀라우리만치 많은 숫자(대개 갑작스럽고 충격적인 일상의 변화로 가장 의기소침해지고 겁에 질린 아이들이었다.)가 금세 중독됐다. 그들은 토큰을 받고 싶어 하는 수준을 넘어 토큰이 없으면 안 되는 지경에 이르기 때문에 말썽을 부릴 확률이 가장 떨어졌다. 카를 마르크스는 종교를 가리켜 인민의 아편이라고 했지만 스택하우스는 생각이 달랐다. 그가 보기에는 럭키 스트라이크와 (여성 입소자들 사이에서 아주 인기가 많은) 분스 팜이 그 역할을 충분히 수행했다.

"됐다. 이제 보고 들을 준비 됐어, 트레버."

식스비 부인이 파일을 닫으며 말했다.

"내일 오팔 팀이 네 명을 데려옵니다. 2008년 이후로 이렇게 탑승 인원이 많은 건 처음입니다."

스택하우스는 말했다. 등 뒤로 손깍지를 끼고 발을 벌리고 서 있었다. 자기 배 앞 갑판에 선 선장처럼 말이지. 식스비 부인은 생각했다. 그는 트레이드마크인 갈색 양복을 입고 있었다. 그녀가 보기에는 한여름에 끔찍한 선택이었지만 그는 그 양복을 자기 *이미지*의 일부로 생각하는 것이 분명했다.

그는 별로 볼 것도 없는 풍경에서 시선을 돌렸다. 그는 아이들에게 신물이 날 때가 가끔, 아니 자주 있었다. 교사들은 지금은 다른 건물로 떠난 니콜러스 윌홀름처럼 건방진 아이를 때리거나, 반항적인 아이에게 마음껏 전기 충격을 가하지도 못하는데 무슨 수로 그런 아이들을 감당하는지 모를 일이었다.

식스비 부인이 말했다.

"자네와 내가 부임하기 훨씬 전이지만, 여기서 지내는 아이들이 100명이 넘던 시절도 있었어. *대기자 명단*이 있었지."

"그렇군요, 대기자 명단이 있었군요. 유용한 정보네요. 어쩐 일로 부르셨습니까? 오팔 팀은 출동 준비를 완료했고 픽업 작전 가운데 난항이 예상되는 케이스가 최소 한 건입니다. 제가 오늘 저녁에 비행기를 타고 건너갈 예정입니다. 그 아이가 철저하게 감독을 받는 상황이라서요."

"재활센터에 있단 말이지?"

"맞습니다."

능력이 뛰어난 TK들은 비교적 사회에 잘 적응하는 듯했지만 그 비슷하게 능력이 뛰어난 TP들은 어려움을 겪었고 알코올이나 약물에 의존하는 경우가 많았다. 스택하우스가 짐작하기로는 그런 걸 하면 하면 쏟아져 들어오는 정보의 유입에 무뎌지기 때문인 듯했다.

"하지만 그럴 만한 가치가 있는 아이입니다. 그 딕슨이라는 아이 만큼은 아니지만(그 아이는 초강력이죠.) 거의 비슷해요. 그러니까 어떤 점이 불안한지 말씀해 주시면 듣고 나서 저는 제 할 일을 하겠습니다."

"불안해서 이러는 게 아니야, 그냥 충고를 하려는 거지. 그리고 내 뒤에서 서성이지 마, 소름 끼치니까. 의자 끌고 와서 이리 앉지 그래?"

그가 책상 맞은편의 손님용 의자에 앉는 동안 식스비 부인은 컴퓨터에 저장된 비디오 파일을 열어서 재생했다. 식당 밖 간식 자판기 영상이었다. 화면이 부옜고 약 10초 정도마다 흔들렸고 가끔 지직거렸다. 식스비 부인은 지직거리는 중간에 화면을 멈추었다. 그녀는 그가 질색하는 설교조로 말했다.

"자네가 관심을 기울여 줬으면 하는 첫 번째 부분은 이 영상의 품질이야. 정말이지 용납할 수 없는 수준이거든. 감시 카메라의 최소 절반이 이래. 벤드에 있는 코딱지만 한 편의점 카메라도 이보다는 낫겠어."

데니슨 리버 벤드를 두고 하는 얘기였고 그 말은 맞았다.

"얘기는 전하겠습니다만, 이곳의 기반 시설이 개떡 같다는 건 저희 둘 다 아는 부분이잖습니까. 마지막으로 전면 보수를 한 게 벌써 40년 전이었고 그때는 이 나라가 지금과 달랐죠. 훨씬 느슨했죠.

이제는 IT 담당이 두 명뿐이고 그중 한 명은 현재 휴가 중입니다. 컴퓨터 장비들이 구식이고 발전기도 마찬가지예요. 원장님도 *아시 잖습니까.*"

식스비 부인도 알고도 남았다. 자금이 부족해서 그런 건 아니었다. 외부에서 인재를 영입할 수 없기 때문이었다. 그게 기본적인 딜레마였다. 이 시설은 철저하게 기밀을 유지해야 하는데, 소셜 미디어와 해킹의 시대이다 보니 날이 갈수록 그러기가 점점 어려워졌다. 그들이 여기서 어떤 일을 꾸미고 있는지 한 마디라도 새어나가면 그 순간 끝장이었다. 그들이 벌이고 있는 지극히 중요한 사업뿐만 아니라 직원들도 마찬가지였다. 때문에 직원 채용이 힘들었고 재충원도 어려웠고 뭐가 고장 나면 끔찍했다.

스택하우스가 말했다.

"그렇게 지직거리는 이유는 주방 설비 때문이에요. 믹서, 음식물 쓰레기 처리기, 전자레인지. 그 부분에 대해서는 제가 어떻게 해 볼 수 있을 것 같습니다."

"카메라가 담긴 전구도 어떻게 해 볼 수 없을까? 저차원적인 방식으로. '먼지 털기'라고 하지, 아마? 여기에 잡역부가 없는 것도 아니잖아."

스택하우스는 손목시계를 확인했다.

"알았어, 트레버. 무슨 말하고 싶은지 알겠다고."

그녀는 다시 영상을 틀었다. 모린 앨버슨이 빨래 바구니와 함께 등장했다. 입소자 두 명과 함께였다. 루크 엘리스와 요즘 들어 엘리스와 거의 매일 함께 자는, 아주 특출한 TP 양성 에이버리 딕슨이었다. 영상은 수준 이하일지 몰라도 오디오는 훌륭했다.

모린이 아이들에게 말했다.

"여기에서는 얘기해도 돼. 마이크가 있긴 하지만 고장 난 지 한참 됐거든. 그냥 계속 웃어. 누가 보면 나를 구워삶아서 토큰을 받으려나 보다 생각하게. 그래, 하고 싶은 말이 뭔데? 간단하게 끝내줘."

잠깐 정적이 흘렀다. 꼬맹이는 팔을 긁고 콧구멍을 비튼 다음 루크를 쳐다보았다. 그러니까 딕슨은 그냥 따라온 거였다. 이건 엘리스의 농간이었다. 스택하우스는 놀라지 않았다. 엘리스는 영리한 녀석이었다. 체스 선수였다. 루크가 말했다.

"그게요. 식당에서 벌어진 일 말이에요. 해리하고 쌍둥이들한테 생긴 일. 그게 궁금해서요."

모린은 한숨을 쉬고 바구니를 내려놓았다.

"나도 들었어. 참 끔찍했겠더라만 내가 듣기로는 괜찮다던데."

"진짜요? 세 명 다요?"

모린은 잠깐 아무 말도 하지 않았다. 에이버리는 불안한 표정으로 그녀를 올려다보고 있었다. 팔을 긁고 코를 비트는 것이 꼭 쉬가 마려운 아이 같았다. 마침내 그녀가 말했다.

"지금 *당장*은 아닐지 몰라, 완전히는. 하지만 에번스 박사님이 뒤 건물의 병원으로 옮겼다고 얘기하는 걸 들었어. 거기에 좋은 병원이 있거든."

"거기 또 뭐가……."

"쉿."

그녀는 루크를 향해 손을 들고 좌우를 두리번거렸다. 영상은 지직거렸지만 소리는 또렷하게 들렸다.

"뒤 건물에 대해서는 묻지 마. 괜찮은 곳이고, 앞 건물보다 괜찮은 곳이고, 거기서 어느 정도 지내고 나면 집으로 돌아갈 수 있다는 얘기 말고 다른 얘기는 할 수가 없으니까."

깨끗해진 화면 안에서 그녀는 아이들을 끌어안고 있었다. 꼭 끌어안고 있었다.

"저것 좀 보세요. 억척 어멈일세. 잘하는데요?"

스택하우스가 감탄하는 목소리로 말했다.

"쉿."

식스비 부인이 말했다.

루크는 모린에게 해리와 그레타가 살아 있는 게 *분명하냐*고 물었다.

"왜냐하면 둘 다…… 음…… 죽은 것 같았거든요."

"맞아요, 다른 애들도 다 그렇게 얘기하고 있어요. 해리는 몸이 굳었고 숨이 끊겼어요. 그레타는 고개가 꺾인 각도가 이상했고요."

에이버리가 맞장구치며 코로 요란한 경적 소리를 냈다.

모린은 성급하게 대응하지 않았다. 스택하우스는 그녀가 조심스럽게 말을 고르고 있다는 걸 알 수 있었다. 정보 수집이 필요한 곳에서 첩자로 일해도 잘할 것 같다는 생각이 들었다. 아이들은 둘 다 그녀를 올려다보며 계속 기다렸다.

마침내 그녀가 말했다.

"물론 나는 그 자리에 없었고 너희들 입장에서는 무서웠겠지만 보기보다 그렇게 심하지는 않았을 거야."

그녀는 다시 말을 멈추었지만 에이버리가 다시 코를 잡고 비틀자 말을 이었다.

"크로스라는 아이가 발작을 일으켰더라도, *만의 하나* 그랬더라도 제대로 약물 치료를 받을 거야. 그리고 그레타의 경우에는 내가 휴게실 앞을 지나가다가 에번스 박사님이 헨드릭스 박사님한테 그 아이가 목이 삐었다고 얘기하는 걸 들었어. 그래서 아마 목 보호대를 대고 있을 거야. 다른 쌍둥이도 같이 있겠지. 불안해하지 않게."

루크가 안심한 목소리로 말했다.

"알았어요. 아주머니께서 확실하다고 하니까 믿을게요."

"내가 아는 한 확실해. 내가 할 수 있는 얘기는 거기까지야, 루크. 이 안에는 거짓말쟁이가 많지만 나는 특히 애들한테는 거짓말을 하면 안 된다고 배웠어. 그러니까 내가 아는 한 확실해, 내가 할 수 있는 얘기는 거기까지야. 그런데 그게 왜 그렇게 궁금한데? 친구들 걱정이 돼서 그래, 아니면 다른 이유가 있니?"

루크가 에이버리를 쳐다보자 그는 코를 세게 잡아당기고 고개를 끄덕였다.

스택하우스는 눈을 부라렸다.

"아우, 이 녀석아, 코를 팔 거면 얼른 파라. 뜸 들이는 거 보느라 돌아버리겠네."

식스비 부인은 영상을 멈췄다.

"불안할 때 나오는 행동인데 자기 거시기를 만지는 것보다야 낫지. 나 때는 남자애들뿐만 아니라 여자애들도 사타구니 만지는 애들 많았어. 이제 조용히 해. 재밌는 부분이 시작되거든."

"제가 무슨 얘기를 하면 아무한테도 옮기지 않겠다고 약속하실 수 있어요?"

루크의 질문에 그녀가 고민하는 동안 에이버리는 가엾은 코를 계속 못살게 굴었다. 잠시 후에 그녀는 고개를 끄덕였다.

루크가 언성을 낮추었다. 식스비 부인은 볼륨을 높였다.

"단식투쟁을 하겠다는 애들이 있어요. 쌍둥이랑 해리가 괜찮은지 확인할 때까지 아무것도 먹지 않겠다고요."

모린도 언성을 낮추었다.

"어떤 애들이?"

"정확하게는 몰라요. 새로 들어온 애들 중에 몇 명요."

"가서 얘기해, 아주 한심한 생각이라고. 루크, 너는 똑똑한 아이니까, 아주 똑똑한 아이니까 보복이 무슨 뜻인지 알 거라고 본다. 나중에 에이버리한테 설명해 줘."

그녀는 어린 에이버리를 똑바로 쳐다보았다. 그는 그녀의 품에서 벗어나 그녀가 자기 코를 잡거나 아니면 잡아 뜯을지 모른다고 생각하는 것처럼 손으로 코를 덮고 있었다.

"이제 가 봐야겠다. 너희한테 문제가 생기면 안 되고 나한테도 문제가 생기면 싫으니까. 누가 무슨 얘기했느냐고 물으면……."

"토큰 얻으려고 일 시켜 달라고 졸랐다고 할게요. 알았어요."

에이버리가 말했다.

"그래, 착하지."

그녀는 카메라를 흘끗 올려다보고 걸음을 옮겼다가 뒤를 돌아보았다.

"너희들 조만간 여기서 나가서 집으로 돌아갈 수 있을 거야. 그때까지 얌전히 지내. 평지풍파 일으키지 말고."

그녀는 걸레를 집어서 술 자판기 받침대를 얼른 훔치고 빨래 바구니를 들고 떠났다. 루크와 에이버리는 좀 더 그 자리에 남아 있다가 역시 갈 길을 갔다. 식스비 부인은 영상을 껐다.

"단식투쟁이라. 새로운 수법인데요?"

스택하우스가 미소를 지으며 말했다.

"그렇지."

식스비 부인이 말했다.

"아우, 무서워라."

그의 미소가 함박웃음으로 번졌다. 시거스가 못마땅하게 여길지 몰라도 어쩔 수가 없었다.

놀랍게도 그녀는 웃음을 터뜨렸다. 그녀의 웃음소리를 마지막으로 들은 게 언제였던가? 정답은 '들은 적 없다'일지 몰랐다.

"재밌긴 하네. 자라나는 아이들처럼 단식투쟁에 안 어울리는 존재가 또 있을까? 그 나이 때는 돌도 씹어 먹는다는데. 하지만 자네 말이 맞아, 태양 아래 새로운 것이로군. 새로 들어온 아이들 중에서 누가 그걸 제안했을까?"

"아, 왜 이러세요. 아무도 없죠. 단식투쟁이 뭔지 알 만큼 똑똑한 애라면 딱 한 명뿐이고 걔는 여기 들어온 지 거의 한 달이 다 됐는걸요."

그녀는 맞장구쳤다.

"그렇지. 그 애가 앞 건물에서 떠나면 속이 다 후련하겠어. 월홀름도 골칫덩어리였지만 최소한 그 아이는 대놓고 분노를 드러냈지. 하지만 엘리스는…… 능구렁이야. 나는 능구렁이 같은 애들이 싫어."

"얼마나 있어야 떠날까요?"

"일요일이나 월요일, 뒤 건물의 헬러스와 제임스가 동의하면. 동의할 거야. 헨드릭스의 검사가 거의 끝났으니까."

"잘됐네요. 이 단식투쟁에 대해서 짚고 넘어가실 건가요, 아니면 그냥 지나가실 건가요? 단식투쟁이 시작된다 한들 자연스럽게 사라지겠습니다만."

"짚고 넘어갈까 하는데. 자네도 얘기했다시피 지금 입소자들도 많으니까 딱 한 번이라도 다 같이 모아놓고 얘기를 하는 게 좋지 않을까 싶어서."

"그럼 앨버슨이 첩자라는 걸 엘리스가 알아차릴지 모릅니다. 그 아이의 IQ를 감안했을 때 충분히 그러고도 남아요."

"상관없어. 며칠 있으면 갈 테고 코를 비트는 꼬맹이 친구도 조만간 따라갈 테니. 이제 저 감시 카메라 말인데……."

"오늘 저녁에 나가기 전에 앤디 펠로위스한테 메모를 남겨놓고 돌아오자마자 일순위로 처리하겠습니다. 그때까지 편안히 계세요. 그러다 궤양 생기겠어요. 우리 상대는 산전수전 겪은 범죄자가 아니라 아이들이라는 걸 하루에 최소 한 번씩 되새김질하세요."

그는 손깍지를 낀 채 허리를 숙여 갈색 눈으로 그녀의 철회색 눈을 똑바로 쳐다보았다.

식스비 부인은 아무 대꾸도 하지 않았다. 그의 말이 맞는다는 걸

알기 때문이었다. 아무리 똑똑하다 한들 루크 엘리스도 어린아이
에 불과했고 뒤 건물에서 어느 정도 시간을 보내고 나면 어린아이
라는 사실에는 변함이 없더라도 더는 똑똑하지 않을 것이다.

16

그날 저녁에 식스비 부인은 진홍색 양복과 회색 블라우스에 한
줄짜리 진주 목걸이를 걸고 늘씬하고 꼿꼿하게 식당으로 들어섰
다. 유리잔을 숟가락으로 두드려가며 주목하라고 외칠 필요는 없
었다. 모든 재잘거림이 일시에 멎었다. 기술자와 관리인들이 서쪽
휴게실 입구로 들어왔다. 심지어 주방 직원들마저 밖으로 나와 샐
러드 바 뒤로 모였다.

식스비 부인은 유쾌하고 멀리서도 잘 들리는 목소리로 말했다.

"여러분도 대부분 알겠지만, 이틀 전 저녁 여기 이 식당에서 불미
스러운 사건이 벌어졌죠. 그 사건으로 두 아이가 죽었다는 소문이
돌았고요. 그건 절대 사실이 아니에요. 여기 이 시설에서는 아이를
죽이지 않아요."

그녀는 아이들을 훑어보았다. 다들 먹던 저녁을 잊고 휘둥그레
뜬 눈으로 그녀를 마주보고 있었다.

"프루트칵테일을 열심히 먹느라 제대로 못 들은 어린이가 있을
경우에 대비해 맨 마지막으로 했던 말을 다시 한 번 반복할게요. 여
기 이 시설에서는 아이를 죽이지 않아요."

그녀는 그 말이 아이들의 머릿속으로 스며들도록 잠깐 뜸을 들였다.

"여러분은 자의로 여기 온 게 아니죠. 우리도 알지만 사과하지는 않겠어요. 여러분이 여기에 있는 이유는 우리 조국뿐 아니라 전 세계에 봉사하기 위해서예요. 봉사가 끝나더라도 훈장을 받지는 않을 거예요. 기념 퍼레이드도 없을 거예요. 우리의 진심 어린 감사도 알지 못할 거예요. 여기서 나가기 전에 시설에 얽힌 모든 기억이 삭제될 테니까요. 삭제된다는 게 뭔지 모르는 사람을 위해 설명하자면 깨끗하게 지워진다는 뜻이에요."

그녀의 시선이 잠깐 루크에게로 향했다. 너야 당연히 알겠지 하는 눈빛이었다.

"그래도 우리가 고마워한다는 걸 알아 줬으면 해요. 여러분은 여기서 지내는 동안 검사를 받을 테고 그중에 힘든 검사도 있을지 모르지만 살아서 가족들을 다시 만나게 될 거예요. 우리는 아이를 절대 잃은 적이 없어요."

그녀는 다시 하던 얘기를 멈추고 뭐라고 대꾸하거나 반박하는 소리가 들리길 기다렸다. 월홀름이라면 그랬을지 모르지만 월홀름은 가고 없었다. 엘리스는 아무 말도 하지 않았다. 대놓고 반응을 보이는 것은 그의 스타일이 아니었다. 체스 선수답게 직접적인 공격보다 엉큼한 꼼수를 선호했다. 그런들 무슨 소용일까마는.

"해럴드 크로스는 여러분들 중에 그 검사를 받은 어린이들 사이에서는 '점' 아니면 '불빛'이라고 불리는 시야와 시력 검사를 받고 잠깐 발작을 일으켰어요. 그 과정에서 그를 다독이려고 했던 그레타 윌콕스를 쳤고요.(이 얼마나 마음씨가 갸륵한가요.) 그레타는 목을 심하게 접질렸지만 회복 중이에요. 남은 쌍둥이와 같이 있고요. 윌콕스 쌍둥이와 해럴드는 다음 주에 집으로 돌려보내질 테고 우리 모두 그들의 행복을 빌어야겠죠."

그녀의 시선이 다시 저쪽 끝 테이블에 앉아 있는 루크에게로 향했다. 꼬맹이 친구가 같이 있었다. 딕슨은 입을 떡 벌리고 있었지만 적어도 지금은 코를 건드리지 않았다.

"내가 좀 전에 한 얘기와 다른 얘기를 하는 사람이 있으면 거짓말이라고 봐도 좋고, 거짓말을 하는 사람이 있으면 곧바로 관리인이나 기술자에게 알려 주기 바라요. 알겠죠?"

정적이 흘렀다. 긴장해서 나는 헛기침 소리조차 들리지 않았다.

"알겠으면 '네, 원장님'이라고 대답해 주기 바라요."

"네, 원장님."

아이들은 대답했다.

그녀는 엷은 미소를 지었다.

"그보다 더 잘할 수 있을 거라고 보는데."

"*네, 원장님!*"

"이번에는 진짜 자신 있게."

"네, 원장님!"

이번에는 주방 직원, 기술자, 관리인들까지 동참했다.

식스비 부인은 미소를 지었다.

"좋아요. 답답한 가슴과 머릿속을 시원하게 뚫고 싶을 때 자신 있게 소리를 지르는 것보다 좋은 방법도 없죠? 이제 식사 마저 해요."

그녀는 흰색 가운을 입은 주방 직원 쪽으로 고개를 돌렸다.

"잠자리에 들기 전에 먹을 특별 디저트로 케이크와 아이스크림을 준비해 주실 수 있죠, 더그 주방장님?"

더그 주방장은 엄지와 검지로 동그라미를 만들었다. 누군가가 박수를 치기 시작했다. 다른 사람들도 동참했다. 식스비 부인은 박수갈채에 답례하는 차원에서 좌우로 목례를 하며 고개를 꼿꼿하게 들고 두 손을 앞뒤로 흔들어 조그맣고 완벽한 포물선을 그리며 식당에서 나갔다. 루크가 보기에 모나리자와 비슷한 옅은 미소가 입꼬리를 장식하고 있었다. 그녀가 지나갈 수 있게 흰색 가운들이 길을 비켰다.

에이버리는 계속 박수를 치면서 루크에게로 몸을 숙이고는 속삭였다.

"*전부 거짓말이었어.*"

루크는 보일락 말락 하게 고개를 끄덕였다.

"씨부럴 나쁜 년."

에이버리가 말했다.

루크는 아까처럼 살짝 고개를 끄덕이고 생각으로 짤막하게 메시지를 보냈다. *계속 박수 쳐.*

17

그날 밤에 루크와 에이버리는 루크의 침대에 나란히 누워 시설

안에서의 또 하룻밤을 보냈다.

에이버리는 메시지를 보내라는 신호로 그가 코를 만질 때마다 모린이 뭐라고 했는지 전부 세세하게 알려 주었다. 루크는 바구니에 떨어뜨린 그의 쪽지를 모린이 과연 이해할까 걱정했지만(그녀가 입은 갈색 청소부 유니폼 때문에 무의식적으로 생긴 편견일 텐데 없애야 했다.) 그녀는 완벽하게 이해했고 에이버리에게 한 단계씩 정리한 방법을 알려 주었다. 루크가 보기에는 에이버스터가 너무 대놓고 신호를 보낸 게 아닌가 싶었지만 결과적으로 별 문제 없이 끝난 듯했다. 그랬길 바라는 수밖에 없었다. 그렇다면 유일한 관건은 첫 번째 단계를 과연 성공할 수 있을지 여부였다. 한마디로 어설프기 짝이 없는 계획이었다.

두 아이는 똑바로 누워서 어둠 속을 바라보았다. 루크가 각 단계를 열 번째로(열다섯 번째였을 수도 있었다.) 점검하고 있었을 때 에이버리가 빨간색 네온사인처럼 번쩍이다가 잔상만 남기고 사라지는 두 단어로 그의 머릿속을 침범했다.

네, 원장님.

루크는 그를 찔렀다.

에이버리는 키득거렸다.

잠시 후에 다시 메시지가 떴고 이번에는 좀 전보다 더 밝았다.

네, 원장님!

루크는 그를 다시 찔렀지만 웃음이 나왔고 어둠 속이었어도 에이버리는 그가 웃고 있다는 걸 알았을 것이다. 미소가 그의 머릿속뿐 아니라 입가까지 장식했고 루크는 자신에게 그럴 만한 권리가 있다고 생각했다. 이 시설에서 탈출할 수 없을지 몰라도(실패할 가능성이 더 크다고 인정하지 않을 수 없었다.) 오늘은 즐거운 하루였다. 희망은 정말이지 좋은 낱말이었고 정말이지 좋은 느낌이었다.

네, 원장님, 씨부럴 나쁜 년님!

"그만해, 계속하면 간지럼 태운다?"

루크는 중얼거렸다.

"성공했어, 그치? 진짜 성공했어. 형 진짜로…….."

에이버리가 속삭였다.

"나도 몰라, 그냥 해 보자는 생각뿐이야. 이제 입 다물고 얼른 잠이나 자."

"나도 같이 데려가 주면 좋겠다. *진짜로.*"

"나도 그러고 싶어."

루크는 말했고 진심이었다. 에이버리 혼자 여기 남으면 얼마나 힘들까. 그는 쌍둥이 꼬맹이나 스티비 위플보다는 사회성이 뛰어날지 몰라도 그에게 성격 좋다고 말할 사람은 없을 것이었다.

"다시 올 때 경찰 1000명을 데리고 와 줘. 그리고 얼른 와 줘. 내가 뒤 건물로 끌려가기 전에. 샤를 아직 구할 수 있을 때."

에이버리의 속삭임에 루크는 약속했다.

"내 능력이 닿는 한도 안에서 최선을 다할게. 이제 내 머릿속에 대고 소리 좀 그만 질러. 그 장난은 금세 질린다."

"형의 TP가 좀 더 강력하면 좋겠다. 그리고 형도 메시지를 보낼 수 있으면. 그럼 좀 더 쉽게 대화를 나눌 수 있을 텐데."

"바란다고 다 이루어지면 얼마나 좋겠냐. 마지막으로 경고한다,

얼른 자."

에이버리는 잠을 청했고 루크도 점점 잠기운을 느꼈다. 모린이
제시한 첫 번째 단계는 허술하기 짝이 없었지만 그가 이미 간파한
모든 부분들과 꼭 들어맞는다고 인정하는 수밖에 없었다. 먼지를
뒤집어쓴 카메라 케이스, 페인트칠이 오래전에 뜯겨 나갔지만 다
시 칠하지 않은 굽도리 널, 생각 없이 방치된 엘리베이터 카드. 계
속 움직이기는 하지만 관성으로 활공할 뿐이라는 점에서 여기는
엔진이 꺼진 로켓과 비슷하다는 생각이 다시금 들었다.

18

다음 날 그는 위노나의 동행 아래 C층으로 내려가 간략하게 전반
적인 점검을 받았다. 혈압, 심박수, 체온, 산소 수치를 쟀다. 루크가
다음 차례는 뭐냐고 묻자 데이브는 클립보드를 확인하고 그를 쳐
서 땅바닥으로 쓰러뜨린 적 없는 사람처럼 환하게 웃어 보이며 스
케줄이 아무것도 없다고 했다.

"오늘 쉬는 날이네, 루크. 마음껏 즐겨라."

그는 손바닥을 보이며 손을 들었다. 루크는 덩달아 씩 웃으며 하
이파이브를 했지만 모린의 쪽지를 떠올리고 있었다. *더 이상 검사
를 받지 않으면 3일밖에 안 남았을지 몰라.* 루크는 엘리베이터로
돌아가며 물었다.

"내일은요?"

"내일 일은 내일에 맡겨야지. 그러는 수밖에 없지 않겠니?"

데이브가 말했다.

어떤 사람들에게는 그 말이 진리일지 몰라도 루크의 입장에서는 더이상 그렇지 않았다. 모린의 계획을 검토할 만한(좀 더 정확하게 얘기하자면 차일피일 미룰 만한) 여유가 있었으면 했지만 남은 시간이 거의 없는 듯했다.

시설의 놀이터에서는 피구가 의례에 가까운 일상이 되었고 거의 전원이 일정 시간 이상 참여했다. 루크도 안에 들어가 공을 피하려는 다른 아이들과 10분 정도 밀치락달치락 하다가 공에 맞았다. 그는 공을 던지는 편에 합류하는 대신 아스팔트로 덮인 하프 코트를 가로질러 혼자서 자유투를 날리고 있는 프리다 브라운을 지났다. 루크가 보기에 그녀는 자기가 어떤 곳에 있는지 여전히 전혀 모르는 눈치였다. 그는 철책에 등을 대고 자갈 위에 앉았다. 그나마 이제 벌레는 좀 괜찮아졌다. 그는 피구에 시선을 고정한 채 손을 떨어뜨려 옆구리 근처에서 하릴없이 앞뒤로 움직였다.

"공 좀 던져 볼래?"

프리다가 물었다.

"나중에."

루크는 말했다. 태평스럽게 한 손을 뒤로 뻗어 철책 아래를 더듬어보니 과연 모린의 말이 맞았다. 바닥이 살짝 꺼진 곳에 구멍이 있었다. 초봄에 눈이 녹으면서 꺼진 것일 수 있었다. 4~5센티미터에 불과했지만 그래도 분명 있었다. 아무도 거길 메울 생각을 하지 않았다. 루크가 손을 뒤집어 철책 아래로 넣자 철조망 가시가 손바닥을 눌렀다. 손끝을 시설 바깥의 자유로운 공기 속에서 잠깐 꿈틀거리다 일어나 엉덩이를 털고 프리다에게 호스 하겠느냐고 물었다. 그녀는 그를 보고 응! 당연히 좋지! 나랑 같이 놀아 줘!의 뜻이 담긴 열띤 미소를 지었다.

그걸 보자 그는 가슴이 아파졌다.

19

루크는 다음 날에도 검사가 없었고 심지어 아무도 그의 바이탈 사인조차 체크하지 않았다. 그는 잡역부 코니가 엘리베이터에서 동관까지 매트리스 두 개 나르는 것을 거들어 지저분한 토큰을 하나 받고(잡역부들은 모두 토큰에 인색했다.) 방으로 돌아가던 길에 제빙기 옆에서 항상 거기 시원하게 넣어두는 물병을 꺼내 물을 마시던 모린과 마주쳤다. 그는 도울 일이 있느냐고 물었다.

"아냐, 괜찮아."

그녀는 대답하고 언성을 낮추었다.

"헨드릭스하고 지크가 건물 앞 깃대 근처에서 서로 얘기하고 있더라. 내가 봤어. 검사 계속 받고 있니?"

"아뇨. 이틀 동안 안 받았어요."

"그럴 줄 알았다. 오늘이 금요일이잖아. 네가 토요일이나 일요일까지 여기 있을 수도 있지만 나라면 운에 맡기지 않겠어."

그녀의 초췌한 얼굴에 서린 걱정과 연민이 뒤섞인 표정을 보고 그는 덜컥 겁이 났다.

오늘 밤.

그는 그 단어를 입 밖에 내지 않고, 한 손을 얼굴 옆으로 대 눈 아래를 긁으며 입 모양으로 벙긋거렸다. 그녀는 고개를 끄덕였다.

"아주머니…… 여기 사람들은 아주머니 몸 상태가……."

그는 말문을 맺을 수가 없었고 맺을 필요도 없었다.

"여기 사람들은 좌골신경통이라고 생각해. 헨드릭스는 눈치챘을지 몰라도 신경 쓰지 않고. 내가 계속 일만 할 수 있으면 아무도 신경 쓰지 않아. 얼른 가라, 루크. 네가 점심 먹는 동안 내가 방 청소를 할게. 침대에 눕기 전에 매트리스 아래를 봐."

그녀의 목소리는 속삭이는 수준이었다. 그녀는 머뭇거렸다.

"너를 한 번 안을 수 있으면 좋겠다, 아들."

루크는 눈시울이 뜨거워지는 것을 느꼈다. 그녀에게 들키기 전에 얼른 자리를 떴다.

배가 별로 고프지 않았지만 점심을 듬뿍 먹었다. 저녁에도 그랬다. 계획에 성공할 경우에 대비해 에너지를 있는 대로 비축해 놓아야 할 것 같은 예감이 들었다.

그날 저녁을 먹었을 때 프리다가 그와 에이버리 옆으로 와서 앉았다. 그녀의 머릿속에 루크가 각인된 모양이었다. 식사를 마친 뒤에 그들은 놀이터로 나갔다. 루크는 같이 숏 연습을 하자는 프리다의 제안을 사양하고, 에이버리가 트램펄린에서 노는 걸 잠깐 구경할까 한다고 말했다.

에이버스터가 심드렁하게 엉덩이로 앉았다가 배로 튕겼다가 하며 위아래로 점프하는 것을 지켜보는 루크의 머릿속에서 한 단어가 빨간색 네온사인처럼 불을 밝혔다.

오늘 밤?

루크는 고개를 저었다.

"하지만 오늘은 네 방에서 자. 한 번만이라도 여덟 시간 동안 꼬박 자 보자."

에이버리는 트램펄린에서 내려와 침울한 표정으로 루크를 바라보았다.

"누가 슬퍼하는 나를 보고 이유를 궁금해할지 모른다는 생각에 거짓말은 하지 말아 줘. 내가 슬퍼할 필요가 없잖아."

그는 입술을 양옆으로 길게 늘여 누가 봐도 가짜인 걸 알 수 있는 미소를 지었다.

알겠어. 내 한 번뿐인 기회를 망치지만 말아 줘, 에이버스터.

할 수 있으면 나를 데리러 와 줘. 부탁할게.

당연하지.

수조의 선명한 기억과 함께 점들이 다시 보이기 시작했다. 루크가 생각하기에는 생각을 전송하려고 의식적으로 노력을 하다 보니 그런 것 같았다.

에이버리는 그를 잠깐 더 쳐다보다가 농구대 앞으로 달려갔다.

"나랑 같이 호스 할래, 프리다?"

그녀는 그를 내려다보며 미소를 지었다.

"아가야, 너 정도는 내가 그냥 껌으로 이기지."

"H랑 O 잡아 주면 어떻게 될지 몰라."

그들은 날이 점점 어둑해지는 동안 공을 던졌다. 루크가 놀이터를 가로지르다 한 번 돌아보았을 때 에이버리(예전에 해리 크로스가 그를 가리켜 루크의 "귀요미 친구"라고 한 적이 있었다.)는 얼토당토않은 훅슛을 시도하고 있었다. 그는 에이버리가 그날 밤에 그의 방으로 찾아와 칫솔이라도 가져갈 거라고 생각했지만 그 예상은 빗나갔다.

20

루크는 노트북으로 슬랩 대시와 100 볼을 몇 번 하다가 이를 닦고 반바지로 갈아입고 침대로 올라갔다. 스탠드를 끄고 매트리스 아래로 손을 넣었다. 모린이 작은 수건으로 잘 싸 놓았기 망정이지 하마터면 그녀가 두고 간 칼(식당에서 쓰는 플라스틱 칼과 다르게 진짜 날이 달린 과도인 듯했다.)에 손가락을 베일 뻔했다. 다른 물건도 하나 더 있었는데 촉감으로 정체를 알 수 있을 것 같았다. 여기 오기 전에 수도 없이 썼던 물건이었다. USB 플래시 드라이브였다. 그는 어둠 속에서 몸을 숙여 이 두 가지 물건을 바지 주머니에 넣었다.

그런 다음부터 기다림이 시작됐다. 술래잡기를 하는지 엉덩이잡기를 하는지 잠깐 동안 아이들이 복도를 뛰어다녔다. 인원이 많아지다 보니 매일 밤마다 있는 일이었다. 함성과 웃음소리에 이어 오버해 가며 쉿 하는 소리가 들렸고 그러고 나서 다시 웃음소리가 이어졌다. 다들 그런 식으로 울분을 해소하고 있었다. 두려움을 해소하고 있었다. 오늘 밤 가장 요란하게 함성을 지르는 아이 중 하나가 스티비 위플이었는데, 아마도 와인이나 하드 레모네이드를 마신 듯했다. 조용히 하라고 엄하게 단속하는 어른은 없었다. 관리 책임자들은 소음 규제나 통금 적용에 관심이 없었다.

마침내 루크의 방 주변이 잠잠해졌다. 이제는 그의 심장이 일정하게 쿵쾅거리고, 모린이 알려 준 단계별 계획을 마지막으로 점검하느라 머리가 돌아가는 소리만 들렸다.

빠져나가서 다시 트램펄린 앞으로. 그는 다시 한 번 되짚었다. 필요하면 칼을 쓸 것. 그런 다음 살짝 우회전.

만약 빠져나가게 된다면.

다행히 80퍼센트는 마음의 준비가 됐고 두려운 마음은 20퍼센트밖에 안 됐다. 그 정도의 공포도 사실 타당한 이유가 없었지만 아마도 자연스러운 반응이지 않을까 싶었다. 그의 투지를 불태우는 것이 있다면, 그가 절대적으로 *아*는 것이 있다면 단순하고 삭막한 진실이었다. 이것이 그에게 주어진 딱 한 번뿐인 기회이고 그는 이번 기회를 최대한 활용할 작정이라는 것이었다.

바깥 복도가 잠잠해진 지 30분쯤 지났다는 판단이 내려지자 루크는 자리에서 일어나 TV 위에 있던 플라스틱 얼음통을 집었다. 지하 모니터실에서 이 시각에 솔리테르 카드 게임을 하는 게 아니라 모니터를 들여다보고 있는 사람이 있는 경우에 대비해 그럴 듯한 시나리오도 미리 생각해 놓았다.

그 시나리오의 주인공은 일찌감치 잠자리에 들었다가 왠지 모르게, 어쩌면 오줌이 마려워서 아니면 나쁜 꿈을 꿔서 중간에 일어난 아이였다. 그 아이는 비몽사몽이라 속옷 차림으로 복도를 걸어간

다. 먼지를 뒤집어쓴 전구 속 카메라는 얼음을 가지러 제빙기로 가는 아이를 비춘다. 아이가 얼음통뿐 아니라 삽까지 들고 오더라도 그들은 너무 졸려서 손에 쥐고 있는 걸 몰랐나 보다고 생각한다. 내일 아침에 책상이나 화장실 세면대에 있는 그걸 보고 아이는 그게 왜 거기 있는지 의아해할 거라고 생각한다.

다시 방으로 돌아온 루크는 잔에 얼음을 넣고 화장실에서 수돗물을 받아 절반을 마셨다. 시원했다. 입과 목이 바짝 말라 있던 참이었다. 그는 변기 수조 위에 삽을 얹어놓고 침대로 돌아갔다. 이리저리 뒤척였다. 중얼중얼 혼잣말을 했다. 그가 지어낸 시나리오 속 주인공은 귀요미 친구를 그리워하고 있을지 모른다. 그래서 다시 잠을 이루지 못하는 것일지 모른다. 지켜보거나 귀를 기울이고 있는 사람이 없겠지만 있을 경우에 대비해 그는 그런 식으로 연극을 해야 한다.

마침내 그는 다시 스탠드를 켜고 옷을 입었다. (아마도) 감시카메라가 없는 화장실로 들어가 바지 앞쪽에 삽을 쑤셔 넣고 트윈스 티셔츠로 그 위를 덮었다. 이 안에 비디오가 설치되어 있고 누군가가 그걸 보고 있었다면 그는 이미 들통났을지 몰랐다. 그렇다 한들 어쩔 도리가 없으니 시나리오의 다음 부분으로 넘어가는 수밖에 없었다.

그는 방 밖으로 나가 휴게실까지 복도를 걸어갔다. 스티비 위플과 신입 중 한 명이 거기 바닥에서 쿨쿨 자고 있었다. 깨끗하게 비운 조그만 파이어볼 병 여섯 개가 그들 주변에 흩뿌려져 있었다. 그 많은 병은 엄청난 숫자의 토큰을 상징했다. 스티브와 새 친구는 아침에 빈털터리 신세로 숙취를 달래며 일어날 것이다.

루크는 스티비를 넘어 식당으로 들어갔다. 샐러드 바의 형광등만 켜져 있어서 어둑어둑하고 조금 섬뜩했다. 그는 항상 채워져 있는 과일 그릇에서 사과를 집어서 한 입 먹고 다시 휴게실로 나가며 모니터를 보고 있는 사람이 아무도 없길, 있다 한들 그의 팬터마임에 속아 넘어가 주길 바랐다. 이 아이는 자다가 깼다. 제빙기로 가서 얼음을 들고 와 시원한 얼음물을 마시고 났더니 잠이 다 달아나서 요깃거리를 찾아 식당으로 간다. 그러다 생각한다. 잠깐 놀이터로 나가서 시원한 바람이나 쏘여야겠다. 그런 아이가 전에는 없었던 것도 아니었다. 칼리샤 말로는 그녀와 아이리스도 몇 번 나가서 별을 본 적이 있다고 했다. 여기는 빛 공해가 없다 보니 별이 눈부시게 환했다. 그녀 말로는 밤에 놀이터에서 사랑을 속삭이는 아이들도 있다고 했다. 오늘 밤에는 별을 보거나 쪽쪽대는 아이들이 없기만을 바랄 따름이었다.

놀이터에는 아무도 없었고 달이 뜨지 않았기 때문에 상당히 어두컴컴해서 다양한 시설이 그저 모난 그림자로 보였다. 어린아이들은 친구 한둘과 같이 있지 않으면 대개 어둠을 무서워했다. 인정하지 않을 뿐 좀 더 큰 아이들도 대부분 마찬가지였다.

루크는 놀이터를 어슬렁어슬렁 가로지르며 별로 본 적 없는 야간 관리인이 등장해 셔츠 아래에 그 삽을 숨기고 나와서 뭐하는 거냐고 묻는 순간을 기다렸다. 설마하니 도망칠 생각을 하는 건 아니겠지? 왜냐하면 그건 미친 짓이거든!

"미친 짓."

루크는 중얼거리며 철책을 등지고 앉았다.

"그게 바로 나야, 미친 놈."

그는 누군가가 등장하길 기다렸다. 아무도 등장하지 않았다. 귀뚜라미와 올빼미 소리만 들릴 뿐이었다. 카메라가 있긴 했지만 지켜보는 사람이 과연 있을까 싶었다. 그는 보안장치가 있다는 걸 알았지만 엉성했다. 그는 그렇다는 것도 알았다. 이제는 얼마나 엉성한지 알아볼 차례였다.

셔츠를 들어 삽을 꺼냈다. 이 부분을 상상했을 때는 오른손을 등 뒤로 돌려서 땅을 파고 기운이 다하면 왼손으로 바꾸는 그림을 상상했다. 하지만 현실에서는 그렇게 잘 되지 않았다. 삽이 철책 아랫부분과 계속 부딪혀 정적 속에서 제법 요란한 소리를 냈고 진척이 있는지 알 수가 없었다.

이건 미친 짓이야. 그는 생각했다.

카메라에 대한 걱정은 던져 버리고 무릎을 꿇고 자갈을 좌우로 날려가며 철책 아래를 파기 시작했다. 시간이 엿가락처럼 늘어지는 것 같았다. 느낌상으로는 몇 시간이 지난 듯했다. 한 번도 본 적 없는(하지만 생생하게 그려지는) 모니터실을 지키고 있던 사람이 불면증으로 놀이터에 나간 아이가 왜 감감무소식인지 궁금해하기 시작했을까? 체크할 사람을 보낼까? 야간 투시 기능이 달린 카메라라면 얘기가 어떻게 될까, 루키? 응?

그는 땅을 팠다. 땀으로 얼굴이 번들거리기 시작하고 야간 근무에 나선 벌레들이 달려드는 것이 느껴졌다. 그는 땅을 팠다. 겨드랑이에서 풍기는 냄새가 느껴졌다. 심장이 미친 듯이 쿵쾅거렸다. 뒤에 누가 있는 것처럼 느껴져 어깨 너머를 돌아보았지만 농구 골대만 별을 배경으로 기중기처럼 서 있었다.

이제 철책 아래로 해자가 생겼다. 얕았지만 그는 홀쭉한 몸으로 시설에 입소했고 그 뒤로 체중이 더 빠졌다. 어쩌면⋯⋯.

하지만 그는 누워서 아래로 지나려다 철책에 가로막혔다. 턱도 없었다.

안으로 다시 들어가. 저들에게 들통나 탈출을 시도한 죄로 끔찍한 일을 당하기 전에 안으로 다시 들어가서 침대에 누워.

하지만 그건 하나의 선택지가 아니라 소심한 대처였다. 어차피 저들에게 끔찍한 일을 당하게 되어 있었다. 영화, 두통, 슈타지 라이트⋯⋯ 그리고 결국에는 웅웅거리는 소리.

그는 이제 숨을 헐떡이며 앞뒤로 좌우로 땅을 팠다. 철책 아래와 땅바닥 사이의 공간이 서서히 깊어졌다. 철책 양옆을 시멘트로 덮지 않다니 바보 같은 처사였다. 가벼운 전류나마 철책에 흐르게 하지 않다니 바보 같은 처사였다. 하지만 덕분에 그가 이럴 수 있었다.

다시 누워서 다시 아래로 지나가 보려 했지만 다시 철책에 가로막혔다. 하지만 성공이 코앞이었다. 루크는 일어나 무릎을 꿇고 앉아서 전후좌우로 더 열심히, 더 빠르게 땅을 팠다. 딱 하는 소리와 함께 삽 손잡이가 결국 부러졌다. 루크는 손잡이를 옆으로 내던지고 손바닥을 파고드는 삽 가장자리를 느끼며 계속 땅을 팠다. 잠깐 멈추고 내려다보니 손바닥에서 피가 나고 있었다.

이번에는 되겠지. 이번에는.

하지만…… 아직도…… 모자랐다.

그래서 다시 삽을 움직였다. 왼쪽, 오른쪽, 좌측으로, 우측으로. 피가 손가락을 타고 흘렀고 땀에 전 머리칼이 이마에 들러붙었고 모기들이 귓가에서 노래를 불렀다. 그는 삽을 내려놓고 배를 대고 누워서 다시 철책 아래로 들어갔다. 튀어나온 가시가 셔츠를 옆으로 당기며 살 속으로 파고들어 이제는 어깻죽지에서까지 피가 났다. 그래도 그는 계속 움직였다.

반쯤 갔을 때 더이상 움직일 수가 없었다. 그는 바닥에 깔린 자갈을 바라보며 숨을 헐떡일 때마다 콧구멍 아래에서 먼지가 어떤 식으로 조그맣게 소용돌이치는지 구경했다. 돌아가서 좀 더 깊이 파야 했다. 조금만 더 파면 될지 몰랐다. 하지만 조금씩 놀이터로 다시 돌아가려고 해 보니 그쪽으로도 갈 수가 없었다. 그냥 낀 게 아니라 오도 가도 못하게 된 것이었다. 내일 해가 뜰 때까지 덫에 걸린 토끼처럼 이 빌어먹을 철책 아래에 이렇게 갇혀 있게 생겼다.

눈과의 거리가 4~5센티미터밖에 안 되는 땅바닥에서 빨간색과 초록색과 자주색 점들이 다시 등장하기 시작했다. 그 점들이 뿔뿔이 흩어졌다가 한데 모였다가 빙글빙글 돌고 깜빡이며 그에게로 달려들었다. 폐소공포증이 그의 심장을 조이고 머리를 조였다. 두 손이 욱신거리며 노래를 불렀다.

루크는 손을 뻗어 구부린 손가락을 흙 속에 묻고 있는 힘껏 당겼다. 순간 점들이 그의 시야뿐 아니라 머리 전체를 채웠다. 그가 그들의 빛 속에 잠겼다. 잠시 후에 철책 아랫부분이 살짝 들리는 것처럼 느껴졌다. 100퍼센트 상상일 수도 있었지만 그가 생각하기에는 아니었다. 철책이 삐걱거리는 소리가 들렸다.

주사와 수조 덕분에 내가 이제 TK 양성이 됐을지 모르지. 그는 생각했다. 조지처럼.

그는 그러거나 말거나 상관없다는 결론을 내렸다. 지금 중요한 건 다시 좀 더 움직일 수 있게 됐다는 사실뿐이었다.

점들이 잦아들었다. 철책 아랫부분이 정말로 들렸을지 몰라도 이제는 다시 내려왔다. 철조망 가시들이 어깨뿐 아니라 엉덩이와 허벅지까지 찔렀다. 놓지 않겠다며 끈질기게 붙잡는 철책에 다시 붙들린 괴로운 순간이 있었지만 고개를 돌리고 자갈로 뒤덮인 땅바닥에 뺨을 대 보니 떨기나무가 보였다. 어쩌면 손이 닿을지 몰랐다. 손을 뻗었지만 살짝 모자랐다. 다시 조금 더 뻗어 보니 손이 닿았다. 관목을 잡고 당겼다. 관목이 뽑히기 시작했지만 완전히 뽑히기 전에 그는 엉덩이로 밀고 발로 디뎌가며 다시 움직일 수 있었다. 삐죽 튀어나온 철조망 가시가 한쪽 종아리를 화끈거리도록 그으며 작별의 입맞춤을 남겼지만 그는 꿈틀꿈틀 철책을 지나 저쪽으로 넘어갈 수 있었다.

탈출 성공이었다.

루크는 휘청거리며 무릎을 딛고 일어나 흥분한 눈빛으로 뒤를 돌아보았다. 휴게실뿐 아니라 복도와 식당에까지 모조리 불이 켜지고 그 불빛을 맞으며 달려오는 사람들이 있을 게 분명했다. 관리인들이 다이얼을 끝까지 돌린 전기봉을 꺼내들고 달려오고 있을 게 분명했다.

하지만 아무도 없었다.

루크는 일어나 맹목적으로 달리기 시작했다. 방향 파악이라는 중요한 다음 단계는 공포에 질려 잊었다. 이성이 눈을 뜨기 전에 숲속으로 달려가 그 안에서 길을 잃을 수도 있었지만 뾰족한 돌을 밟았을 때 왼쪽 발뒤꿈치가 찌르는 듯이 아픈 것을 느끼고 막판에 필사적으로 몸을 쭉 내밀었을 때 운동화 한 짝이 벗겨졌다는 걸 알아차렸다.

철책 앞으로 돌아가 허리를 숙여서 운동화를 집고 신었다. 등과 엉덩이는 따끔거리는 수준이었지만 마지막에 벤 종아리의 상처는 깊어서 불에 덴 듯 화끈거렸다. 쿵쾅거리던 심장이 가라앉으면서 머릿속이 다시 맑아졌다. *철책 밖으로 나가면 트램펄린하고 나란히 서. 모린이 에이버리를 통해 알려준 두 번째 단계가 그거였다. 그걸 등지고 오른쪽을 향해 중간 보폭으로 한 걸음 옮기고 그 방향으로 가면 돼. 1.5킬로미터 정도만 가면 되고 완벽하게 일직선을 유지할 필요도 없어. 네 목표가 상당히 원대하긴 하지만 최선을 다하길 바란다.* 그날 밤에 침대에 누웠을 때 에이버리는 루크에게 별을 길잡이로 삼아도 될지 모른다고 했다. 정확한 방법은 에이버리도 몰랐다.

좋았어. 이제 가는 거야. 하지만 먼저 해야 할 일이 하나 있었다.

오른쪽 귀를 만져 보니 그 안에 박힌 조그맣고 동그란 것이 느껴졌다. 아이리스인가 헬렌인가가 자기는 이미 귀를 뚫었기 때문에 그걸 심었을 때 아프지 않았다고 했던 게 생각났다. 다만 뚫은 귀에 하는 귀걸이는 잠금장치를 풀면 뺄 수 있었다. 루크도 어머니가 하는 걸 본 적 있었다. 이건 한 자리에 박혀 있었다.

하느님, 제발 칼을 쓰지 않아도 되게 해 주세요.

루크는 마음을 단단히 먹고 위치 추적기의 위쪽 아래로 손톱을 밀어넣고 당겼다. 귓불이 늘어났고 아팠지만, 많이 아팠지만 추적기는 꿈쩍하지 않았다. 그는 놓고 심호흡을 두 번 한 다음(수조의 기억이 되살아났다.) 다시 잡아당겼다. 더 세게 잡아당겼다. 아까보다 더 아팠지만 추적기는 여전히 꿈쩍하지 않았고 시간이 지체되고 있었다. 전과 다른 각도에서 보니 낯설게 느껴지는 주거동 서관이 아직 어두컴컴하고 잠잠했지만 언제까지 그럴 수 있을까?

그는 다시 한 번 잡아당겨 볼까 하다가 불가피한 선택을 미루는 것일 뿐이라는 결론을 내렸다. 모린은 알았다. 그녀가 과도를 남긴 이유가 그 때문이었다. 그는 주머니에서 과도를 꺼내(플래시 드라이브도 딸려 나오지 않게 조심했다.) 눈앞에 들고 빈약한 별빛에 비춰 보았다. 엄지손가락의 두툼한 부분으로 예리한 칼날을 만져 본 다음 왼손을 뻗어 오른쪽 귓불을 아래로 당겼다. 최대한 당겼지만 그리 많이 당겨지지는 않았다.

그는 잠깐 망설이며, 자유의 땅으로 철책을 넘어온 게 맞는지 확인했다. 올빼미가 다시 졸음에 겨운 울음소리를 냈다. 어둠을 수놓은 반딧불이를 보며 이런 극한의 순간에도 아름답다는 것을 느꼈다.

얼른 하자. 그는 속으로 중얼거렸다. 스테이크를 썬다고 생각해. 그리고 아무리 아파도 비명 지르지 마. 비명은 지르면 안 돼.

루크는 귓불 바깥쪽 끝에 칼끝을 대고 몇 번의 영겁처럼 느껴지는 몇 초 동안 그렇게 가만히 서 있었다. 그러다 칼을 내렸다.

못 하겠어.

해야 해.

못 하겠어.

야, 해야 해.

그는 아무 방비도 없는 말랑말랑한 살에 다시 칼날을 대고, 단박에 끝낼 수 있을 만큼 칼날이 날카롭기만을 바라며 더 이상 망설일 겨를 없이 단숨에 아래로 당겼다.

칼날은 날카로웠지만 막판에 그가 힘을 빼는 바람에 귓불이 떨어져 나가지 않고 찢긴 연골에 대롱대롱 매달렸다. 처음에는 아프지 않고 뜨끈한 피가 옆 목을 타고 흘러내리기만 했다. 그러다 잠시 후에 통증이 엄습했다. 0.5리터짜리 병만큼 큰 말벌이 그를 쏘고 독을 주입한 느낌이었다. 루크는 쇳소리를 내며 길게 숨을 들이마시고 대롱거리는 귓불을 잡아 닭다리를 뜯듯 잡아당겼다. 그 위로 허리를 숙였다. 그 빌어먹을 것을 떼어냈다는 걸 알았지만 눈으로 확인해야 했다. 확실히 해야 했다. 과연 그 안에 있었다.

루크는 트램펄린과 나란히 섰다. 그걸 등지고 이 정도면 중간 보폭이길 바라며 오른쪽으로 한 걸음 옮겼다. 눈앞에 보이는 메인 북부의 시커먼 숲이 어디까지 이어질지는 아무도 모를 일이었다. 그는 고개를 들어 큰곰자리를 찾았다. 한쪽 모서리에 해당하는 별이 머리 바로 위에 있었다. 저 별을 계속 따라가. 그는 속으로 중얼거렸다. 그러기만 하면 돼. 모린이 에이버리에게 말하길 날이 밝을 때까지 계속 일직선으로 갈 필요도 없다고, 1.5킬로미터 정도만 가서 다음 단계로 넘어가면 된다고 했다. 어깻죽지가 아픈 건, 종아리가 그보다 더 아픈 건, 반 고흐처럼 잘린 귀가 제일 아픈 건 무시해. 팔다리가 후들거리는 것도 무시해. 출발해. 하지만 먼저…….

그는 주먹 쥔 오른손을 어깨 높이로 다시 올려 위치 추적기가 박힌 살점을 철책 너머로 던졌다. 살점이 농구 코트입네 하는 공간을 에워싼 아스팔트에 부딪치며 조그맣게 덜거덕거리는 소리가(상상일 수도 있었지만) 들렸다. 저기서 찾으라지.

그는 시선을 들어 별 하나만을 바라보며 걸음을 옮기기 시작했다.

21

루크가 그 별을 길잡이로 삼은 시간은 30초도 되지 않았다. 숲속으로 들어서자마자 별이 보이지 않았다. 그는 숲이 시작되고 서로 뒤엉킨 가지 사이로 시설이 아직까지 일부 보이는 지점에서 걸음을 멈추었다.

1.5킬로미터만 가면 돼. 그는 속으로 중얼거렸다. 경로에서 조금 벗어나더라도 보일 거야. 모린이 에이버리에게 말하길 크다잖아. 엄청 크다잖아. 너는 오른손잡이라 오른쪽으로 치우칠 테니까 그걸 별충하되 너무 왼쪽으로 가지 않게 조심해. 그리고 숫자를 세. 1.5킬로미터면 2000에서 2500보야. 물론 어림짐작이라 지형에 따라 달라지긴 하지만. 그리고 나뭇가지에 눈 찔리지 않게 조심해. 부상은 이 정도로 충분하니까.

루크는 걷기 시작했다. 그나마 덤불을 헤치며 전진할 필요는 없었다. 고목들이 머리 위를 시커멓게 덮었고 바닥에는 덤불이 자라 지 못하게 막는 굵은 솔잎이 두툼하게 깔렸다. 루크는 고목을 하 나 돌아나갈 때마다(소나무인 것 같았지만 어두컴컴하니 아무도 모를 일이 었다.) 방향을 다시 바로잡고 이제는 대체로 이론적인 수준에 머무 는(그렇다고 시인할 수밖에 없었다.) 일직선을 계속 유지하려고 했다. 잘 보이지 않는 물건들로 가득한 널찍한 방을 뚫고 지나려는 것과 비 슷했다.

왼쪽에서 갑자기 꿀꿀대는 소리에 이어 뭔가가 나뭇가지 하나를 부러뜨리고 다른 나뭇가지를 부스럭거려가며 달렸다. 루크는 도시 아이답게 그 자리에서 얼어붙었다. 사슴이었을까? 맙소사, 곰이었 으면 어쩐다? 사슴이라면 도망치겠지만 곰이라면 배가 고파서 야 식을 찾아 나섰을지 몰랐다. 피 냄새를 맡고 지금 그에게 달려들 수 있었다. 그의 목과 티셔츠 오른쪽 어깨가 피투성이었다.

잠시 후 그 소리는 사라졌고 귀뚜라미 소리와 어쩌다 한 번씩 후 우 하고 우는 그 올빼미 소리만 남았다. 뭔지 모를 그 소리가 들 렸을 때가 800걸음째였다. 이제 그는 시각장애인처럼 두 손을 앞 으로 내밀고 머릿속으로 발걸음 수를 세며 다시 걷기 시작했다. 1000⋯⋯ 1200⋯⋯ 여기 나무가 있네, 진짜 큰 나무, 제일 아래 에 난 가지도 저 위에 달려서 보이지 않을 정도로 큰 나무, 돌아가 자⋯⋯ 1400⋯⋯ 1500⋯⋯.

쓰러진 나무 몸통에 발이 걸려서 대자로 넘어졌다. 부러진 나뭇 가지가 왼쪽 다리 저 위쪽에 박히자 그는 아파서 끙 소리를 냈다. 굵은 솔잎 위에 잠깐 누워서 숨을 고르며 시설에서 썼던 그의 방을 그리워했다. 어마어마하게 어처구니없는 생각이었지만 그 방에는 없는 게 없었고 모든 게 제자리에 있었고 몸집을 알 수 없는 동물이 나무에 부딪혀가며 숲속을 휘젓고 다니지 않았다. 안전했다.

"그래, 처음에는 그렇지."

그는 속삭이고 새롭게 찢긴 청바지와 그 아래의 살을 문지르며 일어났다. 그나마 거기서 개를 키우지는 않잖아. 그는 생각하며, 쇠사슬로 한데 묶인 죄수 커플이 으르렁거리는 블러드하운드 떼거리에 쫓겨가며 자유를 찾아 돌진하는 흑백의 탈옥영화를 떠올렸다. 게다가 그들은 늪지를 헤매고 다녔다. 악어가 사는 늪지를.

알겠지, 루키? 칼리샤의 목소리가 들렸다. 전부 잘 될 거야. 계속 걷기만 해. 일직선으로. 최대한 일직선으로.

2000보가 됐을 때 루크는 앞쪽의 나무 사이로 보이는 불빛이 없는지 찾기 시작했다. 항상 불빛이 몇 개 보여. 모린이 에이버리에게 얘기했다. 하지만 노란색이 제일 밝아. 2500보가 됐을 때부터 불안해지기 시작했다. 3500보가 됐을 때는 경로를, 그것도 아주 크게 이탈한 게 분명하다는 생각이 들었다.

발이 걸려서 넘어진 그 나무 때문이야. 그는 생각했다. 그 빌어먹을 나무 때문이야. 일어났을 때 방향을 잘못 잡은 거야. 내가 캐나다 쪽으로 가고 있나 봐. 시설 직원들한테 잡히지 않더라도 이 숲속에서 죽겠네.

하지만 돌아가는 건 선택지에 없었기에(그리고 싶어도 왔던 길을 되짚어 갈 방법이 없었다.) 루크는 나뭇가지에 다시 다치지 않게 두 손을 앞에서 흔들어가며 계속 걸었다. 귀가 욱신거렸다.

걸음 수를 더이상 세지 않았지만 5000보쯤 됐을 때(3킬로미터가 훨씬 넘는 거였다.) 나무 사이로 노르스름한 주황색 불빛이 희미하게 보였다. 처음에는 환영 아니면 점인 줄 알고 이내 다른 점들이 떼거리로 떠오르겠거니 했다. 하지만 열댓 걸음 더 갔을 때 불안이 해소됐다. 노르스름한 주황색 불빛이 점점 선명해졌고 훨씬 희미한 불빛 두 개가 추가됐다. 전등 불빛일 수밖에 없었다. 좀 더 밝은 쪽이 대형 주차장에 쓰이는 아크등인 것 같았다. 언젠가 어느 날 저녁에 롤프의 아버지가 루크와 롤프를 ACM 사우스데일의 영화관에 데려가면서 강도와 차량 침입을 막기 위해 그런 전등을 쓴다고 알려준 적이 있었다.

루크는 빛의 속도로 질주하고 싶었지만 참았다. 쓰러진 나무에 발이 걸려서 또다시 넘어지거나 구멍에 빠져서 다리가 부러지면 큰일이었다. 이제 불빛이 좀 더 많아졌지만 그는 처음 본 불빛에 꿋꿋이 시선을 고정했다. 큰곰자리는 금세 사라졌지만 좀 더 나은 길잡이별이 새롭게 등장했다. 불빛을 처음 본 지 10분이 지났을 때 숲이 끝났다. 50미터쯤 되는 공터를 지나자 다시 철책이 나왔다. 이 철책 꼭대기에는 가시철사가 달렸고 대략 30보 간격으로 가로등이 있었다. 모션 센서가 달렸다고, 모린은 에이버리에게 말했다. 루크에게 가까이 다가가지 말라고 했다. 이건 듣지 않아도 충분히 알 수 있는 충고였다.

철책 너머에 조그만 집들이 있었다. *아주* 조그만 집이었다. 루크의 아버지가 보았더라면 고양이 한 마리 초대할 자리도 없겠다고 했을 것이다. 방이 많아야 세 개, 어쩌면 두 개밖에 없을 듯했다. 생김새는 하나같이 똑같았다. 에이버리 말로는 모린이 여기를 가리켜 마을이라고 했다지만 루크가 보기에는 막사 같았다. 네 채의 집이 하나의 블록을 이루었고 각 블록마다 정중앙에 손바닥만 한 잔디밭이 있었다. 몇 군데 집에서 불빛이 반짝이는데, 한밤중에 일어나 볼일을 보러 다녀올 때 뭐에 걸려서 넘어지지 않도록 화장실에 켜 놓는 그런 불빛이었다.

도로는 하나뿐이었고 그 끝에 좀 더 큼지막한 건물이 있었다. 이 건물 양쪽으로 승용차와 픽업트럭이 범퍼를 맞대고 빼곡하게 세워진 조그만 주차장이 있었다. 전부 합해서 서른 대 아니면 마흔 대쯤 되어 보였다. 그는 시설에서 일하는 직원들이 어디에 주차하는지 궁금해 했던 것이 생각났다. 이제 알 것 같았지만 식료품이 어떤 식으로 공급되는지는 여전히 미스터리였다. 아크등은 이 큼지막한 건물의 전면 전봇대에 달려 있었고 위에서 두 개의 주유 펌프를 비추었다. 루크는 거기가 일종의 가게, 그러니까 시설의 PX 같은 곳일 수밖에 없겠다는 결론을 내렸다.

이제 루크는 좀 더 많은 부분을 파악할 수 있었다. 직원들은 휴가를 받기는 하지만(모린은 일주일 동안 버몬트에 다녀왔다.) 대개 여기 머물렀고 비번인 날에는 날림으로 지어 놓은 저 조그만 집에서 지냈다. 한 집을 여럿이 쓸 수 있게 근무 스케줄에 시차를 둘지 몰랐다. 놀 거리가 필요하면 차를 몰고 데니슨 리버 벤드라는 가장 가까운 마을로 갔다.

마을 주민들은 이들이 숲속에서 뭘 하는지 궁금해하며 물어보았을 테고 그들의 궁금증에 대처하는 시나리오 비슷한 게 분명 있었

을 것이다. 어떤 시나리오였을지 루크로서는 알 수 없었지만(지금
이 시점에는 전혀 알고 싶지도 않았다.) 그 오랜 세월 동안 유지된 걸 보면
상당히 훌륭한 시나리오였을 것이다.

철책을 따라가면서 스카프를 찾아.

루크는 철책과 마을을 왼편, 숲 가장자리를 오른편에 두고 걸음
을 옮겼다. 이제 앞이 좀 더 잘 보이는 상황이라 속도를 내고 싶었
지만 다시 참아야 했다. 그들이 모린과 대화를 나눈 시간은 짧을 수
밖에 없었다. 너무 오랫동안 헛소리를 늘어놓으면 의심을 살 수도
있었고 에이버리가 하도 대놓고 코를 잡는 통에 들통이 날까 봐 조
마조마했다. 그랬기 때문에 이 스카프가 어디 있을지 전혀 알 수가
없었고 못 보고 지나가면 어쩌나 싶어 불안했다.

알고 보니 걱정할 필요가 전혀 없었다. 보안용 철책이 왼쪽으로
꺾이면서 숲과 멀어지는 지점이 나오기 바로 직전의 키가 큰 소나
무의 낮은 가지에 모린이 묶어 놓았다. 루크는 스카프를 풀어서 손
목에 감았다. 조만간 추적대가 들이닥칠 텐데 이렇게 빤한 표적을
남겨 놓을 수는 없었다. 그러고 보니 식스비 부인과 스택하우스가
사태를 파악하고 누가 그의 탈출을 도왔는지 알아내기까지 시간이
얼마나 남았을지 궁금해졌다. 아마 얼마 안 남았을 것이다.

저들한테 모두 불어요, 모린. 그는 생각했다. *고문당하지 않게.
저항하면 고문을 당할 텐데 아주머니는 너무 나이가 많고 몸이 아
파서 수조를 견디지 못할 거예요.*

회사 잡화점일지 모르는 건물의 밝은 불빛은 이제 멀찌감치 뒤
로 물러났고 루크는 조심스럽게 주변을 둘러본 끝에 다시 숲속으

로 이어지는 오래된 길을 발견했다. 한 세대 전에 벌목꾼들이 애용했을지 모르는 길이었고 빽빽한 블루베리 덤불이 입구를 덮고 있었다. 루크는 서둘러야 한다는 걸 알았지만 그럼에도 걸음을 멈추고 블루베리를 두 줌 따서 입에 넣었다. 달콤하고 맛있었다. *바깥세상의 맛이었다.*

옛날 길을 일단 찾았더니 어둠 속에서도 쉽게 따라갈 수 있었다. 바람에 깎인 길마루에서는 덤불이 무성하게 자랐고 바퀴 자국이었을 곳에 이제는 두 줄의 잡초가 두툼하게 깔렸다. 떨어진 나뭇가지들이 있어서 (발에 걸려 넘어지기 싫으면) 조심히 건너야 했지만 숲속을 헤맬 일은 없었다.

그는 다시 숫자를 세기 시작했고 4000까지 제법 정확히 세다가 포기했다. 가끔 오르막길이 나왔지만 대부분 내리막길이었다. 두어 번 쓰러진 나무가 있었고 한번은 아주 빽빽한 덤불이 등장해 여기서 길이 끊기는 건가 싶어 덜컥 겁이 났지만 헤치고 지나가 보니 길이 계속 이어졌다. 시간이 얼마나 지났는지 알 수 없었다. 한 시간일 수도 있었지만 그보다는 두 시간에 더 가깝게 느껴졌다. 알 수 있는 것이라고는 아직 밤이라는 것뿐이었고 그는 도시에서 자란 아이답게 어두컴컴한 숲속이 무서웠지만 아주, 아주 오랫동안 날이 밝지 않길 소망했다. 하지만 그럴 리 없었다. 이 계절에는 4시면 하늘이 슬금슬금 환해지기 시작했다.

또다시 오르막길의 꼭대기에 다다랐을 때 그는 잠깐 걸음을 멈추고 숨을 돌렸다. 서서 숨을 돌렸다. 앉아도 잠이 들 것 같지는 않았지만 그래도 겁이 났다. 긁히고 버둥거려가며 철책 아래를 지나고 숲을 지나 마을까지 오는 동안 그를 인도했던 아드레날린이 이제는 모두 사라지고 없었다. 등과 다리와 귓불에서 나던 피는 멈추었지만 여기 저기 모두가 욱신거리고 따끔거렸다. 귀가 단연코 최악이었다. 그는 조심스럽게 귀를 건드렸다가 아파서 다문 잇새로 쉿소리를 내며 손을 거두었다. 하지만 울퉁불퉁한 핏덩이와 딱지를 느낄 수 있었다.

내가 내 몸을 절단했어. 그 귓불은 영영 다시 자라지 않을 거야.

"씨부럴 놈들 때문이야. 그놈들 때문이야."

그는 속삭였다.

감히 앉을 수가 없었기에 허리를 숙여서 무릎을 잡았다. 모린이 이런 자세로 서 있는 걸 여러 번 본 적이 있었다. 철책에 긁힌 등이나 욱신거리는 엉덩이나 잘린 귓불에는 아무 효과가 없었지만 지친 근육을 조금 쉴 수 있었다. 그는 허리를 펴고 다시 걸음을 옮기려다 멈추었다. 앞에서 희미한 소리가 들렸다. 소나무 사이로 바람이 부는 것 같은 소리였지만 그가 서 있는 이 얕은 오르막 꼭대기에서는 바람 한 점 불지 않았다.

환청은 아니라야 할 텐데. 그는 생각했다. 실제로 들리는 소리라야 할 텐데.

다시 500걸음을 갔을 때(이번에는 숫자를 셌다.) 그것이 물 흐르는 소리였다는 것을 알 수 있었다. 길이 점점 넓어지면서 가팔라지다가 결국에는 엉덩방아를 찧지 않으려면 나뭇가지를 붙잡고 옆으로 걸어야 할 정도가 됐다. 그는 양옆 길가에서 자라는 나무가 끊기는 곳에서 걸음을 멈추었다. 나무를 그냥 자른 게 아니라 그루터기까지 없어서 만든 빈터가 웃자란 덤불로 덮여 있었다. 검은색 비단 같은 넓은 강물이 그 너머의 아래쪽에서, 반짝이는 별빛의 물결을 비출 만큼 잔잔하게 흘렀다. 낡은 포드나 인터내셔널 하비스터 운재차 아니면 한데 연결한 말에 벌목한 나무를 싣고 여기까지 왔을, 제2차 세계대전 이전에 이 북쪽 숲에서 일을 했을지 모르는 그 옛날의 벌목꾼들이 그려졌다. 이 빈터가 그들의 회차 지점이었을 것이다. 여기에서 펄프재를 부려 데니슨 강으로 떨어뜨리면 남부의 여러 공장지대로의 이동이 시작됐을 것이다.

루크는 욱신거리고 후들거리는 다리로 이 마지막 비탈길을 내려갔다. 최후의 60미터 구간이 가장 가팔랐고 그 옛날에 여길 지나간 통나무에 숱하게 쓸려 기반암이 보일 때까지 파였다. 그는 덤불을 잡고 속도를 조금 늦춰가며 앉아서 미끄러져 내려간 끝에 수면과 약 1미터 간격을 두고 바위로 덮인 강둑에서 이가 덜거덕거릴 정도로 세게 멈춰 섰다. 모린이 약속한 대로 솔잎으로 덮인 초록색 방수포 아래에서 나무가시가 일어난 낡은 거룻배가 머리를 삐죽 내밀고 있었다. 배는 우둘투둘한 그루터기에 묶여 있었다.

모린이 여길 어떻게 알았을까? 다른 사람한테 얘기를 들었을까? 한 아이의 목숨이 금방이라도 박살날 것 같은 저 배에 의해 결정날지 모르는 판국에 그랬을 것 같지는 않았다. 어쩌면 병이 들기 전에 혼자 산책 나온 길에 발견했을지 몰랐다. 아니면 군부대 마을 비슷한 곳에서 같이 지내던 다른 몇 명과 함께(어쩌면 가깝게 지내는 듯해 보였던 두어 명의 식당 직원들과 함께) 여기로 소풍 나왔을 수도 있었다. 샌드위치와 콜라 아니면 와인 한 병을 들고. 상관없었다. 배가 있으니

됐다.

루크는 정강이까지 올라오는 강물 속으로 들어갔다. 허리를 숙여 손으로 두 번 물을 떠서 마셨다. 시원했고 심지어 블루베리보다 더 달았다. 갈증을 해소한 뒤에 배를 그루터기에 묶어 놓은 밧줄을 풀려고 했지만 매듭이 복잡했고 시간이 계속 지체됐다. 결국 과도로 밧줄을 쓰는 수밖에 없었고 그 와중에 오른손바닥에서 다시 피가 났다. 그보다 더 심각한 문제가 있다면 배가 당장 떠내려가기 시작했다는 것이었다.

그는 달려들어 뱃머리를 잡고 다시 끌고 왔다. 이제 양손바닥에서 피가 났다. 방수포를 벗기려고 했지만 뱃머리를 잡았던 손을 놓으면 그 즉시 배가 물살에 떠내려가기 시작했다. 그는 방수포를 먼저 벗기지 않은 자신을 저주했다. 배를 엎어 놓을 만큼 넓은 땅이 없었기 때문에 결국에는 유일한 방법을 동원하는 수밖에 없었다. 뱃전을 타고 넘어 생선 냄새를 풍기는 케케묵은 방수포 아래로 상반신을 넣은 다음 나무가시가 일어난 배 중앙의 벤치를 잡아당겨 하반신을 끌어올렸다. 물이 고인 바닥 위의 길고 모가 난 뭔지 모를 것 위로 몸이 떨어졌다. 이 무렵 배는 잔잔한 물살에 실려 거꾸로 떠내려고 가고 있었다.

엄청난 모험이 시작됐네. 루크는 생각했다. 맞아, 나로선 엄청난 모험이지.

그는 방수포 아래에서 일어나 앉았다. 방수포가 사방에서 펄럭이며 더욱 고약한 악취를 풍겼다. 피가 나는 손으로 허우적허우적 방수포를 밀어서 옆으로 젖혔다. 방수포는 처음에는 배와 나란히 떠내려가다가 물속으로 가라앉기 시작했다. 그의 몸에 부딪혔던 모가 난 뭔지 모를 것은 알고 보니 노였다. 배하고는 다르게 비교적 멀끔했다. 스카프는 모린이 묶어 놓았다 치지만 노도 그녀가 준비 했을까? 지금 몸 상태로는 마지막의 가파른 내리막길은커녕 예전에 벌목꾼들이 지나다녔던 길을 여기까지 걸어올 수 있었을까 싶었다. 만약 그랬다면 그녀를 칭송하는 대서사시 정도는 헌정 받을 자격이 있었다. 게다가 그녀가 그렇게 아프지만 않았던들 직접 찾아볼 수도 있었을 정보를 그가 대신 인터넷으로 알아봐 주었기 때문이라니. 그로서는 그 마음을 이해하기는커녕 어떤 식으로 받아들이면 좋을지조차 알 수가 없었다. 그저 노가 있으니 피곤하거나 말거나, 손에서 피가 나거나 말거나 저어야 한다는 것만 알 수 있을 따름이었다.

어쨌든 노를 젓는 법은 알았다. 그는 도시에서 자란 아이였지만 미네소타는 만 개의 호수로 이루어진 땅이었고 (자칭 "맨케이토에 사는 평범한 영감탱이"였던) 친할아버지와 함께 숱하게 낚시를 다녔다. 그는 중앙에 자리를 잡고 앉아서 먼저 노를 저어 뱃머리가 하류로 향하게 했다. 그런 다음 이제 너비가 70미터쯤 되는 강의 한복판에 자리를 잡고 노를 끼웠다. 운동화를 벗어서 뭉툭해진 고물 쪽 벤치 위에 올려놓았다. 그쪽 벤치에 희미해진 검은색 페인트로 뭔가가 적혀 있었다. 가까이 허리를 숙여서 읽어 보니 '포키호'였다. 웃음이 나왔다. 루크는 팔꿈치에 기대고 뒤로 누워서 제멋대로 흩어진 별을 올려다보며 꿈이 아니라고, 정말로 탈출에 성공했다고 자신을 설득하려고 애를 쓰고 또 썼다.

뒤쪽 왼편 어딘가에서 전기 경적 소리가 두 번 들렸다. 고개를 돌려보니 눈부신 전조등 하나가 나무 사이로 깜빡이며 그가 탄 배와 나란히 달리다 앞서나갔다. 나무가 너무 빽빽해서 기관차도 열차도 보이지 않았지만 화물칸이 덜커덩거리는 소리와 강철 바퀴가 강철 레일에 부딪치며 반항조로 악을 쓰는 소리가 들렸다. 결국 그에게 확신을 심어 준 것이 그 소리였다. 이것은 그가 서관의 침대에 누워 있는 동안 머릿속에서 펼쳐지고 있는, 놀랍도록 상세한 꿈이 아니었다. 어쩌면 목적지가 데니슨 리버 벤드일지 모르는 열차가 저 위에서 진짜로 달리고 있었다. 그는 이 느리고 근사한 물살을 타고 남쪽으로 흘러가는 배 위에 진짜로 몸을 싣고 있었다. 머리 위에서는 진짜로 별들이 반짝였다. 식스비의 하수인들이 당연히 그를 추격하러 나서겠지만…….

"나는 절대 뒤 건물로 넘어가지 않을 거야. *절대*."

그는 포키호 뱃전으로 한 손을 내려 손가락을 벌리고 수면 위에 남은 네 개의 조그만 흔적이 그의 뒤편 어둠 속으로 멀어지는 것을 지켜보았다. 통통거리는 2행정 기관이 달린 할아버지의 조그만 알루미늄 고깃배를 타고 가며 수도 없이 했던 행동이지만, 세상의 모든 것이 새롭고 놀랍게 느껴졌던 네 살 때도 수면 위에 잠깐 등장했다가 사라지는 이 흔적을 보고 지금처럼 감격한 적은 없었다. 구속당한 적 있는 사람이라야 자유의 의미를 완벽하게 이해할 수 있다는 깨달음이 그의 머리를 강타했다.

"그들에게 다시 끌려가느니 죽어 버리겠어."

그는 이것이 진심이고 결국에는 그렇게 될지 모른다는 것을 알

앞지만 아직은 그렇지 않다는 것도 알았다. 루크 엘리스는 베이고 물이 뚝뚝 흐르는 두 손을 밤하늘을 향해 들고 그 사이로 지나는 자유로운 공기를 느끼며 울음을 터뜨렸다.

22

그는 턱을 가슴에 대고 다리 사이로 두 손을 늘어뜨리고 바닥에 살짝 고인 물속에 맨발을 담은 채 중앙의 벤치에 앉아서 깜빡 졸았다. 포키호가 그를 싣고 이 희한한 순례길의 다음 행선지를 지나칠 때까지 내처 잤을 수도 있지만, 이번에는 강둑이 아니라 앞쪽 위에서 들리는 열차 경적 소리에 눈을 떴다. 소리가 아까보다 훨씬 크기도 해서 딱 한 번 빵 하고 끝나는 게 아니라 다급하게 **빼이아앙** 하고 이어졌다. 루크는 움찔하며 깨어나는 바람에 하마터면 고물 위로 벌러덩 넘어질 뻔했다. 자기 보호 차원에서 본능적으로 손을 드는 와중에도 그게 얼마나 한심해 보이는지 느꼈다. 경적 소리가 멈추고 날카로운 쇳소리와 아주 공허하게 덜커덩거리는 소리로 대체됐다. 루크는 뱃머리를 향해 좁아지기 시작하는 뱃전을 쥐고 미친 듯이 흔들리는 눈빛으로 앞을 쳐다보며 이러다 분명 열차에 치이겠다는 생각을 했다.

아직 새벽은 아니었지만 날이 밝기 시작해 이제 훨씬 넓어진 강물 위로 윤기가 흘렀다. 하류 쪽으로 400미터 앞에서 화물열차가 속도를 낮추어가며 트레슬교를 건너고 있었다. 뉴잉글랜드 랜드 익스프레스, 매사추세츠 레드라고 적힌 유개화차, 자동차 운반차 두어 대, 하나는 캐나디안 클린가스, 또 하나는 버지니아 유틸-X라고 적힌 유조차 몇 대가 루크의 눈앞을 지나갔다. 그는 다리 아래를 지나며 한 손으로 흩뿌려져 내려오는 검댕을 막았다. 배 양옆으로 클링커(석탄이 고열에 타고 남은 단단한 물질―옮긴이)가 한 개씩 풍덩 물속으로 떨어졌다.

루크는 노를 잡고, 이제 널빤지로 창문을 막은 애처로운 건물 몇 개와 오랫동안 방치돼 녹이 슨 것 같은 기중기가 보이는 오른편 물가로 배의 방향을 바꿨다. 강둑에는 종이 쓰레기, 폐타이어, 버려진 깡통들이 흩뿌려져 있었다. 그의 머리 위를 지나간 열차가 끽끽대고 쿵쾅거리는 소리와 함께 계속 속도를 늦추며 그쪽으로 완전히 건너갔다. 그의 친구 롤프의 아버지 빅 데스틴은 기차만큼 지저분하고 시끄러운 교통수단도 없다고 했다. 혐오스러워하는 것이 아니라 만족스러워하는 그의 말투를 듣고 그와 롤프는 놀라지 않았다. 빅 데스틴은 기차라면 사족을 쓰지 못했다.

루크는 모린이 설명한 단계별 계획의 거의 막바지에 다다랐고 이제 계단을 찾아야 했다. 빨간 계단이었다. 에이버리는 이렇게 말했다. *하지만 진짜 빨간색은 아니야. 이제는 아니야. 요즘은 분홍색에 더 가깝대.* 다리를 지나고 딱 5분 뒤에 계단을 발견하고 보니 심지어 분홍색도 아니었다. 수직면에는 불그스름한 색이 남아 있었지만 계단 자체는 대부분 회색이었다. 물가에서 강둑까지 45미터쯤 연결된 계단이었다. 그쪽을 향해 노를 저어가자 조각배의 용골이 수면 바로 위 계단에 얹혔다.

루크는 노인처럼 삐걱거리는 몸을 달래며 천천히 배에서 내렸다. 포키호를 묶어 놓을까 싶었지만(계단 양옆 기둥의 녹이 많이 벗겨진 걸 보면 전에도 낚시꾼들이 거기에 배를 묶어 놓았다는 것을 알 수 있었다.) 뱃머리에 남은 밧줄이 너무 짧아 보였다.

그는 배를 놓고 잔잔한 물살에 떠내려가기 시작하는 것을 지켜보다가 양말이 끼워진 채 고물 쪽 벤치에 놓여 있는 운동화를 보았다. 그는 물속에 잠긴 계단 위로 무릎을 꿇고 늦지 않게 배를 붙잡았다. 양손을 번갈아 움직이며 다가가 운동화를 잡았다. 그런 다음 "고마웠다, 포키."라고 중얼거리고 손을 놓았다.

계단을 두어 개 올라간 뒤에 앉아서 운동화를 신었다. 운동화는 제법 말랐지만 이제는 그의 나머지 부분이 물에 흠뻑 젖었다. 웃으면 철책에 긁힌 등이 아팠지만 그래도 그는 웃음을 터뜨렸다. 가끔 쉬어 가며 예전에는 빨간색이었던 계단을 올라갔다. 손목에 묶어 두었던 모린의 스카프(아침 햇살 아래 확인해 보니 자주색이었다.)가 풀렸다. 그는 그냥 버리고 갈까 고민하다가 다시 단단히 동여맸다. 그들이 무슨 수로 여기까지 쫓아올지 짐작할 수 없었지만 논리상 이 마을이 목적지일 수밖에 없었기에 행여나 그들 눈에 띌 흔적을 남기고 싶지 않았다. 게다가 이제는 스카프가 중요한 물건처럼 느껴졌다. 마치……. 그는 조금이라도 비슷한 단어가 뭐가 있을지 열심히 고민했다. 행운의 상징이라기보다 부적 같았다. 모린이 남긴 물건인데, 모린이 그의 구세주였다.

계단 꼭대기에 다다랐을 무렵에는 지평선 위로 고개를 내민 큼지막하고 시뻘건 태양이 복잡하게 얽힌 선로 위로 환한 빛을 드리우고 있었다. 그의 머리 위를 지나갔던 화물열차가 이제는 데니슨 리버 벤드 조차장에 정차해 있었다. 그걸 끌고 온 기관차가 터덜터덜 천천히 멀어지는 가운데 밝은 노란색 입환기(열차를 이동, 교환, 분리, 연결하는 데 쓰이는 기관차 ─ 옮긴이)가 열차 뒤편으로 다가가고 있었다. 조만간 입환기가 열차를 다시 험프 조차장으로 끌고 가면 거기서 분해와 재조립을 거치게 될 것이었다.

화물 수송의 이모저모는 브로더릭에서 배운 게 아니었다. 그 학교의 교사진은 고등 수학이나 기후학이나 후기 잉글랜드 시인과 같은 좀 더 통속적인 주제에 더 관심이 많았다. 열차 수업은 끝을 모르는 열차 덕후로 지하실의 아지트에 라이오넬 사의 거대한 모형을 당당하게 전시해 놓은 빅 데스틴에게 받았다. 루크와 롤프는 그의 조수를 자청하며 거기서 수많은 시간을 보냈다. 롤프는 열차 모형을 조작하는 것을 좋아했다. 실질적인 열차에 얽힌 정보는 알아도 그만, 몰라도 그만이었다. 루크는 양쪽 모두를 좋아했다. 빅 데스틴이 우표를 수집했더라도 루크는 그의 전리품에 똑같은 관심을 기울였을 것이다. 그가 원래 그런 식이었다. 그래서 조금 섬뜩한 분위기를 풍겼지만(기인 대하듯 그를 쳐다보는 앨리셔 데스틴의 눈빛을 가끔 느낀 적이 있었다.) 데스틴 아저씨의 열띤 강의가 지금 그에게는 축복이었다.

반면에 모린은 열차에 대해 아는 것이 전무하다시피 했다. 데니슨 리버 벤드에는 정거장이 있으니 거길 통해 전국 방방곡곡으로 갈 수 있지 않겠느냐고 생각했을 뿐이었다. 그 방방곡곡이 어디인지는 잘 몰랐다.

"거기까지 가면 화물열차에 탈 수 있지 않겠느냐고 해."

에이버리가 말했다.

그가 여기까지 오기는 했다. 하지만 화물열차에 탈 수 있을지 여부는 별개의 문제였다. 영화에서는 다들 손쉽게 타고 내리지만 영화는 대부분 헛소리 대잔치였다. 이 북쪽 마을의 도심이라 불리는 곳으로 찾아가는 편이 나을지 몰랐다. 거기 경찰서가 있으면 들어가고 없으면 주 경찰서에 연락하는 것이다. 하지만 무슨 수로 연락할 수 있을까? 그에게는 휴대전화가 없었고 공중전화는 멸종위기였다. 공중전화를 찾는다 한들 동전 구멍 안에 뭘 넣을 수 있을까? 시설에서 받은 토큰? 911에는 무료로 연락할 수 있겠지만 그게 과연 올바른 선택일까? 그의 직감은 아니라고 했다.

그는 너무 빠르게 밝아오는 하늘을 머리에 이고 서서 손목에 동여맨 스카프를 초조하게 잡아당겼다. 시설과 이렇게 가까운 경찰서에 연락하거나 거기로 직접 찾아가는 데에는 문제점이 있었다. 지금처럼 피곤하고 겁에 질린 상태에서도 어떤 문제점이 있는지 알 수 있었다. 경찰은 그의 부모님이 죽었고, 아니 살해당했고, 그가 가장 유력한 용의자라는 사실을 당장에 알아낼 것이다. 데니슨 리버 벤드 자체도 문제였다. 마을은 유입되는 돈이 있을 때 존재할 수 있기에 돈이 그들의 생명줄인데, 데니슨 리버 벤드를 굴러가게 만드는 돈은 출처가 어디일까? 대부분 자동화된 이 조차장은 아니었다. 그가 보았던 그 애처로운 건물도 아니었다. 그 건물들은 예전에 공장이었을지 몰라도 지금은 아니었다. 그런데 관외 지역에 어떤 시설이 있었고(이발소나 광장에서 만난 마을 주민들이 알은 척 서로 고개를 끄덕이며 "정부 시설"이라고 함직한 곳이었다.) 거기에서 근무하는 사람들에게는 돈이 있었다. 거기 직원들은 이 마을로 놀러 왔고, 허접한 밴드나 기타 등등이 무대에 오르는 날 저녁이면 아웃로 컨트리 술집을 후원하는 수준에 그치지 않았다. 돈다발을 들고 와서 뿌렸다. 그리고 어쩌면 시설 차원에서 이 마을의 복지를 지원하고 있을지 몰랐다. 커뮤니티 센터 또는 스포츠 경기장 건립 자금을 대거나 도로 보수 공사비를 보탰을지 몰랐다. 주민들은 그런 관행에 제동이 걸릴 만한 일이 벌어지면 의심하고 못마땅하게 여길 것이다. 엉뚱한 사람들의 관심이 시설에 쏠리지 않도록 단속하는 조건으로 이 마을 공무원들에게 정기적인 보상이 지급되고 있을 수도 있었다. 그게 피해망상적인 발상일까? 그럴 수도 있었다. 하지만 아닐 수도 있었다.

루크는 식스비 부인과 하수인들을 고발하고 싶어 안달이 날 지경이었지만, 지금 당장은 시설에서 최대한 멀리 도망치는 것이 가장 안전한 상책이었다.

입환기가 화차를 험프라고 불리는 작은 언덕 조차장으로 밀고 올라가고 있었다. 조차장의 조그만 사무실 건물 앞에 흔들의자 두 개가 놓여 있었다. 청바지에 밝은 빨간색 고무장화를 신은 남자가 그중 한 의자에 앉아서 신문을 보며 커피를 마시고 있었다. 기관사가 경적을 울리자 남자는 신문을 내려놓고 터벅터벅 계단을 내려가다가 걸음을 멈추고 철제 기둥 위의 유리 부스를 향해 손을 흔들었다. 안에 있던 남자도 마주 손을 흔들었다. 거기가 험프 관제탑이고 빨간색 장화를 신은 남자는 핀을 뽑으러 나선 모양이었다.

롤프의 아버지는 미국의 철도 교통이 빈사 상태라며 개탄을 금치 못했는데, 이제 보니 루크도 그게 무슨 말인지 알 것 같았다. 온 사방으로 선로가 깔려 있지만 현재 쓰이는 곳은 네댓 군데밖에 안 되는 것 같았다. 나머지는 얼룩덜룩하게 녹이 슬었고 침목 사이에서 잡초가 자랐다. 그중 몇 군데에 발이 묶인 유개화차와 무개화차가 서 있었기에 루크는 그 뒤로 몸을 숨겨가며 사무실로 접근했다. 현관 기둥에 박힌 못에 대롱대롱 매달린 클립보드가 보였다. 거기에 오늘자 운행 스케줄이 적혀 있다면 확인하고 싶었다.

그는 관제탑 뒤편에 방치된 유개화차 뒤에 쪼그리고 앉아서 핀을 뽑으러 험프 선로로 다가가는 남자를 지켜보았다. 방금 전에 도착한 화차가 이제 험프 꼭대기에 있었고 남자의 시선은 온통 그쪽으로 쏠려 있었다. 그는 루크를 보더라도 데스틴 씨처럼 끝을 모르는 열차 덕후로 간주할지 몰랐다. 물론 아무리 끝을 모른다 해도 아침 5시 30분에 열차를 구경하러 오는 아이는 별로 없을 것이다. 게다가 그는 강물에 흠뻑 젖고 한쪽 귀가 심하게 훼손되지 않았던가.

선택의 여지가 없었다. 그 클립보드에 뭐라고 적혀 있는지 보아야 했다.

첫 번째 차량이 천천히 그의 앞을 지나가자 빨간색 장화가 다음 차량과 그 차량을 연결하는 핀을 뽑았다. 옆구리에 빨간색, 하얀색, 파란색으로 **메인 주 제품**이라고 선명하게 새겨진 그 차량은 레이더로 작동되는 감속기를 통해 속도 조절을 받으며 중력을 원동력 삼아 언덕을 내려갔다. 험프 관제탑의 관제사가 레버를 당기자 **메인 주 제품**은 4번 선로로 방향을 틀었다.

루크는 유개화차를 돌아나가 주머니에 손을 넣고 어슬렁어슬렁 사무실 쪽으로 걸어갔다. 숨을 죽이고서 관제탑 아래로 들어가 관제사의 시야에서 벗어났다. 관제사가 일에 집중하고 있다면 다른데로 시선을 돌릴 겨를이 없을 것이었다.

다음 차량인 유조차는 3번 선로로 보내졌다. 자동차 운반차 두대 역시 3번 선로로 보내졌다. 그들은 서로 요란하게 부딪혀가며 언덕을 내려갔다. 빅 데스틴의 라이오넬 모형은 상당히 조용했는데 여기는 소음의 집합소였다. 반경 1.5킬로미터 이내의 집은 날마다 서너 번씩 엄청난 소음에 시달리게 생겼다. 어쩌면 그러다 익숙해질지 몰라. 그는 생각했다. 믿기 어려운 일일지 몰라도 시설에서 일상적으로 살아가는 아이들을 감안하면 그렇지도 않았다. 그들은 푸짐하게 식사를 하고, 술을 홀짝이고, 가끔 담배를 피우고, 놀이터에서 깔깔대며 놀고, 밤이면 고래고래 소리를 질러가며 뛰어다녔다. 짐작건대 인간은 무엇에든 적응할 수 있는 것 같았다. 생각해보면 끔찍한 일이었다.

사무실 앞에 다다랐다. 여전히 관제사의 시야 밖이었고 핀을 뽑는 사람은 루크를 등지고 있었다. 아마 그는 뒤를 돌아보지 않을 것이었다. "그런 일을 할 때 집중하지 않으면 손이 잘리기 십상이거든." 데스틴 아저씨가 예전에 루크와 롤프에게 이렇게 얘기한 적이 있었다.

클립보드 맨 위의 컴퓨터 출력물에는 별 내용이 없었다. 2번 선로와 5번 선로에 해당하는 칸에는 딱 두 단어가 적혀 있었다. **일정무.** 1번 선로에서는 화물열차가 오후 5시에 캐나다의 브런즈윅으로 출발할 예정이었다. 그쪽은 가망이 없었다. 4번 선로에서는 오후 2시 30분에 벌링턴과 몬트리올로 출발하는 열차가 있었지만 그 정도로는 부족했다. 2시 30분까지 여길 뜨지 못하면 골치 아파질 것이었다. 핀을 뽑는 사람은 루크가 다리에서 본 뉴잉글랜드 익스프레스 유개화차를 3번 선로로 보내고 있었는데, 그쪽에 희망이 있었다. 4297번 열차의 마감 시한, 역장이 (원칙적으로는) 더 이상 화물을 받아주지 않는 시간이 오전 9시였고 오전 10시에는 97번 열차가 데니슨 리버 벤드에서 메인 주 포틀랜드, 뉴햄프셔 주 포츠머스, 매사추세츠 주 스터브리지로 출발할 예정이었다. 스터브리지는 여기서 최소 480킬로미터였고 어쩌면 그보다 훨씬 더 될지 몰랐다.

루크는 방치된 유개화차로 돌아가 험프에서 여러 선로로 옮겨지는 차량의 행렬을 지켜보았다. 그중 몇 개는 그날 출발하는 열차에 쓰일 테고 나머지는 필요해질 때까지 대피선에 방치될 것이었다.

핀을 뽑는 일을 마친 남자가 계단을 밟고 입환기로 올라가 기관사와 대화를 나누었다. 관제사도 나와서 합류했다. 웃음소리가 들렸다. 루크는 고요한 아침 공기를 뚫고 그의 귀에까지 선명하게 전해지는 그 소리가 좋았다. C층 휴게실에서도 어른들 웃음소리를 수없이 들었지만 톨킨의 작품에 등장하는 오크족의 웃음소리처럼 항상 불길하게 느껴졌다. 이건 아이들을 가두거나 수조에 담근 적 없는 사람들이 내는 소리였다. 전기봉이라고 불리는 특수 테이저 건을 들고 다니지 않는 사람들의 웃음소리였다.

입환기 기관사가 봉지를 내밀었다. 핀을 뽑은 사람이 그걸 들고 내려왔다. 입환기가 천천히 험프를 내려가기 시작하는 동안 핀을 뽑은 사람과 관제사가 봉지에서 도넛을 하나씩 꺼냈다. 설탕이 뿌려진 큼지막한 도넛이었고 안에 잼이 들어 있을 것이었다. 루크의 배에서 요란한 소리가 들렸다.

두 남자는 사무실 앞 흔들의자에 앉아서 우적우적 도넛을 먹었다. 그동안 루크는 3번 선로에서 기다리는 차량 쪽으로 시선을 돌렸다. 다 합해서 열두 대였고 절반이 유개화차였다. 매사추세츠로 출발하는 열차를 조립하기에는 부족했지만 조차장에서 대기 중인 50여 대의 차량 중에서 충원이 될지 몰랐다.

이때 바퀴 열여섯 개짜리 열차가 조차장으로 들어와 **메인 주 제품**이라고 된 유개화차 쪽으로 선로 몇 개를 덜컹거리며 건너왔다. 소형 밴 한 대가 그 뒤를 따라왔다. 남자 몇 명이 밴에서 내려 열차에 있던 통을 세미 트레일러로 옮겨 싣기 시작했다. 루크는 그들이 쓰는 스페인어에서 몇 마디를 알아들을 수 있었다. 통 하나가 엎어지자 감자가 쏟아져 나왔다. 다들 껄껄대며 웃었고 잠깐 감자 쟁탈전이 벌어졌다. 루크는 동경을 느끼며 지켜보았다.

관제사와 핀을 뽑은 남자는 흔들의자에 앉아서 감자 쟁탈전을 구경하다 안으로 들어갔다. 트레일러가 맥도날드나 버거킹으로 납품될 싱싱한 감자를 싣고 떠났다. 소형 밴이 뒤따라갔다. 조차장은 일시적으로 인적이 끊겼지만 잠깐 동안일 것이었다. 하역 작업이 계속 이루어질 테고 입환기 기관사는 오전 10시에 출발하는 화물 열차에 차량을 추가하느라 바쁠 것이다.

루크는 도박을 감행하기로 마음먹었다. 그는 방치된 유개화차 뒤편에서 나왔다가 휴대전화를 귀에 대고 험프를 걸어 올라가는 입환기 기관사를 보고 얼른 다시 들어갔다. 기관사는 잠깐 걸음을 멈추었고 루크는 자기를 보았나 싶어서 겁이 났지만 통화를 끝내느라 걸음을 멈춘 거였다. 그는 작업복 가슴 주머니에 휴대전화를 넣고 루크가 숨어 있는 유개화차 쪽으로는 시선을 돌리지도 않은 채 그 앞을 그대로 지나갔다. 사무실 앞 계단을 올라가서 안으로 들어갔다.

루크는 기다리지 않았고 이번에는 느긋하게 걷지 않았다. 아픈 허리와 지친 다리를 무시하며 험프를 전력 질주해 선로와 감속기 브레이크 패드를 넘고 스피드 센서가 달린 기둥을 잽싸게 돌아갔다. 포틀랜드-포츠머스-스터브리지행 열차에는 옆면에 **사우스웨이 익스프레스**라고 적힌 빨간색 유개화차가 있었는데, 오랜 시간 운행되는 동안 더해진 온갖 낙서 때문에 글씨가 거의 보이지 않았다. 지저분하고 평범하며 전적으로 실용주의를 추구한 차량이었지만 더할 나위 없는 장점이 있었다. 옆구리에 달린 슬라이딩 도어가 덜 닫혀 있다는 것이었다. 그 정도 틈새면 비쩍 바른 절박한 남자아이가 너끈히 통과할 수 있을지 몰랐다.

루크는 얼룩덜룩하게 녹이 슨 손잡이를 붙잡고 몸을 끌어올렸다. 틈새가 충분히 넓었다. 사실 시설 철책 아래에 판 구덩이보다 더 넓었다. 그게 아주 오래 전, 거의 다른 생애의 일처럼 느껴졌다. 안 그래도 다친 등과 엉덩이를 문의 옆면에 긁혀 다시 피가 나기 시작했지만 그래도 안으로 들어갈 수 있었다. 안은 4분의 3 정도가 채워져 있었고 외관은 잡종처럼 보였을지 몰라도 여기에서는 좋은 냄새가 풍겼다. 나무, 페인트, 가구 그리고 엔진 기름 냄새가 났다.

화물이 하도 뒤죽박죽이라 루크는 레이시 이모의 다락방이 생각났다. 물론 이모가 보관한 건 모두 오래된 물건이고 여기는 모두 새 것이기는 했다. 왼쪽에는 잔디 깎는 기계, 잡초 뽑는 기계, 낙엽 청소기, 전기톱 그리고 자동차 부품과 선외기가 담긴 상자가 있었다. 오른쪽에는 가구가 실렸는데, 상자에 든 것도 있지만 대부분 보호용 비닐을 미라처럼 칭칭 동여매고 있었다. 에어캡으로 돌돌 말고 세 개씩 테이프로 붙여서 옆으로 눕힌 스탠드 등이 피라미드처럼 쌓여 있었다. 의자, 테이블, 러브시트, 심지어 소파까지 있었다. 루크는 조금 열려 있는 문 근처의 소파로 다가가 에이캡에 붙은 송장을 확인했다. 매사추세츠 주 스터브리지의 벤더 앤드 보언 파인 퍼니처로 배달되는 가구였다.(나머지 가구도 그런 것 같았다.)

루크는 미소를 지었다. 포틀랜드와 포츠머스 조차장에서 97번 열차의 차량 몇 개가 분리될지 몰라도 이 칸은 행선지가 노선의 종점이었다. 그의 운발이 아직 다하지 않은 모양이었다.

"위에 계신 분이 나를 좋아하나 봐."

루크는 속삭였다가 자신의 어머니와 아버지는 돌아가셨다는 걸 기억해내고는 생각했다. 하지만 그렇게 많이 좋아하지는 않는 모양이지.

화차 저쪽 옆벽에 쌓여 있는 벤더 앤드 보언 상자를 살짝 치워 보니 그 뒤로 가구용 패드가 차곡차곡 쌓여 있었다. 퀴퀴한 냄새가 나긴 했지만 곰팡이가 슬지는 않았다. 그는 상자 사이로 기어들어가 상자를 최대한 다시 제자리로 돌려놓았다.

마침내 비교적 안전한 곳으로 들어가 푹신한 패드 위에 눕고 보니 피곤했다. 밤새 도망친 것도 있지만 그 전부터 며칠 동안 쉬지 못했고 점점 불어나는 공포에 시달렸다. 하지만 아직은 감히 잠을 청할 수가 없었다. 한번 깜빡 졸기는 했지만 입환기 다가오는 소리가 들리면서 사우스웨이 익스프레스 유개화차가 덜커덩 움직이기 시작했다. 루크는 일어나 살짝 열린 문 틈새로 내다보았다. 지나가는 조차장이 보였다. 그러다 잠시 후에 차량이 갑작스럽게 멈추어서자 하마터면 그는 넘어질 뻔했다. 그가 탄 화차가 다른 차량과 연결되는지 쇠끼리 으드득 부딪치는 소리가 들렸다.

시설을 등지고 뉴잉글랜드 남부로 출발할 4297번에 차량이 추가되느라 이후 한 시간 정도 동안 계속 쿵 하는 소리가 들렸고 화차가 덜커덕거리며 움직였다.

가자. 루크는 생각했다. 가자, 가자, 가자.

사람들 말소리가 두어 번 들렸고, 그중 한 번은 아주 가까이서 들렸지만 주변 소음이 워낙 심했기 때문에 뭐라는지 알아들을 수는 없었다. 루크는 귀를 쫑긋 세우고 이미 속살이 보이도록 씹어놓은 손톱을 잘근잘근 씹었다. 저들이 그의 얘기를 하는 거면 어쩐다? 휴대전화에 대고 뭐라고 떠들던 입환기 기관사가 생각났다. 모린이 폭로했으면 어쩐다? 그가 없어졌다는 것이 들통났으면 어쩐다? 식스비 부인의 하수인 중 한 명(스택하우스일 가능성이 제일 커 보였다.)이 조차장에 연락해 관제사에게 출발하는 열차를 모두 수색하라고 했으면 어쩐다? 그랬다면 옆문이 살짝 열려 있는 무개화차부터 수색하지 않을까? 당연한 소리 아닌가?

잠시 후 말소리가 점점 줄다가 사라졌다. 4297호는 계속 밀치락달치락 하며 덩치와 화물을 늘렸다. 화차들이 오고 갔다. 가끔 경적 소리가 들렸다. 루크는 그 소리가 들릴 때마다 움찔했다. 지금이 몇 시인지 알 수 있으면 얼마나 좋을까 싶었지만 알 길이 없었다. 그저 기다리는 수밖에 없었다.

영원처럼 느껴지는 시간이 지난 뒤에 쿵쾅거림이 멎었다. 그 뒤로 아무 일도 없었다. 루크가 다시 꾸벅꾸벅 졸다가 거의 잠이 들려던 찰나, 화차가 그 어느 때보다 심하게 덜커덩거리며 그를 옆으로 내동댕이쳤다. 잠시 잠잠했다가 화차가 다시 움직이기 시작했다.

루크는 숨어 있던 곳에서 꿈틀꿈틀 빠져나와 조금 열린 문 앞으로 다가갔다. 그가 밖을 내다보았을 때 마침 초록색으로 칠해진 사무실 건물이 지나갔다. 관제사와 핀 뽑는 사람이 각자 신문을 들고 다시 흔들의자에 앉아 있었다. 4297호는 쿵쾅거리며 마지막 교차로를 통과하고 방치된 건물 단지 앞을 지났다. 그다음 차례는 잡초로 덮인 야구장과 쓰레기 처리장과 공터 두어 개였다. 아이들이 뛰어놀고 있는 트레일러하우스 주차장도 지났다.

몇 분 뒤 데니슨 리버 벤드의 도심이 루크의 눈앞에 펼쳐졌다. 상점, 가로등, 사선으로 그려진 주차구역, 인도, 셸 주유소가 보였다. 열차가 지나가길 기다리는 하얀색의 지저분한 픽업트럭도 보였다. 강물 위로 펼쳐졌던 별빛만큼이나 감격스러운 광경이었다. 그는 탈출했다. 여기에는 기술자도, 관리인도, 토큰을 넣으면 아이들도 술과 담배를 살 수 있는 자판기도 없었다. 열차가 흔들리며 살짝 방향을 트는 동안 루크는 두 손으로 화차의 벽을 단단히 짚고 발을 이리저리 움직였다. 너무 피곤해서 발을 들 수가 없었기에 춤사위가 아주 허접했지만 그래도 승리의 댄스는 승리의 댄스였다.

23

마을이 사라지고 빽빽한 숲으로 대체되자 피로가 루크를 강타했
다. 산사태가 그를 덮친 듯한 느낌이었다. 다시 상자 뒤편으로 기
어들어 똑바로 누워서 좋아하는 자세를 취했지만 찢긴 어깻죽지
와 엉덩이가 아우성치자 엎드리고 누웠다. 그는 당장 잠이 들었다.
포틀랜드에 이어 포츠머스에 정차했을 때도 번번이 덜커덩거리며
4297호에서 차량 몇 대가 빠지고 다시 몇 개가 추가됐지만 그는 깨
지 않았다. 열차가 스터브리지에 정차했을 때도 잠을 자다가 화차
문이 열리며 7월 늦은 오후의 뜨거운 햇살이 안으로 쏟아져 들어온
다음에서야 어렵사리 정신을 차렸다.

두 남자가 들어와 화차의 열린 문 앞에 뒤로 댄 트럭에 가구를 옮
겨 싣기 시작했다. 처음에는 소파, 그다음은 세 개씩 한데 묶인 스
탠드 등, 그다음은 의자였다. 조만간 상자 하역이 시작되면 루크는
들통 날 것이다. 온갖 발동기와 잔디 깎는 기계가 많았고 그 뒤로
저쪽 구석에 몸을 숨길 만한 공간이 넉넉했지만 지금 움직였다가
는 역시 들통 날 것이었다.

짐꾼 한 명이 다가왔다. 루크가 그의 애프터셰이브 냄새를 맡을
수 있을 만큼 가까워졌을 때 밖에서 누군가가 외쳤다.

"어이, 기관차 교체가 늦어지겠대. 길지는 않지만 커피 한 잔 마
실 시간은 되는데 마실래?"

"맥주는 안 되고?"

3초만 더 있었으면 가구용 패드 위에 누워 있는 루크를 발견했을

남자가 물었다.

이 말에 다들 웃음을 터뜨렸고 남자들은 떠났다. 루크는 자리에서 빠져나와 뻣뻣하고 욱신거리는 다리로 문까지 절뚝절뚝 걸어갔다. 짐이 실리고 있는 트럭 모서리 너머에서 세 남자가 역사 쪽으로 걸어가고 있었다. 여기 역사는 초록색이 아니라 빨간색이었고 크기가 데니슨 리버 벤드의 네 배였다. 건물 앞에 **매사추세츠 스터브리지**라고 적힌 팻말이 달려 있었다.

루크는 화차와 트럭 사이 틈새로 빠져나갈까 고민했지만 이 조차장은 한창 바쁠 때라 수많은 인부가 걸어서 아니면 차를 타고 왔다 갔다 했다. 그들 눈에 띄면 질문이 쏟아질 텐데 지금 상태에서는 황설수설하지 않을 자신이 없었다. 그는 희미하게 허기를 느꼈고 욱신거리는 귀는 그보다 더 또렷하게 자각했지만 잠기운 앞에서는 둘 다 아무것도 아니었다. 가구 하역이 끝나면 이 화차는 대피선으로 옮겨질 테고 그는 날이 어두워진 다음에 가장 가까운 경찰서로 찾아가면 될 것이었다. 그때쯤이면 정신 나간 아이처럼 보이지 않을지 몰랐다. 적어도 *완전히* 정신 나간 아이처럼 보이지는 않을지 몰랐다. 경찰은 그의 말을 믿지 않을지 모르지만 그래도 먹을 것을 주고 욱신거리는 귀를 가라앉힐 수 있게 진통제를 줄 것이다. 그의 부모님 얘기가 비장의 무기였다. 그 부분은 경찰에서 진위를 확인할 수 있을 것이다. 그는 미니애폴리스로 돌려보내질 것이다. 소년원 비슷한 곳으로 가게 된다 하더라도 상관없었다. 문에 잠금장치는 달려 있겠지만 수조는 없지 않겠는가.

매사추세츠도 출발점으로 삼기에 충분했고 여기까지 올 수 있었다니 다행이었지만 아직 시설과 너무 가까웠다. 반면에 미니애폴리스는 고향이었다. 그가 아는 사람들이 살았다. 데스틴 아저씨는 그를 믿어 줄지 몰랐다. 그리고 브로더릭 학교의 그리어 선생님도. 그리고 또…….

다른 사람은 생각나지 않았다. 너무 피곤했다. 생각을 하려고 하면 부옇게 기름때가 묻은 창문 밖을 내다보려고 애를 쓰는 심정이었다. 그는 무릎을 꿇고 사우스웨이 익스프레스 화차의 오른쪽 맨구석으로 기어가 두 개의 회전 경운기 사이로 내다보며 트럭을 몰고 온 사람들이 돌아와 벤더 앤드 보언 파인 퍼니처로 운송할 가구의 하역이 끝나길 기다렸다. 그들에게 들통 날 가능성이 있다는 것을 그도 알았다. 남자들은 안에 모터가 달려 있는 거라면 뭐든 살피고 싶어 했다. 그들이 잔디 깎는 트랙터나 제초기를 구경하고 싶어 할 수도 있었다. 새로 출시된 에빈루드 선외기는 몇 마력이나 되는지 알아보고 싶어 할 수도 있었다. 전부 나무상자 안에 담겨 있긴 해도 모든 정보가 송장에 적혀 있었다. 그는 잔뜩 웅크리고서 행운이 이미 많이 따라 주었지만 좀 더 따라 주길 바라며 기다릴 것이다. 그리고 그들에게 들통나지 않으면 다시 눈을 좀 붙일 것이다.

하지만 루크는 기다리지도 지켜보지도 못했다. 한 팔을 베고 눕자마자 몇 분 만에 다시 잠이 들고 말았다. 두 남자가 돌아와 수하물을 마저 내리는 동안에도 그는 깨지 않았다. 둘 중 한 명이 그와 1미터 거리를 두고 허리를 숙여서 존 디어 정원용 트랙터를 살펴보는 동안에도 그는 웅크리고 누워서 쿨쿨 잠을 잤다. 그들이 떠나고 조차장 직원이 사우스웨이 화차 문을 이번에는 완전히 닫아도 깨지 않았다. 쿵쾅거리며 새로운 차량이 추가되는 동안에도 깨지 않았다. 4297이 다른 기관차로 대체되는 동안에는 살짝 꼼지락거렸지만 들볶이고 다치고 겁에 질렸던 열두 살의 도주자는 다시 잠이 들었다.

4297 열차는 차량 마흔 개가 한계였다. 빅 데스틴이라면 대체된 기관차가 GE AC6000CW라는 사실을 알아차렸을 것이다. 여기서 6000은 그 기관차가 낼 수 있는 마력이었다. 미국에서 쓰이는 디젤 기관차 중에 가장 힘이 세서 길이가 1.5킬로미터가 넘는 열차를 견인할 수 있었다. 이 9956호 급행열차는 70개의 차량을 달고 스터브리지를 출발해 처음에는 남동쪽으로 그 다음에는 정남쪽으로 달렸다.

루크가 탄 화차는 이제 거의 비다시피 했고 9956호가 버지니아 주 리치몬드에 정차해 퀼러 가정용 발전기를 20여 개 실을 때까지 그 상태를 유지할 것이었다. 수하물의 대부분은 송장에 적힌 목적지가 윌밍턴이었지만 두 개(이런저런 소형 가전제품과 잡동사니인데, 루크가 그 뒤에서 잠을 자고 있었다.)는 배달지가 사우스캐롤라이나 주 듀프레이라는 조그만 마을의 프로미스 소형기기 판매 및 수리 센터였다. 9956호는 일주일에 세 번 그 마을에 정차했다.

엄청난 사건들도 경첩의 사소한 움직임 하나로 방향이 바뀔 때가 있다.

(2권에서 계속)

옮긴이 | 이은선

연세대학교에서 중어중문학을, 국제학대학원에서 동아시아학을 전공했다. 편집자, 저작권 담당자를 거쳐 전문 번역가로 활동 중이다. 옮긴 책으로는 스티븐 킹의 『잠자는 미녀들』, 『11/22/63』, 『닥터 슬립』, 『리바이벌』, 빌 호지스 3부작 (『미스터 메르세데스』, 『파인더스 키퍼스』, 『엔드 오브 왓치』), 『악몽을 파는 가게』, 『자정 4분 뒤』, 『악몽과 몽상』을 비롯하여 『실크하우스의 비밀』, 『모리어티의 죽음』, 『맥파이 살인 사건』, 『아킬레우스의 노래』, 『그레이스』, 『도둑 신부』, 『할머니가 미안하다고 전해달랬어요』, 『베어타운』, 『초크맨』, 『애니가 돌아왔다』 등이 있다.

인스티튜트 1

1판 1쇄 펴냄 2020년 7월 29일
1판 2쇄 펴냄 2020년 8월 17일

지은이 | 스티븐 킹
옮긴이 | 이은선
발행인 | 박근섭
편집인 | 김준혁
책임편집 | 최고운
펴낸곳 | 황금가지

출판등록 | 2009. 10. 8 (제2009-000273호)
주소 | 06027 서울 강남구 도산대로 1길 62 강남출판문화센터 5층
전화 | **영업부** 515-2000 **편집부** 3446-8774 **팩시밀리** 515-2007
홈페이지 | www.goldenbough.co.kr

도서 파본 등의 이유로 반송이 필요할 경우에는 구매처에서 교환하시고
출판사 교환이 필요할 경우에는 아래 주소로 반송 사유를 적어 도서와 함께 보내주세요.
06027 서울 강남구 도산대로 1길 62 강남출판문화센터 6층 민음인 마케팅부

한국어판 © ㈜민음인, 2020. Printed in Seoul, Korea

ISBN 979-11-5888-722-3 04840(1권)
ISBN 979-11-5888-724-7 04840(set)

㈜민음인은 민음사 출판 그룹의 자회사입니다.
황금가지는 ㈜민음인의 픽션 전문 출간 브랜드입니다.